本著作系 2024 年度教育部人文社会科学研究青年项目"20 世纪美国南方的残疾书写研究"（24YJC752020）、2022 年湖南省教育厅科学研究重点项目"20 世纪美国南方的残疾书写与残疾的社会接受进程研究"（220SJY020）、南华大学校级科研课题"20 世纪美国南方白人女性作家的文学书写研究"（220XQD087）成果，同时也是作者受"国家公派高级研究学者、访问学者、博士后项目"（202308430105）资助期间成果。

20 世纪美国南方女性作家的空间书写研究

阳　洋　著

西南交通大学出版社
·成　都·

图书在版编目（CIP）数据

20 世纪美国南方女性作家的空间书写研究 / 阳洋著.
成都：西南交通大学出版社，2024.11. -- ISBN 978-7
-5774-0109-6

Ⅰ.I712.06

中国国家版本馆 CIP 数据核字第 2024FC2651 号

20 Shiji Meiguo Nanfang Nüxing Zuojia de Kongjian Shuxie Yanjiu
20 世纪美国南方女性作家的空间书写研究

阳　洋　著

策 划 编 辑	孟　媛
责 任 编 辑	赵永铭
封 面 设 计	原谋书装
出 版 发 行	西南交通大学出版社
	（四川省成都市金牛区二环路北一段 111 号
	西南交通大学创新大厦 21 楼）
营销部电话	028-87600564　028-87600533
邮 政 编 码	610031
网　　　址	http://www.xnjdcbs.com
印　　　刷	成都蜀通印务有限责任公司
成 品 尺 寸	170 mm×230 mm
印　　　张	14.25
字　　　数	247 千
版　　　次	2024 年 11 月第 1 版
印　　　次	2024 年 11 月第 1 次
书　　　号	ISBN 978-7-5774-0109-6
定　　　价	78.00 元

图书如有印装质量问题　本社负责退换
版权所有　盗版必究　举报电话：028-87600562

序言

随着美国南方的现代化和全球化进程大力推进，南方原本保守的地方主义思维倍受挑战与质疑，这些因素促使美国南方作家参与到对变化不定的南方的政治、经济、社会关系等议题的讨论中。此外，新的地方书写、后南方文学等流派推动着南方文学向前发展。对此，"J. A.布莱恩特（J. A. Bryant）称第二次世界大战后的南方仍旧存在着继续复兴的态势（continuing renaissance）"[①]。著名的南方文学研究者琳达·泰特（Linda Tate）认为"相比第一次南方文艺复兴，第二次南方文艺复兴更具生机和多样性。如果说第一次文艺复兴主要展现了男性作家的创作力的释放，这一次则是所有南方作家的文学解放"[②]，其中美国南方女性作家成为了这一时期的文学创作主力，她们通过细腻的文学书写再现、思考、探索当代南方的各种议题。

在两次南方文艺复兴中，空间书写（spatial writing）作为与南方之地方（place）紧密关联的文学表征尤为突出。在此，南方"地方"既是一个地理范畴，同时也内含"在地"（in site）的经济体制、政治立场、文化观念和历史记忆等内容，这种地方性（locality）是南方文学区别于其他文学现象的内核和推动南方作家创作的动力。两次文艺复兴时期不同的经济、社会、文化和历史动向势必会导致南方作家的空间书写在表征地方性方面存在差异。第一次南方文艺复兴时期，现代化对南方的冲击较弱，保守的地方文化意识让南方作家难以欣然接受北方的经济和文化观念，威廉·福克纳（William Faulkner）、约翰·克洛伊·兰森姆（John Crowe Ransom）、艾伦·泰特（Allen Tate）等具有代表性的男性作家通过颂扬农耕主义拒斥现代化，在文学文本中建构了一个回望过去、拒斥现今的稳固的南方时空体。然而，第二次南方文艺复兴时期，南方的文化土壤的稳固性在快速的

[①] See Perry, Carolyn and Mary Louise Weaks, eds. *The History of Southern Women's Literature*. Baton Rouge: Louisiana State UP, 2002. p. 241.
[②] See Perry, Carolyn and Mary Louise Weaks, eds. *The History of Southern Women's Literature*. ibid. p. 491.

现代化、美国化和全球化的进程中被松动，"大众南方"（mass south）、"真正的南方"（real south）、"后南方"（post-south）等概念的提出反映了南方的地方性备受质疑和挑战的现状，同时也展现出南方人面对新情境下思索南方的"地方性"的努力。作为这一时期文学书写主力的女性作家如何以文学的空间表征和建构回应变动着的南方地方成为一个重要的学术议题。

南方具有地理和文化内涵的在地性决定了空间是南方文学研究的题中之义。在当代南方文学的生成语境中，文学的空间研究颇为必要。然而，目前，国内外学者并未深入关注当代美国南方女性作家借助空间书写表征南方地方（place）的努力，其书写实质上探索与回应了当代南方社会所面对的议题。笔者发现这一时期的空间书写是南方女性作家对地方诗学的传承和创新的成果，且具有深刻的现实批判意识。因此，对该空间书写展开研究不仅仅有助于厘清这一时期的南方女性作家的文学书写艺术，更有利于揭示她们在南方"地方"话题讨论中的主动性。

20世纪的美国南方作家中有一批卓有成就的女性作家，她们通过空间书写有力地回应当代美国南方的社会议题，其空间书写涵盖南方人的内心世界、日常生活空间、视觉空间和具有活动性的历史空间，展现出细腻、灵动、多样态的空间书写艺术。笔者以创作时期和地方意识流变两个因素为依据有针对性地选取了奠定南方地方诗学（poetics of place）的尤多拉·韦尔蒂（Eudora Welty）、传承韦尔蒂地方诗学传统的李·史密斯（Lee Smith）、"外来观察者"安·泰勒（Anne Tyler）和"最后一位南方作家"鲍比·安·梅森（Bobbie Ann Mason）创作的小说为主要研究对象，以此形成一个具有代表性、历时性的、以点带面的研究模式。在结合韦尔蒂的地方诗学、20世纪相关的空间叙事理论和若干位作家的空间书写的共性和差异性的基础上，将本书划分为绪论、主要章节、结语三部分。绪论部分依次说明选题缘由，梳理当代南方文学研究现状、文学的空间研究趋势和本著作主要探索的四位作家的研究现状，溯源空间叙事理论和简要介绍本著作主体部分的内容。本书主体部分分为四章，视形式、内涵、风格和策略为关键线索，以韦尔蒂的"小说中的地方"中人物的情感生发、生活体验、视觉行为和具体行动为切入口，在心理空间、生活空间、视觉空间、空间化的历史记忆策略的分析框架中，展开一个系统的、多层面的文学的空间研究，探索这四位南方女作家通过空间书写对南方现实的想象和批判。

第一章"心理空间（psychological space）：内省和突破"中，笔者以当代南方人的心理感知和情动为切入点分析泰勒对现代南方人心理能量的动态捕捉。泰勒对恐旷症（agoraphobia）与幽闭恐惧症（claustrophobia）这两种空间恐惧（space phobia）的艺术性再现反映出泰勒对现代南方人心理状态的密切关注和她折中的女性主义意识。泰勒通过动态的拼贴叙事和情动叙事，外化人物的心理世界并赋予其突破心理桎梏的主动性，封闭的心理状态和被压抑的情感最终通过自我的行动得到了超越和释放。

第二章"生活空间（lived space）：诗性想象、日常体验和现实批判"中，笔者从具有内省特质的心理空间转向饱含丰富生活体验的既蕴含诗性想象，又不乏批判性反思的三种生活空间：百纳被空间、饮食空间和花园空间。韦尔蒂和梅森通过文字编织（knit）了以家庭和生死为主题的文学百纳被。史密斯、泰勒和梅森对食谱、家庭聚餐、菜园、大众饮食消费、异域饮食等饮食空间和细节的刻画，一方面承载了女性生命的流动，修复了家庭失调的创伤并提供给当代南方人以归属感；另一方面它又具化了南方社会的转型，演绎了跨国背景下的身份认同。史密斯、韦尔蒂、梅森的花园书写分别展现了花园的个体赋能效应（enabling effect），南方花园在家庭、社群关系维系与对外交流中的功用以及冷战时期核工业对生态环境和个体生命产生的暴力。

第三章"视觉空间（visual space）：视觉批判与风格创新"关注南方视觉转向下的他者身体与文学视界。怪异的残疾躯体和美丽的身体刺激着南方人的视觉神经，前者突出了观看行为中基于二元对立的视觉伦理和种族建构，后者隐含了深刻的经济逻辑。除此之外，该章还将分析作家们通过高超的现代视觉媒介与文学创作的嫁接之术展现的南方人的视觉化的日常生活，韦尔蒂的框架（framing）意识、梅森笔下人物的语象建构（ekphrastic construction）和泰勒作品中人物有意识的观看形成了逐步深入的语象进化，将读者引领进入多重视界（visual worlds）当中。

第四章"流动的历史：空间化的历史记忆策略"将分析史密斯和梅森的动态的、空间化的历史记忆策略。历史事件总是在一定的空间中发生，这决定了历史的记忆建构呈现出内在的动态特性。个体在空间中的活动能够帮助其展开更为生动、有效的记忆实践。史密斯的小说《花哨的步伐》（*Fancy Strut*）运用"重演"（re-enactment）策略构建了动态的时空体让南方人得以体验地方历史。梅森的小说《头戴蓝色贝雷帽的女孩》（*The Girl in the Blue Beret*）中主人公重返旧时空间促成了第二次世界大战记忆的修正和弥补性的历史记忆言说。梅森的小说《在乡下》(*In Country*) 中缺席的越战纪念碑所隐喻的身份创伤在特定空间中的心理剧实践和纪念仪式中得到了纾解。两位作家的空间化的历史记忆书写暗含南方历史记忆逐步与美国整体的历史记忆相融的倾向。

在"结语"中，笔者对本书的主要观点、揭示的问题以及可能的论域进行总结。

近年，国内有关英美文学的空间书写研究开展得如火如荼，切入视角多种多样。相比较而言，本著作的空间书写研究有如下几点创新之处：首先，研究视角新颖。著作结合韦尔蒂的地方诗学、相应的空间叙事理论和当代多位南方女作家的空间书写文本探索其空间书写如何实现对现实南方的想象和批判。其次，本著作拓宽了文学的空间研究的可能疆域。笔者未将空间视为固定的物理背景从而避免使文学中的空间沦为被动的、静止的、有待阐释的客体，而是关注了空间书写的"活动性"（activity），在把握小说人物于空间中的感受、体验、观看和活动的细节中探索四位作家灵动的空间书写艺术和强烈的空间批判意识。最后，借助空间书写研究考察了南方女性作家对残疾、种族、性别、视觉观赏等新兴和既有议题的关注和批判，本著作因而激发出更为新颖的研究活力。

阳洋

2024 年 10 月

目 录

绪 论 ·· **001**

    第一节 选题缘由 ·· 001

    第二节 所选四位作家的研究现状 ································ 010

    第三节 本书的研究方法、理论框架和主要内容 ················ 033

第一章 心理空间：内省与突破 ··································· **046**

    第一节 《天文导航》中的恐旷症艺术家与拼贴叙事 ·········· 046

    第二节 《尘世所有物》中的幽闭恐惧症、情动叙事与折中的女性主义意识 ·· 056

第二章 生活空间：诗意想象、日常体验与现实批判 ········· **063**

    第一节 百纳被：具有叙事性质的物质空间 ····················· 063

    第二节 饮食空间 ·· 068

    第三节 花园空间 ·· 098

第三章 视觉空间：视觉批判与风格创新 ························ **135**

    第一节 怪异秀的由来以及其在美国的发展 ····················· 136

    第二节 怪异的他者身体 ··· 139

    第三节 美丽的身体 ·· 151

    第四节 视觉化的日常生活：现代视觉媒介与文学创作的嫁接 ·157

第四章　流动的历史：空间化的历史记忆策略 …………… 168
　第一节　斯比得小镇的诞生和内战的"重演" …………… 169
　第二节　重返二战空间：记忆的修正和弥补性言说 …………… 176
　第三节　缺席的越战纪念碑：集体失忆、重建记忆、演绎记忆 · 183

结语 …………… 193

参考文献 …………… 195

附录 …………… 215

绪 论

第一节 选题缘由

美国南方文学一直以来都是国内外英语文学研究的重要方面。国内对美国南方文学的集体研究可追溯至 20 世纪末，目前主要局限于对第一次文艺复兴时期的文学作品的研究，鲜少有对当代美国南方作家的文学作品的探索，有关当代作家以"地方"为核心的空间书写艺术和现实批判的系统研究更是存在空白。

笔者以"美国南方""文学""CSSCI"为检索条件在中国知网中共检索出 57 篇文章。从历时性来看，从 20 世纪 90 年代末到现今 30 年间，国内学者的南方文学研究的主题从福克纳的文学作品研究展开，依次以南方文艺复兴的动因和特点、南方文学中的阶级性、重农主义、地域文化、后现代美国南方文学的审美特征、穷白人文学、创伤等展开。

当代美国南方文学研究方面，国内学者重在对其文学特点的简要介绍和进行当代南方文学作品的推介工作，目前国内缺乏对其文学作品的深入研究。

专著方面，李杨的著作《颠覆、开放、与时俱进：美国后南方的小说纵横论》(2018)从历史、宗教、地方、阶级、种族、性别、家庭、消费等层面研究了后南方文学作品。高红霞的著作《当代美国南方文学主题研究》(2019)比较了南方文艺复兴、新生代和新千年的文学在家族、历史、地域三方面存在的继承、颠覆的交互关系和嬗变。杜翠琴翻译的《美国当代南方小说》(作者为美国学者马修·吉恩)对9位后现代南方作家及其作品进行了梳理与介绍。这几位学者的作品对于推动国内学者有关当代南方文学的艺术特征研究具有一定的铺垫作用。李杨、张坤、叶旭军的《论鲍比·安·梅森小说里美国后南方的嬗变》细致解读了梅森的11部文学作品。

期刊方面,李杨的文章《九十年代的美国南方小说》列举了若干位南方作家的作品,称他们的小说展现了"掺杂美国大众和商业文化的当代南方生活,其文学作品构成了一幅色调灰暗的当代南方生活画卷"。李杨的另一篇文章《后现代时期美国南方文学对"南方神话"的解构》讨论了南方神话所包含的历史感、南方意识、家庭观念如何在后现代遭到颠覆和解构,该学者在文中分析了导致这些变化的社会、时代、阶级等影响因素。李媛媛和陈夺的《后现代美国南方文学的审美特征》一文分析了后现代美国南方文学的消解元叙事、与历史断裂和追求无深度感的审美特征。李常磊和王秀梅的文章《当代美国南方文学的现实性回归》提出当代南方作家从不同的创作视角对南方现代社会的诸多问题进行了分析,指出了南方文学的现实性回归。

具体到对当代南方作家的空间书写研究方面,笔者以"美国南方""空间""CSSCI"为主题词在中国知网中可搜索出8篇文章,它们分别从空间叙事特征、权力特征、异质性和种族建构四个角度展开研究。王海燕关注了威廉·福克纳突破传统线性叙事的空间化的叙事特点;高红霞研究了福克纳小说中的空间布局;田颖探析了卡森·麦卡勒斯(Carson McCullers)的小说《心是孤独的猎手》(*The Heart Is a Lonely Hunter*)中空间隐含的权力机制和文化身份与多个阈限空间;林斌分析了卡森·麦卡勒斯小说中咖啡馆空间如何成为现代性的异质产物;万姗、刘立辉分析了弗兰纳里·奥康纳的小说《人造黑人》(*Artificial Nigger*)中处于弱势地位的穷白人群体在后殖民语境中的生存困境和身份建构;王卓对赛迪欧斯·戴维斯(Thadious Davis)教授的新作《南方风景:种族、地域和文学的地理》(*Southscape:Geographies of Race, Region, & Literature*)进行了评述。笔者以"美国南方""空间"为关键词进行硕博士论文搜索,共搜索出1篇与空间研究相关的博士论文(即上文提及田颖关于《心是孤独的猎手》的论文)和12篇硕士论文,"这12篇硕士论文主要从时间的空间叙事形式、地理空间的静态描绘、具体空间的社会解读、白人霸权下的种族和女性他者空间、小镇书写等展开研究"。但是,对于当代美国南方作家的空间书写的关注几乎没有。

总而言之，国内学者的研究重点目前尚停留在对南方文艺复兴时期作家的创作、南方神话、重农主义、黑人文学、创伤等议题的讨论中，这与美国南方文艺复兴在 20 世纪国内美国文学研究中的重要地位密切相关，对经典的南方作家的关注导致了学者们在当代南方作家创作现状的跟进和对其的深入研究方面较为滞后。

国外方面，美国南方文学研究在时间上更为超前、更为体系化，其研究客体涵盖了大多数 20 世纪的美国南方作家，既有对第一次南方文艺复兴时期的文学作品的探究，同时学者们也开始关注当代的美国南方文学的作品。其中北卡罗莱纳州大学出版社发行的学术期刊《南方文学期刊》(The Southern Literary Journal)（1968—2015），于 2015 年改名为《南方：一本学术类期刊》(South: A Scholarly Journal)（2015—2018），成为了一部成熟的、有关美国南方文学和知识分子生活的期刊。该期刊所收录的文章涵盖了南方文学各个时期的多类型的文学书写，涉及文学批评、历史研究、主题分析和对比研究等。另一部文学杂志《南方文学评论》(Southern Literary Review)在 2004 年由罗伯特森（Jamie Cox Robertson）创立，致力于刊登美国南方文学作品并表彰其对美国文学的贡献。目前它不仅仅刊发经典南方作家的作品的研究成果，同时也刊发有关的文学访谈。除了这两本期刊以外，美国其他的文学学术期刊也刊发有关南方文学的研究作品。

与"空间""地方性"相关的学术成果方面，密歇根州立大学的史密斯（Virginia A. Smith）的博士论文《字里行间：当代南方女性作家盖尔·戈德温、鲍比·安·梅森、丽莎·埃尔瑟、李·史密斯》（"Between the Lines: Contemporary Southern Women Writers Gail Godwin, Bobbie Ann Mason, Lisa Alther and Lee Smith"，1989）分析了地方性、文学传统和性别在她们写作中的作用；北伊利诺伊大学的埃利奥特（Sara E. Elliott）的博士论文《死尸、烧焦的信、坟地：当代南方小说中通过讲述故事协调地方》（"Dead Bodies, Burned Letters, and Burial Grounds: Negotiating Place through Storytelling in Contemporary Southern Fiction"，1998）分析了当代女性作家的地方性书写；密歇根州立大学的布拉南（Tonita Susan Branan）的博士论文《地方争议：当代南方女性创作中地方的行动》（"Issues of Where: The Activity of Place in Contemporary Southern Writing by Women"，2000）分析了当代南方女性的文学作品中地方的多样性和不稳定的特征。

在对当代南方作家的空间书写的研究现状进行梳理之后，笔者发现国内学者将空间视为一种静态的、有待阐释的静止对象，这使得空间中的活动性成为隐性的在场；国外学者对当代南方作家的空间书写进行了内涵分析，但是他们都尚未察觉其具有活动性的地方诗学以及其对当代南方作家创作的影响。

动态的地方诗学在 1957 年由韦尔蒂提出并在文学创作中践行，它在某种程度上影响了其后南方作家的文学创作。此外，当代南方作家的文学创作与当代美国南方与美国主流的经济体制、文化审美、历史发展等融合息息相关，南方在该过程中的抵抗和融合引发的各种议题被具化到各种空间之中，南方作家在对这些空间的建构中回应、消化并尝试提出方案解决这些问题，这促使其空间书写呈现出现实主义的转向，而这一点却被国内外学者所忽视。因而，本著作对当代美国南方作家的动态的空间书写的研究不仅仅有助于引导学者重新审视这一群体的文学创作，进而系统地把握其文学书写艺术和内涵的现实批判指向，同时也可为当今文学的空间研究提供新视角。

总体上而言，本著作不仅仅是对目前国内外有关当代美国南方的空间书写研究的总体现状考量后所撰写的科研成果，同时也是对美国南方文学的"地方性"问题在新的背景下的新颖探索。对于新样态背景下的美国南方文学的空间书写研究具有明显的创新意义。更进一步说，本著作还基于以下的三点创作缘由。

卡罗尔·S.曼宁（Carol S. Manning）称，"有意义的文学运动最有可能在充满张力的时代（the times of tension）发展起来"[①]。第二次世界大战后，美国南方的现代化和全球化进程大力推进，保守的地方主义文化思维因此备受挑战与质疑。新的地方书写、后南方文学等流派推动着南方文学向前发展，展现了南方文学在当代社会背景下的新样态。对此，"J.A.布莱恩特（J. A. Bryant）宣称第二次世界大战后的南方仍旧存在着继续复兴的态势（continuing renaissance）"[②]，琳达·泰特（Linda Tate）认为"相比于第一次南方文艺复兴，第二次南方文艺复兴更具生机和多样性。如果说第一次文艺复兴展现了以男性为主体的作家的创作力的释放，这一次则是所有南方作家

---

① See Perry, Carolyn and Mary Louise Weaks, eds. *The History of Southern Women's Literature*. Baton Rouge:Louisiana State UP, 2002. p. 492.
② See Perry, Carolyn and Mary Louise Weaks, eds. *The History of Southern Women's Literature*. ibid. p. 241.

的文学解放"①，其中南方女性作家在第二次南方文艺复兴中占据主导地位，她们凭借其细腻且具有批判性的文学书写回应着当代南方的各种议题。

在这两次南方文艺复兴中，空间书写（spatial writing）作为与南方地方（place）紧密关联的文学表征颇为突出。地方性是南方文学区别于其他文学现象的内核和推动南方作家创作的动力。在此，南方"地方性"既是一个地理范畴，同时也内含"在地"（in site）的经济体制、政治立场、文化观念和历史记忆和情动特征等内容，它是南方的地方文学的内涵之所在，而空间书写作为一种文学艺术表征和艺术特征能够帮助南方作家在文学作品中构建和回应"地方性"。两次文艺复兴时期不同的经济、社会、文化和历史背景势必会导致创作主体的空间书写存在差异。第一次南方文艺复兴时期，美国南方保守的地方意识层层叠嶂，消减了现代化对南方人和南方社会的冲击，南方未对北方的经济和文化观念持有欣然接受的状态，他们甚至通过颂扬农耕主义拒斥现代化，该种立场和态度在这一时期的文学作品中有明显展现，威廉·福克纳、约翰·克洛伊·兰森姆、艾伦·泰特等具有代表性的作家均描绘了一个回望过去、拒斥现今的稳固的南方时空体。无怪乎学者约翰·布兰尼根（John Brannigan）将这次复兴比喻为"在保守社会秩序围栏边巡逻的忠心耿耿的看家犬"②。然而，第二次南方文艺复兴时期，美国南方的地理边界逐渐模糊，南方的文化土壤的稳固性被加快的现代化进程和其后的大众化和后现代化的进程进一步松动。20世纪中后期，"大众南方"（mass south）、"真正的南方"（real south）③、"后南方"（post-south）④等概念的涌现揭示出南方的地方性备受质疑和挑战的现状。那么，占据南方文坛主导地位的南方女性作家是如何表征和回应南方构成了本论文的选题缘由之一。

---

① See Perry, Carolyn and Mary Louise Weaks, eds. *The History of Southern Women's Literature*. ibid. p.491.
② Branningan, John. *Introducing Literary Theories*. ibid. p.172.
③ 北卡罗来纳州立大学的英文教授罗曼恩（Scott Romine）在《真正的南方：文学再生产时代的南方叙事》（*The Real South: Southern Narrative in the Age of Cultural Reproduction*，2008）一书中探讨了全球化对当代南方文化和南方在文化再生产时代的多媒介背景下的再现。他提出，南方可能是一种虚假的存在（appear fake），南方主题餐馆、电视节目、地方的流行杂志这些现实的、真实的（authentic）文化再生产让群体和个人得以想象南方。
④ "后南方"概念在南方的文化与文学研究当中被提出，理查德·劳埃德（Richard Lloyd）在《城市化与美国南方》（"Urbanization and the Southern United States"）一文中提出南方的后现代城市景观，李杨在《后现代时期美国南方文学对"南方神话"的解构》、李媛媛和陈夺在《后现代美国南方文学的审美特征》中，都讨论了南方文学在后南方时期的艺术特点。

其次，本著作的第二点选题缘还基于笔者对南方女性作家的地方诗学的传承和创新与其对变动的南方社会的具有批判性的艺术实践的考量。从内部成因而论，韦尔蒂（Eudora Welty）奠定了注重"活动性"（activity）的地方书写传统，该种活动性的生成由个体感觉（feelings）、体验（experience）、行动（move）和意图（intention）合力构成，她在文学批评专著《小说中的地方》（*Place in Fiction*）中提出：

小说中的地方（place）是被命名、被识别的、具体的、准确的和需要作者费力去描绘的（exact and exacting），因而它也是可信的，它是我们所感觉（felt）到的东西的集合。在小说的进程中，它被我们所体验（experienced）。地点（location）从属于感觉（feelings）和情感，它们又从属于地方；历史中的地方包含了感觉和情感，就像人们对历史的感觉和情感包含了地方。[①]
地方……是个人体验和时间流逝的产物，它被感觉和情感点亮，布满了想象力的光点。[②]
我们能够描绘的外部世界向他人定义了我们自己，它是我们用以抵御外部混乱的盾牌，是我们抵制被曝光的命运的面具。我们在我们所生活的地方的行动（move）展现了我们的意图和想要表达的意义。[③]

韦尔蒂注重活动性的地方诗学能够激活作者的创作力和想象力，该种文学书写同时也能够带动读者发挥其想象力去参与建构作者描绘的文学世界。她还提出可见性（visible）和交流性（communication）是评判一部小说质量是否上乘的关键。于韦尔蒂而言："好的小说是慢慢被点亮的（steadily alight），具有启迪意义。在它期望达到该效果之前，它必须是从外部可见的（visible），向读者的双眼呈现出连续的、有条理的、令人愉悦的、精巧的表面。"[④]与之相对，"质量下乘的小说就像对着精神分析者讲述故事，它不是交流，而是一种表白（confession）"[⑤]，而能够达到交流效果的小说既是作者同时也是读者共同承担的任务，是他们共同完成的魔法，韦尔蒂将交

[①] Welty, Eudora. *Place in Fiction*. New York: House of Books Ltd, 1957. p. 21.
[②] Welty, Eudora. *Place in Fiction*. ibid. p. 26.
[③] Welty, Eudora. *Place in Fiction*. ibid. p. 20.
[④] Welty, Eudora. *Place in Fiction*. ibid. p. 17.
[⑤] Welty, Eudora. *Place in Fiction*. ibid. p. 34.

流的任务交付给作者和读者：

让现实变得真实是艺术的责任，它是一种实际的任务，作者凭借受过培育的观察生活的敏感性和接收生活给与的各种意象的能力获得一种孤独的、不间断的、没有人协助同时也无法协助的幻象（vision）①，然后将这种幻象毫无扭曲地呈现在小说之中。如果读者能够被作者呈现的这个世界所说服，这种幻象就会成为读者的幻觉（illusion）……我们（读者和作者）是如何地沉迷在这种特殊的快乐之中，心甘情愿去实践、去体验创作和阅读的魔力。②

作者凭借高度的敏感性将生活赋予其创作的意象化作独特幻象，这种幻象之所以孤独、无人协助在于它是每个作家的专属能力和感应力，它是区别一个作家与另一个作家的关键之处。当参与阅读的读者被该种幻象说服后，这种幻象就成为读者的幻觉了。总结来说，韦尔蒂的地方诗学触及可见性、参与性等细则，具有活动性。它突出人物的感觉、体验、意图与行动这些动态因子，作者在此基础上建构的文学世界经由读者的介入和想象演化为两者共享的可见世界。抽象的空间在作者细腻和生动的感觉、体验、想象和意图的建构之下成为可感、可知、可体验且蕴含深意的地方，她将这种地方诗学践行在以密西西比州为地理背景的地方书写当中，以现实主义的笔触描绘饱含情感、吸收多种生活体验、激发读者无尽想象的南方。韦尔蒂和其后的多位南方女性作家在对该诗学的实践和传承中诠释着动态的空间书写的多种可能性和功用，这构成了本著作创作的第二点缘由。

最后，当代南方女性作家的空间书写展现出强烈的批判意识，该种意识的产生与其对当代美国南方与美国主流的经济体制、文化审美、历史发展等融合的反思息息相关，南方在该过程中的抵抗和同化引发的各种议题被具化

---

① Vision 在 Merriam Webster 词典中充当名词时有四重解释：
（1）指观看的行为和能力；
（2）指在梦中、幻想中或狂想中见到的东西；
（3）指想象行为或想象力；
（4）指被看到的东西。
考虑到韦尔蒂强调作者在创作中具有的视觉力和想象力，因此，笔者在对该英文词汇进行翻译时将其翻译为幻象，突出 vision 一词的幻想性质和可见的特征。
② Welty, Eudora. *Place in Fiction*. ibid. p. 30.

到个体的心理世界、身体、家庭、生态风景、历史演绎等空间之中。她们的空间书写成为其能动地回应和解决当代南方产生的问题的艺术实践，具有强烈的现实批判意义。

具体说来，经济体制方面，美国南方于20世纪逐渐融入占主流的资本主义生产和生活方式。20世纪上半期旨在改善美国乡村地区经济和生活状况的联邦拓展服务项目（Federal Cooperative Extension Service）和家庭示范项目（Home Demonstration Agent）向美国南方初步渗透了现代化的经济和家庭生活方式。此后，南方的农业经济逐渐让位于工商业，并在20世纪60年代受到服务业的冲击，这促成了大众消费常态的逐步形成。美国南方从依赖土地的种植园经济向资本主义城市化进程和大众经济转变。在此过程中，个体身体成为商业资本逻辑的一环。流动的城市化经济对以往依赖土地的经济形成的稳固的家庭观念发起了冲击，家庭成为问题丛生的空间。另外，繁荣的汽车工业、著名的"新政遗产"——州际公路的建设加速当代南方经济的发展和南方人的流动性，这促使当代南方人面临一种无根感。伴随着20世纪中后期被卷入全球化进程之中，南方成为外国移民的新的目的地，移民领域的学者经过研究发现美国内陆，尤其是美国东南部地区成为新的移民群体和避难者的重新安置地。[①] 20世纪80年代晚期，"拉丁美洲人和亚裔移民在主要的南方城市立足"[②]，而南方人也逐渐突破南方的地理局限进入到异域空间之中，南方人的个体身体的流动性不断加快，冲击着他们的"在地"的地方意识。可以说，经济体制的转变产生的激荡在个体的心理世界、身体、家庭等空间中产生余波。

文化审美方面，20世纪是美国视觉文化发展如火如荼的时期，20世纪上半期盛行的包含残疾身体展示的怪异秀和各类型选美活动构成了美国大众视觉娱乐的雏形。其后，相机、摄像机、电影、电视等视觉媒介逐渐深入美国国民的日常生活。约翰·雷伯恩（John Raeburn）认为相机在20世纪30年代充当了一股强大的文化力量。"20世纪30年代，超过50%的美国家庭拥有照相机，美国人一年可拍摄6亿张照片，耗资1亿美元在

[①] See Lloyd, Richard. "Urbanization and the Southern United States." *Annual Review of Sociology* 38（2002）: 485.

[②] See Lloyd, Richard. "Urbanization and the Southern United States." *Annual Review of Sociology*. ibid. p. 495.

摄影消费中,其中标记家庭和社交场合的快照占据了这些摄影的大部分内容。"① 美国詹姆斯·艾吉(James Agee)认为,相机似乎是我们这个时代的一个中心工具②。摄像机为记录动态的视觉影像以此实现生动的生命纪事提供了可能。除此以外,电影和电视为当代美国人提供了丰富的视觉体验,视觉文化的繁荣以一种可见的方式影响着这一时期南方作家的创作。尤多拉·韦尔蒂频繁在文学创作中运用摄影的观看视角,安·泰勒(Anne Tyler)的作品中摄影机、监视仪、电视成为推动故事进程的物质叙事工具,鲍比·安·梅森(Bobbie Ann Mason)的多部作品中出现了《现代启示录》(*Apocalypse Now*)、《陆军野战医院》(*M. A. S. H*)等当代影视剧的名称和剧情内容。可以说,文字世界与视觉文化的嫁接为文学的创作提供了新颖的范式,不仅仅吸引着读者的注意力,也丰富了他们的阅读体验,同时也隐含作者对视觉世界的现实批判。

当代南方除了在经济、文化方面经历巨大变迁,其历史记忆也随着美国整体的政治偏向和历史进程的变化而变化。20世纪,美国先后参与了两次世界大战并发动了越南战争,与苏联为首的社会主义阵营爆发了冷战。美国南方人无法在历史洪流的涌进中置身事外。在回望南北内战的历史之时,他们的历史记忆在当代被逐渐翻新。李·史密斯(Lee Smith)和鲍比·安·梅森的历史书写清晰地展现了当代南方人的历史记忆与美国整体的历史并流的倾向。

地方性是美国南方与南方人用以区别自身与他地和他人的标记,它还是美国非南方人对其进行区隔与想象的依据,美国南方的地方性的在地性导致了美国南方文学的空间研究成为题中之义。然而,目前国内外学者并未深度关注当代美国南方作家通过空间书写表征南方地方性(locality),发挥其主动性探索与回应新背景下的南方社会的努力,这构成了本著作的第三个缘由。

基于以上三点缘由,笔者从创作时期和地方意识的流变两方面有针对性地在当代南方女性作家群中选取了奠定地方诗学的尤多拉·韦尔蒂、传承韦尔蒂的地方诗学的李·史密斯、外来观察者安·泰勒和最后一位南方作家鲍

---

① Raeburn, John. *A Staggering Revolution: A Cultural History of Thirties Photography*. Champaign: U of Illinois P, 2006. p. 9.
② Agee, James and Walker Evans. *Let Us Now Praise Famous Men*. Boston: Houghton Mifflin, 2001. p. 26.

比·安·梅森的小说文本为主要研究对象，以此形成一个具有代表性、历时性的、以点带面的研究模式。

第二节 所选四位作家的研究现状

目前，学界缺乏对这四位作家尤其是史密斯、泰勒和梅森的文学研究成果的梳理，因此笔者将进一步推进本研究的文献综述工作。

国内外学者对这四位作家的关注呈现不均衡的特点，国内外对韦尔蒂的研究成果较为丰硕，泰勒、梅森和史密斯近些年逐渐在国外的批评界受到关注，而国内方面对其他三位作家的关注较为有限，学术成果较少。

国内外对韦尔蒂的研究成果主要散布在评价和访谈、生平传记、文学评论三个方面。评价与访谈方面，道拉海德和阿巴迪（Louis Dollarhide & Ann J. Abadie）的《尤多拉·韦尔蒂：感谢的形式》（*Eudora Welty: A Form of Thanks*，1979）收集了学者们和韦尔蒂的朋友对其人、其作的评价，2011年该书被再版。布雷恩肖（Peggy Whitman Prenshaw）编著的《与尤多拉·韦尔蒂的谈话》（*Conversations with Eudora Welty*，1984）收集了有关她在密西西比州的生活情况、文学事业、针对其小说的访问资料。生平传记方面，从20世纪80年代到现今，学界有7部关于韦尔蒂的生平传记的著作面世，分别从其人生经历、文学友谊、和编辑的通信三个方面展开。沃尔融（Ann Waldron）的《尤多拉·韦尔蒂：一个作家的一生》（*Eudora Welty: A Writer's Life*，1998）介绍了韦尔蒂的生平、与凯瑟琳·安·波特和伊丽莎白·博文的文学友谊、与卡森·麦卡勒斯的文学较量等内容。马尔斯（Suzanne Marrs）的《未尽之言：尤多拉·韦尔蒂和威廉·马克思威尔的通信》（*What There Is to Say We Have Said: The Correspondence of Eudora Welty and William Maxwell*，2011）记录了韦尔蒂和其编辑麦克斯威尔的信件往来和友谊。布朗（Carolyn J. Brown）的《一次勇敢的人生：尤多拉·韦尔蒂传》（*A Daring Life: A Biography of Eudora Welty*，2012）梳理了韦尔蒂的教育经历、她在大萧条和第二次世界大战期间的生活，以及她在民权时期如何保持独立和获得勇气的过程。普特南和艾科克（Richelle Putnam & John Aycock）的《尤多拉·韦尔蒂的鼓舞人心的人生》(The Inspiring Life of Eudora Welty, 2014)记录了韦尔蒂国际知名度逐渐攀升的过程。此外，马尔兹（Suzanne Marrs）为韦尔蒂撰写的《韦尔蒂自传》(Eudora Welty: A Biography, 2015)、马尔斯和诺兰（Tom Nolan）编写的《然而，还有信件：尤多拉·韦尔蒂和罗斯·麦唐诺的通信》(Meanwhile There Are Letters: The Correspondence of Eudora Welty and Ross Macdonald, 2017)丰富、充实了有关韦尔蒂与其编辑的信件资料。

文学评论方面，笔者将国外学者对其的研究划分为20世纪80年代、90年代和21世纪3个主要时期。20世纪80年代最后一年，威斯特灵（Louise Westling）的《尤多拉·韦尔蒂》(Eudora Welty, 1989)是第一部从女性主义视角研究韦尔蒂文学作品的专著，该作者探索了韦尔蒂的写作技巧如何对父权制的叙事权威进行去中心化的解构。90年代，学者们主要关注韦尔蒂与她的文学代理人之间的关系以及以她为代表的南方作家的文学作品的发表困境、她作品中的家庭和爱的主题、以摄影的方式展现其人生经历、地方感、个人形塑与意识形态之间的较量、韦尔蒂与其他女性作家的对比研究。21世纪，学者虽然仍对韦尔蒂作品中的女性意识和家庭观念予以关注，他们的研究视角开始呈现多样化的特点。例如，政治话题（种族隔离、贫困问题、麦卡锡主义、白人性和种族关系、印第安人形象与国家主义）、园艺技术与写作（花卉与园艺和写作的关系）、视觉元素成为学者们关注的重点。在视觉研究方面，2016年，学界涌现了3本讨论韦尔蒂的摄影师身份以及摄影与小说创作之间的关系的专著。期刊方面的情况，笔者在Gale文学数据库中以"尤多拉·韦尔蒂""文学评论""文章、期刊文章""英语"这几个关键词进行搜索，共搜索到222篇期刊文章，但是以韦尔蒂的文学作品为批评对象的文章仅有39篇。笔者在JSTOR数据库中以"Eudora Welty""Articles""English"进行检索可查找到334篇期刊文章，剔除访谈、作品发表和部分提及该作者的文章，最后笔者共计搜索到31篇专门研究其文学作品的文章。这两个数据库中，总计约有70篇以韦尔蒂文学作品为研究对象的文章。最早的一篇文章出现在1954年，笔者分别从20世纪50—70年代、80年代、90年代、21世纪四个时间段对国外学者的研究成果进行文献综述梳理后发现：20世纪50—70年代，学者们主要研究其作品中的南方历史意识或运用形式主义研究其作品中的地方感和地方建构、象征、主题、意象以及小说的神秘色彩。80年代，学者们开始关注她组织文本的方式（小说叙事故事的方式、编年体写作特点），用解构主义的研究手法探究其文本中的童话元素，从新历史主义的角度研究其作品中的以历史事件为蓝本的历史书写。90年代，学者们仍旧关注其小说的特点（喜剧元素、戏剧独白在小说中的运用），女性主义批评和文化批评成为主导的研究视角。学者主要通过女性主义的研究视角研究她小说中女性人物的语言特点、女性在婚姻和性属问题上的反叛、怪异书写与南方人的性别角色变化焦虑之间的关联。此外，还有学者通过文化批评的视角研究地理和历史场域中身份认同和个人与集体的关系、地方烹饪文化（蛋糕制作）、政治书写（20世纪60—90年代的政治问题）等议题。值得注意的是，20世纪90年代有5篇从视觉文化的角度研究韦尔蒂作品的文章，学者们分别研究了其作品中记忆和梦、摄影、电影等视觉元素。菲利普斯（Robert L. Phillips）的《〈乐观者的女儿〉中的视觉模式》("Patterns of Vision in Welty's *The Optimist's Daughter*"）一文讨论了该部小说中记忆和梦两种视觉模式，分析了主人公如何通过梦境实现个人的自省。科里根（Lesa Carnes Corrigan）的《奥杜邦的快照：尤多拉·韦尔蒂和罗伯特·佩恩·华伦的摄影视角》("Snapshots of Audubon: Photographic Perspectives from Eudora Welty and Robert Penn Warren"）一文分析了韦尔蒂摄影快照艺术对华伦诗歌创作的影响。卡普兰斯基（Leslie A. Kaplansky）的文章《尤多拉·韦尔蒂短篇小说中的电影节奏》("Cinematic Rhythms in the Short Fiction of Eudora Welty"）则研究了韦尔蒂如何运用电影技巧（慢动作、剪辑和匹配切割）达到删减、混合、放大文字魅力的效果来协调叙事节奏，以此实现压缩小说中的时间和空间的意图。唐纳森（Susan V. Donaldson）的文章《制造奇观：韦尔蒂、福克纳和南方哥特》("Making a Spectacle: Welty, Faulkner and Southern Gothic"）则研究了韦尔蒂小说中充满哥特色彩的视觉写作，比如通过运用场景、景象、怪异的身体特征等来增强人物刻画，强化读者的视觉体验。波拉克（Harriet Pollack）的《摄影规约和故事构成：尤多拉·韦尔蒂从〈熟路〉到〈伊尼斯佛伦的新娘〉对细节、情节、体裁和期待的运用》("Photographic Convention and Story Composition: Eudora Welty's Uses of Detail, Plot, Genre, and Expectation from 'A Worn Path' through 'The Bride of the Innisfallen'"），从细节和情节两个方面讨论了两篇小说中摄影技巧的运用。21世纪的学者们主要运用解构主义的视角研究其作品中的他者性，从女性主义批评的视角研究女性意识（女性独立、女性对南方历史的建构），从读者反应的视角研究韦尔蒂作品中的读者参与，从文化批评的视角研究末世论话语中的种族建构，从生态主义的角度研究韦尔蒂文学作品中与花有关的自然书写。另外，文学的视觉研究继续受到关注，皮塔维·索库斯（Danièle Pitavy-Souques）于 2000 年发表的《小说的眼睛：尤多拉·韦尔蒂重译南方》("The Fictional Eye: Eudora Welty's Re-translation of the South")考察了韦尔蒂的短篇小说《利薇》和她的摄影作品集《一时一地》中两种世外桃源模式。克拉克斯顿（Mae Miller Claxton）于 2007 年发表的《美女与野兽：尤多拉·韦尔蒂的摄影与小说》("Beauty and the Beast: Eudora Welty's Photography and Fiction")一文从消费社会广告学的角度讨论了大众对美的认知被规训以及它对南方女性身体的影响。笔者在 ProQuest 学位论文全文检索平台以"Eudora Welty"为关键词进行搜索，共搜索到 46 篇硕博士论文，最早的一篇出现在 1983 年，从 20 世纪 80 年代到现今接近 40 年间，美国的硕博士主要从主题（记忆、英雄、暴力）、写作特点（幽默元素、抒情技巧）、语言（方言）、形象（南方穷白人、南方母亲、陌生人）、身份（个人身份、身份与存在主义）、身体（叙事空间和身体）、意识形态（由自然、种族和性别形成的对话性文本）等方面进行研究，其研究主要围绕和南方相关的内容以及文本内部的语言特色展开。

总体上来说，国外的韦尔蒂研究资料丰富，传记、专著、期刊文章、博士论文等不一而足，研究的内容主要包括其作品中的主题和意象、女性问题、叙事技巧、历史和政治问题等，形式主义、叙事学、后结构主义、文化批评是主要的研究视角。

李·史密斯（1944—）曾在位于罗诺克的霍林斯学院[①]（Hollins College）进行文学创作课程的学习。在该校进行文学创作培训过程中，著名的南方文学和文化研究学者路易斯·D. 鲁宾（Louis D. Rubin, Jr.）引领史密斯进入了南方文学中[②]，她回忆起鲁宾教授曾将韦尔蒂请到班上给学生们进行文学创作课的讲座[③]。史密斯曾袒露韦尔蒂对她个人创作的影响："我们都阅读了她那一代的南方作家的作品，因为她们能够成为作家，所以我们坚信我们也有

[①] 弗吉尼亚州的霍林斯大学始建于 1842 年，是美国最古老的为女性提供高等教育的学府，它的本科课程只对女性学生开放，而研究生课程则对所有学生开放，该校面向本科生和硕士生开放的写作课程颇为有名，培养了普利策获奖作家安妮·迪拉（Annie Dillard）、美国前桂冠诗人娜塔莎·特累赛韦（Natasha Trethewey）以及李·史密斯等知名作家。
[②] Smith, Lee. *Dimestore: A Writer's Life*. ibid. p. 65.
[③] Smith, Lee. *Dimestore: A Writer's Life*. ibid. p. 66.

可能和她们一样。"①诚如史密斯所期望和预言的，她在 20 世纪 60 年代开始投入文学创作，从 80 年代至今一直笔耕不辍，史密斯就地取材，其书写围绕阿巴拉契亚地区南方白人的生活（尤其注重对南方女性生活的刻画和个人主体性的形塑）、历史、宗教文化展开，具有鲜明的民俗色彩。过去三十年，史密斯凭借其细腻的文学书写斩获欧亨利奖（O. Henry Award）、美国艺术与文学院的学院奖（Academy Award in Fiction from the American Academy of Arts and Letters）、托马斯·沃尔夫奖（Thomas Wolfe Award）、南方图书批评者圈奖（Southern Book Critics Circle Award）、弗吉尼亚州终身文学成就奖（Lifetime Literary Achievement Award from State of Virginia）等奖项。也正是在这期间，关于史密斯的文学批评成果接连涌现。

目前，国内对李·史密斯的研究仍旧处于空白，而国外学者对她的小说则进行了多视角的研究，研究成果主要分布在专著、期刊论文和硕博士论文三方面。专著方面，多萝西·库姆斯·希尔（Dorothy Combs Hill）的《李·史密斯》（*Lee Smith*, 1992）对史密斯的多部作品进行了简明介绍。丹尼尔·N. 琼森（Danielle N. Johnson）的《理解李·史密斯》（*Understanding Lee Smith*, 2018）按时间顺序梳理了她人生的主要事件对其文学创作的影响，归纳了史密斯的文学作品中的女性主体性、艺术性、宗教、历史和地方性等主题，这两部作品成为研究史密斯的扛鼎之作。琳达·泰特编撰的《与李·史密斯的谈话集》（*Conversations with Lee Smith*, 2001）收录了关于史密斯的采访材料和生平文献共 14 篇，这部"采访材料涵盖了史密斯的阿巴拉契亚山区的背景和文化遗产、她个人的写作事业、她的写作习惯和个人生活经历"②，该谈话集是厘清史密斯创作理念和透视史密斯个人生活经历对她文学创作影响的珍贵资料。

国外学者对史密斯的研究始于 20 世纪 80 年代，此后对其研究成果不断涌现，主要分布在期刊文章和硕博士论文中，其中 JSTOR 上能搜索到的针对其文学作品研究的文章有 18 篇，ProQuest 学位论文全文检索平台收录的关于她的文学作品研究的硕博士论文达 23 篇（博士论文 19 篇，硕士论文 4 篇）。笔者在对这些资料进行主题整合分析后得出，学者们主要集中在对史密

---

① Parrish, Nancy. "Lee Smith." *Appalachian Journal* 19. 4（1992）: 397.
② Buchanan, Harriette C. "Conversations with Lee Smith by Linda Tate." *Appalachian Journal* 30. 2/3（2003）: 232.

斯小说中的叙事技巧、宗教性、女性生命和主体性、阿巴拉契亚地区的南方性和文化融合等问题的探讨上，呈现出从文本内的叙事艺术向地方文化研究的转向。

其中，研究史密斯小说的叙事技巧和主题的博士论文有 6 篇，内布拉斯加大学的布兰特利的博士论文《超越被屏蔽起来的门廊：南方女性作家的讲故事传统》("Beyond the screened porch: The storytelling tradition in southern women writers")从史密斯和卡森·麦克勒斯这两位 20 世纪的南方女性作家的小说探讨了主要人物如何运用听来的故事、个性化的语言以及沉默来讲述故事。北伊利诺伊大学的艾利奥特的博士论文《死尸、烧毁的信、坟地：当代南方小说中通过讲故事协商地方》的第二章讨论了史密斯在小说《美丽温柔的淑女》(*Fair and Tender Ladies*)中如何运用书信体写作形式和民间风俗传统重新定义 20 世纪初阿巴拉契亚地区女性的生活经验。北卡罗来纳大学的坎贝尔（Diana Kaye Campbell）在博士论文《共同的回应力：从米哈伊尔·巴赫金到李·史密斯和莱斯利·马尔蒙·希尔科的审美、伦理和介质》("'Mutual Answerability': Aesthetics, Ethics, Transgredients from Mikhail Bakhtin to Lee Smith to Leslie Marmon Silko", 1999）其中一章节中分析了史密斯的小说《魔鬼的梦想》中的形式统一，认为该小说与美国和南方的文学和历史传统进行了对话，具体分析了小说中外在和内在两种时空体建构、戏仿、对话、作者的沉默、文本和语境之间的空白叙事技巧。弗罗里达州立大学的雷迪克（Niles M. Reddick）的博士论文《李·史密斯、克莱德·爱杰顿、詹尼斯·多尔蒂选集中古怪作为一种叙事技巧》("Eccentricity as Narrative Technique in Selected Works of Lee Smith, Clyde Edgerton, and Janice Daugharty", 1996）其中一章节分析了史密斯在小说中塑造的古怪人物。马奎特大学的威兰德（Lisa Cade Wieland）的博士论文《往日难忘：20 世纪南方文学中的家庭和故事讲述》("Old Times Not Forgotten: Family and Storytelling in Twentieth-Century Southern Literature", 2007）分析了史密斯小说中非传统的叙事形式以及读者的阅读体验。北卡罗来纳大学的约翰逊（Danielle N. Johnson）的博士论文《"很高兴我倾尽心力"：李·史密斯的小说》("'I'm Glad I Gave All My Heart': The Fiction of Lee Smith", 2013）对史密斯于 1968 年至 2010 年期间出版的小说进行了主题梳理。期刊方面，琼斯（Suzanne W. Jones）的《像猫头鹰一样喊叫的城市人：李·史密斯的〈口头历史〉中的叙事策略》("City Folks in Hoot Owl Holler: Narrative Strategy in Lee Smith's *Oral History*")、多隆（Jocelyn Hazelwood Donlon）的《倾听即相信：格洛丽亚·内勒和李·史密斯的南方种族社群和故事倾听策略》("Hearing is Believing: Southern Racial Communities and Strategies of Story-Listening in Gloria Naylor and Lee Smith")、比利普斯（Martha Billips）的《李·史密斯小说中一份被剔除的手稿、一个早期故事和一种新的方法》("A Deleted Manuscript, an Early Story, and a New Approach to the Fiction of Lee Smith")和阿姆斯特朗（Rhonda Armstrong）的《在叙事者之外阅读李·史密斯的〈口头历史〉》("Reading around the Narrator in Lee Smith's *Oral History*")等文章分别分析了史密斯小说中倾听、多声道叙事、不可信叙事等叙事技巧。

在美国南方浓厚宗教氛围中成长起来的史密斯也将地方宗教融入其对阿巴拉契亚的地方书写之中。目前，研究史密斯小说中宗教内涵的博士论文有4篇，肯塔基大学的罗宾森（Sherry Lee Robinson）的博士论文《李·史密斯：肉体、精神和词语》("Lee Smith: the Flesh, the Spirit, and the Word"，1998）分析了史密斯多部小说中肉体的宗教性和宗教的肉身性。杜兰大学的阿蒙德（Kathaleen E. Amende）的博士论文《解决李·史密斯、罗斯玛丽·丹尼尔、谢里·雷诺兹作品中的性和神性》("Resolving the Sexual and the Sacred in the Works by Lee Smith, Rosemary Daniell and Sheri Reynolds"，2004）中"李·史密斯的小说〈拯救的恩赐〉中性和宗教的和解"("Sexual and Religious Reconciliation in Lee Smith's *Saving Grace*"）这一章节讨论了小说中女主人公的性与宗教合二为一的状况。宾州州立大学的史密斯（Carissa Turner Smith）的博士论文《定位宗教：20世纪美国女性作家的宗教地理》("Placing Religion: The Spiritual Geography of Twentieth-Century American Women Writers"，2007）探索了美国女性作家如何通过虚拟和非虚拟的叙事来解构基督教、家族史以及地方之间的关联。北卡大学的瓦伦（Karen Wheeler Warren）的博士论文《松绑圣经地带：兰德尔·凯南、李·史密斯、罗恩·拉什的小说中对可选择的宗教叙事的追逐》("Loosening the Bible Belt: The Search for Alternative Spiritual Narratives in the Fiction of Randall Kenan, Lee Smith, and Ron Rash"，2010）的第二章"在流沙之地中寻找一块坚硬之地：李·史密斯小说中寻觅信仰和协调宗教的叙事"("'Searching for Hard Ground in a World of Shifting Sands': Finding Faith and Negotiating Spiritual Narratives in the Fiction of Lee

Smith"）分析了小说《拯救的恩赐》和《在阿格特山上》中阿巴拉契亚山区的女性宗教性，展现了女性的宗教体验。拜厄德（Linda Byrd）的文章《李·史密斯的小说〈口头历史〉中神圣的、充满性欲的母亲的出现》（"The Emergence of the Sacred Sexual Mother in Lee Smith's *Oral History*"）、奥斯特瓦特（Conrad Ostwalt）的文章《女巫和耶稣：李·史密斯的阿巴拉契亚地区的宗教》（"Witches and Jesus: Lee Smith's Appalachian Religion"）、米勒（Monica Miller）的文章《山里的罗亚：李·史密斯小说〈在阿格特山上〉的伏都和不可言说的事物》（"A Loa in These Hills: Voudou and the Ineffable in Lee Smith's *On Agate Hill*"）、康诺利（Andrew Connolly）的文章《不擅长现代生活：李·史密斯小说中阿巴拉契亚州的五旬节教派教徒们》（"Not Real Good at Modern Life: Appalachian Pentecostals in the Works of Lee Smith"）对史密斯的文学作品中基督教与女性性欲、基督教和地方巫术中的超自然力量、伏都教元素等进行了探讨。

　　史密斯对反南方淑女的刻画和演绎也是学者们重点关注的话题，路易斯安纳州立大学的卫斯理（Deborah Rae Wesley）在博士论文《放弃具有束缚性的叙事：李·史密斯和盖尔·古德温作品中的南方淑女和女性创造力》（"Renouncing Restrictive Narratives: The Southern Lady and Female Creativity in the Works of Lee Smith and Gail Godwin"，1994）探讨了南方作家如何建构和解构南方淑女意象。南密西西比大学的麦克德（Charline Riggs McCord）在博士论文《以否定来肯定：爱伦·道格拉斯、李·史密斯、吉尔·麦克科、瓦莱丽·赛耶斯、卡洛琳·海恩斯作品中叛逆的反淑女形象》（"Affirmation through Negation: The Rebelling Anti-Belle in the Works of Ellen Douglas, Lee Smith, Jill McCorkle, Valerie Sayers, and Carolyn Haines"，2005）同样分析了史密斯小说中的反淑女形象。得克萨斯A＆M大学博德（Linda Joyce Byrd）的博士论文《李·史密斯小说中的性和母性》（"Sexuality and Motherhood in the Novels of Lee Smith"，1998）探讨了史密斯如何运用史前的集母性和神性为一体的女性形象来再现性和母性主题，试图恢复长久以来被父权一神论压制的女性神论的位置。明尼苏达大学的迪泽尔的博士论文《重塑花园：南方女性叙事中的风景再现》在其中一章中探讨了李·史密斯的小说《美丽温柔的淑女》中女主人在南方不同发展时期与土地的关系，从园艺和耕种实践、理解古老传说和风景欣赏中进行体悟，阐释女性在风景描述中的主动地位。

新墨西哥大学的怀特（Elizabeth J. Wright）的博士论文《离"家"：美国女性小说和自传中的旅行与读写政治 1898—1988》("Leaving 'Home': Travel and the Politics of Literacy in United States Women's Fiction and Autobiography, 1898-1988", 2000）的第六章分析了小说《美丽温柔的淑女》中女主人公艾薇的读写能力背后渴望突破地域局限的愿望。卫斯理的（Debbie Wesley）的文章《以新视角看待一个旧故事：李·史密斯的女性创造力肖像》("New Way of Looking at an Old Story: Lee Smith's Portrait of Female Creativity"）分析了史密斯小说中女性的艺术创造力，本内特（Tanya Long Bennett）的文章《〈美丽温柔的淑女〉中千变万化的艾维》("The Protean Ivy in Lee Smith's Fair and Tender Ladies"）探讨了她多变的身份。

多位学者们还考察了史密斯的作品中的南方主题和阿巴拉契亚地区的多元文化，如宾州州立大学的史密斯的博士论文《字里行间：当代南方女性作家：盖尔·戈德温、鲍比·安·梅森、丽莎·埃尔瑟、李·史密斯》讨论了四位当代作家的写作如何重新定义南方性。路易斯安纳州立大学的科莱（Sharon Elizabeth Colley）的博士论文《超越你的成长环境：李·史密斯小说中的社会阶级和地位的作用》("Getting above your Raising？: The Role of Social Class and Status in the Fiction of Lee Smith", 2002）分析了史密斯小说中社会阶层和地位对人物的人生机遇和人际关系的影响。安德伍德（Gloria Jan Underwood）的博士论文《祝福和负担：李·史密斯小说中的记忆》("Blessings and Burdens: Memory in the Novels of Lee Smith", 1991）分析了史密斯若干部小说中的记忆主题。学者们还深入探索了一直以来南方备受冷落的多元文化，贝勒大学的普来兹洛娃（Katerina Prajznerova）的博士论文《南阿巴拉契亚山区的文化联姻：李·史密斯四部小说中的彻罗基族元素》("Cultural Intermarriage in Southern Appalachia Cherokee Elements in Four Selected Novels by Lee Smith", 2001）从文化人类学的角度探讨了史密斯的四部小说中的诸如动植物信仰、巫术等彻罗基族的文化元素。比利普斯（Martha Billips）的《多么野蛮和多元化的州：李·史密斯的〈口头历史〉中的弗吉尼亚》("What a Wild and Various State: Virginia in Lee Smith's *Oral History*"）一文关注了史密斯小说《口头历史》中弗吉尼亚州与外界的文化融合。

此外，学者们还将史密斯置于英美文学框架之中对其进行对比研究，特贝茨（Terrell L. Tebbetts）的文章《发掘父亲：〈家庭亚麻布〉对〈在我弥留之际〉的回应》("Disinterring Daddy: *Family Linen*'s Reply to *As I Lay Dying*")分析了史密斯对福克纳的文学主题和叙事形式的模仿。坎贝尔（H. H. Campbell）的文章《李·史密斯与勃朗特姐妹：文档视图》("Lee Smith and the Bronte Sisters: Document View")对史密斯的小说《口头历史》和艾米丽·勃朗特的小说《呼啸山庄》进行了对比分析。另外，研究史密斯的作品的硕士论文有4部，这4部论文主要研究了史密斯小说中的宗教、南方淑女形象、阿巴拉契亚的音乐史。

安·泰勒1941年出生于美国明尼苏达州，但她书写的主题和人物均带有浓烈的南方色彩和南方文学特质。泰勒出生于美国北部，但是泰勒的童年、青少年以及求学时光都是在美国南方度过。泰勒6岁时就被父母带到了位于北卡罗来纳州山区的赛洛（Celo）社区生活，以此"远离经济体制带来的压力和强迫"[1]，这和保守的美国南方人面对资本主义经济制度和城市化进程时所采取的逃避和拒斥的态度不谋而合。在赛洛社区，与城市喧嚣隔离的、自给自足的乡村生活让泰勒获得了观察和体验南方人生活的机会。在一次采访中她坦言："我的童年和青春期都是以一个局外人的身份度过的，一个北方人，但是我是在社群氛围浓厚的环境中被养育成人的，我向往大型的南方家庭。"[2]11岁时，泰勒跟随父母搬迁至北卡罗来纳州的首府罗利（Raleigh），这一次的迁移让泰勒获得了第一手的关于南方烟草工作的知识，并让她得以近距离接触到各种南方方言。除此之外，泰勒还在美国南方开启了她的求学生涯。泰勒在杜克大学受到了美国南方作家同时也是她写作课的老师雷诺兹·普拉斯（Reynolds Price）的影响，后者将其介绍给了自己的出版经纪人，并将泰勒引介给她一直以来关注的南方作家韦尔蒂。

可以说，泰勒自身的成长经历和韦尔蒂对她的文学创作内容和风格的影响塑形了她的南方作家的身份，多位作家发现了她的文学创作的南方特性。大卫·伊凡尼尔（David Evanier）因为泰勒对古怪的、中途辍学（dropouts）的人物的精彩塑造，将她称为"南方学派的分支"[3]，保尔·丙丁（Paul Binding）列举出泰勒的创作所具有的南方特质："第一，泰勒关注的是大型

---

[1] Croft, Robert Wayne. "Anne Tyler: An Ordinary Life." *Diss. U of Georgia*, 1994, p. 4.
[2] English, Sarah. "An Interview with Anne Tyler." *The Dictionary of Literary Biography Yearbook*. Detroit: Gale Research, 1982. pp.193-194.
[3] Evanier, David. "Song of Baltimore." *National Review* 32. 12（1980）: 973.

的以及其分支呈网状分布的家庭；第二，她小说的社交包容性（social inclusiveness）反映了南方社会的具有凝聚力的本质；第三，她使用一些小道传闻以及难以置信的故事作为了解人物和他们的世界的方式；第四，她的小说中的主人公是一些反常的、具有强迫症的人；第五，她的小说带有一种充满欢乐的、颇具讽刺意味的幽默；第六，在描述男女关系之时，她展现出出奇的柔软特质；最后则是她的小说具有通灵性质的（mediumistic）地方性。"[1]贝尔（Paul Bail）称"泰勒身上的南方性来自于她的情感感受力（sensibility）"[2]，鲁洛夫（Jorie Lueloff）认为该种感受力是南方作家的显著特征，他称"存在于人与人之间的微妙的成分鲜少在北方作家的小说中出现，而大部分的南方小说家极为关注这种人与人之间微妙的联系"[3]。

因为泰勒自身的成长经历和其作品对南方人生活的刻画和南方主题的演绎，她常常被文学研究学者列入南方作者之列。泰勒与伊朗籍儿童医生泰西·莫德莱西（Taghi Modaressi）的结合以及她与丈夫的伊朗家庭的相处使其在多部作品中关注跨国语境中的身份认同问题。

从20世纪80年代至今，泰勒共计出版23部中长篇小说，多部作品获得了重量级的文学奖项。1981年，她凭借小说《摩根经过》（*Morgan's Passing*）荣获卡夫卡小说奖（Janet Heidenger Kafka Prize for Fiction）。1983年，泰勒的小说《思家餐馆的晚餐》（*Dinner at the Homesick Restaurant*）获得了笔会/福克纳奖（The PEN/Faulkner Award for Fiction）并入围当年的普利策文学奖。1985年，泰勒的小说《意外的旅客》（*The Accidental Tourist*）入选当年美国国家书评人圈（National Book Critics Circle）最杰出的虚拟作品奖并再次入围普利策文学奖。在两次与普利策文学奖失之交臂后，泰勒于1989年凭借小说《呼吸课》（*Breathing Lessons*）最终将该奖项收入囊中。此外，她还发表了若干短篇小说。在进行文学创作的同时，泰勒从事了文学评论的工作。

国外目前有五部关于她的文学作品的研究专著。其中，卡林·林顿（Karin Linton）的《时间视野：安·泰勒主要小说中的时间主题研究》（*The Temporal Horizon: A Study of the Theme of Time in Anne Tyler's Major Novel*，

---

[1] Binding, Paul. *Separate Country: A Literary Journey through the American South*. New York: Paddington Press, 1979. p. 25.
[2] Bail, Paul. *Anne Tyler: A Critical Companion*. Westport and London: Greenwood Press, 1998. p. 17.
[3] Lueloff, Jorie. "Authoress Explains Why Women Dominate in South" *in Morning Advocate*, February 8, 1965. p. 11.

1989)一书讨论了其小说中的时间主题。罗伯特·W.克劳福特（Robert W. Croft）的《安·泰勒的传记书目》（*Anne Tyler: A Bio-Bibliography*，1995）详细记录了泰勒的人生、早期作品、在巴提摩尔的生活、书评工作经历、成名经历，概述了她的文学作品的主要主题。保罗·贝尔（Paul Bail）的《一部安·泰勒批评指南》（*Anne Tyler: A Critical Companion*，1998）以及克劳福特的《一部安·泰勒指南》（*An Anne Tyler Companion*，1998）简要介绍了泰勒作品中的人物、主题、意象等内容。苏珊·S.亚当斯（Susan S. Adams）于2006出版的《安·泰勒小说中的迷失与衰退："下滑的"生命》（*Loss and Decline in the Novels of Anne Tyler: The "Slipping-down" Life*）研究了当代美国家庭模式转变、经济衰退、文化冲击等要素交织下泰勒小说中的"迷失"和"衰退"主题。

　　博士论文方面，笔者在 ProQuest 学位论文全文检索平台中共搜索到 22 篇博士论文，其中 11 篇博士论文围绕泰勒小说中的家庭主题（破裂的家庭关系、家庭模式、单身母亲形象的建构）展开。南卡罗来纳大学怀特塞兹（Mary Parr Whitesides）的博士论文《1882 年至 1992 年期间美国小说中的婚姻》（"Marriage in the American Novel from 1882 to 1982"，1984）的其中一章"《思家餐馆的晚餐》：安·泰勒的破裂的家庭故事"（"*Dinner at the Homesick Restaurant*: Anne Tyler's Fractured Family Tales"）分析了小说《思家餐馆的晚餐》中破裂的家庭关系。宾夕法尼亚大学的兰蒂斯（Robyn Gay Landis）的博士论文《家庭事务：文学、理论和学术中的身份和权威问题》（"The Family Business: Problems of Identity and Authority in Literature, Theory, and the Academy"，1990）分析了泰勒的文学作品中具有开放性的非父权制的家庭模式。马塞诸塞州大学的琼斯（Maureen Buchanan Jones）的博士论文《珍珠母亲：对文学中单身母亲的历史和心理分析》（"Mothers of Pearl: A Historical and Psychoanalytic Analysis of Single Mothers in Literature"，1992）聚焦了多部当代文学作品中的单身母亲形象，其中一章节分析了《意外的旅客》中的单身母亲形象。罗德岛大学的怀兹哈特（Marilyn Perkins Wisehart）的博士论文《重操家务：美国文学和电影中的中产阶级的家务活和主妇们》（"Housework Redone: The Representation of Domestic Work and Homemakers in Depictions of the Middle Class in American Literature and Film"，1993）分析了泰勒小说中家务活在情节建构中的作用。印第安纳大学的格雷翰姆（Diana Gail Graham）

的博士论文《弗吉尼亚·伍尔夫、苏珊娜·莫尔、安·泰勒、托尼·莫里森小说中自我的再现》("Representations of the Self in the Novel of Virginia Woolf, Susanna Moore, Anne Tyler, and Toni Morrison",1994)的其中一章分析了小说《思家餐馆的晚餐》中家庭内部自我价值的建构。罗德岛大学的内斯特（Nancy L. Nester）的博士论文《家庭符号：当代美国文学中的家庭生活意象》("Signs of Family: Images of Family Life in Contemporary American Literature",1995)的其中一章分析了泰勒小说中的家庭意象。内布拉斯加大学的萨拉斯（Angela M. Salas）的博士论文《伊迪斯·华顿、薇拉·凯瑟、托尼·莫里森和安·泰勒小说选对不在场的运用》("The Uses of Absence in Selected Novels by Edith Wharton, Willa Cather, Toni Morrison and Anne Tyler",1995)分析了泰勒的小说《圣徒叔叔》中的家庭纠葛和救赎。伍顿（Margaret Everhart Wooten）的博士论文《安·泰勒小说中的家庭结构和关系》("Family Structure and Relationships in the Novel of Anne Tyler",1997)分析了她家庭小说中的家庭模式和不同寻常的家庭成员关系。北伊利诺伊大学的洪格丽提潘（Supasiri Hongrittipun）的博士论文《安·泰勒作品中麻烦的童年和问题重重的关系》("Troubled Childhoods and Problematic Relationships in Anne Tyler's Work",2004)分析了她多部小说中的两性关系、父母与子女之间焦灼的亲缘关系。宾夕法尼亚印第安纳大学的坎萨罗塞（Sasitorn Chantharothai）的博士论文《改变自我、家庭和社群：安·泰勒、托尼·莫里森和谭恩美小说中的女性》("Transforming Self, Family, and Community: Women in the Novels of Anne Tyler, Toni Morrison, and Amy Tan",2003)在其中一章节中分析了泰勒小说中的自我、家庭和社群关系。梅德韦思奇的博士论文《安·泰勒小说中有缺陷的视觉和听力》("Faulty Vision and Hearing in the Novels of Anne Tyler",2008)分别从性别和文化两重角度探讨了泰勒小说中的具有缺陷的视觉和听力书写，她使用了视觉工具和视觉隐喻来讨论家庭成员之间的关系。

另外，有5篇博士论文从泰勒小说中的个人形象（反传统的女性形象、具有内省特质的男性形象、怪异的人物）展开研究，北得克萨斯州立大学的布洛克（Dorothy Faye Sala Brock）的博士论文《安·泰勒对管理型女性的处理》("Anne Tyler's Treatment of Managing Women",1985)分析了她小说中再生型的管理型女性（regenerative managing women）和僵硬的管理型女性（rigid managing women）的形象。俄亥俄州立大学的沃尔帕特（Liana Paula

Wolpert)的博士论文《越过性别之线：女性小说家和她们的男性声音》("Crossing the Gender Line: Female Novelists and Their Male Voices", 1988)在第六章"安·泰勒的小说《天文导航》：男性角色的新见解"("Anne Tyler's *Celestial Navigation*: New Insights into the Male Hero")中分析了具有内省特质的男性角色的塑造。路易斯安纳州立大学的内萨挪威奇（Stella Ann Nesanovich）的博士论文《家庭中的个人：对安·泰勒小说的批判性引入》("The Individual in the Family: A Critical Introduction to the Novel of Anne Tyler", 1979)梳理了她小说中的各种人物形象。印第安纳大学的珂克兰（Lynn Cochran）的博士论文《安·泰勒、莫娜·辛普森和苏·米勒小说中不适当的性别》("Unbecoming Gender in the Fiction of Anne Tyler, Mona Simpson, and Sue Miller", 1996)分析了这些作品对女性性别角色的解构。诺丁汉特伦特大学的赫尔福德（Ann Hurford）的博士论文《打破界限和占据门槛：安·泰勒写作中的古怪和阈限》("De-stablizing Boundaries and Inhabiting Thresholds: Eccentricity and Liminality in Anne Tyler's Writing", 2003)分析了泰勒小说中人物怪异的行为。

除此以外，还有博士论文从女性话题、后结构主义写作特点、日常性、宗教主题、感伤主义、文学的电影改编这些方面展开研究，俄亥俄州立大学的诺尔地（Patricia Mary Naulty）的博士论文《我从不谈及饥饿：芭芭拉·皮姆、玛格丽特·阿特伍德和安·泰勒小说中自我绝食作为女性的反抗话语》("I Never Talk of Hunger: Self-starvation as Women's Language of Protest in Novels by Barbara Pym, Margaret Atwood, and Anne Tyler", 1988)分析了泰勒小说《思家餐馆的晚餐》中珍尼抵抗男权社会压力的绝食策略。塔尔萨大学的盖尼（Karen Fern Wilkes Gainey）的博士论文《颠覆象征：安·泰勒、简·安菲利普斯、鲍比·安·梅森、格蕾丝·帕里的符号小说》("Subverting the Symbolic: The Semiotic Fictions of Anne Tyler, Jayne Anne Phillips, Bobbie Ann Mason, and Grace Paley", 1990)其中一章分析了泰勒小说中具有颠覆性的情节和人物。克罗夫特（Robert Wayne Croft）的博士论文《安·泰勒：普通的一生》("Anne Tyler: An Ordinary Life", 1994)梳理了泰勒的生平和文学事业。密西西比大学的科尔曼（Cheryl Devon Coleman）的博士论文《父亲的罪恶：安·泰勒小说中的受罪和拯救》("The Sins of the Fathers: Suffering and Salvation in the Novels of Anne Tyler", 1995)从正统基督教信仰的角度解读了她小说中的原罪模式、原罪的影响和对原罪的救赎。俄勒冈大学的罗斯（Elaine Roth）的博士论文《可见的女人：美国文学感伤主义与电影式的情景剧中的快乐和抵制》("The Visible Woman: Pleasure and Resistance in U. S. Literary Sentimentalism and Cinematic Melodrama", 1999）其中一章分析了小说《圣徒叔叔》中的感伤主义修辞。博内特（Mark W. Burnette）的博士论文《安·泰勒的小说〈意外的旅客〉的电影改编研究：剧本的发展和生产》("Screenplay Development and the Production Process in the Film Adaptation of Anne Tyler's Novel *The Accidental Tourist*", 2003）分析了该小说的两次剧本改编以及最后电影的成型。期刊文章方面，笔者发现 Gale 和 JSTOR 两个资料库共收录了泰勒的 7 篇学术论文，主要研究其小说中的幽默效果、家庭和性别主题、社会批判意识、伦理和哲学观。

综上所述，国外对泰勒的研究资料有限，研究内容主要集中在对其作品的主题和特点、社会意识批判、伦理与哲学观等议题的讨论上。

出生于 1940 年的梅森身兼小说家、散文家、文学批评家的多重身份。学界对梅森设置的标签集中在"最后一位南方女性作家"和"极简主义小说家"之中。其文学书写描绘了一个主动融入美国商品经济的世界，批评家们常常因为她在多部作品中提及"711 连锁超市"并深度描绘肯塔基州的人们在其中消费的场景，因而将梅森的文学作品打上"711 超市现实主义"（K Mart realist）的文学标签。

数位学者指出梅森的文学创作缺乏南方性，美国著名南方文学研究专家弗雷德·霍布森称梅森"相对缺乏南方人的自我意识"[①]，罗伯特·H. 布林克尔（Robert H. Brinkmeyer, Jr.）认为"梅森更多地把关注点放在美国人身上而不是南方经验上。对于梅森来说，一个南方人对自我的定义意味着向美国而不是向南方妥协"[②]。作家李·史密斯称梅森"所描写的就是新南方，她所书写的南方社会是固定的支点不再站得住脚的南方"[③]。诚如他们所观察到的，

---

① Hobson, Fred. "Of Canons and Cultural Wars: Southern Literature and Literary Scholarship after Mid-century." *The Future of Southern Letters*. Eds. Jefferson Humphries and John Lowe. New York and Oxford: Oxford UP, 1996. p. 84.
② Brinkmeyer, Robert H. "Finding One's History: Bobbie Ann Mason and Contemporary Southern Literature." *Southern Literary Journal* 19. 2（1987）: 32.
③ Loewenstein, Claudia and Lee Smith. "Unshackling the Patriarchy: An Interview with Lee Smith." *Southwest Review* 78. 4（1993）: 487.

她的文学作品展现了一个不断发生变化且南方性不断被削弱的新南方。

在文学创作中，梅森的小说语言平实，有时接近直白烦琐，但却能够通过细腻的笔触深入人物的内心，揭示大历史背景中小人物的心理和生活状态，她称自己想书写"那些渴望进入主流社会的人物……那些无名小卒的故事"①，例如那处于成长阵痛阶段的青少年、被婚恋问题困扰的青年男女、固守南方传统的老人和与南方传统渐行渐远的当代南方人、罹患战争创伤的南方白人。梅森对趋于标准化、商业化的美国南方经济和社会生活以及20世纪后半期的性别、历史、创伤、环境等问题的关注和思考使得其文学作品超越了南方的地方性，从而在美国读者中具有广泛的接受性。

目前，国外有3部研究梅森文学作品的专著，包括威尔赫姆（Albert Wilhelm）的《鲍比·安·梅森的短篇小说研究》（*Bobbie Ann Mason: A Study of the Short Fiction*，1998）、普莱斯（Joanna Price）的《理解鲍比·安·梅森》（*Understanding Bobbie Ann Mason*，2000）、艾卡德（Paula Gallant Eckard）的《托尼·莫里森、鲍比·安·梅森、李·史密斯作品中母性的身体和声音》（*Maternal Body and Voice in Toni Morrison, Bobbie Ann Mason, and Lee Smith*，2002）。其中，第一部专著归纳了梅森短篇小说的主题、有关梅森的采访资料以及两位研究梅森文学作品的批评家的介绍。第二部专著对梅森的生平和她的几部主要的中长篇小说的主题和人物进行了简要分析。第三部专著在其中一章中分别从战争、记忆和商品化这三个维度分析了梅森三部小说中的母性主题。

在ProQuest学位论文全文检索平台中以"Bobbie Ann Mason"为关键词进行检索，笔者搜索到了28篇关于梅森的文学作品的博士论文和若干篇硕士论文，最早的一篇博士论文见于1989年，这些论文的研究内容涵盖梅森小说中的越战叙事、流行文化、社会转型对南方家庭观念、阶级意识和农耕意识的冲击、女性和青少年的人物塑造、文学创作后的社会机制支持、文本内的叙事特征。有关硕士论文则从梅森作品中南方的基督教信仰的崩塌、南方性、青少年成长主题、历史观中展开。

在28篇博士论文中，对梅森小说《在乡下》的越战主题的研究居多，学

---

① Hill, Dorothy Combs. "An Interview with Bobbie Ann Mason." *Southern Quarterly* 21.1（1991）: 90-91.

者们集中研究了该小说中的越战主题和情节、越战历史的探寻、历史创伤的修复。匹兹堡大学的波斯讷尔（Amy B. Gleichert Bothner）的博士论文《可以改变的过去：当代美国女性小说中的历史重造》（"Changeable Pasts: Reinventing History in Contemporary American Women's Fiction"，1996）中的"鲍比·安·梅森的《在乡下》"（"Bobbie Ann Mason's *In Country*"）这一章分析了梅森小说《在乡下》中女性对越战历史的重建。加州大学河滨分校的凯尔博（Barbara Neault Kelber）的博士论文《创造地方：美国南方的女作家》（"Making Places: Writing Women of the American South"，1994）中的"假小子和墓碑：性别和纪念姿势"（"Tomboys and Tombstones: Gender and the Commemorative Gesture"）这一章分析了"假小子"萨姆探索历史的行动。艾莉森（James J. Elison）的博士论文《战争小说：文化政治和越战叙事》（"Warring Fictions: Cultural Politics and the Vietnam War Narrative"，1995）的其中一章分析了《在乡下》中越战在美国家庭中的建构。里海大学的迪卡莫（Stephen Norton doCarmo）的博士论文《历史与抗拒：当代美国小说中对消费者文化的抗拒》（"History and Refusal: The Opposition to Consumer Culture in Contemporary American Fiction"，1999）中的"鲍比·安·梅森的小说《在乡下》中的陆军野战医院和大型商场遇见历史"（"M.A.S.H and the Mall Meet History in Bobbie Ann Mason's *In Country*"）这一章分析了流行文化对个体理解历史的妨碍作用。加州大学河滨分校的奥利占的（Kimberly Joy Orlijan）的博士论文《品尝的主体：食物和饮食的文化生产》（"Consuming Subjects: Cultural Productions of Food and Eating"，1999）中的其中一章分析了该小说中的食物和消耗意象：美国饮食文化入侵越南人的生活、战争中的残杀和强奸等的食肉隐喻、新旧南方的饮食差异。南卡罗来纳大学的李关金（Gwang-Jin Lee）的博士论文《消费流行元素：当代美国小说和流行文化》（"Consuming the Popular: Contemporary American Fiction and Popular Culture"，2001）中"越战和购物中心：鲍比·安·梅森的《在乡下》"（"The Vietnam War and the Shopping Mall: Bobbie Ann Mason's *In Country*"）分析了大众文化对小说人物深入了解历史所起到的作用。克莱尔蒙特研究生大学的辛里奇斯（Danielle Hinrichs）的论文《书写一个战争故事：美国女性对越战的书写》（"Writing a War Story: American Women's Writing on the Vietnam War"，2004）分析了女性作家的战争文学如何展示暴力对语言、自然、身体和日常生活的影响,其中在"我想要的是纪念碑的终结:鲍比·安·梅森的《在乡下》和林璎的越战老兵纪念碑"("What I Wanted Was an End to Monuments: Bobbie Ann Mason's In Country and Maya Lin's Vietnam Veterans Memorial")这一章分析了越战纪念碑在小说情节和主题中的推动作用。波士顿大学的欣里森的博士论文《向前走、往后看:1930 年到 2001 年南方文学中的创伤、幻想和误认》在其中一章中探讨了女主人公通过幻想的方式接近并了解国家历史的过程。南伊利诺伊大学的菲尔德(Christopher B. Field)的博士论文《我们的父亲、我们的兄弟和我们自己:幻想模式感知和创伤理论的推进》("Our Fathers, Our Brothers, Ourselves: Illusory Pattern Perception and the Progression of Trauma Theory",2015)中"并非所有的一切看起来那么地逼真:鲍比·安·梅森的小说《在乡下》中的兄弟之死、逃避和抵触"("Now Everything Seemed Suddenly So Real: The Death of the Brother and Avoidance and Denial in Bobbie Ann Mason's In Country")这一章分析了越战创伤文化在小说文本中的再现。

其次,学者们还研究了梅森文学作品中的流行文化元素。圣母大学的汉森(Robert J. Hansen)的博士论文《及时的调停:恢复后现代小说中历史的使用价值》("Timely Meditations: Reclaiming The Use-Value of History in the Postmodern Novel",1996)中"鲍比·安·梅森的小说《在乡下》中的创造性制图与流行文化"("Creative Cartography and Popular Culture in Bobbie Ann Mason's In Country")这一章讨论了梅森如何通过多种流行文化要素建构越战历史。道格拉斯的(Thomas William Parker Douglas)的博士论文《当我们说起媒体,我们谈论的是什么:美国文学文化和公共领域》("What We Talk about When We Talk about the Media: American Literary Culture and the Public Sphere",1997)分析了大众流行媒介在小说《在乡下》中所起到的缓冲社会压力的作用。福特汉姆大学的李(Paticia Becker Lee)的博士论文《粗俗的还是有价值的?纳博科夫和梅森作品当中流行文化的功能》("Vulgar or Valuable? The Function of Popular Culture in the Works of Vladimir Nabokov and Bobbie Ann Mason",2001)考察了纳博科夫和梅森作品中的流行文化要素,分析了两位作者的小说中美国人如何在与流行文化的接触和碰撞中塑造和自我定位。卡罗莱纳大学的鲁特(Matthew Jonathan Luter)的博士论文《书写吞噬人的霓虹灯:1973—2003 年美国文学中的名人和观众》("Writing the Devouring

Neon: Celebrity and Audience in American Literature 1973-2003", 2010）分析了小说《在乡下》中的流行文化元素对作者理解历史的作用。

部分学者从视觉书写和饮食书写展开研究，普渡大学的拉弗兰（Angela Marie Laflen）的博士论文《观察的主体：视觉文化与当代北美女性写作中的视觉再现政治》（"Observing Subjects: Visual Culture and The Politics of Visual Representation in Contemporary North American Women's Writing", 2005）的"消费媒介：鲍比·安·梅森的小说《在乡下》中的电子媒介和对追求的真实"（"Consuming Media: Electronic Media and the Quest for Authenticity in Bobbie Ann Mason's In Country"）和"混乱的新的可见：鲍比·安·梅森的《第三个星期一》"（"Confusing New Visibility: Bobbie Ann Mason's *Third Monday*"）两章分别分析了视觉媒体对人物追求历史真相所设置的障碍以及医学摄影技术对女性重新挖掘自我完整性的作用。密歇根大学的西门斯（Philip Edward Simmons）的博士论文《大众文化和后现代历史想象：当代美国小说的阅读》（"Mass Culture and the Postmodern Historical Imagination: Readings in Contemporary American Fiction", 1990）分析了小说《在乡下》中大众视觉文化中的历史建构。邓恩（Sara Lewis Dunne）的博士论文《我们阅读的食物和我们食用的词语：从四种方法研究小说和非小说中的食物语言》（"The Foods We Read and the Words We Eat: Four Approaches to the Language of Food in Fiction and Nonfiction", 1994）中的一章分析了食物所蕴含的性隐喻。

梅森作品中描述的后南方激发了学者们对其作品隐含的社会转型话题的研究，若干位学者挖掘了其作品中的农耕主义、社会转型中的阶级认同、生活方式的转变。豪威尔（Cynthia M. Howell）的博士论文《重读农耕主义：温德尔·贝利、李·史密斯、鲍比·安·梅森作品中的掠夺和保护》（"Rereading Agrarianism: Despoliation and Conservation in the Works of Wendell Berry, Lee Smith and Bobbie Ann Mason", 1996）的其中一章分析了梅森作品中的农耕意识。肯塔基大学的格拉布斯（Morris Allen Grubbs）的博士论文《令人不安的欲望和家的置换：鲍比·安·梅森和〈夏伊洛公园短篇小说集〉》（"Unsettling Urges and the Displacement of Home: Bobbie Ann Mason and *Shiloh and Other Stories*", 2001）分析了该短篇小说集中大众流行文化冲击下的家园意象。康涅提格大学的比丁格（Elizabeth Ann Bidinger）的博士论文《遥远的故乡：自传中的阶级、认同、伦理》（"A Long Way From Home: Class, Identity and Ethics in Autobiography",2004）则考察了进入到中上层阶级的自传作者们如何看待自己过往劳动阶级的经历以及如何协调阶级认同的冲突，其中"我的家人们和他们的乡村文化：鲍比·安·梅森的自传《清泉》中的真实性创造"（"My Folks and Their Country Culture: Inventing Authenticity in Bobbie Ann Mason's *Clear Springs*"）这一章重点分析了阶级冲突下的地方性建构。北德克萨斯大学的玛丽恩（Carol A. Marion）的博士论文《扭曲的传统：尤多拉·韦尔蒂、卡森·麦卡勒、弗兰纳里·奥康纳和鲍比·安·梅森短篇小说中怪诞手法的运用》（"Distorted Traditions: the Use of the Grotesque in the Short Fiction of Eudora Welty, Carson McCullers, Flannery O'Connor", 2004）分析了现代性对南方传统文化的侵袭。圣路易斯大学的阿姆斯特朗（Rhonda Jenkins Armstrong）的名为《当代美国文学中的乡村女性和文化冲突》（"Rural Women and Cultural Conflict in Contemporary American Literature", 2005）的博士论文分析了美国乡村女性的生活方式的转变以及她们在社会转型时期面临的文化冲突。在分析小说《在乡下》时，该学者着重分析了生活于不同时代的母女二人不同的性别特征。

梅森对女性和青少年人物的塑造也引发了学者的关注，加利福尼亚河滨分校的凯伯（Barbara Neault Kelber）的博士论文《创造场所：美国南方的女性作家》（"Making Places: Writing Women of the American South", 1994）分析了南方女性作家如何通过写作创造多种叙事空间和身体来解构持有欧洲中心主义的中产阶级白人男性的权威。宾州州立大学的史密斯的博士论文《字里行间：当代美国南方作家盖尔·高德温、鲍比·安·梅森、丽萨·埃尔瑟和李·史密斯》中"鲍比·安·梅森的好乡民"（"Bobbie Ann Mason's Good Country People"）这一章分析了梅森作品中的地方主义和女性主义意识。南卡罗莱纳大学的马维兹（Mary Ruth Marwitz）的博士论文《鲍比·安·梅森小说中性别化的认识论》（"Gender-ed Epistemology in the Fiction of Bobbie Ann Mason", 1998）分析了梅森三部小说中女性对日常生活的认识与建构。

母性书写也是学者们关注的对象，埃默里大学的克劳利（Laura Kay Crawley）在其博士论文《继续的根源亦或是变化的因果？20世纪南方女性小说中的母亲们》（"Roots of Continuity or Causalities of Change? Mothers in Twentieth Century Southern Women Fiction", 2003）研究了多位南方女性作家的作品中科技和经济变化、自由个人主义以及南方等级制度给南方母亲和南方家庭关系带来的冲击，其中"成迷于美国梦：鲍比·安·梅森的小说《在乡下》中的母性"（"Knocked Out by the American Dream: Motherhood in Bobbie Ann Mason's *In Country*"）这一章讨论了小说《在乡下》对母性的建构和解构。威斯康辛大学的拜克斯（Nancy Backes）的博士论文《她们自己的青春期：当代美国文学中女性的成年过程》（"An Adolescence of Their Own: Feminine Coming of Age in Contemporary American Literature"，1990）其中一章研究了青少年对历史真相的探寻和其个人的成长。

还有学者从梅森作品的文本特征这一方面展开研究，斯伯丁大学的贝蒂（Lind Beattie）的博士论文《寻踪缪斯：关于几位当代肯塔基作者的文本和语境的创意性的本质的研究》（"Tracking the Muse: A Study of the Nature of Creativity in Texts and Contexts of Selected Contemporary Kentucky Writers"，1997）中梅森写作的创意性。格雷比尔（Mark Steven Graybill）的博士论文《将南方后现代理论化》（"Theorizing the Southern Postmodern"，1998）的其中一章分析了梅森的具有后现代色彩的书写范式。德鲁大学的惠顿（Natasha Lee Whitton）的《可能性的激发：鲍比·安·梅森的生平与写作》（"The Excitement of Possibility: the Life and Writing of Bobbie Ann Mason"，2005）关注了梅森的生命书写中的非虚构性和虚构性。

文学生产背后的社会机制也受到了学者的关注，哈佛大学的多赫蒂（Margaret O'Connor Doherty）的博士论文《受国家资助的小说：国家艺术基金会与1965年后美国文学的形成》（"State-Funded Fictions: the NEA and the Making of American Literature after 1965"，2015）研究了国家艺术基金会的赞助对第二次世界大战后美国文学生产的影响，在第四章"梅森、简约主义和国家记忆"（"Mason, Minimalism, and National Memory"）中，多赫蒂阐明了简约主义写作在20世纪80年代风靡一时的势头与国家艺术基金会期望建构民主的甚至偏向民粹主义（populism）机构的意图有关，该种政治定位影响了受该基金资助的梅森写作的形式和主题偏好。此外，她指出简约主义文学的发展史展现了平民话语渗透政治讨论的时期现实主义风格如何被理解成平民审美。

期刊论文方面，笔者在JSTOR、Gale两个文学资源数据库中以"Bobbie Ann Mason"为关键词共搜集了70余篇关于梅森作品的学术期刊文章。学界最早对梅森文学作品的批评出现在20世纪80年代。80年代，学者们主要关注她作品中的南方社会变迁与南方人身份认同、女性解放运动后南方家庭女性的反叛意识、简约主义文学作品中人物对商品文化的痴迷与其映射的美国梦。90 年代，学者们较多关注她小说中的两性和女性问题，比如两性的婚恋关系和婚恋观念的变化、新女性形象。到了 21 世纪，学者们研究的视角呈现出多样化的特征。虽然仍有学者关注她小说中的两性问题和家庭模式，也有学者对梅森的历史书写的不确定性、视觉审美、个人创伤和战争创伤的代际传递、真实再现等问题颇为关注。

总体上来说，从 20 世纪 80 年代至今，国外学者们围绕她小说的历史书写、社会转型中的南方性、文本内的艺术特点、大众流行文化等议题展开。

国内学者对这四位作家的研究也呈现出不均衡的状况。国内对韦尔蒂的关注始于 20 世纪 70 年代，她的小说作品《乐观者的女儿》（*The Optimist's Daughter*）在 1974 年由叶亮翻译、上海人民出版社出版，是国内第一部韦尔蒂的小说译作，该作品在 1980 年和 2013 年由主万和曹庸、杨向荣再译，分别由上海译文出版社和译林出版社出版。除此以外，韦尔蒂的《绿帘短篇小说集》（*A Curtain of Green and Other Stories*）和《金苹果》（*The Golden Apples*）分别在 2012 年和 2013 年由吴新云、刘浡波翻译，由译林出版社出版。文学研究方面，汪涟的专著《尤多拉·韦尔蒂小说的主导型男性气质研究》（2013）以韦尔蒂的两部长篇小说和数部短篇小说为研究对象，分析了老南方背景下的具有主导性男性气质的人物以及新型男性气质的衍生。赵辉辉的《尤多拉·韦尔蒂作品身体诗学研究》（2020）一书运用了身体研究、文化研究的理论方法分析了她小说中身体叙事的表征内涵。目前国内学界撰写的关于韦尔蒂的硕博士论文共计 34 篇，其中博士论文占据两部，于娟的博士论文《文学新闻主义视角下的薇拉·凯瑟、凯瑟琳·安·波特、尤多拉·韦尔蒂研究》在第三章中分析了摄影工作经历赋予韦尔蒂的摄影和观看视角、她小说中的绘画以及印象主义自然风景的描绘，是国内第一部分析韦尔蒂作品中视觉元素的博士论文。平坦的博士论文《"南方女性神话"的现代解构：以韦尔蒂、麦卡勒斯、奥康纳为例的现代南方女性作家创作研究》的其中一章分析了韦尔蒂小说中的母女关系重建。其余的 32 篇硕士论文主要从主题、叙事策略、神话元素、艺术观、人物心理、性别话语、文学地理等角度进行阐释。到目前为止，根据笔者在中国知网中以"韦尔蒂"为关键词进行搜索，发现 CSSCI 学术期刊上刊载的有关韦尔蒂研究的文章共计 9 篇。20 世纪 90 年代以推介为主，21世纪学者们主要研究其作品中的身体、人物形象和文学观。

20世纪80年代，泰勒的小说《呼吸课》（*Breathing Lessons*）获得普利策文学奖，此后国内便开始了对其作品的推介。译著方面，2011年，吴和林翻译了泰勒的小说《伊恩的救赎》（*Saint Maybe*），该作品由长江文艺出版社出版。2016年，刘韶方翻译了小说《思家小馆的晚餐》（*Dinner at the Homesick Restaurant*），该作品由百花文艺出版社出版。2017年，陈嘉瑜翻译了小说《意外的旅客》（*The Accidental Tourist*），卢肖慧翻译了小说《呼吸课》，王嘉琳翻译了泰勒的小说《凯特的选择》（*Vinegar Girl*），其中前两本由百花文艺出版社出版，后一本由北京联合出版公司出版。可见，国内对泰勒小说的关注在近十年呈现上升趋势，但是关于她作品的学术研究却比较有限。在中国知网中以"安·泰勒"为关键词，笔者搜索到了10篇期刊文章，4篇文章发表在CSSCI核心期刊上，而这10篇文章中有7篇是对其人其作的推介。2003年，《当代外国文学》刊登的《安·泰勒在美国当代女性文学中的地位》梳理了泰勒的作品在美国文学界和读者中的接受情况，其余两篇期刊论文研究了其作品中的母亲形象、存在和生存的主题。截至2023年底，国内仅有一篇关于安·泰勒的博士论文，南京师范大学赵岚的博士论文《诗性想象的共同体：安·泰勒小说研究》从宗教共同体、家庭共同体和地缘共同体三个方面探讨了泰勒小说中基于现代性语境的充满矛盾又不断演变的共同体。

虽然梅森在20世纪80年代就引起了美国读者和批评界的关注，但是国内对其关注较为滞后。梅森作品的译著最早见于2014年，方玉和汤伟合作翻译了梅森的小说《在乡下》（*In Country*）和《夏伊洛公园》（*Shiloh and Other Stories*），这两本译著均由重庆大学出版社出版。2014年，谢仲伟翻译了梅森的他传《猫王》（*Elvis Presley*），该译作由生活·读书·新知三联书店出版。文学研究方面，李杨、张坤和叶旭军的著作《论鲍比·安·梅森小说里美国后南方的嬗变》（2019）是国内唯一一部关于梅森的文学作品研究的学术专著，该著作分析了梅森的小说作品对南方历史、美国历史的解构，揭露了南方地区宗教的虚假和伪善，呈现了南方失落的地方情怀、模糊的性别身份和繁荣的消费文化。到目前为止，国内尚未出现关于梅森的博士论文。在中国知网中笔者可搜索到4篇在CSSCI期刊上发表的关于梅森的文学作品研究的文章。张军的文章《"对往日家园的美好追忆"：梅森和她的肯塔基文学》对梅森个人和其主要作品进行了引介；李杨和张坤的文章《梅森对南方男性的重塑》分析了梅森小说中南方男性气质的衰变；张坤的《隐性的起承转合：〈在乡下〉之叙事时间策略》分析了梅森的小说《在乡下》中反转跃动的叙事时间策略；阳洋的文章《重见越南，修复创伤：论〈在乡下〉中记忆的视觉书写》对小说《在乡下》中越战记忆的视觉再现进行了探讨，分析了小说主人公的创伤修复之路。

总体上来说，国内译界和学界对梅森的关注呈现出增长的趋势，学者们对其文学作品的研究围绕她的文学创作特点和主题展开。

在对这四位作家的研究状况进行梳理和分析后，笔者发现国内外学界对这四位作家的研究关注程度不一，有关韦尔蒂的文学研究较为成熟，这与其在南方文坛的重要地位息息相关。当然，对于泰勒、梅森、史密斯的作品的多维度、多视角的研究在近几年呈现出上升趋势。然而，鲜有学者发现四位南方作家的空间书写艺术和其背后的现实主义批判特色，并将其并置起来进行系统研究。然而，这却是理解南方的关键之所在。无论四位作家生活在南方的何处，"空间中的地方"都是萦绕在其文学书写中的重要因素，这不仅仅与南方作家的"恋地情节"相关，同时也与不断发生变化的 20 世纪美国南方有关。那么，四位作家的空间书写具有何种空间艺术特点？其空间书写如何反映出南方女性作家的现实批判意图？空间书写又是如何再现和回应 20 世纪美国南方的问题成为了亟待解决的学术议题。

第三节　本书的研究方法、理论框架和主要内容

研究对象预设了相关的研究方法倾向和理论框架选择。对于南方作家的空间书写研究需要在其地方诗学中进行，并采纳相关的空间研究理论。考虑到 20 世纪的美国南方在各个维度是动态变化的，因而本书将采用相应的空间文化理论在历时性维度中把握其空间书写艺术。文本细读、归纳分类、历时性研究、空间研究、文化研究等构成本著作主要的研究方法。

文学的空间研究需要在相应的空间理论的指涉范围内展开，文学的空间是语言建构的结果，该种语言的艺术再现也折射和反映出真实社会空间中的问题，本书将从语言和文化两个层面引入将要运用的空间理论。

一、语言层面：语象叙事与空间形式

语象叙事在英文中的对照词汇为 ekphrasis，它源自古希腊语的 ek 和 phrasizein，意为 out 和 tell，这两个词合并在一起意思是"充分讲述"。在古希腊，它被当作一种修辞术语，指人们运用栩栩如生的语言对事物进行描绘，其目的是让在场的听者亲历说话者所描绘的意象。在此之后，它逐渐进化为"专指文学作品中的以艺术作品为素材进行的文字描写，即用文字描写艺术作品的特殊题材"[1]。虽然目前学界对语象叙事的界定持有比较一致的看法，但它也经历了定义从宽泛到狭窄再到宽泛的过程。

在古希腊时期，语象叙事是演讲术中的重要修辞技巧，演讲者运用生动的语言描绘人物、绘画、雕塑等。之后，卢奇安（Lucian）、阿普列乌斯（Apuleius）和大菲洛斯特托斯（Plutarchus）等人将语象叙事再现的范围局限在艺术作品中。20世纪，克里格（Murray Krieger）将语象叙事定义为"文学中对造型艺术的模仿"。赫弗南（James A. W. Heffernan）反驳了克里格的较为宽泛的定义，将语象叙事重新定义为"视觉再现的文字再现"[2]，是作为再现艺术的视觉艺术的文学文本再现。济慈（John Keats）的《希腊古瓮颂》（"Ode on a Grecian Urn"）和雪莱（Percy Bysshe Shelly）的《奥斯曼迪斯》（"Ozymandias"）都涉及文学文本对艺术再现的描述。语象叙事的最终目的是让读者在阅读的过程中形成对所描绘的事物的认同。贺兰德（John Hollander）则区分了"真实的语象叙事"和"想象的语象叙事"，后者指作者通过想象力对艺术形象的再现。

在现今高雅视觉艺术与大众视觉艺术的界限逐渐消除的态势之下，语象叙事当中视觉再现不能只局限于绘画和雕塑等传统的视觉艺术作品，而应将其延展至新的视觉再现当中，如照片、明信片、电视剧、电影、舞蹈等，以此增强语象叙事在当代文学批评当中的有效性和适用性。

同时，从根源上来说，语象叙事是指言说者以言赋形达成形象建构的语言修辞手法。从文本层面上来看，语象叙事让读者如同身临其境的效果离不开读者的想象力、参与度以及识图能力等因素，这些均是语图共生并产生视觉效应不可或缺的条件。实际上，视觉艺术和文学都在尝试让作者或者读者

---

[1] 王安、程锡麟：《西方文论关键词：语象叙事》，《外国文学》2016年第4期，第77页。
[2] Heffernan, James A.W. "Ekphrasis and Representation." *New Literary History* 22.2（1991）：299.

接近真实。文学作品只有通过作者、文本和读者三者的参与才能实现其意义的生成。那么在阅读语象叙事作品时，语与象的角力则需要读者的阅读参与。米歇尔（W. J. T. Mitchell）的文章《语象叙事与他者》（"Ekphrasis and the Other"）从心理认知的角度阐述了语象叙事的三个认知层次，它们分别为语象叙事的冷漠（ekphrastic indifference）、语象叙事的希望（ekphrasitic hope）和语象叙事的恐慌（ekphrastic fear）。语象叙事的冷漠源于人们对文字不能达到其他直观的艺术形式的表现力这一判断。例如《希腊古瓮颂》这首诗，读者需要经过阅读才能把握该诗对古瓮上的少年和恋人的刻画以及对祭祀场景的描绘。然而，如果将古瓮置于读者面前，那么读者就可以更为直观地观看和掌握该器皿上所展现的事物。语象叙事的希望是指虽然读者不能够直观地把握视觉再现，但通过阅读以及发挥想象力，读者可以想象文字所呈现的图像内容。读者的想象力越丰富、生动，那么读者对于视觉再现的文字再现的内容的想象和理解则更为完善，这时读者会希望文字再现中的事物是真的。然而，也正是在语象二者被弥合之时，读者感到图像所带来的恐慌。语象叙事的恐慌指读者在阅读时面对文字再现和视觉再现化为一体时的恐慌，该种语象叙事所带来的心理经验展现出现今拥有丰富的视觉观赏内容和深刻的视觉想象力的当代读者在阅读视觉化的作品时的心理变动。

文字再现与视觉再现界限的模糊使读者产生迷惑之感，米歇尔在《语象叙事与他者》一文中称该种迷惑源自我们混淆了再现媒介和意义差异之间的区别，我们都被麦克卢汉（Marshall McLuhan）所提出的"媒介即信息"这一命题所迷惑。实际上，不管是视觉再现还是语言再现，都是对意象的再现。米歇尔因而提出："语象叙事的形象/意象（image）在语言结构当中是不可触及和再现的黑洞，但是它又塑造和影响了语言的再现。"[1]在米歇尔看来，绘画可以讲述故事、进行论证和指涉抽象的概念，文字同样也可以描绘事物的空间样态。虽然再现媒介不同，但两者都可以达到呈现意象的目的。随着视觉媒介的发展，语象叙事中的视觉再现突破了绘画、雕塑等视觉再现，照片、电影、电视、手机上的图像等成为语象叙事中视觉再现的新客体。

文字对视觉再现的细腻描述促成了语象叙事的形成，而作者通过文字给读者带来的空间化的阅读体验则促成了空间形式的形成。约瑟夫·弗兰

---

[1] Mitchell, W. J. T. "Ekphrasis and the Other." *South Atlantic Quarterly* 91. 3（1991）: 700.

克（Joseph Frank）对空间叙事理论的贡献在于他提出的"空间形式"（spatial form）概念。弗兰克于1945年在《西旺尼评论》（*Sewanee Review*）上发表了《现代文学中的空间形式》（"Spatial Form in Modern Literature"）一文，他指出现代先锋文学作品（modern avant-garde writing）中的"空间形式"问题，称现代主义文学作品在形式上是空间性的。从语言的时空层面上来说，弗兰克认为，"现代文本当中的共时（synchronic）关系优于历时（diachronic）关系，只有当读者从整体上把握共时关系模式时，他们才能深谙文学作品的意义"。他认为"时间性虽然约束了文学作品但是它并不决定文学作品的意义。读者对时间的期望被空间逻辑的共时性所挫败和取代"[1]。在这样的文学作品当中，叙事空间的"同时性"（simultaneity）取代了情节时间的"顺序性"（sequence）。在分析小说《包法利夫人》（*Madame Bovary*）中的农产品展示会一幕时，弗兰克指出："这个场景小规模地说明了我所说的小说中的空间形式。就场景的持续性来说，叙述的时间至少被终止了：注意力在有限的时间范围内被固定在诸种联系的交互作用之中，这些联系游离于叙述过程之外而被并置着。"弗兰克借用印象主义画家的作画过程给观者设置的审美体验来论述读者在阅读现代主义作品时的句法建构过程："普鲁斯特的创作方法与他所钟爱的印象派画家的创作方法有着惊人的相似之处……印象派画家将纯正的颜色并置在帆布上，而不是将颜色在调画板上先进行混合，其目的是让观者去协调这些颜色。同样，普鲁斯特也提供给读者关于人物角色的纯粹的观察视角，在观察这些人物的各个阶段，人物在读者每一瞬间的观察当中是处于静止状态的，读者可以借用自己的识别能力去将这些视角糅合为一体。"[2]

具有较强空间形式的小说打破了以往以时间为叙事轴线的小说创作。在阅读这类小说时，读者的阅读体验更为主动，它高度地调动了读者参与文本内在逻辑建构的积极性。

二、文化层面：巴什拉的空间诗学、列斐伏尔的空间生产和米歇尔的图像理论

空间书写不仅仅具有明显的空间叙事形式，同时也包含相关的空间文化

---

[1] Frank, Joseph. "Spatial Form: An Answer to Critics." *Critical Inquiry* 4. 2（1977）: 235.
[2] Frank, Joseph. *Spatial Form in Modern Literature*. New Brunswick: Rutgers UP, 1963. p. 25.

内涵，展现出在地的空间变化。其中人物生活的空间可以说可以从私人的角度折射出宏观的问题。艺术哲学家加斯东·巴什拉（Gaston Bachelard）和深受马克思主义哲学影响的亨利·列斐伏尔（Henri Lefebvre）都对西方人的生活空间进行了一定的反思和论述，这为文学作品的空间研究提供了理解和阐释的切入口。

巴什拉是法国20世纪的著名思想家，被"国内外学者称之为科学哲学之新认识论的奠基者与文学批评之想象诗学的开创者"[1]。在文学批评理论中，他将"想象"提升至哲学本体论的高度，被认为是在文学批评领域完成了一场"哥白尼式的革命"[2]。《火的精神分析》（*The Psychoanalysis of Fire*，1987）一书标志着巴什拉的物质想象的起始，在"思索物质，梦想物质，生活在物质中，使想象物质化"[3]。他将对物质的研究扩展至空间，发现了空间这一现象的想象实践。巴什拉的专著《空间的诗学》（*The Poetics of Space*，1969）强调了个体体验和想象的空间，关注人们的切身体验和想象的空间。在《空间的诗学》一书中，巴什拉赋予了诸如家宅、抽屉、鸟巢、贝壳、角落、缩影等空间以诗性想象，突出个人在各种空间中的认知感受以及这些空间所触发的想象。在第一章"家宅从地窖到阁楼茅屋的朝向"中，巴什拉就明确了他要展开的是关于内部空间的内心价值的现象学研究[4]，他赋予了各种空间以形而上的价值。例如，"家宅……给人以安稳的理由或幻觉"[5]，"柜子、隔层、书桌、抽屉、箱子及其双层地板都是隐秘的心理生命的真正器官"[6]，箱子"满足了人们对于隐私的需求和藏物的理智的可感证据"[7]，"在把鸟巢和家宅联系起来的形象之中，回想着一种内心深处的忠贞不渝"[8]。巴什拉赋予了普通的日常空间以具体经验的认知和情感，激发了人们对空间的诗意想象，他的空间诗学为我们探索作者笔下由想象力构建的空间提供了一条探索思路。

空间除了被感知同时也被生产，深受马克思主义哲学影响的列斐伏尔的

---

[1] 张璟慧：《巴什拉对现象学的贡献》，《河南大学学报》2016年第2期，第113页。
[2] （比）乔治·布莱：《批评意识》，郭宏安译，南昌：百花洲文艺出版社，1993年，第158页。
[3] （比）乔治·布莱：《批评意识》，郭宏安译，南昌：百花洲文艺出版社，1993年，第175页。
[4] （法）加斯东·巴什拉：《空间的诗学》，张逸婧译，上海：上海译文出版社，2009年，第1页。
[5] （法）加斯东·巴什拉：《空间的诗学》，张逸婧译，上海：上海译文出版社，2009年，第16页。
[6] （法）加斯东·巴什拉：《空间的诗学》，张逸婧译，上海：上海译文出版社，2009年，第84页。
[7] （法）加斯东·巴什拉：《空间的诗学》，张逸婧译，上海：上海译文出版社，2009年，第88页。
[8] （法）加斯东·巴什拉：《空间的诗学》，张逸婧译，上海：上海译文出版社，2009年，第107页。

空间生产理论将空间结构区分为空间实践（spatial practices）、空间表征（representation of space）与表征空间（representational space）。空间实践是空间生产的物理和实践基础，为空间再现和再现的空间提供了发挥的余地。列斐伏尔认为，"空间实践指在一切空间中改造和探索现实世界的一切社会性的客观物质活动，涉及物质生产的全部过程以及具体场所等"[1]，它指的是空间中的实践同时也是由实践构成的空间。空间表征指的是"概念化的空间，是由科学家、规划者、都市学家、专家政要的空间"[2]，它属于构想空间（conceived space），"与生产关系及其施行的秩序相联系，因此也与知识、符号、代码等相关联"[3]。而表征空间属于生活的空间（lived space），"它是居住者和使用者的空间，也是受控空间，被动体验的空间，想象力试图改变和调试的空间"[4]。"空间表征受到了话语和权力的制约，但是'表征空间'无需遵守连续原则"[5]，同时它又是容纳差异的空间，这三者构成了空间的社会性生产。

如果说巴什拉的空间诗学为文学研究者透析文学作品中空间的诗学奥秘提供了观察的新视角，那么列斐伏尔的空间生产理论则为人们揭示空间背后的权力话语提供了最佳的思辨工具。

在20世纪的空间理论中，图像研究成为备受重视的一个部分。W. J. T. 米歇尔的图像理论为文学研究者们理解、思考和探索文学中的图像提供了重要的理论参照。米歇尔是美国芝加哥大学英文系、艺术史系和视觉艺术系的教授，他的主要研究领域涵盖历史、媒体理论、视觉艺术、从18世纪到现今的文学。米歇尔的作品主要探讨文学以及图像当中的视觉再现以及语言再现。此外，该学者除了从心理认知的角度论证读者在面对语象叙事时经历的心理变化，还对当今的视觉转向下的图像进行了批判性思考。对于米歇尔而言，他关心的更多的不是关于图像的理论，而是"图化"理论（"picturize" theory）。虽然他的理论仍需要用语言进行论证甚至需要语言去描绘图像，但他致力于用图像本身的特质与逻辑思维去进行思辨。

米歇尔的图像理论的基本观点涵盖如下几点，首先他区分了图像和意象（picture and image），米歇尔认为图像是物质化的意象。图像坏了，但意象依

---

[1] Lefebvre, Henri. *The Production of Space*. Cambridge and Massachusetts: Basil Blackwell, 1991. p. 45.
[2] Lefebvre, Henri. *The Production of Space*. ibid. p. 38.
[3] Lefebvre, Henri. *The Production of Space*. ibid. p. 45.
[4] 赵莉华：《空间政治与"空间三一论"》，《社会科学家》2011年第5期，第140页。
[5] Lefebvre, Henri. *The Production of Space*. ibid. p. 45.

旧可以存在，它可以存在于人脑中、文学作品以及神话传说中。例如，关于中国的龙的图像数不胜数，它可以出现在宫廷建筑的梁柱之上，帝王的衣服装饰的纹理中，这些都是关于龙的图像。但龙的意象却可以摆脱物质背景或框架，显现于不同的媒介中。正如米歇尔所言，"意象总是在一种或另一种媒介中出现，但也超越媒介"①。他还提出了具有思辨特征的元图像（meta-picture），米歇尔认为元图像是关于图像的图像，它指向自身或指向其他图像的图像。于米歇尔而言，元图像能够"反映自身，提供二级话语，告诉我们——至少向我们展示——有关图像的东西"②，"元图像是为了认识自身而展示自身的图像，它们呈现了图像的'自我认识'"③，就像图1中索尔·斯坦伯格（Saul Steinberg）的画作《螺旋》（The Spiral）所提供的两重解释：

"观者以顺时针方向观察这幅画，该画则反映了现代绘画的语言，绘画始于人们对外部世界的观察。通过观察外部世界，人们熟稔外部世界的特征。画中的画家描绘山、树木、鸟。随着螺旋不停地往顺时针方向旋转，画面的具象感渐渐滑移至抽象感……最后画笔落到了画家身上……如果观者以逆时针的观察方式观看这幅图，观者则会先观察到画家、抽象圆圈、底部的景色以及最后画家的签名和签名日期，这种观看方式使观者得到了颇具思辨性的画面，它揭示了画家作画的过程"④，这幅元图像展现了"一个不仅由图像所再现的世界，而实际上是由图像制造所构成并得以存在的世界，它完美地描绘了后现代文化中的'图像转向'，即我们生活在一个形象的世界里。用德里达的话来说，在这个世界上图像之外一无所有"⑤。

图1 索尔·斯坦伯格的《螺旋》

---

① （美）W.J.T. 米歇尔：《图像何求？形象的生命与爱》，陈永国、高焓译，北京：北京大学出版社，2008年，第xii页。
② （美）W.J.T. 米歇尔：《图像理论》，陈永国、胡文征译，北京：北京大学出版社，2006年，第28页。
③ （美）W.J.T. 米歇尔：《图像理论》，陈永国、胡文征译，北京：北京大学出版社，2006年，第38页。
④ （美）W.J.T. 米歇尔：《图像理论》，陈永国、胡文征译，北京：北京大学出版社，2006年，第40页。
⑤ （美）W.J.T. 米歇尔：《图像理论》，陈永国、胡文征译，北京：北京大学出版社，2006年，第31页。

在《图像理论》一书中，米歇尔还将"鸭—兔"图①（图 2）、威廉·艾力·希尔（William Ely Hill）②的画作《我的妻子与岳母》（图 3）、迭戈·委拉斯凯兹（Diego Rodríguez de Silva y Velázquez）③的《宫娥图》（图 4）等视为元图像。其中，前两幅图改变了观者一成不变的观看方式，使图画具有了多重意义。观者在观看两幅图画后确定了图画所展现的内容，接着又推翻自己的观看结论，重新进行观看，最终观者的感知在两种结果中犹疑。可见，在观者观赏画作的过程中，他的思维和认知都被极大地调动起来。同样，画作《宫娥图》也是一幅颇具思辨性质的图画。在该幅画作当中，画家、被画的人物和旁观者的关系被激活了。在这幅画作中，画家、旁观者、被画的对象都被嵌刻在画作当中，然而他们之间的关系并非静止，观看与被看的关系和位置呈现出动态交错的特点。该画作具有极强的互动性，只要观者的观看行为一直继续下去，观者与画作之间的互动和游戏就不会停止。可见，这些元图像具有自我言说和自我指涉的功能，打破了一元的解读方式，让观者陷于图像的漩涡之中。

图 2 《鸭兔图》①

---

① 《鸭兔图》最早可知的版本是德国的幽默杂志《飞页》（Fliegende Blätter），该画作上的顶端写着"哪些动物最像彼此？"画作下方写着"兔子和鸭"。之后，鸭兔图被心理学家约瑟夫·查思特罗所使用。路德维希·维特根斯坦使他更为知名。因为在他的《哲学研究》（Philosophical Investigations）这本书中他借用这幅画来描述两种不同的观看方式："如实地观看"（seeing that）和"把它看成"（seeing as）。

② 威廉·艾力·希尔（William Ely Hill，1887-1962）是美国的卡通画家，他于 1915 年 11 月 6 日在美国名为《帕克》（Puck）的幽默杂志上发表了具有视觉错觉的图作，这幅画的最初形象来源于 1888 年德国的一张明信片。1930 年，爱德温·博林（Edwin Boring）将这幅画引入了心理学研究当中。

③ 迭戈·委拉斯凯兹（Diego Rodríguez de Silva y Velázquez，1599-1669）是 17 世纪巴洛克时期西班牙的宫廷画家。

图 3 威廉·艾力·希尔的《我的妻子与我的岳母》

图 4 迭戈·委拉斯凯兹的《宫娥图》

在米歇尔看来，图像除了具有思辨性质，它还具有生命与爱，在米歇尔的图像理论当中，图像并非只是被观看的客体，它还具有人性和生命，并且希望得到观者的爱。米歇尔在《图像何求？形象的生命与爱》一书中提出"有生命的符号"（vital sign）和"图像诗学"（poetics of pictures）两个概念。他认为意象具有生机（animation）和活力（vitality）。在"能动性、动机、自主性、光环、活力或者其他征兆的支撑下，图像会成为'有生命力的符号'"①。米歇尔在这本专著中提出"图像的寓意何在？"这一问题，他同时也给出了自己的答案："图像想要以某种方式控制观者。"②他称"图像可能不知道它们想要什么，必须帮助它们通过对话来回忆它们想要的东西"③。他以詹姆斯·蒙哥马

---

① Mitchell, W. J. T. *What Do Pictures Want The Lives and Loves of Images*. Chicago and London: U of Chicago P, 2005. p. 6.
② （美）W. J. T. 米歇尔：《图像何求：形象的生命与爱》，陈永国、高焓译，北京：北京大学出版社，2008 年，第 36 页。
③ （美）W. J. T. 米歇尔：《图像何求：形象的生命与爱》，陈永国、高焓译，北京：北京大学出版社，2008 年，第 48 页。

利·弗莱格（James Montgomery Flagg）①设计的第一次世界大战期间美国的征兵海报《"我要你加入美国军队"》(I Want You)（图5）为例，米歇尔是这样描述这幅具有询唤机制的海报的：这幅画"聚焦于一个确定的客体，它想要'你'"，图中这个确定的客体指的是可能要服兵役的年轻人。"它'招呼'观者，试图用凝视迷住观者，用缩短的手指把观者挑选出来，谴责、指派、命令他"②，观看这幅海报的美国年轻人被询唤着去往欧洲战场。值得注意的是，这幅画里的山姆大叔的原型是山姆·威尔森大叔（Uncle Sam Wilson）。1812年的英美战争期间，他是美军的牛肉供应商。米歇尔不乏调侃地在书中将海报中山姆大叔手指指向美国的年轻人和"山姆·威尔森大叔对一群即将被宰杀的牛群说话"③相对比，暗示了年轻战士在战争中沦为俎上肉的命运。

图 5　詹姆斯·蒙哥马利·弗莱格设计的海报
《山姆大叔说"我要你加入美国军队"》

图像并不只是被观看的对象，它能够与观者进行交流甚至具有"以图行事"的功能。如果说人们通过语言进行交流，那么图像则通过它自身的特点和展现的内容与观者对话并指挥观者践行图像所发出的指令。

---

① 詹姆斯·蒙哥马利·弗拉格（James Montgomery Flagg, 1877-1960）是美国插图画家和作家，以创作爱国战争海报和杂志美女插图著名。
②（美）W.J.T. 米歇尔：《图像何求：形象的生命与爱》，陈永国、高焰译，北京：北京大学出版社，2008年，第37页。
③ Mitchell, W. J. T. *What Do Pictures Want The Lives and Loves of Images*. ibid. p. 37.

以上所梳理的空间理论可为本书的空间书写研究提供有效的理论指引，帮助笔者从语言和文化层面对数位作家的空间书写展开系统有层次的探索。

结合以上提及的研究方法和所选取的空间理论框架，笔者构建了以下的空间研究内容。笔者以作家的文学创作时期和地方意识的流变为依据选择了韦尔蒂、史密斯、泰勒和梅森的文学作品为研究对象。

从创作时期来看，韦尔蒂虽然常常被学者们归入第一次南方文艺复兴时期的作家行列，但是她的文学创作盛期开始于20世纪40年代，这时的第一次南方文艺复兴已接近尾声，然而韦尔蒂的创作热情持续至20世纪末且对20世纪中后期的南方状况进行了回应。此外，史密斯、泰勒和梅森都是出生于20世纪40年代的作家，在其后的半个多世纪里她们的小说创作逐渐成熟、日益精湛。

从四位作家的地方意识流变来看，笔者选取的四位作家的南方性出现了不同程度的消减，地方小说家韦尔蒂和对韦尔蒂的地方诗学进行传承的史密斯都将各自熟悉的密西西比州和阿巴拉契亚地区作为"地方"进行空间书写；外来者泰勒则通过虚构类似南方、被全球化的"巴提摩尔"作为"地方"建构南方；梅森则着力刻画其熟悉的被大众化和商业化的肯塔基州作为"地方"表征南方。总体上而言，选取四位作家笔下具有不同样态的南方的空间书写文本有利于形成一个具有代表性的、历时性的、以点带面的研究模式。

在结合韦尔蒂的地方诗学、20世纪相关的空间叙事理论和几位作家的空间书写的共性和差异性的基础上，笔者以形式、内涵、风格和策略为主要线索展开，以人物在"小说中的地方"中的情感生发、生活体验、视觉观看和具体行动为切入口，在心理空间、生活空间、视觉空间、空间化的历史记忆策略的分析框架中，展开一个系统的、多层面的文学的空间研究，一方面探索其基于地方的空间书写艺术；另一方面探索她们的空间表征对新时代背景下的南方社会的回应和反思。

虽然四位作家的文学文本均呈现出明显的动态的空间特性，但是各自书写的细微差异使得她们的作品呈现出和而不同的特点。因此，在行文结构方面，笔者采取了作家作品个案分析，在捕捉她们的文学创作共性的基础上进行集中的空间书写分析等方法。

在第一章"心理空间（psychological space）：内省和突破"中，笔者将关注南方人的心理世界，通过单独分析泰勒小说中的两种空间恐惧症来捕捉泰勒笔下现代南方人心理能量的动态流动。泰勒对恐旷症（agoraphobia）与幽闭恐惧症（claustrophobia）这两种空间恐惧（space phobia）的艺术性再现反映出她对现代南方人心理状态的密切关注和她折中的女性主义意识。泰勒通过动态的拼贴叙事和情动叙事外化人物的心理世界并赋予其突破心理桎梏的主动性，封闭的心理状态和被压抑的情感最终通过自我的行动得到了超越和释放。

在第二章"生活空间（lived space）：诗性想象、日常体验和现实批判"中，笔者从具有内省特质的心理空间转向承载丰富生活经验的既蕴含诗性想象，又不乏批判性反思的生活空间：百纳被空间、饮食空间和花园空间，在具体的生活空间当中观察人物的日常生活，以及他们对个人、家庭、社区、生态环境和南方社会等的反思和批判。韦尔蒂和梅森通过文字编织（knit）了以家庭和生死为主题的文学百纳被；史密斯、泰勒和梅森对食谱、家庭聚餐、菜园、大众饮食消费、异域饮食等饮食空间和活动细节的刻画一方面承载了女性生命的流动，修复了家庭失调的创伤并给当代南方人提供归属感；另一方面它又具化了南方社会的转型，演绎了跨国背景下的身份认同；史密斯、韦尔蒂、梅森基于南方花园生态环境的书写分别展现了花园生态的个体赋能效应（enabling effect），南方花园在维系家庭、社群关系与对外交流中的功用，以及核军事工业对个体生命和生态产生的暴力。

第三章"视觉空间（visual space）：视觉批判与风格创新"关注视觉转向下南方的他者身体与文学视界。怪异的身体和美丽的身体触动着南方观众的视觉神经，前者突出了观看行为中基于二元对立的视觉伦理和种族建构，后者隐含着深刻的经济逻辑。除此之外，该章分析了她们运用高超的现代视觉媒介与文学创作的嫁接之术展现的南方人的视觉化的日常生活，韦尔蒂的框架（framing）意识、梅森笔下人物的语象建构（ekphrastic construction）和泰勒作品中人物有意识的观看形成了逐步深入的语象进化，将读者引领进入多重的文学视界（visual worlds）当中。

第四章"流动的历史：空间化的历史记忆策略"将分析史密斯和梅森的动态的、空间化的历史记忆策略。历史事件总是在一定的空间中发生，这决定了历史的记忆建构呈现出动态特性。人们在空间中的活动能够帮助其展开更为生动、有效的记忆实践。史密斯的小说《花哨的步伐》（*Fancy Strut*）运用"重演"策略构建了动态的时空体让南方人去体验地方历史，梅森的小说

《头戴蓝色贝雷帽的女孩》(*The Girl in the Blue Beret*)中主人公重返多个旧时空间促成了第二次世界大战记忆的修正和弥补性的历史记忆言说,梅森的小说《在乡下》中缺席的越战纪念碑所隐喻的身份创伤在特定空间中的心理剧实践和纪念仪式中得到纾解。

在"结语"中,笔者对著作的主要观点、揭示的问题以及可能的论域进行了总结。

第一章

心理空间：内省与突破

小说中的地方（place）是被命名、被识别的、具体的、准确的和需要作者费力去描绘的（exact and exacting），因而它也是可信的，它是我们所感觉（felt）到的东西的集合。①

在韦尔蒂、史密斯、泰勒和梅森这四位作家中，泰勒是最具内省特质且最为"孤僻"的一位。在获得文学界的诸多殊荣之后，她婉拒了诸多邀约，泰勒刻意与大众保持一定距离，转而通过文字去亲近他们。当代南方人的心理状态是泰勒重点关注的对象之一，在小说《天文导航》（Celestial Navigation）和《尘世所有物》（Earthly Possessions）中，她分别以患有恐旷症和幽闭恐惧症的人物为主人公，运用细腻的笔触勾勒出他们对空间的感知体验和其在空间中的情感流动，让人物在一定空间的行动中突破其心理桎梏。

第一节 《天文导航》中的恐旷症艺术家与拼贴叙事

在写给斯特拉·内萨诺维奇（Stella Nesanovich）的信件中，泰勒曾提及自己创作小说《天文导航》的灵感："当时我正在杜克大学的图书馆担任书目编制员一职，我给刚从精神病院完成治疗的面色苍白、身材矮胖、面露惊恐神色的一位男员工进行就职培训，我感到很困扰，因为不管我怎么轻声和他说话，与其交流，他总是一副不知所措的样子，他会一直往后退，讲话的时候略带些口吃。他只在图书馆待了一天，之后就消失不见了。五年后我再想

---

① Welty, Eudora. *Place in Fiction*. New York: House of Books Ltd, 1957. p. 21.

第一章　心理空间：内省与突破

起他，便创作出了杰瑞米这个人物角色。"[1]在现实生活中泰勒无法走进患有恐旷症的人的内心世界，转而通过文学创作试图去接近甚至进入他们的内心世界。在小说《天文导航》中，泰勒通过拼贴叙事描绘了患有恐旷症的杰瑞米封闭的个人世界，在艺术家杰瑞米的拼贴艺术实践和他人对其拼贴艺术的观赏中形成杰瑞米和他人的双向交流，以此再现他的内心世界并打开他人进入其世界的入口，最终帮助杰瑞米克服心理的桎梏。

一、拼贴叙事形式

拼贴（collage）一词来源于法语词汇"coller"，意为粘贴。拼贴艺术是一门发端且流行于20世纪初的视觉艺术，它的出现要追溯至画家巴勃罗·毕加索（Pablo Ruiz Picasso）。20世纪初期，从文艺复兴开始就流行于欧洲的具象绘画（figurative painting）越来越无法满足年轻艺术家表达第一次世界大战前潜藏在西方社会中的不安情绪和无根感。1912年，毕加索开始尝试将物品粘贴于平面的艺术作品之中，他使用的材料包括新闻报纸、票据存根等物质碎片[2]，该种艺术创造手法挑战了美术史中的空间话语，被再现的物品成为再现的作品上真实存在的元素，平面的绘画艺术有了空间的起伏，因而呈现出鲜明的立体感。随着拼贴艺术与物质文化合流，艺术家们用于拼贴的材料包罗万象、琳琅满目。各种物件被艺术家粘贴在帆布平面上，物质并置或者覆盖所成就的拼贴艺术作品所展露的民主感（sense of democracy）对之后的达达主义、现代主义、超现实主义、未来主义、俄国构成主义、抽象表现主义等艺术和文学运动都具有重要意义[3]。

罗娜·克兰（Rona Cran）提出，虽然拼贴最初被激进艺术家及作家运用，以此来动摇或者摧毁传统的表征、制度以及集权的样本，但是到了20世纪60年代，拼贴成为模板本身。作为一种反文化的情感表达、技法、思维模式、创作以及存在形式，它在形式和情感上影响了艺术和音乐创作以及文学书写，成为人们试图摆脱商业驱动的控制机制以及颠覆传统的阅读和阐释时必须采

---

[1] Nesanovich, Stella. *The Individual in the Family: A Critical Introduction to the Novels of Anne Tyler*. Diss. Louisiana State U, 1979. p. 123.
[2] Cran, Ronda. *Collage in Twentieth-Century Art, Literature and Culture Joseph Cornell, William Burroughs, Frank O'Hara, and Bob Dylan*. Farnham: Ashgate Publishing Company, 2014. p. 5.
[3] Cran, Ronda. *Collage in Twentieth-Century Art, Literature and Culture Joseph Cornell, William Burroughs, Frank O'Hara, and Bob Dylan*. ibid. p. 6.

用的方法①，文学深受拼贴艺术的影响。拼贴艺术作品中各个完整的或者经过撕毁或剪切程序的物件以某种方式被粘贴在平面之中，每一个拼贴作品中的物体个体独立但又互相覆盖，从而创造出了平等的并置与对话效果。

依循拼贴的创作理念，泰勒在小说《天文导航》中通过拼贴的叙事形式创造出了空间化的阅读质感，包括杰瑞米在内的五个不同人物的叙事组成了十组在情节上有一定程度的覆盖并层层逐步推进的拼贴叙事。整部小说如同被各种物件材料拼凑而成的拼贴艺术作品，小说中的拼贴叙事体现在不同叙事角度所带来的文本立体感以及十组叙事内容重叠形成的丰富的拼贴叙事肌理中。

首先，从叙事角度来看，整个小说的叙事内容围绕杰瑞米的家庭、婚姻以及艺术创作，小说的 10 个章名均由时间和人物姓名构成：

1.1960 年秋：阿曼达（Amanda）

2.1961 年春：杰瑞米（Jeremy）

3.1961 年春夏：玛丽（Mary）

4.1961 年夏秋：杰瑞米

5.1968 年秋：文顿女士（Miss Vinton）

6.1971 年春：杰瑞米

7.1971 年春夏：玛丽

8.1971 年春夏秋：奥利维亚（Olivia）

9.1971 年秋：杰瑞米

10.1973 年春：文顿女士

从小说的 10 个章名的设置可以发现，这 10 组叙事在时间上存在重叠关系。五位叙事者分别是前来参加杰瑞米母亲葬礼的杰瑞米的姐姐阿曼达、杰瑞米本人、在杰瑞米家寄宿并和他确定情侣关系之后负气出走的玛丽、对杰瑞米的拼贴艺术有较深见解的寄宿者文顿女士和另一位能够透视杰瑞米生活的寄宿者奥利维亚。值得注意的是，在这十章中，阿曼达、玛丽、文顿女士、奥利维亚的叙事均采用了第一人称"我"的叙事视角，而占整个叙事五分之二的杰瑞米的叙事却是由第三人称"他"展开，两种不同的叙事方式造成了

---

① Cran, Rona. "Material Language for Protest: Collage in Allen Ginsberg's 'Wichita Vortex Sutra'." *Textual Practice* 34.4（2020）: 672.

读者在阅读体验上"亲近"与"疏远"的空间感。

其次，从叙事的肌理上来看，不同人物之间的叙事在内容上存在覆盖，这模仿了拼贴艺术家将不同材质的物件粘贴在平面之中的艺术创作做法。整个小说的十章在情节上呈现了不同程度的内容"覆盖"和"延展"。第一章"1960年夏：阿曼达"从阿曼达的第一人称视角讲述了阿曼达和妹妹劳拉（Laura）回家参加母亲的葬礼，因为没有钥匙而被在三楼的工作室中沉醉于艺术创作的弟弟杰瑞米"拒之门外"这一情节，以此开启小说的叙事。接着，阿曼达回忆弟弟杰瑞米从小就养成的粘贴的爱好以及他长大后的拼贴艺术创作细节。第二章"1961年春：杰瑞米"从第三人称视角交代了杰瑞米家中的寄居者们，其中包括杰瑞米的情人玛丽。第三章"1961年春夏：玛丽"以玛丽的第一人称讲述她过往的情感纠葛及自己与杰瑞米的初次接触。在第四章"1961年夏秋：杰瑞米"中，杰瑞米和玛丽情感逐步深化，杰瑞米向其求婚。第五章"1968年秋：文顿女士"从对杰瑞米和玛丽的情感关系至关重要的寄宿者文顿女士的视角审视二者的婚姻生活。第六章"1971年春：杰瑞米"则交代了杰瑞米的个人艺术展，以及杰瑞米因为玛丽给前夫的母亲写信而与玛丽产生不和，杰瑞米在二人确立婚姻关系的重要时刻展现出迟疑态度导致玛丽负气出走的情节。第七章"1971年春夏：玛丽"则从玛丽的第一人称的角度讲述自己和布莱恩取得联系后计划出走。第八章"1971年春夏秋：奥利维亚"以奥利维亚的第一人称视角讲述自己亲眼目睹玛丽的出走以及自己对杰瑞米的观察和对他的作品的鉴赏，对第六章的故事情节进行了回应。第九章"1971年秋：杰瑞米"回转到第三人叙事，讲述杰瑞米在奥利维亚的启发下克服空间恐惧，搭乘公共交通工具前去寻找玛丽和他们的孩子。第十章"1973年春：文顿女士"则以杰瑞米克服空间的恐惧外出活动为结局。可以发现，除了首尾两个章节不存在情节上的重叠，其他章节在情节内容上均产生重叠，如从杰瑞米和玛丽的角度叙述两人的关系以及从杰瑞米、玛丽和奥利维亚三人的视角叙述玛丽的出走等，该种叙事方式在推进故事情节的同时增强了叙事的纵深质感。

除了在叙事上采用拼贴的艺术逻辑和手法创造出立体的、具有厚度和张力的阅读体验，泰勒还深入到艺术家杰瑞米的拼贴实践中去探索主人公借用拼贴艺术探索世界的过程。

二、拼贴艺术创作：杰瑞米与外部世界的交流

小说名中的"天文导航"是一项渊源久远的空间探索实践，从人类历史开始被记载开始，迷失在陌生、空旷空间中的人们便通过自身能够观察到的天体的位置判别自身所在，它是人们运用自然提供的线索定位的一项古老实践。如同迷失方向的人们运用天文导航以此判定自己的位置的做法一样，患有恐旷症的杰瑞米在封闭的工作室中运用拼贴艺术创作来确定自己在这个世界的位置。进行拼贴艺术的创作是杰瑞米体悟世界以及与外部世界进行沟通的方式，理解其艺术作品成为与杰瑞米沟通的重要渠道。

卡森（Barbara Harrell Carson）指出"杰瑞米的艺术创作就像一种心理疗法，是其创造完整心理所做的努力"[1]，是他表达自我的唯一途径。丹尼尔·凯恩（Daniel Kane）认为拼贴既是人们体验外部世界的方式，同时也是其界定自己和外部世界关系的内在决定[2]。杰瑞米因为患有恐旷症，所以他对陌生空间具有惧怕的心理，同时伴有一定的社交障碍："他害怕使用电话、回应门铃、开邮箱、离开房子以及外出进行生活必需品的采购。同时，他也害怕穿新衣服、站立在空旷的地方、和陌生人对视、在有他人在侧的情况下吃饭、开启电子设备。"[3]因此，杰瑞米总是蜷缩在房屋三楼的工作室中，他的食物由寄宿者们准备好后端到他的工作室中，其创作的艺术材料均由他人帮忙采购。对于杰瑞米来说，进行拼贴艺术创作是他探索这个世界的主要方式。房客文顿女士认为"他总是在观察事物的时候保持和观察对象一定的距离，这是他的存在状态。杰瑞米创作艺术作品就如同他人制作地图一样——杰瑞米画下他知道的固定的点，希望这些点能够指引他进行天文导航（celestial navigation）"[4]。拼贴是一种碎片（fragments）艺术，是个人选择物件后对其进行整合从而将部分化为整体的演变过程。杰瑞米观察世界以及回应它的方式是呈碎片状的，小说中有多处关于杰瑞米观察世界的方式的描写：

杰瑞米在7岁的时候以母亲的客厅为原型完成了一幅画，他用斜线勾勒

---

[1] Caron, Barbara Harrell. "Art's Internal Necessity: Anne Tyler's Celestial Navigation." *The Fiction of Anne Tyler*. Ed. Ralph Stephens. Jackson and London: UP of Mississippi, 1990. p. 47.
[2] Kane, Daniel. *What is Poetry: Conversations with the American Avant-Garde*. New York: Teachers and Writers Books, 2003. p. 12.
[3] Tyler, Anne. *Celestial Navigation*. London: Chatto & Windus, 1975. p. 86.
[4] Tyler, Anne. *Celestial Navigation*. ibid. p. 146.

第一章　心理空间：内省与突破

了墙壁和天花板，用曲线表示家具，一支随手勾画的玫瑰表示墙纸的图案。护壁板上是一个小型的电子插板，他所画的插板的右侧呈卷曲状但是线条颇为精确，螺丝被整洁地切分为两部分，只能借助显微镜才能观察清楚螺丝的存在。这是他二姐劳拉最喜欢的一幅画并保存了数年之久，每次她看到那幅画的时候都会开怀大笑但是杰瑞米从来不觉得那幅画是一个笑话。那是他的艺术视觉运行的方式：只关注细节。一个片段、一个片段。他曾尝试过把握事物的整体但是从来没有成功过。①

　　斜线、曲线、玫瑰、插板这些异质元素在平面上的并置初步地展现了杰瑞米的拼贴艺术创作潜力，杰瑞米运用部分替代整体的方式以此把握整体。在这幅极简主义的平面拼贴画中，他用斜线表示墙壁和天花板，用曲线表示家具，玫瑰花案这一细节指代了墙纸的整体；同时，他又注重细节，在画作中勾勒出只有通过显微镜的透视下才能发现的螺丝细节。长大以后，杰瑞米延续了这种经由部分走向整体的观察方式。"杰瑞米·鲍林在一系列闪光灯中观察生活，令人吃惊的镜头如此短暂以至于他能够捕捉停留在半空中的动作。就像相片一样，他们在没有预期的情况下传递到他手中，伴之以一个中立的声音：这就是你所在的地方，看一下。在闪光灯闪光的瞬间，他坠入了黑暗。他的目光飘移，研究着他所看到的东西。"②从这段描述可以发现，杰瑞米的片段化的观察生活的方式如同人们借助照相机按下快门时捕捉生活片段一般。对细节的关注以及把握片段的审美习惯为杰瑞米的拼贴艺术创作打下了基础。

　　拼贴艺术是杰瑞米理解世界、建构心理世界的方式。然而，并不是每一位观者都能够理解和欣赏他的艺术作品。例如，杰瑞米的姐姐阿曼达是这样评价他的作品的：

　　把很多东西粘贴在一起，把它们叫作片段，当然那并不是绘画作品，也不是普通的拼贴画，它并不是以一种复杂的、马赛克风格对各种东西进行处理完成的作品。从他长大到能够使用剪刀和溶胶锅，他就开始把各种东西粘贴在一起……读研究生的时候，他迷上了剪贴簿。其他的男孩都踢足球，而他则痴迷于制作剪贴簿。他有一个剪贴簿是关于名人的，另一个是关于某个

---

① Tyler, Anne. *Celestial Navigation*. ibid. p. 45.
② Tyler, Anne. *Celestial Navigation*. ibid. p. 43.

国外城市的，还有一个是用明信片制作的酒店的照片，12层高的酒店上的细小窗户上面有 X 花案……母亲认为他的作品非常不错而且非常自然，但是我觉得他创作的一切都大同小异。越来越多的修剪，越来越多的粘贴。很少有人用包装纸制作三角形以及丝质钻石。这些作品没有明确的轮廓，就像他们在儿童杂志中看到的各种拼版玩具（puzzle）。①

拼贴艺术创作是杰瑞米回应他所观察和生活于其间的世界的方式。然而，并不是每个人都能够理解这位艺术家的拼贴作品。在他的姐姐阿曼达眼中，这些拼贴艺术作品是一个谜，只有具有洞察力的观者才能理解其作品中的丰富内涵。

三、解码拼贴艺术：走进杰瑞米的心理世界

克兰认为"和拼贴相遇是充满感情和赋有行动特质的，同时也需要具有创意性的参与和对其有较强吸收力的观众的存在"②，杰瑞米的内心世界如同他所创作的拼贴艺术品，等待着他人去解读。克兰还提出"拼贴画容易让人联想起尸体解剖，这是一个历史性的从构造上进行切断的公共艺术，依赖于切割与细查以此实现对一个被接受的意义体（body of meaning）的解构和新的意义体的创建"③。克莱弗（Elizabeth Klaver）在《验尸地》(Sites of Autopsy) 一书中称："在西方解剖意味着外科手术中的切断实践，通过切割以及用眼睛去观察以此产生具有洞察力的凝视（piercing gaze）。"④

如果说艺术家拥有穿透性的双眼，能够帮助其在物件的运用和处理中获得一种对外部世界的再现，鉴赏拼贴艺术品同样需要观者拥有这样一双眼睛去欣赏艺术家创作的艺术品。和杰瑞米的姐姐阿曼达"丝毫无法察觉杰瑞米的拼贴作品所包含的意义"⑤相比，寄宿者文顿女士和奥利维亚对杰瑞米的艺术创作均持有独到的见解，她们发现了杰瑞米的作品背后的艺

---

① Tyler, Anne. *Celestial Navigation*. ibid. p. 24.
② Cran, Rona. "Material Language for Protest: Collage in Allen Ginsberg's 'Wichita Vortex Sutra'." *Textual Practice* 34. 4（2020）: p. 671.
③ Cran, Rona. "Material Language for Protest: Collage in Allen Ginsberg's 'Wichita Vortex Sutra'." *Textual Practice*. ibid. p. 671.
④ Klaver, Elizabeth. *Sites of Autopsy in Contemporary Culture*. New York: State U of New York P, 2005. p. 19.
⑤ Tyler, Anne. *Celestial Navigation*. ibid. p. 24.

术理念和隐喻。例如，文顿女士认为杰瑞米的作品捕捉到了时光的流逝，是他对生命的体悟：

"你有没有见过电视节目结束时会播放你刚刚看到的电视的剧照，音乐响声起，标题随着剧照一一翻滚而过，这种视觉效果产生了一种距离感。你刚刚经历的片段被永远地悬置了，而随着你每呼吸一口气，你离那些时刻越来越远。每一时刻都变得越来越渺小但又更为清晰。现在，我可以说杰瑞米所创作的作品以同样的方式感染了我。他的其中一部作品展现了一个手握耙子的男人，微微地弓着背但是却纹丝不动，这提醒我生命是运动，它流逝得如此之快以至于我们用肉眼无法察觉。至少，对于我来说，我观察的效果是这样的，但是杰瑞米在该方面的观察毫无困难。他总是在观察的时候保持和观察对象一定的距离，他从不需要尝试，甚至是努力不去尝试(without trying, even trying not to)，这是他的状态。他在生活中与人事物保持着距离。他创作画作就像别人制作地图一样——画下他知道的固定的点，希望这些点能够指引他在这个陌生的星球上的天文导航。他的视线保持着平衡，但是他的双手是盲目、不知方向地在运动着的。我是唯一一个发现这种情况的人吗？"[1]

杰瑞米将物件一点一点地粘贴以此来表达自我对这个世界的理解，他所拼贴的手握耙子的男人的雕塑截取了这个男人的生命中的一瞬间，而这一瞬间在他的艺术作品中成为永恒。然而，其作品代理人布莱恩(Brian)却未能领悟这层含义。当杰瑞米向布莱恩展示一幅作品之时，布莱恩仅仅是用他的手指关节叩响画作，然后一边吸着他的烟斗一边点头说："佳作、佳作，接着炫耀自己新近购买的帆船，并称自己在'春天的时候要以一种古老的方式驾驶豪华帆船去展开一段旅程……我会驾驶我的帆船去进行天文导航'……他站在他最好的作品旁边的时候，但是却对其置之不理。"用艺术手段捕捉流逝的生命，将生活的片段变为永恒对于杰瑞米以及文顿女士来说是艺术存在的最佳形式，是让瞬间变成永恒的魔法。而画作代理人布莱恩则利用杰瑞米的艺术作品大发横财，在文顿女士看来这极为不可取。杰瑞米因此感叹："噢，杰瑞米，我想告诉你，你同样也进行了天文导航并且更加名副其实。"[2]

---

[1] Tyler, Anne. *Celestial Navigation*. ibid. p. 145.
[2] Tyler, Anne. *Celestial Navigation*. ibid. p. 145.

如果说文顿女士窥探到了杰瑞米作品中的艺术精髓，那么奥利维亚对杰瑞米的作品的欣赏和解读则让杰瑞米从艺术世界走出来去亲近生活。杰瑞米在玛丽住进自己的房子以后和其产生了感情并育有几个孩子，而当玛丽希望和其确定关系之时，她却因为杰瑞米没有及时作出回应而负气带着孩子们出走，住到了布莱恩的湖边小屋中。然而，杰瑞米因为害怕身处空旷的空间而迟迟没有能去看望他们。直至奥利维亚洞察到杰瑞米的拼贴作品并向其透露自己对他作品的解读后，杰瑞米才恍然大悟。奥利维亚发现："其他的画家有心情低落的时期以及上升期，但是杰瑞米没有，他在艺术上的改变体现在程度上而不是色彩上。他经历过艺术创作的平面期（flat period）、凸起时期（raised period）、三维时期（three-dimensional period），那么三维之后又是什么呢？是四维吗？我认为杰瑞米在制作一个时间机器。"①奥利维亚对他的艺术创作的评价精准地总结了杰瑞米的拼贴艺术从平面到立体的流变：在纸质平面上作画的"平面期"—在帆布上进行拼贴工艺的"凸起期"—脱离帆布进行拼贴雕塑设计的"三维期"。奥利维亚认为在玛丽带着他们的孩子离家出走后，杰瑞米在创作中引入了时间这一元素，从而进入了创作的第四维阶段。通过将他与玛丽的孩子们留下的物件进行拼贴，他在自己的拼贴艺术作品中嵌入了"时间"维度。奥利维亚发现："他将他其中一个孩子皮皮（Pippi）在玩具商店里购买的塑料香蕉用胶水粘贴在工作室的右手边的较低的文件架上，之后又粘贴了有着卷曲把手的婴儿食物喂养勺，可怜的蕾切尔（Rachel）……我认为他在制作时间机器是不是没有什么让人惊奇的？"②奥利维亚发现杰瑞米之所以会用孩子们留在家中的物件进行艺术创作，实质上是尝试与他们建立一种亲情联系，她向杰瑞米道出了他的处境："你正处在一个时间环状物中，你和主要绳索之间的联系因为一个结而被斩断，你和主要的绳索之间被隔离开来让你与这个世界产生了距离，这就是你能够看清楚一切的原因。"③奥利维亚对他的拼贴艺术的总结让杰瑞米清楚地明白了自身的处境——自己在沉浸艺术创作的同时将自己与外界隔离开来，这导致了他对家人的忽视，该顿悟激发了杰瑞米决定踏出家门前去寻找居住在湖边小屋中的妻儿，"杰瑞

---

① Tyler, Anne. *Celestial Navigation*. ibid. p. 238.
② Tyler, Anne. *Celestial Navigation*. ibid. p. 239.
③ Tyler, Anne. *Celestial Navigation*. ibid. p. 239.

第一章　心理空间：内省与突破

米收拾了女儿阿比（Abbie）的粉色尼龙背包，准备了两份奶酪三明治、一壶热咖啡、一个苹果、一只手电筒和若干租金。此外，他还翻找到了城市的公交地图"①，展开了自己的空间探索之旅。出门后他首先去了折扣商店为孩子们购买玩具。可以发现的是，在杰瑞米前去寻找妻儿的过程中，杰瑞米对空旷空间的恐惧得到了缓解。例如，在等公交的时候，他主动和其他的正在等公交的乘客致以微笑。小说中两处细节表明了他的空间恐惧的消减，一处是他坐在公交车上时，随着车子往郊区方向开去，"窗外的风景变得越来越开阔和贫瘠，街道上逐渐人烟稀少。地平线尽头处矮小的树木营造出一种荒凉之感，但是杰瑞米却为自己的这次行程感到自豪，一想到能够再次见到玛丽，风景的荒凉之感激起了他内心的幸福感"②；另一处则是他到达玛丽居住的码头之后提出帮助孩子们为布莱恩的帆船风干帆布的举动。"他划船登至布莱恩的帆船的举动让他联想起温斯洛·霍默（Winslow Homer）的画作。"③霍默是美国19世纪下半叶著名画家，该画家多以现实主义的画风描绘渔民、伐木工人、猎人等底层人士的生活，他后期的作品多以雄伟的大海和暴风雨为主题，展现出个人在不可战胜的自然面前的英雄气概。当他划船找到布莱恩的船只后，玛丽和孩子们已经站在码头上了，他"感到前所未有的孤独……但是他没有感到丝毫恐惧"④。此刻，杰瑞米仿若成为霍默画笔下的与大自然抗衡的无畏人物。泰勒安排杰瑞米给布莱恩的船帆通风这个举动具有很强的象征意义，小说中第一次提及布莱恩的帆船是布莱恩来到杰瑞米家观看他的艺术成果，布莱恩提到自己要驾驶帆船去进行"天文导航"，而现在在帆船上的人是患有恐旷症的杰瑞米。

　　小说结尾，泰勒安排杰瑞米帮助他的孩子们给布莱恩的帆船通风，实质上暗示了杰瑞米对恐旷空间恐惧的超越。"他找到了捆绑在帆布上的绳子，手里握着卷起来的帆布，松绑这些绳子并把这些帆布迎风扬起并不难。他依次把大中小号的帆布展开。帆布在风中飘动、拍打，发出噼啪的声音。杰瑞米坐在甲板椅上休息，等待着帆布晾干。每每刮过一阵风，帆布就会膨胀起来，船便跟着移动，但是因为这只船被牢固地固定在停泊处，因此杰瑞米

---

① Tyler, Anne. *Celestial Navigation*. ibid. p. 252.
② Tyler, Anne. *Celestial Navigation*. ibid. p. 257.
③ Tyler, Anne. *Celestial Navigation*. ibid. p. 273.
④ Tyler, Anne. *Celestial Navigation*. ibid. p. 274.

055

并不担心。随着风越刮越大,船只开始在停泊处打着圈快速旋转"①,这仿佛预示着杰瑞米天文导航的开始。最后一章中,完成了"朝圣之旅"的杰瑞米返回家中继续进行拼贴艺术创作。然而,与此前将自己封闭在密闭空间不同的是,杰瑞米能够在文顿女士的陪同下迈出家门进行正常的社会交流了。值得注意的是,最后一章"1973年春:文顿女士"的第一人叙事视角转为第三人称视角:"有时候,我会邀请杰瑞米和我一起去食品杂货店购物,我告诉他这样对他有益。我把他从工作室中叫出来,从他创作的高耸的、美丽的拼贴雕塑上叫下来,我会帮他穿上夹克,搀扶着他的手臂……从杂货店回来的路上,我们俩像两只土鸭一样缓慢地在人行道上行走着,一个弯腰拿啤酒的男孩如果看到了我们的话,他会发现……这个女人穿着磨损了的浅褐色羊毛衫,而那个男人则穿着针织的卧室拖鞋,他看起来十分平静冷淡。"②从文顿女士的第一人称叙事到小男孩的第三人称叙事的转变凸显了叙事视角的转移,打破了整部小说围绕杰瑞米的生活的闭环叙事,构成了叙事空间的外移。

小说《天文导航》中,泰勒通过拼贴叙事、主人公的拼贴艺术创作实践以及观者对男主人公的拼贴艺术的欣赏为读者展现了一个患有恐旷症患者如何在艺术创作中进行自我定位的"天文导航"过程。通过艺术拼贴创作,患有恐旷症的艺术家表达了自我与外部世界的联系,作为观者的房客通过对其艺术品进行品鉴顺利进入他的心理世界,最终帮助他突破空间的恐惧。

第二节 《尘世所有物》中的幽闭恐惧症、情动叙事与折中的女性主义意识

吉尔伯特(Sandra Gilbert)和古巴(Susan Gubar)在《阁楼中的疯女人:女性作家与十九世纪的文学想象》(*The Madwoman in the Attic: the Woman Writers and the Nineteenth-Century Literary Imagination*)一书中指出"对空间的焦虑似乎主导了19世纪和20世纪的女性"[3]。在小说《尘世所有物》中,

---

[1] Tyler, Anne. *Celestial Navigation*. ibid. p. 272.
[2] Tyler, Anne. *Celestial Navigation*. ibid. p. 276.
[3] Gilbert, Sandra and Susan Gubar. *The Madwoman in the Attic: the Woman Writers and the Nineteenth-Century Literary Imagination*. New Haven: Yale UP, 1979. p. 83.

泰勒对莱西（Lacey）和夏洛特（Charlotte）两位南方女性的情动细节刻画展现了她们在男权话语控制的"家庭"空间中的情动。患有幽闭恐惧症的女主人公夏洛特不堪忍受家庭束缚企图离家出走，然而该行动却迟迟未能提上日程，直至她在银行排队取钱时被监狱逃犯杰克（Jake）劫持而实现自己的出逃计划。小说遵循了两条叙事线索：夏洛特遭到劫匪杰克劫持被迫和他踏上解救被父母送到佐治亚州的"未婚母亲之家"的女友明迪（Mindy）的故事线和夏洛特对自己的童年、家庭以及婚姻和母亲莱西的婚姻的回忆与反思的故事线。泰勒凭借其细腻、敏感的情动感触力，用艺术之笔勾画出莱西和夏洛特两位女性在男权社会所设定的"家"这一幽闭空间中的情动体验，展现了富有层次的女性意识涌动。恪守性别空间规约的莱西的家庭禁闭生活状态和渴望突破家庭束缚的夏洛特的逃离尝试展现了小说中渐进的女性主义情动的暗涌。

一、情动的定义

克拉夫（Patricia Ticineto Clough）于 2007 年提出当代人文和社会科学领域中出现了情动转向[1]。情动概念可追溯至斯宾诺莎（Baruch de Spinoza）。在斯宾诺莎看来，情动指主体影响/感应（affect）周边事物和被周边事物影响/感应的能力[2]，该定义结合了"情动"（affect）一词兼具动词和名词时的意义内涵，是个人能动性和感知力的结合。与作为结果的情绪（emotion）不同，情动是过程和结果、体验和能动性的统一体。布莱恩·马苏米（Brian Massumi）提出情动是"人们的身体感应和被感应的能力或者是身体之行动、参与和衔接能力的增强和减弱"[3]，而情绪是语言和文化对某种经历的固化（the socio-linguistic fixing）和指认（recognized）[4]，它以静态的方式截取处于动态中的情动反应，从而让其成为能够被识别和用语言进行再现的对象[5]。

---

[1] Clough, Patricia Ticineto and Jean Halley, eds. *The Affective Turn: Theorizing the Social*. Durham: Duke UP, 2007. pp. 1-33.
[2] 参见孙杰娜：《情动研究视野下的当代美国医生书写》，《社会科学研究》2017 年第 4 期，第 187 页。
[3] 汪民安、郭晓彦主编：《生产（第 11 辑）：德勒兹与情动》，南京：江苏人民出版社，2016 年，第 74 页。
[4] Massumi, Brian. "The Autonomy of Affect." *Cultural Critique* 31（1995）: 88.
[5] Massumi, Brian. "The Autonomy of Affect." *Cultural Critique*. ibid. p. 88.

综合情动的接受性以及能动性特点，乔纳森·福莱利（Jonathan Flatley）提出"情动图绘"（affective mapping）这一概念，它指"在空间中能够指引我们情感的地图，我们在这个世界的有目的行动让我们产生了对环境的感知。也就是说，我们会在活动中携带着我们的目的、信念、欲望、情绪以及情动的依附"①，同时我们"在所生活的空间环境中不可避免地被我们对空间的感情、发生在我们身上的事情、我们遇见的人渗透，这些情绪价（emotional valences）继而影响了我们创造路线的方式"②。换句话说，它是关于人们对其活动的地方的感情以及该种感情影响其在该空间中身体体验的动态过程。为了更为具体地阐释"情感图绘"，福莱特以居住在底特律郊区的白人对底特律市区的情感图绘为例进行论证。居住在底特律郊区的白人对以黑人占多数的底特律市区总是抱有"恐惧、焦虑、悲伤以及怀旧的情绪，他们开车绕过底特律并不是因为这座城市糟糕的城市设计或是其缺乏标志性建筑的缺陷，而是受他们对底特律城与种族和阶级相联系的负面情感的影响"③而产生的结果。底特律郊区的白人对空间的情感造成了他们选择绕过底特律市区空间的行动路径。可以发现，虽然情动图绘与人们的情感、情动影响下人们的身体反应、个人在空间中的活动息息相关，但是看似主观的"情动"涌动着隐藏在空间中的权力关系。

小说《尘世所有物》对莱西和夏洛特两母女在家这一空间中的情动是性别政治施加影响的结果，莱西的凝滞的情动是对性别法则的屈服，而夏洛特的出逃和回归则展现了小说作者折中的女性主义意识。

二、幽闭空间与凝滞的情动

小说开篇，夏洛特便以"达洛维夫人"式的口吻宣告自己"婚姻进展不顺利，我决定要离开我的丈夫"④直截了当地铺成辐射全篇的不满的情感基调，然而，她的这一行动却迟迟没有发生，夏洛特渴望离家的念头因为监狱逃犯杰克将正在银行等待取钱的自己劫持作为人质而提上日程。因

---

① Flatley, Jonathan. *Affective Mapping: Melancholia and the Politics of Modernism*. Cambridge: Harvard UP, 2008. pp. 66-67.
② Flatley, Jonathan. *Affective Mapping: Melancholia and the Politics of Modernism*. ibid. pp. 77-78.
③ Flatley, Jonathan. *Affective Mapping: Melancholia and the Politics of Modernism*. ibid. p. 78.
④ Tyler, Anne. *Earthly Possessions*. Boston: G. K. Hall Co., 1978. p. 3.

为杰克不确定自己是否被银行中的摄像头辨认出来,便一直将挟持夏洛特往美国南方逃离。夏洛特与杰克的逃离之行构成了一条叙事线索,与其并行的是夏洛特的儿时回忆,两条叙事线索展现了夏洛特母亲莱西和夏洛特自身的家庭婚姻状态。

谢尔顿(Frank W. Shelton)认为泰勒小说中的"房子体现了居住者以及他们生活的本质"[1],从夏洛特对母亲莱西在家中的生活状态的回忆和自己的家庭生活的反思可以发现"家"是限制二人能动性的压抑空间。

夏洛特的母亲莱西是一位身形肥胖的小学老师。在夏洛特的回忆中,身形肥胖是母亲留给他人的第一印象:"注意,我首先提到了她的肥胖。你没办法想象我母亲那样的身材,她肥胖的体型定义了她,肥胖从她身上辐射(radiate)出去,挤满了她所进入的空间,她有着蘑菇形状的身形、纤细的金色头发、粉色的面颊,但是她没有脖颈;她的下巴慢慢地往她的肩膀延伸,一年到头她都穿着那无袖的、有着鲜花图案的直筒连衣裙——这是一个错误,她的双脚是我在成年人身上见过的最小的脚,母亲收藏了很多小型的、优雅的鞋子。"[2]肥胖的身形暗示了莱西行动上的不便和她活动范围的有限,该种状态离不开夏洛特的父亲所下达的限制妻子莱西行动范围的命令。在嫁给旅游摄影师莫里(Murray)以后,母亲"因为父亲不想娶一个还在工作着的妻子便辞职了"[3]。夏洛特的父亲莫里秉持"男主外、女主内"的性别观念,将莱西幽禁在家庭空间之中。

在夏洛特的印象中,母亲莱西每天就是"待在家中吃着巧克力焦糖糖果以及制作一些针垫、纸巾盒外壳"[4]。夏洛特发现"她变得越来越胖,渐渐地移动身体对她来说变得难上加难。她每走一步身体都会呈倾斜状……渐渐地她变得无精打采,消化不良,气短"[5]。父亲对母亲的限制导致了莱西身体的活动性减弱,她的活动范围被丈夫局限在固定的家宅空间之中。在以丈夫为主导的生活中,她的身体被禁锢在幽闭的空间之中,生命活性被压制,她的全部情感随丈夫莫里的情绪变动而变化:"他有时候会和她冷战,表现出一副

---

[1] Stephens, C. Ralph, ed. *The Fiction of Anne Tyler*. Jackson and London: UP of Mississippi, 1990. p. 41.
[2] Tyler, Anne. *Earthly Possessions*. ibid. p. 9.
[3] Tyler, Anne. *Earthly Possessions*. ibid. pp. 9-10.
[4] Tyler, Anne. *Earthly Possessions*. ibid. p. 10.
[5] Tyler, Anne. *Earthly Possessions*. ibid. p. 10.

闷闷不乐的样子，这让她非常害怕，她总是围绕在丈夫周围询问自己做错了什么事情。"①象征个人行动力的鞋子隐射出莱西受拘束的个人处境，莱西拥有很多小型的、优雅的鞋子，然而小型的鞋子成为一副限制其活动的镣铐，优雅只是徒有其表。莫里与莱西的两性关系将莱西限制在家庭这一封闭空间之中，其情动因为丈夫对其活动范围的限制呈现出凝滞的状态。

相比起母亲莱西，夏洛特具有更为强烈的女性意识，她勇于在和丈夫索尔（Saul）的相处中争取自己的话语权，并以逃离家庭这一幽闭空间的方式表达其对两性关系中权力缺失带来的不满。

三、折中的女性主义情动：逃离与回归

泰勒对于被男权意识形态所设置的家这一幽闭空间以及该空间对女性主体性的压制可以说是持批判态度的，然而她保守的、不完全的女性主义思想导致她在处理女性突破受男权社会意识压迫的家庭空间时采取折中的对策。

索尔和夏洛特结婚后便展开了对家庭空间的争夺之战，丈夫索尔"租用了一辆卡车将杂物都塞进家里：摇晃的卧室家具，被油布覆盖的茶几、磨损严重的凳子、各种颜色的窗帘、披肩和裙子，道具和服装被他堆放在餐厅当中"②，在夏洛特看来，"这个房子被过度地填充了，索尔不得不将各种物件进行叠加：一个茶几被安排在另一个茶几前，一个沙发倚靠着另一个沙发，一切都是那么疯狂。每一件家具都有它自身的影子，就像连体婴一样"③，患有幽闭恐惧症的夏洛特不满家中空间被索尔不断侵占，决定将部分物件移至垃圾箱中。即使夏洛特被丈夫责备不应该处理不属于她的东西之时，她坚决反击："在这个房子中我应该有属于我自己的话语权。"④除了在房子中堆叠很多无用的物件，担任教堂牧师一职的丈夫"经常邀请流浪汉、忏悔椅上的有罪者在周日晚上前来家中共进晚餐，有时候他还收留人们居住在家中，包括战士、搭便车的旅行者、旅行推销员"⑤。面对越发拥挤的空间，夏洛特开始调试自己的心情，"为了不让自己太过介意，我开始松动我的根基（loosen my

---

① Tyler, Anne. *Earthly Possessions*. ibid. p. 10.
② Tyler, Anne. *Earthly Possessions*. ibid. p. 170.
③ Tyler, Anne. *Earthly Possessions*. ibid. p. 171.
④ Tyler, Anne. *Earthly Possessions*. ibid. p. 175.
⑤ Tyler, Anne. *Earthly Possessions*. ibid. p. 190.

roots），游离于他们之外（a few feet off），以一种幽默（humorous）的心态去看待这些事情，这种幽默就像人们打喷嚏时感受到的模糊的、令人愉悦的感觉"①，这种情感的调试是夏洛特面对强硬的丈夫的回应。然而，在夏洛特的内心，逃离压抑的家庭空间以及不平等的两性关系就像一股暗流在其内心涌动，小说中有一处细节暗示了她渴望逃离家园的心思："在我的皮夹子的某个秘密角落里我藏有一张一百美元的旅行支票。我还准备了步行鞋（walking shoes），计划带上女儿瑟琳娜（Selina）一起出逃，什么时候会有一股合适的涌流（current）将我们带走。"②在这段描述中，夏洛特提及的步行鞋与母亲莱西的"小型的、精致的鞋子"形成了强烈对照，布鞋这一意象暗示了夏洛特具有的行动力和渴望逃离家庭的潜在计划。

情动是一个生成过程，它在我们没有意识的情况下感染有意识的自我，情动导致我们进入惊人的自我发现，没有办法预知个人的身体会对什么做出表达或者会以何种方式进行回应。随着家中物件占据越来越多的空间，夏洛特感觉其生存空间变得越发狭窄，这仿佛隐喻了索尔和夏洛特之间愈加焦灼的两性关系。家庭空间中不平等的话语权导致的不满情绪形成一股暗流，最终在杰克的劫持下，她的出逃计划被执行了。在逃亡过程中，患有幽闭恐惧症的夏洛特从封闭的家宅空间进入了空旷的空间之中，空旷的空间对她的心理状态产生了积极的影响："我们坐上了巴士，停留在我之前没有听说过的小镇。十字路口、停车场、被竞选海报覆盖的单坡屋顶小房。我们到达巴提摩尔的时候已是黄昏。看着车窗中的自己，夏洛特觉得自己要比平常要更为有趣。"③从此段描述中可知夏洛特的情绪从在家中时的抑郁、不满向积极的情绪转换。

除此之外，她还获得自己在家中鲜少获得的掌控感，当杰克和夏洛特驾驶的汽车意外陷入草坑后，杰克鼓励着不会驾驶的夏洛特控制方向盘，灵活控制刹车和油门，而他和其他男人则在车后助力将车推离出草坑，夏洛特表现出了对空间的掌控力："我踩上了油门，男人们用力地推着车，接着轮胎发出呜呜的声响并开始旋转起来。之后，车子慢慢地颠簸着往前移动了几英

---

① Tyler, Anne. *Earthly Possessions*. ibid. p. 193.
② Tyler, Anne. *Earthly Possessions*. ibid. pp. 193-194.
③ Tyler, Anne. *Earthly Possessions*. ibid. p. 19.

尺，车子瞬间提速，脱离了男人们的控制，车子越过凹槽和些许鹅卵石，穿梭过野草地，车尾是一条无精打采的黄色缎带。我望向后视镜，看到缎带以及朝着她挥舞双手和呐喊的男人们。"[1]监狱逃犯杰克是密闭空间的僭越者，隐喻了一股反叛的力量。在杰克这股暗流的携领下，夏洛特被引领进入更为宽阔的空间，并在空间中的行进过程中体认自我、获得了对空间的掌控权。最终，夏洛特在杰克接上女友明迪之后率先向其提出自己决定离开，体现了她对自我命运的掌控力。

泰勒在小说中对莱西和夏洛特的情动刻画展现了富有层次的女性情动，以一种隐秘的、柔性的方式展现了女性在男权意识控制下家这一禁闭空间中女性的情感状态。从对女性情感的流动、情动下的空间突破以及女主人公最后的回归的描写，泰勒展露出她对家庭女性的心理状态的关注，折射出她折中的女性主义意识。

泰勒在小说中对恐旷症和幽闭恐惧症这两种与空间相关的心理疾病的刻画展现了她对现代南方人心理状态的关注。在小说《天文导航》中，泰勒通过拼贴的空间叙事形式和艺术家杰瑞米的拼贴艺术实践展现了患有恐旷症的杰瑞米的生存状态和心理样态；小说《尘世所有物》中两代女性对渗透着男权意识的空间幽闭状态的臣服、逃离以及回归隐含了泰勒的折中的女性主义意识。对这两种与空间相关的心理疾病的刻画的共同之处在于泰勒并没有将这两种心理疾病所造成的消极情感延续下去，或借由拼贴的叙事展现人物的内心世界以及借用拼贴艺术的创作和鉴赏达成人物和他人的交流，或是以离奇的、戏剧化的剧情推动人物的情动，帮助其在空间中获得自我的突破。

---

[1] Tyler, Anne. Delta Wedding. ibid. pp. 73-74.

第二章
生活空间：诗意想象、日常体验与现实批判

小说中的地方（place）是被命名、被识别的、具体的、准确的和需要作者费力去描绘的（exact and exacting），因而它也是可信的……在小说的进程中，它被我们所体验（experienced）。[1]

"地方……是个人体验和时间流逝的产物，它被感觉和情感点亮，布满了想象力的光点"[2]。

当代南方作家不仅仅关注南方人的心理世界，同时也乐于将南方人的日常生活空间融入文学创作当中。作家们在日常空间内的体验中汲取诗意想象，将日常体验化为一种诗意行动，并对其进行现实批判。韦尔蒂的地方风俗书写、史密斯和泰勒的家庭小说创作和梅森的极简主义小说创作都呈现出对日常生活的观照，这些作家都不约而同地将生活空间作为其构建文学空间的重要参照，赋予日常生活空间如百纳被空间、饮食空间和花园空间以诗性想象，并在对空间的建构中探讨处于变化中的南方在个人主体性、社会变迁和国家层面的议题。

第一节 百纳被：具有叙事性质的物质空间

缝制百纳被是南方家庭中稀松平常的日常实践，阿特金斯（Jacqueline Marks Atkins）称："缝制百纳被时共享的情谊可以促进家庭成员以一种合

---

[1] Welty, Eudora. *Place in Fiction*. New York: House of Books Ltd, 1957. p. 21.
[2] Welty, Eudora. *Place in Fiction*. ibid. p. 26.

理的亲密方式进行互动，特别是在美国南方，居住在一起的大家庭会充分利用制作百纳被这一契机进行交流。"[1]伴随着一针一线的编织的是百纳被编织者娓娓道来的故事，利维（Helen Fiddyment Levy）因此称"家庭工艺激发了作家的文学艺术的创作"[2]。借由百纳被这一民俗物质空间，韦尔蒂和梅森编织了关于家庭主题的百纳被，展现了她们对南方家庭观的反思。

一、"快乐山"百纳被和祖母的百纳被：缝制家庭情感

杰拉尔丁·肖尔德（Geraldine Chouard）认为"缝制被子不仅仅是韦尔蒂写作和创作理念的一个隐喻，同时也是散布在她作品中的中心意象"[3]。在一次采访中，韦尔蒂将自己的创作过程比喻成使用"剪刀和针"进行文字编辑的过程，她改变并且收集各种文本片段，其创作方式和百纳被的制作过程相仿："我有很多条状物——这儿有一些段落，那儿有一些对话，我把它们拼凑在一起，然后用剪刀对其进行一些修剪……你可以移动它，可以调换它，棒极了，它赋予你极大的自主性。"[4]韦尔蒂通过百纳被这一物质空间缝制着关于南方家庭的故事。

"快乐山"（Delectable Mountains）百纳被的命名源于英国剧作家约翰·班扬（John Bunyan）的戏剧《天路历程》（*Pilgrim's Progress*）中的"快乐山"这一意象。在戏剧《天路历程》中，"快乐山"是戏剧中的克里斯丁（Christian）和霍普（Hope）去往天国的路上遇到的群山的名字，班扬对"快乐山"的描述蕴含积极意义、引人神往："他们来到了快乐山，看到了花园、果园、葡萄园、喷泉，在那里他们饮水、梳洗，享用葡萄园里面的食物。"[5]在小说中，以"快乐山"命名的百纳被寄托了南方家庭中百纳被制作者对百纳被使用者的美好祈愿。韦尔蒂称"我猜想戏剧《天路历程》

---

[1] Atkins, Jacqueline Marks. *Shared Threads: Quilting Together, Past and Present*. New York: Viking Studio Books, 1994. pp. 19-23.
[2] Levy, Helen Fiddyment. *Fiction of the Home Place: Jewett, Cather, Glasgow, Porter, Welty and Naylor*. Jackson: UP of Mississippi, 1992. p.7.
[3] Chouard, Geraldine. "Sew to Speak: Text and Textile in Eudora Welty." *South Atlantic Review* 63. 2（1998）: 8.
[4] Prenshaw, Peggy Whitman, ed. *Conversations with Eudora Welty*. New York: Washington Square, 1985. pp. 272-273.
[5] Bunyan, John. *Pilgrim's Progress*. London: Seeley, 1801. p. 239.

第二章　生活空间：诗意想象、日常体验与现实批判

吸引我的是'快乐山'这个名字，我确信我在写作中无意识地运用了相同的百纳被图案"①。

在小说《三角洲婚礼》(*Delta Wedding*)和《败仗》(*Losing Battles*)中，"快乐山"百纳被均有出现。作为婚嫁礼物和生日礼物，"快乐山"百纳被承载了赠送者的美好寄托。在小说《三角洲婚礼》中，特洛伊出身低微的母亲为儿子的婚礼缝制了一床有着"快乐山"花案的百纳被。特洛伊的母亲出身卑微，按特洛伊的话来说，"她的地位并不比田地里的蚱蜢更高，但是她将自己所有能够获得的布料缝制了一床被子"②，特洛伊向未婚妻黛布尼（Dabney）的家人展示这床被子的时候，向大家强调"母亲是在一个下雪的冬天缝制被罩的，母亲希望这床被子能够给自己和妻子带来温暖"③。在特洛伊的解释下，"普利姆罗斯姨母（Aunt Primrose）感觉这床快乐山百纳被有了温度并且变得越来越滚烫"④。此外，名为"快乐山"的百纳被还在小说《败仗》(*Losing Battles*)中出现，它是家族中的女性们克服千难万险相聚在一起缝制给奶奶（Granny）的生日礼物："当马路上没有太多泥土、路况允许的情况之下，婶婶和各个兄弟姐妹三两成群，在冬天的下午聚集在一起缝制被子。这床百纳被的图案也是'快乐山'，它足足有8尺宽，斜型的红白条碎片在被套中间集聚成八角星，等待救赎的绵羊被缝制在上面。"⑤韦尔蒂一针一线缝制的"快乐山"百纳被折射出南方人深重的家庭观念。

百纳被也是作家梅森笔下重要的物质空间意象。然而不同于韦尔蒂缝制的象征家庭关系融洽和联系紧密的百纳被，梅森笔下的百纳被则隐喻了稳固基础不在的南方的家庭样态。在短篇小说《窗户灯》("Window Lights")中，遭遇妻子和女儿离家厄运的"我"重拾起祖母缝百纳被的手艺。窗灯在小说中有两重指涉：首先，祖母将窗户玻璃称为"窗灯"是因为"在祖母生活的年代，窗户是主要的光源"；其次，窗户灯指的是我从杂志上找到的名为"窗户"的百纳被制作花案。制作窗户花案的百纳被帮助"我"消解妻女离家之后的孤寂；另一方面，缝制百纳被又寄托了"我"对女儿的

---

① Bunting, Charles T. "'The Interior World': An Interview with Eudora Welty." *Conversations with Eudora Welty*. Ed. Peggy W. Prenshaw. Jackson: UP of Mississippi, 1984. p. 51.
② Welty, Eudora. *Delta Wedding*. New York: Harcourt, Brace and World, 1946. p. 112.
③ Welty, Eudora. *Delta Wedding*. ibid. p. 113.
④ Welty, Eudora. *Delta Wedding*. ibid. p. 113.
⑤ Welty, Eudora. *Losing Battles*. New York: Random House, 1970. p. 222.

婚姻与家庭的美好祝愿:"天色渐晚的时候,我拿出了被子布块……祖母以前习惯在晚上的时候缝被子,这是她歇息时打发时间但又想做点有意义的事情的时候的选择。我认为自己坐在火炉旁观察祖母缝制百纳被是我与祖母交流的方式,她在她的孩子结婚的时候缝制了婚戒被(wedding ring quilts),我记忆中最温柔的部分是她独到的设计感、对颜色的选择以及将布块用于实际用处时的那种至高无上的想法。缝被子让我觉得自己和妻子麦迪(Maddie)、女儿丽萨(Lisa)更为贴近。"①缝制百纳被是祖母打发时间的方式,通过承接祖母的百纳被工艺,"我"试图建立与家人之间的联系,期望从孤独无依的状态中逃离出来:

  我不想制作具有现代气息的被子……我在编织物谷仓(Fabric Barn)购置了几码长的印花布,商店专门将这种布卖给那些制作老式被子的人。因为现在没有人需要印花材料的东西或者保留那些碎边布袋。我记得祖母的碎边布袋被她放在老房子的某个角落。我必须去找到它……我想要缝制我从杂志上看到的被子花案,它围绕窗户意象展开——有棱镜状的、闪烁、反射着光的复杂质感。我从缝制第一块布块时就开始想象剩下的布块如何从中辐射开来,相互反射和覆盖,就像流动的河流上面的光,有着蓝色的色调……祖母会用一些蓝色的布料进行拼贴,我一边将这些布块缝制在一起,凝视着布块中的'窗户',一边努力地想要将这些布块拼凑成一床被子,将其铺展在阳光下。我喜爱缝制被子是因为它是一个由想象和耐心构成的过程,它将我抛出时间之外。②

  在缝制"窗户"主题的百纳被时,"我"的想象力似乎被该"窗户"这一意象所激发,窗户既属于房子的一部分,同时也是居住在房子中的人逃离孤独的一个通道,缝制百纳被的过程,"我"想象着从当前孤独无依的状况中逃离出来。

二、"葬礼百纳被":个人的死亡与家族的延续

  在短篇小说《爱情生活》("Love Life")中,梅森运用文字编织的"葬礼百纳被"看似矛盾实则合理,蕴含着生死相依的双重意涵。欧珀(Opal)

---

① Mason, Bobbie Ann. *Zigzagging Down a Wild Trail*. New York: The Modern Library, 2002. pp. 149-150.
② Mason, Bobbie Ann. *Zigzagging Down a Wild Trail*. ibid. p. 150.

第二章　生活空间：诗意想象、日常体验与现实批判

家庭中传承着制作百纳被的习俗，欧珀收藏了如"双婚戒百纳被"（double wedding ring quilt）、星形百纳被（the star quilt）等百纳被，其中最特别的是她的外甥女一直想要看到的如同家谱一般的"葬礼百纳被"（burial quilt）。在外甥女的恳请下，欧珀向其展现了家族中闻名已久的"葬礼百纳被"：

珍尼（Jenny）用手抚摸着被子上粗糙的纹理，被子的颜色暗沉，其衬被是深灰色的华达呢布（一种斜纹防水布料），这块九英寸的布块由灰色、棕色和黑色的小布块用针缝制而成，有些布块呈毛绒质地，很显然它取材于一件男式冬季套装。每个布块的上面都有一个灰白色的墓碑形式的贴花，有些布块十分滑稽，就像鬼马小精灵（Casper the ghost），每个墓碑上都标记有名字和日期。珍尼认出了一些名字：莫特尔·威廉姆斯（Myrtle Williams）、沃瑞斯·威廉姆斯（Voris Williams）、塞尔玛·弗里曼（Thelma Freeman）。这个百纳被上最古老的墓碑是尤拉利·弗里曼（1857—1990）（Eulalee Freeman 1857—1900）。被子呈不规则的矩形，被子的一角翻卷起来，由纺线打结，边缘呈开放的状态，等待着更多的布块拼凑上去。①

该葬礼百纳被的传统是"尤拉利的女儿发起的，但是它就像一场瘟疫一样在家族中蔓延"②。欧珀告知外甥女"她看到葬礼百纳被上那些恐怖的老旧的黑色布块吗？那是我年幼时缝制上去的，但是整个过程相当令人沮丧。因为我想到有些亲人在去世的时候没有来得及让人为他们缝制一个布块，因此可能还有很多需要弥补的布块"③。后现代主义哲学家德勒兹（Gilles Deleuze）认为"百纳被是呈块茎状态的（rhizomatic），它是各种并置的碎片以无限的方式并置在一起的无组织的集合"④，充满了自我繁殖的无限能力。"葬礼百纳被"上等待缝制的新的布块所留有的边界体现了块茎一般的生命力。"葬礼百纳被"的中心被来自不同年代的家人的具有不同质感的布块所补充和延展，它表面上预示着家庭中个体生命的逝去，但是百纳被的无限延展又以一种矛盾的方式诠释着生命的拓张，它是一床没有固定边界的被子，"死亡"和"生命"这一对看似矛盾却又出奇契合的主题被梅森巧妙地糅合在百纳被中。

---

① Mason, Bobbie Ann. *Love Life*. New York: Harper & Row, 1989. pp. 14-15.
② Mason, Bobbie Ann. *Love Life*. ibid. p. 15.
③ Mason, Bobbie Ann. *Love Life*. ibid. p. 15.
④ Deleuze, Gilles and Felix Guattari. *A Thousand Plateaus, Capitalism and Schizophrenia*. Trans. Brian Massumi. London: Athlone Press, 1988. p. 476.

韦尔蒂和梅森用文字编织的百纳被展示了她们对家庭、生死的演绎，韦尔蒂的"快乐山"百纳被在重要日子作为礼物赠送给家人表达了编织者和赠送者对家人的美好祝愿，梅森笔下主人公重拾祖母的百纳被的制作，为其钩织了温馨家园的幻象，为其逃离现今孤独无依的状态提供了一个出口；诡异的且具有开放意味的"葬礼百纳被"则融合了生死悖论，以一种矛盾的方式展现了家庭的延续。

除了缝制文学的百纳被，饮食空间这一重要的日常空间是当代南方作家重点关注的对象，在饮食书写中，作家化日常琐碎为诗意想象，在对饮食细节和行动的刻画中展开对多种议题的讨论。

第二节　饮食空间

"阅读菜谱就如同阅读小说，我们的菜谱告诉了我们关于我们的一切，我们住哪里、我们重视什么以及我们如何度过时光。"[1]

"我做的肉汁总是不值一提，我认为它是我们代际之间遗失的艺术。"[2]

"因为它有一些'贴心'（hearty）——这是她对他烹饪的汤的评价。"[3]

"我的祖母会烘烤饼干，但是她不赞同立即享用刚从烤箱中拿出来的饼干的做法，她会将饼干存放在饼干罐中静置一到两天才让我食用。祖母会说：'等待它们形成自己的秩序。'清脆的饼干在瓷器中变得口感柔软—舒适的保湿罐（humidor）—让食物增添了多重的味道，食物的质地在我们的想象中渐渐成熟。"[4]

阅读文字如同细细品味和消化食物一般，读者阅读涉及食物制作的文学文本时，阅读则成为兼具味蕾体验和文学想象的物质和审美享受。泰瑞·伊格尔顿（Terry Eagleton）对此提出"饮食和写作有着珍贵的谱系传统"[5]。约翰·伊格尔顿（John Egerton）在《南方食物：在家、在路上、历史中》（*Southern*

---

[1] Smith, Lee. *Dimestore: A Writer's Life*. Chapel Hill: Algonquin Books, 2016. p. 35.
[2] Smith, Lee. *The Christmas Letter: a Novella*. Chapel Hill: Algonquin Books, 1996. p. 73.
[3] Tyler, Anne. *Dinner at the Homesick Restaurant*. New York: Alfred A. Knopf, 1982. p. 113.
[4] Mason, Bobbie Ann. *Clear Springs: a Memoir*. New York: Random House, 1999. p. ix.
[5] Eagleton, Terry. " Edible ecriture." *Times Higher Education* 1303（1997）: 25.

Food: At Home, on the Road, in History）一书中强调"了解厨房以及餐厅里面发生了什么能够帮助我们考察一个社会的健康状况、经济条件、种族关系、阶级结构和女性地位"①。可以说，不同的饮食空间在作家的笔下被赋予诗性想象，作家在创作饮食空间的同时也在咀嚼和消化着关于个人、家庭和社会方面的话题。

史密斯流传于代际之间的"食谱"是隐秘的女性生命的叙事空间，它触发了个人记忆，是延续家庭中女性生命的媒介；泰勒的"失调"家庭系列小说中，思家空间具有疗愈南方失调家庭创伤的功效，为孤独的当代南方人提供了家庭归属感；梅森对穷白人家庭中的"菜园"和大众饮食空间的书写谱写了包括自身在内经历了自给自足的农耕生活和城市转型的南方穷白人饮食背后的生存哲学和饮食消费状态；在泰勒后期尝试的跨国题材小说中，特定的饮食空间成为身在南方的异乡人和身在异乡的南方人寻求身份和文化归属感的媒介。

一、食谱：女性生命的对话与延续

史密斯曾祖露菜谱这一日常生活物件所承载的生命痕迹，"阅读菜谱就如同阅读小说，我们的菜谱告诉了我们关于我们的一切，我们住哪里、我们重视什么以及我们如何度过时光"②，善于将各种物质运用于文学创作中的史密斯在《圣诞信件：一部中篇小说》（*The Christmas Letter: a Novella*）中别具创意地嵌入了十二份食谱：伯蒂的蛋奶沙司（Birdie's Boiled Custard）、古德威尔太太的圣经蛋糕（Mrs. Goodwill's Bible Cake）、棍石（Sticks and Stones）、玛丽的胡萝卜蛋糕（Mary's Carrot Cake）、比尔最爱的法奇软糖（Bill's Favorite Fudge）、伯蒂午餐馆的墨西哥煎玉米卷沙拉（Taco Salad from Birdie's Lunch）、速捷意大利晚餐（Speedy Italian Supper）、鲁麦奇开胃菜③（Rumaki）、母亲的青西红柿腌菜（Mama's Green Tomato Pickle Relish）、橘子薄荷冰冻果子

---

① Egerton, John. *Southern Food: At Home, on the Road, in History*. Chapel Hill: U of North Carolina P, 1993. p. 3.
② Smith, Lee. *Dimestore: A Writer's Life*. Chapel Hill: Algonquin Books, 2016. p. 35.
③ 鲁麦奇开胃小菜：以被腌制过的鸡肝和切成薄片的荸荠为填料，由熏猪肉片包裹的开胃小菜。

（Orange-mint Sherbet）、低洼地区的芝麻饼①（Low Country Benne Cookies）、绿叶蔬菜烩饭（Ndiwoz Za Mpiru Wotendera）②，这十二份菜谱涵盖了皮克特家（Pickett Family）的私房菜、具有异域特色的菜品、甜点和主食等菜谱，部分菜谱在皮克特家族中女性生命的延续和对话中扮演了重要作用，隐含了其食物制作者和分享者背后的生命故事。

在 1944 年到 1996 年的 50 余年，皮克特家中伯蒂（Birdie）、玛丽（Mary）和梅勒妮（Melanie）三代女性在圣诞节期间给家人和朋友所书写的圣诞信件构成了小说文本的主体，记录了皮克特三代女性的日常点滴和生命际遇，具有浓烈的生活气息。信件撰写材料从手写纸张到复写纸、油印纸、静电复印纸到最后使用电脑拼写输入法进行书写并打印成 A4 纸的变化暗示了三代女性所处时代的差异。然而，皮克特家族中维持不变的是女性进行圣诞信件书写并在其中附加食谱的传统，这些充满制作细节和原材料细节的食谱无形中串联起三代女性的生命经验。通过阅读她们的食谱，读者进入到皮克特家庭中女性的生命叙事之中，食谱是皮克特家族中女性应对相同的经济困境时诉诸的手段、三代女性进行代际情感联系的媒介以及重寻家族记忆的重要线索。

制作食物是皮克特家族中的女性以一己之力化解家庭经济困顿局面的重要手段。大萧条时期，伯蒂和丈夫比尔生活在北卡州的一个农场，在当地政府的建议下种植大豆。然而，一场洪水将皮克特家的农场作物毁于一旦，失去唯一经济来源后比尔决定带领家人离开农场，贷款在城镇中开办一家廉价商店。为了减轻家庭的经济压力，伯蒂施展自己的厨艺在商店旁边开办了一家名为"伯蒂的午餐"（Birdie's Lunch）的餐馆，她在写给家人的圣诞信件中带着骄傲的口吻提及自己的厨艺受顾客欢迎的程度："你知道我是多么热爱烹饪。这个餐馆非常受欢迎。我们只在早上和中午这两个时间段营业，有的人会买上午餐带回家享用，尤其是当天推出鸡肉和饺子特色菜的时候，客人买得会比较多，我做的烘肉卷也相当受欢迎。"③

相同的命运在伯蒂的女儿玛丽身上上演，玛丽嫁给桑迪以后，也经历了

---

① 低洼地区：指南卡罗来纳州和佐治亚州的靠近大西洋海岸的低洼地区。
② "NDIWOZ ZA MPIRU WOTENDERA"是由芥末、菠菜、青葱等绿叶蔬菜为主体，黑胡椒、花生酱为配料，以米饭打底的食物。
③ Smith, Lee. *The Christmas Letter: a Novella*. ibid. p. 26.

第二章　生活空间：诗意想象、日常体验与现实批判

一段经济困顿期。婚后二人因为经济拮据而不得不居住在空间狭小的拖车中。圣诞晚宴上，因为无力购买餐桌，玛丽和丈夫不得不在"浅绿色的粗毛地毯上享用圣诞晚餐"①。为了帮助丈夫桑迪从公司老板那获得升职加薪的可能，玛丽特意在圣诞节前按照母亲伯蒂在圣诞信件中分享的食谱为丈夫的老板制作了名为"棍石"小吃，该小吃来自于母亲伯蒂于1956年在圣诞信件中分享的食谱：

棍石
半杯融化了的黄油或者人造黄油
四分之一茶匙的伍斯特沙司
一勺半盐
一杯谷类（麦片和谷物）
一杯坚果
一杯椒盐脆饼
将食物搅拌均匀，在 250 华氏摄氏度的温度下进行烘焙，每隔 15 分钟搅拌一次。②

在桑迪和玛丽的共同努力下，他们很快就从拖车房中搬出来，住进了位于白人社区的房子中。

康尼翰（Carole M. Counihan）认为"饮食文化是一种交流的形式，是传递和解码意义的重要领域"③，伦斯福德（Andrea Lunsford）提出食物书写包含了"再生的修辞(a reclaimed rhetorica)"，它的特点和主要目标……是理解、探索、建立联系和对话④，二位学者都发现了食物的意义生产功能。食物是皮克特家族中的女性以一己之力将家庭从经济困顿局面中解救出来的利器，同时也是她们联结女性生命的方式。小说中出现了种类繁多的食谱，而每一个食谱似乎都包含了制作者的故事。和伯蒂一样，玛丽同样具有烹饪的才能。

---

① Smith, Lee. *The Christmas Letter: a Novella*. ibid. p. 47.
② Smith, Lee. *The Christmas Letter: a Novella*. ibid. p. 28.
③ Counihan, Carole M. *The Anthropology of Food and Body: Gender, Meaning and Power*. New York: Routledge, 1999. p. 19.
④ Lunsford, Andrea, ed. *Reclaiming Rhetorica: Women in the Rhetorical Tradition*. Pittsburgh: U of Pittsburgh P, 1995. p. 6.

在伯蒂书写的圣诞信件中，她回忆起女儿玛丽的烹饪才能，"她曾凭借自己独创的'胡萝卜蛋糕'（carrot cake）获得了 4-H 烹饪竞赛的奖项，但是因为她在竞赛过程中没有佩戴厨帽而错失晋级地方竞赛的机会"。然而，伯蒂仍旧为女儿所取得的成就感到欣慰，并在信件中向家人和朋友们分享女儿获奖的胡萝卜蛋糕的菜谱：

玛丽的胡萝卜蛋糕
两杯精筛过的面粉　一杯沙拉油
两茶匙发酵粉　四个鸡蛋　两杯用格栅切割的胡萝卜
一勺半小苏打
两茶勺肉桂　十八又二分之一盎司的椰子片
一勺半盐
两杯糖　二分之一杯切碎的坚果

将烤箱预热至 350 华氏度，将面粉、发酵粉、小苏打、盐和肉桂一起进行筛选处理。在其中加入糖、油和鸡蛋，搅拌均匀后再在其中加入胡萝卜、坚果和椰片；然后将这些食材进行搅拌，将其倒入已经涂油且撒上面粉的 9 英寸大小的圆形蛋糕烤盘当中，在烤箱中烘烤 35 至 40 分钟。之后，将蛋糕从烤箱中移出，静置冷却若干分钟。然后，将蛋糕移置金属网架上让其彻底冷却，在蛋糕主体的表面涂上奶油芝士糖霜。

奶油芝士糖霜
半勺黄油
十八盎司的奶油芝士
一茶匙的香草
一磅糖粉

将黄油、奶油芝士、香草混合在一起制作出奶油。如果有必要可以加入一些糖和牛奶。①

---

① Smith, Lee. *The Christmas Letter: a Novella*. ibid. pp. 34-35.

第二章　生活空间：诗意想象、日常体验与现实批判

母亲伯蒂在圣诞问候信件中加入女儿的获奖食谱一方面展现了自己乐于与他人分享美食的慷慨之意，同时也表现了她对女儿所取得的成就的欣慰之情，无形之中深化了母女之间的情谊。值得注意的是，该种情感的沟通并非以一种单向的方式进行，食物也是玛丽深入了解母亲并与其建立深厚情感的方式。玛丽在1989年12月10日书写的圣诞信件中回忆起母亲去世的前一天与她一起制作"青西红柿腌菜"的场景，并在信件后附加上这道开胃菜的食谱。当天，玛丽突然被某种奇怪的感觉所触动，于是决定驱车回家看望母亲，玛丽到达家中时母亲正在厨房给餐馆的一位老顾客制作开胃小菜。在信件中，她回忆起自己当天和母亲共同制作食物的画面：

下午的厨房里闷热难受，我们呼吸着腌菜的味道，直到眼睛因为食物刺激而流泪……母亲埋怨我把西红柿切得太大块，我便开始将西红柿切小。我不知道这一下午是怎么过去的。一下午的时间转眼即逝，我们的开胃小菜已经做好了。窗台上摆放了一排排闪烁着耀眼光芒的玻璃罐，玻璃罐里面的青西红柿腌菜像宝石一样散发着光泽。离开之前我亲吻了母亲，站在门口转过头看见母亲在架子里搜寻着东西——搜寻什么呢？我永远都不会知道，有太多我无法知道的东西。①

与母亲一起制作"青西红柿腌菜"这道开胃菜成为玛丽对母亲伯蒂生前最后的视觉记忆，在场的食谱填补了母亲缺席在玛丽的记忆中留下的空白，而那消失的"肉汁"食谱则确证了母亲缺席的事实。玛丽发现母亲去世后，自己的烹饪无法顺利展开，她"很难想象我们在没有她的情况下如何面对圣诞节，因为她总是会在家庭聚餐时做可口的肉汁搭配鸡肉、'棍石'小吃和磅饼，我一直都在做'棍石'和磅饼这两道菜，但是我却不知道如何调配肉汁。我调配的肉汁总是不值一提，我认为它是我们代际之间遗失的艺术"②。鸡肉汁制作方法的失传体现了代际联系之间的断裂。对于玛丽来说，圣诞信件的撰写的精髓在于那些菜谱，菜谱这一空间散发着回忆的味道，菜谱中的菜肴对应了皮克特家不同的家庭记忆："我认为通过撰写这些菜谱，我在书写自己的生命故事。那些享用冰凉的蛋奶水果甜味点心、蘑菇汤的年月（years），那享用烤肉和芝士火锅的时期（period），那品味着乳蛋饼和法式薄饼的阶段

---

① Smith, Lee. *The Christmas Letter: a Novella*. ibid. pp. 34-35.
② Smith, Lee. *The Christmas Letter: a Novella*. ibid. p. 73.

（phase），现在享用的是洋葱辣味调汁的年月（years）。我整个一生都在烹饪以及把剩余的食物装进越来越小的容器之中。"①在这段描述中，食物对应了玛丽一生中不同的时间段，成为她的生命历程的标记。小说中反复出现的"棍石"小吃既是伯蒂在家庭困顿阶段开办餐馆的特色菜，同时也是玛丽帮助丈夫获得升迁机会的利器，就像玛丽将食物与"年月"（years）、"时期"（period）、"阶段"（phase）这样不同的时间标记词联系在一起一样，食物成为皮克特家族中女性生命的物质标记。

小说共展现了皮克特家中三代女性的圣诞信件的内容，伯蒂和玛丽的圣诞信件占据了小说的大部分内容，而玛丽的女儿梅勒妮（Melanie）只占据了一封。与祖母伯蒂和母亲玛丽不一样，梅勒妮并不具备较高的烹饪天赋，但是她却对祖母和母亲过去的生命经历饶有兴趣。从某种程度上而言，她延续了伯蒂与玛丽对下一代的期望。梅勒妮填补了祖母伯蒂对母亲玛丽未能完成大学教育的遗憾，同时也继承了母亲玛丽年轻时未能如愿的文学创作的兴趣。小说中最后一封圣诞信件中，梅勒妮为外出的母亲看家，她发现自己无意识地追随着母亲的脚步，她发现自己在做一些有趣的事情，"我穿着母亲做园艺工作时的鞋子在花园里忙活……身披她那老旧的格子花呢长袍……将糖加进冰茶当中……我甚至在使用她留下来的小型特百惠食物容器"②。穿着母亲烹饪时的长袍、制作可口的饮料并用特百惠容器装入剩余的食物实质上是在复制其母亲的日常行为。

梅勒妮以两种方式串联起皮克特家族中女性命运。一方面，梅勒妮延续着皮克特家庭中女性书写圣诞信件时在其中加入食谱的传统，她在自己书写的唯一一封圣诞信件中加入了一道名为"绿叶蔬菜烩饭"的菜谱；另一方面，梅勒妮还试图追根溯源探寻祖母和母亲的生命故事，酷爱写作的梅勒妮以母亲和其他家人保存的圣诞信件为写作材料，以祖母的家乡西弗吉尼亚为背景进行小说创作。梅勒妮通过母亲收集的书写材料以及自己在祖母伯蒂的家乡的实地考察为基础进行小说的撰写，促成了梅勒妮对女性生命的深度探索。

---

① Smith, Lee. *The Christmas Letter: a Novella*. ibid. p. 101.
② Smith, Lee. *The Christmas Letter: a Novella*. ibid. p. 123.

第二章　生活空间：诗意想象、日常体验与现实批判

二、思家空间：修复失调家庭创伤与提供家庭归属感

对于史密斯来说，食谱是其讲述南方女性生命经验的叙事空间。在泰勒的家庭小说中，饮食空间是其修复现代南方失调家庭的创伤和赋予当代南方人以归属感的食疗空间。泰勒的家庭小说以刻画失调家庭为主，家庭中监护人缺席、家庭暴力、夫妻关系破裂、中年丧子等问题揭露了现代南方家庭中的阴暗面，暴露出多种样态的家庭模式和家庭矛盾。然而，泰勒不忘以温暖之姿对家庭失调带给人们的创伤进行修复，并提供给其笔下孤独的现代南方人以家庭归属感。

泰勒出版于1982年的小说《思家餐馆的晚餐》（*Dinner of the Home-sick Restaurant*）曾先后入围普利策奖、国家图书奖（National Book Award）和国际笔会/福克纳文学奖。该小说讲述了塔尔家父亲离家出走后由母亲珀尔（Pearl）带大的科迪（Cody）、以斯拉（Ezra）和珍尼（Jenny）三兄妹的成长记忆、各自长大后的情感和家庭生活。在小说中，塔尔家族中珀尔和她的三个孩子不同的饮食习惯隐含了塔尔家庭中父母关系不睦给三个孩子造成的成长创伤，最终在以斯拉的邀请下父亲参加了母亲去世后的家庭聚餐，家庭失调的创伤在一场晚宴当中得以救赎。

塔尔家庭中的失调存在于夫妻双方、父母与孩子以及孩子之间的相处之中，一次家庭野游中的"射箭事件"激化了珀尔和其丈夫贝克（Beck）之间的矛盾，最终导致了后者的出走。在该小说中，主要人物的饮食风格与"思家餐馆"本身隐喻了他们对于家庭失调的回应与补救。"思家餐馆"这个空间既包含了塔尔家庭中存在的失调与不和，同时也是一个误会重释的空间。

首先，妻子珀尔追求万事完美的性格特点导致了其在与丈夫的相处中频频发生摩擦。在贝克的回忆中，自己与妻子珀尔的关系在婚后常常处于剑拔弩张的状态，贝克这样向儿子科迪回忆自己与妻子的关系：

"当我和你的母亲刚结婚的时候，好像我从来不会做错事情，但是渐渐地她看到了我的缺点，我从来不会去掩藏它，这些缺点在珀尔看来似乎变得越来越重要。我如果做错了什么事情，她就会立刻发现。她发现我经常不在家，没有能够支持她，在工作上没有起色，体重增加了、喝太多的酒、讲错话、吃错东西、衣着不当或者在驾驶的时候出了差错，不管我做什么，我都

会把事情弄糟。"①

二人敏感脆弱的关系因为一次"射箭"活动被激化。贝克带领家人去乡村进行射箭活动是贝克认为能够维护家庭情感的举动,然而射箭活动中意外发生的事故却成为压倒珀尔和贝克婚姻关系的最后一根稻草。贝克"计划一家人开车去乡村,我们会在一个树桩上安装一个靶,玩射箭游戏,但是那次游戏并没有达到我计划的效果"②,贝克向科迪回忆那次家庭野游:"首先是珀尔抱怨说她体格不够健壮、无法加入射箭游戏,珍尼则抱怨乡村地区温度过低,然后你和以斯拉又陷入了某种争吵,最后还陷入了打斗,科迪射出的箭意外刺中了你们的母亲。"③被箭射中的珀尔因为身体无法承受抗生素的刺激而游走在生死边缘,该事件导致了贝克与珀尔之间积压的负面情绪顿时溃堤,最终贝克选择逃离家庭。

而父亲贝克的出走又间接导致塔尔家庭中父母与孩子、孩子们之间的关系出现裂痕。贝克出走后,珀尔承担起了养育家庭的任务。施耐德曼(Leo Schneiderman)认为"泰勒小说中美国家庭的解体与父母管教失败相伴而生,包括未尽到抚育职责的母亲以及在家庭以及心理上均不在场的父亲"④。身为长子的科迪亲眼目睹母亲在父亲出走后疲于应对家庭重任的窘态:"当他和自己的弟弟和妹妹希望从母亲那里获得食物和营养的时候……她会顿时陷入匆忙、疲惫不堪的状态。科迪记起母亲晚上下班回家后会在厨房里急躁地忙活着。罐头从壁橱里倾倒而出掉落在她身上——猪肉豆、午餐肉、油腻的金枪鱼、豆子、橄榄。她做饭的时候总是戴着帽子,母亲不小心把食物烧焦的时候会小声地啜泣。你无法想象她会不小心点着什么东西,母亲经常给我们端上半生不熟的食物,并加上一些她自己的设计,例如碎菠萝土豆泥。"⑤从这段描述可以发现,贝克的缺席让整个家庭的经济重担倾倒在珀尔身上,经济重担和养育孩子的责任让珀尔喘不过气,她和孩子们的生活陷入一团乱麻,珀尔逐渐将自己对丈夫贝克的怨恨宣泄到自己的孩子身上。珀尔将所有的愤慨都化作语言和行为暴力施加在年幼的三兄妹身上。在一次家庭晚餐,珀尔情绪

---

① Tyler, Anne. *Dinner at the Homesick Restaurant*. ibid. p. 300.
② Tyler, Anne. *Dinner at the Homesick Restaurant*. ibid. p. 301.
③ Tyler, Anne. *Dinner at the Homesick Restaurant*. ibid. p. 301.
④ Schneiderman, Leo. "Anne Tyler: The American Family Fights for its Half-Life." *American Journal of Psychoanalysis* 56.1 (1996): 70.
⑤ Tyler, Anne. *Dinner at the Homesick Restaurant*. ibid. p. 180.

第二章 生活空间：诗意想象、日常体验与现实批判

失控，"将手中的勺子向科迪的面部扔去，责骂他'自以为是'。她还朝着科迪的脸扇了一掌，用'卑鄙、丑陋和恐怖'来辱骂科迪。珀尔使劲地掐着珍尼的辫子。在珀尔猛然一拽之下，珍尼从凳子上跌落。她还辱骂以斯拉'笨蛋'，将盛有豌豆的碗从他的头上倒下，豌豆四处飞溅，以斯拉双臂抱头以此保护自己"①。本该为家庭提供温暖的母亲在家庭经济重担和抚养责任的重压下成为孩子们的痛苦之源，塔尔家的三兄妹不得不忍受母亲的语言和行为暴力。

再次，塔尔家庭的失调还体现在科迪与以斯拉之间的兄弟关系之中。那场射箭事故埋下了科迪怨恕弟弟以斯拉的种子以及以斯拉对科迪的愧疚心理。小说中的"射箭事故"在人物关系的定义中扮演了重要作用，它既是压垮贝克和珀尔关系的最后一根稻草，同时也导致了科迪与以斯拉的兄弟关系出现裂痕。

小说以两种视角分别展现了科迪与以斯拉对那场"射箭事故"的回忆。在科迪的回忆中，当他射出箭之后，"以斯拉向他跑来，晃动着手臂，口吃着喊道'停、停、停，停下来'，他真的认为我会将箭射向他吗？科迪瞄准着目标，拉开弓，以斯拉伸展双臂纵身一跃，他像熊一样抱住了科迪将他扑倒在地……与此同时，箭去哪里了？他看到母亲倚靠在父亲的怀里，朝着他的方向蹒跚着走来，衬衣被鲜血染红了"②。在科迪的回忆中，以斯拉认为科迪有意要将箭射向他，以斯拉对科迪的不信任导致科迪在以斯拉的攻势下不小心将箭射偏最终击向母亲珀尔，科迪成为这场事故中的过错方。然而，在以斯拉的回忆中，以斯拉认为自己才是母亲受伤的罪魁祸首，然而母亲却将她被箭中伤归咎于长子科迪。"那一次他的母亲差点死去，被一支误发的箭中伤——全都是以斯拉的错，以斯拉——家族的口吃者，他记得自己连声说着抱歉但是他的抱歉却没有被接受，因为他的哥哥科迪和购买了射箭装备的父亲被怪罪了。而以斯拉，母亲偏爱的孩子则免受处罚，他没有被原谅—就像你所期望的没有得到宽慰，永远身负心理重担"③。科迪与以斯拉因为这次射箭事故而产生了嫌隙和矛盾，这导致了科迪成年后出于嫉妒心理抢走了以斯

---

① Tyler, Anne. *Dinner at the Homesick Restaurant.* ibid. p. 53.
② Tyler, Anne. *Dinner at the Homesick Restaurant.* ibid. p. 339.
③ Tyler, Anne. *Dinner at the Homesick Restaurant.* ibid. p. 120.

拉的女朋友露丝（Ruth）。

塔尔家庭父母关系的失调所产生的语言和肢体暴力导致了成年后的科迪、以斯拉与珍妮患上不同程度的思家症状，爱丽丝·霍尔·佩特里（Alice Hall Petry）认为小说标题中的

"思家"（home-sick）体现了泰勒想要表达的家庭观念，它具有多重意义。从一种层面上来说，"思家"意味着"渴望家庭"（sick for home），即以一种怀旧的方式在一个人们感到最熟悉的地方或者群体中寻求温暖和安全感以及有选择性地强调一个人对自己记忆起来的家的极度积极的记忆，这种记忆实质上是一种幻想；从另一层面上来说，它又意味着"厌恶家庭"（sick of home），即渴望摆脱来自家庭的苦难，它对应了家庭安全感的阴暗面，但同时又不否认家庭的吸引力和价值；最后一层面上，它意味着"因家庭而病"（sick from home）或者说家庭创伤。①

塔尔家三兄妹的思家（home-sick）症状具体反映在其饮食之中。科迪对所食之物抱有满不在乎的态度是因家而病表现的症状，珍妮在饮食方面相当克制，排斥加入家庭聚餐，并表现出对家庭聚会的厌恶。然而，塔尔家庭的守护者以斯拉对食物相当重视，为他人提供食物以及与他人分享食物是他构建家庭共同体的方式，表现了他对家庭的渴望。

珀尔在丈夫贝克离开家庭以后承担起了照顾三个孩子的重任，即使贝克每个月都会给珀尔寄来 50 美元作为生活费，但是对于有着三个孩子的家庭来说 50 美元只是杯水车薪。年少的科迪最直接地感受到父亲的出走给这个家庭造成的经济困顿和情感伤害：

周末的时候，父亲没有回家，下一个周末以及下下个周末也都不见踪影。有一天早上，科迪醒来意识到父亲已经离开这个家很长一段时间了。他的母亲没有给出任何解释。科迪，像一个警醒的间谍一般凝望着母亲的满脸愁容以及她不知所措的双手。让他烦恼的是他发现自己无法记起最近他们什么时候和父亲待在一起了，他只能想起各种糅合而成的画面：因为吵架被摔碎的饭菜、以斯拉倾倒的牛奶、毁坏的饭菜、父亲在乡村道路上驾驶迷路时母亲痛苦且恼怒地指方向的场景。②

---

① Petry, Alice Hal. *Understanding Anne Tyler*. Columbia: U of South Carolina P, 1990. p. 186.
② Tyler, Anne. *Dinner at the Homesick Restaurant*. ibid. p. 46.

第二章　生活空间：诗意想象、日常体验与现实批判

另外，他还目睹了母亲因为难以兼顾养育孩子和赚钱补贴家用而手忙脚乱的窘迫情形。不堪重负的珀尔曾不经意地向长子科迪倾吐苦水："噢，科迪，养育孩子就像打仗一样，我知道你肯定认为我很难相处，经常放纵自己的脾气，行为就像悍妇一般，但是你想一想，我是多么无助，所爱之人都依赖我，我总是很害怕自己会做错事情。"[1]身为长子的科迪成为珀尔在家中的首要指望，她曾对年少的科迪说："你已经长大到足够让我去依赖了。"[2]然而，科迪却反驳母亲称自己才14岁。纳皮尔（Napier）和惠特克（Whitaker）认为"母子关系是我们生活中亲密关系的原型，这种早期的关系为我们生命中诸多重要问题奠定了基调"[3]。

母亲的期望导致科迪从小渴望取得成功。在母亲期望的无形影响之下，科迪成年后努力工作，成为事业有成、收入颇丰的效率咨询师（efficiency consultant），其具体的工作内容是帮助工厂进行高效率的生产，对时间的有效管理被他践行在自己的生活当中，饮食在科迪眼中是一个微不足道的生活环节。"对于他来说，食物不值一提。他的饮食总是为了满足别人的需求：为了和别人约会或者进行商业午餐会——他会为自己预订一顿餐食，其目的仅仅是能够和他的工作伙伴作伴。但是在他家的冰箱里，你能看到的只有搭配咖啡的奶油、杜松子酒以及搭配滋补药的酸橙。他从来不吃早餐；有时候还会忘记午餐。当他感到胃部被侵蚀之时，他会叫秘书去随便给他买些食物充饥。"[4]然而，不管他的秘书准备的是鸡蛋卷或者是涂有肝泥和夹有香肠的黑麦面包，"这些食物对他来说都是一样的。大多数时候他根本不会在意自己吃的是什么——他会咬上一口食物后继续指挥着员工们干活，让清洁阿姨把剩下的食物给打扫干净"[5]，一位和他共餐过的女性认为他的这种行为是某种缺陷的表现，"眼看着他把鱼肉切开但是又不吃，看着他拒绝吃甜品，耐着性子一边等待着、一边看着她把一块巨大的巧克力奶油冻吃完。她认为这反映出他缺乏让自己快乐的能力"[6]。同时，忙于工作的科迪总是以工作繁

---

[1] Tyler, Anne. *Dinner at the Homesick Restaurant*. ibid. p. 63.
[2] Tyler, Anne. *Dinner at the Homesick Restaurant*. ibid. p. 42.
[3] Napier, Augustus and Carl Whitaker. *The Family Crucible: the Intense Experience of Family Therapy*. New York: Harper and Row, 1978. p. 119.
[4] Tyler, Anne. *Dinner at the Homesick Restaurant*. ibid. p. 161.
[5] Tyler, Anne. *Dinner at the Homesick Restaurant*. ibid. p. 161.
[6] Tyler, Anne. *Dinner at the Homesick Restaurant*. ibid. p. 161.

忙为借口逃避回家参与聚餐。和科迪一样，珍尼在饮食上也没有展露出过多的兴趣，"珍尼经常喝柠檬水和吃生菜叶子，她从来不会允许自己饮用甜食或者跳餐"。当她从弟弟的朋友约西亚（Josiah）那儿得知弟弟希望开办一家"像家一样"（home-like）的餐馆之时，珍尼反讽道"人们去餐馆并不是为了找寻家园的归属感，而是为了逃离家庭（get away from home）"[1]，珍妮的回应暗示了儿时的家庭创伤对其造成的心理阴影。

不同于科迪和珍尼，以斯拉"进食的时候总是很开心，不管是母亲烹煮的食物还是他自己亲手制作的食物。他对任何食物都抱有满怀欣喜的态度"，对食物的热爱让他决心成为一名食物提供者（feeder）。在以斯拉看来，食物具有灵性，是其表达自我感情的媒介。当他的餐馆老板斯卡拉蒂太太（Mrs. Scarlatti）生病住院时，以斯拉特意为她准备了对方喜爱的汤，"那是她喜爱的鸡胗汤，他在汤里面加入了 20 颗蒜瓣，斯卡拉蒂太太曾经说这个汤能够滋养她的胃、舒缓她的神经——改变她一天的感知（但是这个汤没有被列入餐馆的菜单），因为它有一些'贴心'（hearty）——这是她对这种汤的评价"[2]。另外，聚餐享用食物对于以斯拉来说是他找寻家庭温暖的方式。好友约西亚的父亲去世时，以斯拉陪伴好友和他的母亲共进晚餐以此给失去亲人的朋友带去自己的慰问。其次，对家庭的渴望也是他将斯卡拉蒂太太交由他打理的餐馆改名为"思家餐馆"的缘由。借由"思家餐馆"这个空间，"他想要为人们烹饪可以让人们联想起自己家乡的菜肴，就像加利福尼亚的小贩推车上供应的墨西哥煎玉米卷，这是墨西哥人想要品尝到的食物"[3]。小说中，以斯拉曾数次想要促成家人们和和气气地完成一顿聚餐，但却总是因为家庭成员的不和而频频落空。在母亲生前的家庭聚餐中，母亲总是"吃得很少，经常会玩弄食物，她不满于那些吃饭的时候人们表现出来的饥肠辘辘或者对所食之物深感兴趣的人。只要家中出现有争议的话题，她都会选择在吃饭的时候挑起那个话题"[4]，从而导致聚餐陷入争论之中；而经常编借口推辞家庭聚餐的科迪会"在家庭聚餐时每道菜肴被端上来之前抽起他

---

[1] Tyler, Anne. *Dinner at the Homesick Restaurant*. ibid. p. 75.
[2] Tyler, Anne. *Dinner at the Homesick Restaurant*. ibid. p. 113.
[3] Tyler, Anne. *Dinner at the Homesick Restaurant*. ibid. p. 122.
[4] Tyler, Anne. *Dinner at the Homesick Restaurant*. ibid. p. 160.

第二章　生活空间：诗意想象、日常体验与现实批判

那细长的雪茄"①，这让以斯拉反感不已；而妹妹珍尼则直接缺席家庭聚会。有一次，以斯拉为了庆祝妹妹珍尼结婚特意为其筹办了一场晚宴，却在晚宴的前一天被珍尼通知自己在外地度蜜月，直接宣称"不会有家庭聚餐这一回事"②而告终。聚餐过程中出现的各种不和现象以及中断的聚餐从侧面反映了这个家庭中存在的不睦。正如科迪所称的，每一次家庭聚餐，"他们都会争吵、跺脚半途离开或者压根一开始就选择不出席。噢，他当然注意到了这种现象，这对于他来说是一种常见的家庭模式或者主题。不，也许他把每顿晚餐都看成自成一体的单元，和其他事物没有联系。或许，在他看来他从来没有把它们联系在一起"③。可以说，饮食隐射了存在于塔尔家庭中的失调，科迪对食物的冷漠态度与母亲从小对他的期望不无关系，效率咨询师这份工作既帮助他达成了母亲对他获得颇丰收入的期望，同时也让他无暇享用食物；珍尼节食的习惯以及她对以斯拉的思家餐馆的评价反映了她内心想要逃离原生家庭的渴望；而家庭的守护者以斯拉则期望通过聚餐将家人聚集在一起，展现了他对家庭的渴望。

最终，以斯拉在母亲的遗物中发现了她希望丈夫出席自己葬礼的心愿，并主动联系、邀请父亲出席"思家餐馆"的家庭聚餐，父亲的归来让存在于塔尔家庭中的失调得到了救赎。在以斯拉的邀请下，贝克、科迪和露丝一家、离婚后的珍尼和她的几个孩子和以斯拉齐聚思家餐馆的晚宴。在以斯拉的"思家餐馆"中，科迪向父亲诉说他的出走给三兄妹的童年所带来的成长创伤，同时科迪在父亲身上获得了对自己目前成就的肯定。小说中有一处细节值得注意，当父亲得知科迪事业有成之时，科迪发现"自己的成功最终达到了它的目的，这不是他一直以来所追求的吗？父亲的脸上流露出稍纵即逝的对他事业成功的肯定"④，这仿佛是母亲在科迪年少时加注在自己身上的期望的变相肯定。以斯拉一直以来期望的一顿家庭聚餐在母亲葬礼前得到实现。在这次家庭聚餐中，科迪向父亲诉说自己和弟弟妹妹们在成长阶段遭受的创伤，将其怪罪于父亲的出走，直至父亲向其解释称自己选择离开的缘由以及自己曾在离家以后回来看望他们，科迪最终选

---

① Tyler, Anne. *Dinner at the Homesick Restaurant*. ibid. p. 108.
② Tyler, Anne. *Dinner at the Homesick Restaurant*. ibid. p. 154.
③ Tyler, Anne. *Dinner at the Homesick Restaurant*. ibid. p. 154.
④ Tyler, Anne. *Dinner at the Homesick Restaurant*. ibid. p. 291.

择冰释前嫌。

小说以科迪想象的另一段"射箭活动"结束，这段被父亲、自己以及以斯拉从多个角度记忆的事件最终在科迪与父亲的和解后被重新建构了："他记得那次射箭旅行，他甚至记得那支箭被射出后，箭沿着优雅的线条颤动着飞了出去，他还记得箭头在飞驰之时，草地上母亲那挺拔的身形，阳光照耀下她那金色的头发，她那抚摸着花束的手。在他的回忆中，天空中有一架微型的棕色飞机，看起来几乎没有移动，像一只大黄蜂一样发出嗡嗡声。"①斯威妮（Susan Elizabeth Sweeney）认为"这段描述如同普鲁斯特对逝去时间的重构。科迪射箭的动作被凝固了，箭没有击中它的目标，天空中停滞的飞机如同济慈的'还没有被玷污的娴静的新娘（still unravished bride of quietness）'"②，在这段定格的记忆片段中，射箭事故的结局所引发的父亲出走、科迪和弟弟以斯拉的不和以及母亲被箭中伤的后果都被悬置了。"时间是我最喜欢的东西……我对时间很着迷：不想浪费它，不想失去它，它就像……我不知道，对于我来说就像一个物品；是一个你几乎可以掌控的东西。如果我可以收集足够多的时间，我总是这么想，如果我可以在时间中来回穿梭并从它身边侧身而过，我可以在时间的海岸踏进任何地方"③。小说结尾，"时间研究者（time-study man）"科迪通过穿越时间和凝固时间改写了自己对那段事件的记忆。在那段记忆中，所有后续的事件没有遵照因果顺序发生，这段颇具魔幻现实主义的描写是科迪操控时间的魔法，是他对影响整个家庭关系的"射箭"事故的改写，暗示了塔尔家庭中创伤最终被救赎的结局。

泰勒的另一部小说《意外的旅客》（*The Accidental Tourist*）强调了饮食给当代南方人带来的归属感。该小说的封面来自于小说中名为《不情愿的旅行者》（*Reluctant Tourist*）的商业旅行指南的封面，小说的封面（图 2-1）展示了一间粘贴有精美壁纸和铺有地毯的客厅，客厅中放置着一张插有白色翅膀的绿色沙发，该杂志的老板朱利安将这个沙发称为"憧憬着在原地保持不动

---

① Tyler, Anne. *Dinner at the Homesick Restaurant*. ibid. p. 303.
② Sweeney, Susan Elizabeth. "Intimate Violence in Anne Tyler's Fiction: The Clock Winder and Dinner at the Homesick Restaurant." *The Southern Literary Journal* 28. 2（1996）: 93.
③ Tyler, Anne. *Dinner at the Homesick Restaurant*. ibid. p. 233.

第二章 生活空间：诗意想象、日常体验与现实批判

的旅行沙发"①，朱利安创办该旅行册子的目的是让"奔走于全国各地的旅行商人在阅读和遵照该本旅行指南的内容后能够感觉自己就像在自家的起居室一样"②，回应了小说中所要表达的主题。

图 2-1 小说《意外的旅客》的封面

小说中，无论是食物和"食"物行为都凸显了利里（The Learys）家庭中遭遇家庭失调的兄妹对家庭归属感的强烈渴望。利里家的四兄妹波特（Porter）、查尔斯（Charles）、梅肯（Macon）和妹妹罗丝（Rose）均已步入中年，但是各自破裂的家庭状况让四人又选择居住在一起相互取暖。波特和查尔斯遭受了婚姻破裂的家庭悲剧，梅肯深陷在中年丧子、妻子离弃的打击中，罗斯虽已步入中年，但是仍旧孤身一人。四兄妹在各自的陪伴中获得了在各自破碎的家庭中无法获得的归属感。正如泰勒在其他小说中都会设置食物施予者和接受者一样，这部小说中的食物提供者是罗斯，她扮演着施与关

---

① Tyler, Anne. *The Accidental Tourist*. New York: Alfred A. Knopf, 1985. p. 89.
② Tyler, Anne. *The Accidental Tourist*. ibid. p. 89.

爱的角色:"在这个家庭中,总是会有某个家庭成员需要罗斯的关心。他们的祖母因病卧床不起的时候、祖父年老之际、查尔斯和波特婚姻破裂回家以后,她总是会出现……煞费苦心地整理菜单,重新摆放厨房抽屉中餐具的位置。"①罗斯十分在意家庭成员是否会按时出现在餐桌旁,享用自己为家人准备的食物。有一次,梅肯因为事先未向罗斯打招呼而缺席罗斯准备的早餐和晚餐而被妹妹罗斯埋怨:"昨晚你说你想要参与晚餐,但是之后你又没有出现。一周里有三个早上我想要叫你吃早餐但是去到你的房间以后发现你并不在,你不认为我会为你担心吗?任何事情都有可能发生……我需要弄清楚自己需要烹饪多少食物,我需要准备多少早餐。"②

利里家四兄妹在共同创造的饮食空间中获得了强烈的归属感:

> 梅肯的兄弟们下班回家会发现房子中散发出让人放松和宽慰的气氛,罗丝会拉上起居室的窗帘,点燃几盏色彩柔和的灯。查尔斯和波特则更换上居家毛衣。梅肯开始搅拌制作沙拉的调料,他相信如果先将香料用研钵和杵子磨碎,味道会大有同。其他人都认为在做沙拉酱方面,无人可与梅肯匹敌。查尔斯甚至打趣说:'你离开了以后,我们不得不使用从杂货店里购买的罐装香料'。他的话让梅肯听起来自己的婚姻就像一次短暂的旅行。晚餐他们享用了罗丝做的炖肉,配有梅肯制作的香料搭配的沙拉以及烤土豆。③

格莱特(Margaret Morganroth Gullette)认为"泰勒对成年主题的书写被无数的物质所填满,每一个物件都别有用处,富含深意"④,利里家的四兄妹享用的烤土豆其实是童年时期他们喜爱并经常制作的小吃:"他们幼时就学会如何处理土豆,即使他们长大到可以制作营养更为均衡的食物或者他们的母亲艾丽西亚任由他们自己鼓捣食物之时,他们就会自己制作烤土豆。梅肯想起很多年前的冬夜:厨房外面漆黑一片,灯光没有照亮的地方聚集着阴影,他们四兄妹坐在有缺口的餐桌前将黄油填充进掏空的土豆中,将土豆皮中的内部填充物捣碎并加调料,让黄油在土豆皮中融化……这几乎成为一种仪式。"⑤

利里家的烤土豆小吃的制作背后是四兄妹从童年阶段就共享的家庭

---

① Tyler, Anne. *The Accidental Tourist*. ibid. p. 69.
② Tyler, Anne. *The Accidental Tourist*. ibid. pp. 202-203.
③ Tyler, Anne. *The Accidental Tourist*. ibid. p. 76.
④ Gullette, Margaret Morganroth. "Anne Tyler: The Tears (and Joys) Are in the Things." *The Fiction of Anne Tyler. Ed. C. Ralph Stephens*. Jackson and London: UP of Mississippi, 1990. p. 97.
⑤ Tyler, Anne. *The Accidental Tourist*. ibid. pp. 76-77.

第二章 生活空间：诗意想象、日常体验与现实批判

记忆，享用烤土豆和家庭成员独家制作的香料搭配的食物的家庭聚餐成为成年后的四兄妹抵御婚姻变故亦或是情感无依的冲击以此获得家庭归属感的地方。

小说中，对家庭归属感的追寻不仅仅存在于利里家庭中，像朱利安（Julian）这样漂泊无依的现代南方人同样渴望家庭的归属感。梅肯的老板朱利安来看望因腿部意外受伤而困居在家中的梅肯时，梅肯的妹妹罗斯为其准备了自己烘焙的咖啡，常年独身一人居住在公寓中的朱利安备受感动。对于他来说，"一份家庭烘焙的咖啡是一种款待"①。相比自由的独居生活，朱利安坦白"自己更喜欢以一种古老的方式做事情，家中有孩子、家人和老人"②，这也是为何朱利安出版"不情愿的旅客"这本杂志的初衷。朱利安偶然读到梅肯在社区周刊上发表的一篇旅行小文而触动，该小文讲述了梅肯在华盛顿的手工艺展销会上"食"物寻家的经历：

开车到达展销会并不容易，高速公路上的风景相当单调，驾驶过程中你会感到迷失和伤心，一旦你到达展销会现场，你的体验就会变得更加糟糕。这个街道不像我们那的街道，它们的街道不是横平竖直的。他开始评估户外货摊上自己品尝的食物，但是发现该食物添加了他颇为不习惯的香料，这种香料有些许清冷，呈黄颜色，我完全可以把它描述成充满异域风情。我无奈地选择了街道对面的小摊上的热狗，这个小摊并不是展销会的一部分。他写道：我推荐这个热狗，虽然品尝了该食物以后我就感到后悔，因为我的妻子萨拉经常使用小摊售卖的热狗中搭配的辣味番茄酱，我一闻到这个味道，就联想起了家。③

陌生的环境、异国的香料给梅肯制造了一种迷失、陌生的感觉，而小摊上使用了和自己的妻子平常烹饪时用到的辣味番茄酱的热狗则让梅肯获得一种仿若回家的错觉。读到该篇旅行小文的朱利安深受触动，很快就与素未相识的梅肯取得了联系，邀请梅肯为无数因为商业差旅而不得不离家到处奔走的商人们提供一个"似家"空间，这些杂志被放置在机场的报刊亭、火车站混合办公用品商店进行销售。机场和火车站这些人口流动迅速的空间给商

---

① Tyler, Anne. *The Accidental Tourist*. ibid. p. 126.
② Tyler, Anne. *The Accidental Tourist*. ibid. p. 126.
③ Tyler, Anne. *The Accidental Tourist*. ibid. p. 87.

业差旅人员造成了无根的错觉，而杂志《不情愿的旅行者》以食物为主的推荐内容则让远离家园的商业差旅人员在陌生空间通过享用熟悉的食物获得归属感。

三、从自给自足的菜园到大众饮食消费：南方社会的转型

梅森在《清泉———一本回忆录》(*Clear Springs: A Memoir*)中构建的自给自足的"菜园"和她的多部小说中创设的饮食空间揭露出南方穷白人的生存哲学和南方的大众社会转型对其饮食日常的影响。

1. 自给自足的菜园：南方穷白人的生存哲学

梅森认为，"食物是我们生活的中心，我们的所思所想都围绕它展开。我们种植、栽培、收割作物，将其去皮加以烹饪并食用它——永无止境，日复一日，四季轮转，这就是我们的农场生活—好像自古以来就是如此"[1]。作家梅森的祖辈是从英国、爱尔兰迁徙至美国这片新大陆寻求新的生存机会的白人移民，生活在肯塔基州远离城镇的边缘地带的梅森一家过着自给自足的以农业为中心的生活。在回忆录中，梅森一家的食物的获取和摄入都来自自家菜园："母亲用菜园中的食材给我们做饭，她烹制火鸡，里面塞满了玉米面包的填料和动物内脏、她自制的肉汁，还有火腿、土豆沙拉、切割整齐的鸡蛋、吉露果子冻、蔓越莓开胃小菜、沙拉、搭配奶酪玉米的西蓝花砂锅菜。她还会从冰箱中拿出奶油玉米、青豆以及紫花豌豆—所有这些食物都取材于自家菜园。还有她那未经特别工艺制作的水果蛋糕、椰子蛋糕、德式巧克力蛋糕、花生条和饼干。"[2]

对菜园中的食材加以利用构成了梅森一家自给自足的饮食模式。同时，将自家菜园中的食物销往城镇是她们获得经济收入的来源之一。然而，自给自足的食物供应的生存方式带来的自足感仍旧难掩梅森对艰辛的农耕生活的不满。在回忆录中，梅森记录了自己和家人一起在菜园中采摘黑莓（blackberry）的景象：

---

[1] Mason, Bobbie Ann. *Clear Springs: a Memoir*. New York: Random House, 1999. p. 81.
[2] Mason, Bobbie Ann. *Clear Springs: a Memoir*. ibid. pp. 12-13.

第二章 生活空间：诗意想象、日常体验与现实批判

每年七月份我们都会采摘黑莓，母亲将家中种植的若干加仑的黑莓卖给城镇里住在宽敞的、装修别致的房子中、说话带有特别格调的女士们，这些女士会将这些浆果制作称成果冻。卖1夸脱黑莓我们就可以赚取25美分，卖1加仑的话我们就获得1美元。然而，采摘1加仑的浆果我需要花费1小时。如果每天清晨我在炙热的太阳底下劳作，丝毫不顾及那攀爬到我腰上的虫子，我能够采摘4加仑。可是采摘完黑莓以后，我的手指上沾满了刺，整个夏天我的手指都是紫色的。①

在这段回忆中，梅森在艰苦的条件下进行长时间的农业体力劳作和微薄的卖价形成了鲜明对比，食物的生产者和消费者之间的阶层鸿沟展露无遗。仰赖自然恩赐获得生存资料虽然能够让梅森一家获得一定收入，但自然的风云莫测同时也让梅森抗拒乡村自给自足的生活带来的不确定感："农业劳作充满了焦虑和绝望……我们任由自然摆布，自然不可信任，母亲观察天象，预测明天的天气状况。云朵飘过，接着从反方向飘过来是个坏预兆。我们的生计——甚至是我们的生活——都取决于我们无法掌控的力量。我认为这种对自然的依赖是我反叛的核心，我憎恨在巨大的力量面前频繁体验到的无助感以及可能失败的威胁。我发现农场中的人们不会采取积极主动的行动。"②此外，自然并不总是扮演慷慨的馈赠者的角色，它的变化不定让依赖土地生存的梅森一家处于受自然操控的被动处境之中，这一度导致了食物成为作家梅森的梦魇："我们的生活被作物歉收的恐惧笼罩着，我们不知道下一顿饭来自哪里。整个一生我都反复地在做一个梦：我面前有一份自助餐，精美的食物排成一行。在整个梦境中，我都在选择我想要吃什么。我的各种希望被美味的食物折磨着（deliciously agonizing），每次我已经做好选择快要开始享用之时，梦就醒了。"③

依赖自然馈赠需要身体力行获得生存资料的生活方式让梅森深刻地感受到了自己的"乡土气"（being country）："因为我们住在梅菲尔德镇的边缘，我强烈地意识到自己的乡土气。我们种植食物、穿自己制作的衣服，而住在城里的人则可以购买自己需要的东西，我们为此而感到自卑。虽然

---

① Mason, Bobbie Ann. *Clear Springs: a Memoir*. ibid. p. 4.
② Mason, Bobbie Ann. *Clear Springs: a Memoir*. ibid. p. 82.
③ Mason, Bobbie Ann. *Clear Springs: a Memoir*. ibid. p. 83.

我们自给自足、资源充沛并且拥有自己的土地，但是我们陷入了心理贫穷（psychological poverty）的阴影当中。随着我渐渐长大，乡村生活和城镇生活之间的分隔感对我的影响越来越深，我开始发现城镇里人们精致的生活——杂志、收音机和电影中倡导的生活否认了我。"①

自给自足的菜园供给减轻了梅森家的经济负担，但是仰赖土地形成的自给自足的生活方式和生活哲学却标记了显而易见的阶层差异，梅森更为艳羡那已经离开肯塔基州，搬到美国北方的底特律城的玛丽阿姨（Mary）的生活："母亲的阿姨玛丽和她的丈夫鲁迪（Rudy）回来南方看望我们，母亲给她们制作了炸鸡，他们非常喜欢母亲制作的鸡肉以至于他们吃得只剩骨头，甚至意犹未尽地吮吸着骨头上的余味。他们说在底特律压根享用不到这么高质量、柔软的鸡肉。他们还想念南方的豆子、玉米面包和洋葱。可是，我认为他们返回南方很荒谬，因为底特律是一个迷人的城市，里面住着北方人，他们讲着不同的语言，享用着不同的食物，那是我想要的。"②梅森曾在该本自传中袒露自己想要品味那"不是从地里面种出来的食物"③。

对于受缚于农耕劳作的穷苦白人来说，农耕生活的艰辛戳破了南方安逸闲适的田园幻象，凸显了南方阶层之间的差距和由此带来的心理阴影。随着梅森生活的肯塔基州在20世纪中后期逐渐城市化，肯塔基州遍布州际公路，711、沃尔玛、克罗格、麦当劳等连锁商店随处可见，被城市化和商业化逻辑浸淫的肯塔基州成为她小说创作的常见场景。

2. 大众饮食空间：南方社会的转型

梅森进行小说创作的20世纪80年代正是美国结束越南战争，经济调歇并腾飞的时期，梅森笔下肯塔基州的当代南方人的生活被打上了鲜明的城市化的印迹。和前面几位作家的饮食书写不一样，梅森小说中鲜少出现家庭女主人制作家庭菜肴以及家庭聚餐的画面，她描绘的更多的是人们在家中享用从超市购买的即食食物或者在餐馆中享用食物的景象。

在短篇小说《家猫和野猫》（"Residents and Transients"）中，梅森借用两

---

① Mason, Bobbie Ann. *Clear Springs: a Memoir*. ibid. p. 83.
② Mason, Bobbie Ann. *Clear Springs: a Memoir*. ibid. p. 80.
③ Mason, Bobbie Ann. *Clear Springs: a Memoir*. ibid. p. 88.

第二章　生活空间：诗意想象、日常体验与现实批判

类不同品种的猫隐喻践行不同生活方式的南方人，"家猫习惯保持在原地不动，固守在限定的活动范围之内"，而"野猫则习惯于四处活动"[1]。将要搬离老家的"我"回到了老宅之中，在家中的罐头厨房和小镇中的无名餐馆这两个空间中，"我"被置于对两种不同生活方式的反思当中。

即将搬到肯塔基州的路易斯维尔地区的"我"回到了老家，但是等待"我"的并不是母亲和她烹制的菜肴，因为母亲已经搬到了流动拖车房中。老家家宅中的罐头厨房（canning kitchen）曾是母亲的骄傲。在罐头厨房里，她经常花二十分钟使用压力罐技术（pressure canning）处理青豆，十五分钟就可以用水浴锅（water bath）制作出上好的番茄汁。而搬到拖车房后的母亲却经常在给"我"写的信中提到自己"在商场中购买的食物的价格"[2]。制作罐头在美国南方饮食文化中是一门女性主导的古老艺术。20 世纪初，南方诸多地方西红柿俱乐部的建立让西红柿的优良种植和先进的腌制技术的普及成为可能。在 20 世纪美国农业部的拓展（outreach program）项目和全国农业推广服务当中，与针对美国乡村男性的玉米俱乐部相对应的是在玛丽·萨缪拉·克罗莫尔（Marie Samuella Cromer）提议下建立属于南方乡村女性的"西红柿俱乐部"[3]。在 20 世纪初，制作上好的西红柿罐头被认为是印证南方女性气质的方式，密西西比州曾流传有一首关于西红柿俱乐部的歌谣：

西红柿俱乐部　西红柿俱乐部
看看我们怎么制作罐头，看看我们怎么制作罐头（See how we can.
See how we can）
给我们西红柿和一把锐利的刀
这就是获得一个好妻子的地方
你有在西红柿俱乐部中见到过这样的女孩吗？

---

[1] Mason, Bobbie Ann. *Shiloh and Other Stories*. New York: Harper & Row, 1982. p. 128.
[2] Mason, Bobbie Ann. *Shiloh and Other Stories*. ibid. p. 123.
[3] 1909 年，来自南卡罗来纳州西部的艾肯（Aiken）小镇的玛丽·萨缪拉·克罗默（Marie Samuella Cromer）在听取了西曼·A.克纳普（Seaman A. Knapp's）建议成立玉米俱乐部改变南方的作物产量的演讲以后，提出了"我们可以为乡村女性做些什么"这一问题。1910 年，她成功地建立了属于女性的西红柿俱乐部。在俱乐部中，她们不仅仅可以学会如何种植更好或者更完美的西红柿，而且可以学会如何成为更完美的女性。南卡罗来纳州的西红柿俱乐部在 1910 年成立后，女性西红柿俱乐部便席卷了包括北卡罗来纳州、密西西比州、弗吉尼亚州和田纳西州等南方州。该信息来自于 Engelhardt, Elizabeth. "Canning Tomatoes, Growing 'Better and More Perfect Women': The Girls' Tomato Club Movement." *Southern Cultures* 15. 4（2009）: 79。

——西红柿俱乐部之歌 1914①

"can"这一英文词汇有双重意涵,它既表示"能力"同时也指涉一种食物制作工艺,该歌谣中的"can"凸显了西红柿罐头制作背后所包含的女性能动性。将新鲜蔬果进行加工并密封存储以备后用是由时间这一无形的调味料酝酿加工的过程,自给自足的食物制作和保存凸显了家庭经济的逻辑,而从固定的家宅搬到流动的拖车上的母亲以及将要和丈夫搬到新居的"我"正渐渐遗失这种食物制作艺术。丈夫在电话中和"我"谈及两人即将搬入的新居时,满心欢喜地介绍新房子是"有着三个卧室的砖房,附带可停放两辆车的车库,除此之外新家还有一个地下室、小饭厅和露台"②。而当我问及丈夫新家中是否有罐头厨房之时,丈夫则笑着回应,"没有,但是我们有一个娱乐室"③。

无论是老家房子中制作罐头的手艺人的缺席,还是新居中"罐头厨房"这一空间的消失都暗示了制作西红柿罐头的传统无以为继。然而,与过往的生活方式告别似乎成为当代南方人不得不经历的过程。除了罐头厨房,小说中有一段"我"和朋友在餐馆中饮用食物的细节:"我们在一家可以从墙上的食物照片中选择餐食的餐馆中吃饭,我们点好餐食以后坐在被号码标记的桌子旁等待食物出现(appear)。而另一面墙则是用框架封存起来的以红色毡毛为背景的农具展示墙,锯子把手、长柄大镰刀、滑轮等农具像战利品一样被镶嵌在木板上。看着这些工具,我无法吃下饭。"④布满食物图片的墙面以及等待食物"出现"的细节凸显了现代大众饮食的便利以及高效率,食物图片给顾客制造了所见即所得的消费错觉,而另一面墙上的农具展示则让顾客"我"将其与食物原材料的获取背后应付出的体力劳动和时间联系在一起,这也是为什么"我"在面对那布满农具的展示墙时难以吞咽食物的原因。

老宅中的"罐头加工房"和无名餐馆凸显了传统饮食文化和现代饮食文化之间的对立。实质上,母亲的房子和猫的意象从该短篇小说的开篇就奠定了梅森强调的"居守与变动"的主题,"母亲的房子位于一片玉米田的中央,

---

① 这首《西红柿俱乐部之歌》来自于密西西比大学农业叙事和数据报道的1909—1917的微缩胶卷,收录在密西西比州立大学的特色馆藏中。
② Mason, Bobbie Ann. *Shiloh and Other Stories*. ibid. p. 125.
③ Mason, Bobbie Ann. *Shiloh and Other Stories*. ibid. p. 125.
④ Mason, Bobbie Ann. *Shiloh and Other Stories*. ibid. p. 129.

第二章 生活空间：诗意想象、日常体验与现实批判

一条泥土路从房子外延伸半英里之远直至马路，很多猫在篱笆下面徘徊，仿佛在边界巡逻一般"①。坐落在玉米田和州际公路之间的家园暗示了渐渐消逝的田园生活，家门口的泥路不断延伸至车水马龙的州际公路，带领着人们去往变化不定的外部世界。梅森曾在回忆录中提到自己对人们迁徙的动机的思考，她从对家猫和野猫两种类型的猫的观察中获得了答案：

很长一段时间，我一直都在思考着为什么有的人安于停留在一个地方，而有些人会到处游走。我阅读了一份关于自然界中猫的科学研究报告。据称，那些能够建立自己领地的猫是成功者，而那些流浪的猫则是失败者。该研究还指出野猫（transients）比家猫（residents）更为机智，它们接受了更多的挑战并且有着获取更多猎物和配偶的多样机会，仿佛它们在施展自己的想象力。这是一个古老的问题——回应家庭的召唤还是野性的呼唤（the call of the hearth or the call of the wild）？我们应该待在原地还是流于变动？哪一种更好？是那些到处游走的人还是那些几十年都待在同一个地方生根发芽的人？②

小说结尾对这个问题进行了回应："当我站立在门廊边，我听到了美洲螽斯发出丰收的讯号，玉米在夜晚生长成熟。我看到一只有着闪亮眼睛的猫朝房子走来，它的眼睛呈现出绿色，一只眼睛呈现出红色，就像红绿灯一样。这是一只有着鸳鸯眼睛的名为布兰达的猫……有那么一瞬间我意识到我在等待着灯光的改变。"③布兰达的泛着红绿色光芒的眼睛犹如一盏红绿灯，等待灯光改变的"我"会在信号发出的瞬间做出决定，然而梅森并没有给小说中"我"下一步的决定给出一个明确的交代。实质上，红绿灯隐喻了"我"将要与传统的农耕生活方式告别，并最终融入到现代生活方式的命运。

如果说短篇小说《家猫和野猫》还保存着"最后一位南方作家"对过往南方生活的些许留念，小说《在乡下》（*In Country*）对饮食细节刻画则展现了当代南方人已经接受了新的生活方式并乐在其中的状态。在梅森创作该小说的 20 世纪 80 年代，肯塔基州已经遍布各种商业痕迹。在肯塔基州的高速路上，他们看到了公路出口的柱子上埃克森石油公司、雪佛兰、太阳石油公

---

① Mason, Bobbie Ann. *Shiloh and Other Stories*. ibid. p. 123.
② Mason, Bobbie Ann. *Clear Springs: a Memoir*. ibid. p. 280.
③ Mason, Bobbie Ann. *Shiloh and Other Stories*. ibid. p. 131.

司的广告招牌，公路边还分布了乡村厨房（Country Kitchen）、麦当劳（McDonald's）和斯塔奇（Stuckey's）等便利餐馆。

　　随处可见的商业连锁店为消费食物提供了必要条件，而信用卡所赋予的购买力让消费成为充分条件。梅森对萨姆按捺不住冲动想要使用母亲给她的信用卡进行消费的场景可谓是栩栩如生："母亲艾琳（Irene）给了女儿萨姆（Sam）一张信用卡，并告知她信用卡只有在紧急情况（emergencies）时才能使用，然而，公路旅行刚刚开始，萨姆就感受到'信用卡仿佛要从自己的口袋里烧出一个洞来'。"①在旅途中稍作休息后，他们在霍华德·琼森②（Howard Johnson's）餐馆中进餐，"三人坐在餐馆中……萨姆不知道该点什么食物，因为选择太多，她想要点特色菜炒蛤蜊，但是自己又无法在蛤蜊碟和蛤蜊卷之间进行选择，她还要留着肚子享用冰淇淋呢"③，"萨姆集中精神阅读菜单，研究着冰淇淋的口味，最后选择了黑莓和核桃果仁冰淇淋，这两种冰淇淋看起来像是死亡搭配，但是我却很想大胆地做一次决定"④。祖母查看菜单之后提醒萨姆这些食物太过昂贵，萨姆便告知祖母自己有"母亲的信用卡"⑤。从这三处关于萨姆在餐馆中消费食物的细节描写可以发现，女主人公对食物的渴望在信用卡的加持之下得到了极大的彰显。在充满诱惑力的美食面前，萨姆首先考虑的是如何选择最佳食物。即使在享用完午饭以后回到假日酒店（Holiday Inn）中，"萨姆还从711连锁便利店中购买了薄脆饼、奶酪和饼干，在酒店大堂中的百事可乐贩卖机中购买了可乐"⑥。由信用卡促成的及时消费解释了萨姆在克罗格连锁超市中的冲动消费行为，"萨姆一时冲动之下将购买日常杂货的钱花费在美食区一些奇怪的食物上—鸡尾酒热狗、烟熏小牡蛎、奇形怪状的饼干和一罐烟熏章鱼。之后，她还购置了猫粮和两份由当地工厂制作的名为'祖母蛋糕'的月亮派甜点"⑦。梅森小说中美味可口的食物不再是从母亲或者祖母的菜园和农场中取得的新鲜食材并根据祖传食谱

---

① Mason, Bobbie Ann. *In Country*. New York: Harper & Row, 1985. p. 5.
② 霍华德·琼森是20世纪60—70年代美国最规模最大的餐馆连锁店，有超过1000家的直营和特许经营的店。
③ Mason, Bobbie Ann. *In Country*. ibid. p. 12.
④ Mason, Bobbie Ann. *In Country*. ibid. p. 14.
⑤ Mason, Bobbie Ann. *In Country*. ibid. p. 12.
⑥ Mason, Bobbie Ann. *In Country*. ibid. p. 17.
⑦ Mason, Bobbie Ann. *In Country*. ibid. p. 137.

进行烹饪的私房食物,而是连锁商店里味道整齐划一的特色菜以及可随时获得的小吃和饮品,梅森笔下的饮食细节展现了当代南方人逐渐与旧有的饮食方式告别。

艾格顿(John Egerton)曾于20世纪80年代对美国现代商业文化下南方食物与南方性的文化建构进行叩问:"南方食物会不会和南方自身一样在令人窒息的现代美国文化的包围中丧失它的独特性和身份?当南方性的最后一丝残余化为虚有,南方是否还会有享用黑眼豌豆、被油炸过的秋葵、萝卜叶、从真正的乡村火腿上切割下来的火腿薄片、热腾腾的涂满黄油的饼干、若干核桃派以及享用这些食物的南方人?"[1]梅森所塑造的饮食空间无疑对艾格顿的叩问进行了回应,当罐头厨房已空空如也,制作罐头的人已消失不见,南方人坐在连锁商店中饮食时,用什么去分辨他们的身份呢?

四、跨国饮食:身份认同

20世纪的南方不仅仅经历了现代化和美国化的进程,同时也迈入国际化的发展阶段,诸多移民丰富了该地的人口构成。在此背景下,作家泰勒与伊朗籍丈夫塔吉·默罕默德·莫德瑞希(Taghi Mohammed Modarressi)的跨国婚姻更是驱动着泰勒关注跨文化中的人际关系。泰勒在关于南方的书写中引入了跨文化认同主题。通过在小说文本当中建构多个饮食空间,她试图协调跨文化背景下外族移民在南方和南方人在异域的身份认同。她的小说《挖坑去美国:一本小说》(*Digging to America: a Novel*)中对从伊朗移民至美国南方的雅兹丹家庭(Yazdan)和纯正的美国家庭唐纳德森—狄金森(Donaldson—Dickinson)一家聚餐细节的描写凸显了跨文化背景下的身份认同;她的另一部小说《意外的旅客》构建的美式饮食空间则展现了人物试图在异域空间中进行自我的身份认同。

在小说《挖坑去美国》中,纯正的美国家庭唐纳德森—狄金森一家和具有伊朗文化背景的雅兹丹家庭因同一天在巴蒂莫尔机场迎接他们各自收养的韩国婴儿的机缘而结识。之后,两家人多次举办"耙树叶聚会"(leaves raking party)、生日宴、"首次到达美国的周年聚会"等活动。小说对食物的摄入和聚

---

[1] Egerton, John. *Southern Food: At Home, on the Road, in History.* ibid. p. 7.

餐仪式的精彩节刻画展现了跨文化背景下的身份认同。

一方面，饮食细节体现了雅兹丹一家作为外族移民协调文化焦虑和融入美国文化的认同建构。霍布斯鲍姆（Eric Hobsbawm）和兰杰（Terence Ranger）认为"回应陌生环境的一种方式就是参照旧有的环境或者是通过一种类似的义务式的重复来建立自己的过去"[①]，个人在新的空间中对过去的生活方式的重复有助于创建与过去的联系。雅兹丹家中的第一代玛丽安（Maryam）年轻时经由一段包办婚姻嫁至美国，初到美国的她通过家乡的食物消解在异域文化空间中的焦虑，玛丽安让远在伊朗老家的母亲给她寄送颇具伊朗特色的食物材料："被寄来的包裹被布带子粗糙地捆绑着，里面包裹着漆树皮和风干了的葫芦巴叶子以及细小的、被烧黑的酸橙，包装外粘贴着母亲用蹩脚的英文写有地址的标签，对于那些没办法邮寄的东西，她就实施一些欺骗的小技巧让那些食物原料得以邮寄到美国。"[②]家乡的食物标记着她与母国的联系。然而，出生在美国的第二代雅兹丹成员则以一种吸纳的方式接受美国文化对其的渗透。在美国土生土长的儿子萨米（Sami）和他的妻子兹巴（Ziba）积极地吸纳美国文化："她的儿子和其妻子虽然来自伊朗，但是他们很快便习惯了这个国家。尽管萨米能够听懂这门语言，但是他从四岁开始便不再使用它。其妻子从高中时期随父母移民至美国，很快她就以热情的方式接纳了这个国家：她不间断地听着摇滚音乐，在商场中闲逛，用蓝色的牛仔裤和标有字母的宽松 T 恤衫覆盖她那一点都不美国的、瘦小且骨感的身躯——现在她看起来就像纯正的美国人一样，几乎一样。"[③]尽管萨米和兹巴自认为自己是美国人了，但是在美国人眼中，他们还是被认作外来者。萨米曾经被自己的女房东问及自己来自何方，当萨米告知女房东自己来自伊朗时，女房东首先联想到的是波斯。熟识欧洲文化史的萨米便向其解释道："波斯只是英国的创造物（British invention），从一开始，伊朗就只是伊朗"。尽管萨米对自己的身份进行了解释，女房东却从"波斯"一词的英文发音的角度提出自己的见解，"'波斯'的发音更为优美。"[④]

[①] See Parasecoli, Fabio. "Food, Identity, and Cultural Reproduction in Immigrant Communities." *Social Research: An International Quarterly* 81.2（2014）：423.
[②] Tyler, Anne. *The Accidental Tourist*. ibid. p. 37.
[③] Tyler, Anne. *The Accidental Tourist*. ibid. p. 13.
[④] Tyler, Anne. *The Accidental Tourist*. ibid. p. 80.

第二章 生活空间：诗意想象、日常体验与现实批判

雅兹丹家移民的第二代更加注重融入美国文化和美国社群。小说中，食物和聚餐是萨米和兹巴夫妇融入白人文化和群体的方式。在养育下一代的问题上他们期望通过食物塑造其美国身份，并通过充满异域风情的伊朗食物满足注重文化多样性的美国人对异域文化的想象以此获得进入白人社区的入场券。同为收养父母的萨米和兹巴夫妇和唐纳德森家的布拉德（Brad）和比兹（Bitsy）夫妇在培育下一代的策略上呈现出差异，唐纳德森夫妇为了确保其收养的小孩自身的文化属性，在营养摄入方面让具有亚洲人体质的金荷（Jin-ho）饮用在"文化上更为正确"（culturally appropriate）[1] 的豆奶，其原因是亚洲人在饮用牛奶时会遭受乳糖不耐受的问题，而萨米和兹巴夫妇则意在塑造下一代的文化体质，依照美国人的营养摄入方式让苏珊饮用牛奶。此外，萨米和兹巴为了能够融入追求文化多样性、对异域文化充满好奇的唐纳德森—狄金森家庭，特意邀请他们来家中参加以伊朗的饮食文化为主题的宴会。身为室内设计师的兹巴并没有将展示伊朗饮食文化的聚餐选择在自己家中举行，而是将其安排在保留着伊朗文化传统的婆婆玛丽安的家中，她提议，"我们可以布置一个七喜桌（Haftseen table）"[2]来迎接这一次的伊朗文化展示："玛利安于聚会的一周前就开始烹饪，一天做一到两道菜，她在起居室里面支起了七喜桌——在上面摆放了七个传统物件，其中包括已发芽的小麦籽粒，这些物件被放置在她那镶有刺绣的桌布上，星期天天还没亮她就从床上起来进行最后的聚会准备。"[3]在聚会中，雅兹丹家庭回应着唐纳德家庭提出的关于伊朗文化的问题，比兹问到了"七喜桌"的内涵，这给与了兹巴的父亲夏奇密（Mr. Hakimi）普及伊朗文化习俗的契机，他向其解释道：

哈弗岑(Haftseen)指的是七个 s，我们需要有七个以 s 发音开头的物件。

戴弗和康尼边听边认真地点着头。

布拉德便提问道：那盆绿色草没有以 s 开头。

---

[1] Tyler, Anne. *The Accidental Tourist*. ibid. p. 24.
[2] 拜访七喜桌是伊朗人庆祝诺鲁孜节的重要仪式，七喜桌是以波斯字母 "س"（英语读法是 "seen"）为首发音的七个具有象征意味的物件摆放的餐桌，常见的摆放物件包括青苗（sabzeh，种在盘子里的小麦、大麦、绿豆或者扁豆苗）、萨马努（Samanu，由小麦胚芽和其他食材制作而成的美食）、波斯橄榄（senjed）、醋（serkeh）、苹果（seeb）、大蒜（seer）、漆树（Somaq）。
[3] Tyler, Anne. *The Accidental Tourist*. ibid. p. 40.

夏奇密则回答道：s 指的是我们语言中的 s。①

泰勒通过设置以上的文化问答展现了两种文化的碰撞，布拉德在探寻伊朗饮食文化的细节时带入了本族的语言理解模式，而兹巴的父亲则在解释布拉德的误解中输送伊朗的饮食文化。

两家人的聚餐不仅仅展现了外来者主动融入美国文化和适应美国对异域的文化想象，泰勒也揭示了本土美国人在饮食空间中适应异域文化的主动性。在筹办领养小孩的纪念日聚会上，比兹便因为食物的准备而苦恼。虽然在第一次领养小孩的纪念日的聚会上，比兹"准备了点心、咖啡、蛋糕"，但是她仍然觉得："雅兹丹一家可能认为自己没有展示出足够的热情和好客态度。你知道他们是多么地注重食物。如果我要准备一顿饭，但是我自己又没办法准备那么多的菜肴，其中一个原因是因为我没有足够多的盘子和罐子。"②雅兹丹的家庭阵容颇为庞大，在聚餐中他们都被邀请前来参加聚会，为了能够在聚会中让雅兹丹家族感受到自己的热情，比兹在"到达日"的聚餐中准备了丰盛的菜肴，用浅盘盛放了冷鸡肉、冷鲑鱼、虾。此外，她还准备了相当多的素菜和沙拉，桌子上丰盛的菜肴让比兹的父亲戴弗（Dave）发出感叹"如果这是一场竞赛，他难以想象明年的'到达日'聚餐会变成什么样子"③。多次参加两家人聚会的戴弗发现"有时候这个国家大部分的文化调节是由美国人承担的"④，他的感叹无形中反映出美国人和外族移民在文化协调之中需要承担的文化融入责任。

泰勒的另一部小说《意外的旅客》对饮食空间的建构展现了南方人在境外的身份认同建构。朱利安出版的旅行指南《不情愿的旅客》除了面向美国国内的商业差旅人员发行，还面向在国外进行商业差旅的读者。朱利安安排梅肯前往不同的境外城市进行旅行考察，挖掘出能够给美国商业差旅人员提供一些让他们能够感觉自己仍旧没有离开自己国家的餐馆信息。梅肯在境外旅行时，更多地关注"东京的哪个餐馆提供美国的低糖甜味剂（Sweet'N

---

① Tyler, Anne. *The Accidental Tourist.* ibid. p. 41.
② Tyler, Anne. *The Accidental Tourist.* ibid. p. 11.
③ Tyler, Anne. *The Accidental Tourist.* ibid. p. 117.
④ Tyler, Anne. *The Accidental Tourist.* ibid. p. 228.

第二章 生活空间：诗意想象、日常体验与现实批判

Low[①]）？阿姆斯特丹有无麦当劳？墨西哥城有无塔克钟连锁店（Taco Bell[②]）？罗马有没有提供'柏亚迪厨师'[③]小方饺（Chef Boyardee ravioli）的餐馆？其他旅客可能想享用具有地方特色的葡萄酒，而梅肯的读者想要的则是经过巴式杀菌程序的均质牛奶"[④]，梅肯用标准的、整齐划一的美式食物唤起身处于东京、阿姆斯特丹、墨西哥城、罗马等异国他乡的商业差旅者如同在美国一般的体验。在英国旅行的时候，梅肯拜访了多家美式餐馆，并将这些餐馆列入其旅行指南当中，为即将要去往该地的旅客们提供能够让其感受美国性的饮食空间：

"他首先去了名为'美国悦食'（Yankee Delight）的餐馆，点了份炒鸡蛋和一杯咖啡，餐馆的服务一流，咖啡很快就被端到桌前，他杯子里的咖啡总是很快被服务员续满。

接着他又去了'新美国'（New America）餐馆，在那也点了份炒鸡蛋和咖啡。

他在英国光顾的第三家餐馆是'开放美国'（U.S. Open）"[⑤]。最后，"他在一家名为'我的美国兄弟姐妹'（My American Cousins）的小餐馆完成了自己的晚餐，小餐馆中的食客和员工说话都带着美国腔，他为自己点了一份令人感到欣慰的水煮蔬菜和两份用白纸制作的鲍比袜包裹的羊排。坐在他旁边的客人正在享用一份精美的猪肉馅饼……梅肯还点了一份点缀有些许奶油的姜饼。"[⑥]

高效率的服务、带着美国腔的服务员以及一些具有美国特色的食物的餐馆标记了这些空间所具有的美国性，为了保持该种归属感的稳定性，梅肯经常拜访自己曾经造访的餐馆以此确保读者按照旅行册子上的指南找

---

① "Sweet'N Low"是美国知名的由粒状糖精制成的人工甜化剂，外壳包装呈粉色。
② "Taco Bell"是1962年由格伦·贝尔（Glen Bell）建立的基地位于美国加利福尼亚州尔湾的美国连锁快餐店，该连锁餐馆供应一系列墨西哥食物，包括墨西哥煎玉米卷、玉米煎饼、油炸玉米粉饼、烤干酪味玉米片。
③ "Chef Boyardee"是1938年由美国意大利移民赫克托·博亚迪（Hector Boiardi）于美国宾夕法尼亚建立的罐装意大利面条品牌。
④ Tyler, Anne. *The Accidental Tourist*. ibid. p. 12.
⑤ Tyler, Anne. *The Accidental Tourist*. ibid. p. 36.
⑥ Tyler, Anne. *The Accidental Tourist*. ibid. pp. 37-38.

到该餐馆时不会觉得真实的餐馆和书中描述的不一致。正如梅肯的老板朱利安向他提醒的:"想象一下客户走进你推荐的咖啡厅,结果发现餐馆被一群素食主义者给占领了会是怎样一幅场景?"①

在这两部小说中,泰勒通过建构饮食空间展现了跨国背景下外族移民在南方和南方人在异域空间的身份认同。在小说《挖坑去美国》中,食物是初到美国的第一代移民获取身份认同的来源,以此缓解新的文化环境对初到者造成的文化焦虑。此外,它也体现出第二代移民渴望通过食物满足美国人对异域文化的想象以此实现与美国白人的融合。在此过程中,美国白人间接地承担起自己的文化融入责任;泰勒在小说《意外的旅客》中构建的多个美式饮食空间为南方人在异域空间获得了熟悉的归属感。

若干位作家借助饮食空间的建构,实现了对不同主题的多样演绎,展现了南方现代化、美国化和全球化的背景之中女性个体生命的流动、南方家庭的状况、穷白人阶层生活的转变、跨国背景下外族移民在南方以及南方人在异域空间的身份认同。

第三节　花园空间

花园是英美文化传统中一个重要的文化意象。在基督教文化中,伊甸园是人类最初的花园,是其失去纯真、坠入世俗世界的重要场地,它是纯真和欲望、神圣与世俗共存的地方,对伊甸园的向往以及再建伊甸园驱动了英美的文明进程。气候宜人的美国南方不仅仅是南方作家生活于其间的花园空间,同时也是她们创作灵感的源泉所在。李·史密斯、尤多拉·韦尔蒂、鲍比·安·梅森都将南方的自然生态环境作为其花园书写的潜在生态语境。史密斯笔下的花园具有赋能效应,她的缪斯文学作品《地球上的宾客:一部小说》(*Guests on Earth: a Novel*)中位于北卡罗来纳州的高地医院中的园艺疗法为女性精神病患创建了赋能空间,赋予了被现代医学排斥的病患在疾病治愈中的能动性,突出了女性的主体性形塑;韦尔蒂受到了热爱园艺的母亲影响,从园艺活动中她捕捉到了文学灵

---

① Tyler, Anne. *The Accidental Tourist*. ibid. p. 36.

感,花园被她融入其地方小说的创作之中。在她的小说中,花园是南方人维系家庭和社群联系以及对外交流的社交空间;梅森的小说《原子浪漫》(*An Atomic Romance*)以"花园里的武器"的书写对美国经典的"花园里的机器"寓言进行了解构,展现她对核工业对生态和美国国民生命造成的暴力的反思。

一、缪斯文学作品《地球上的宾客:一部小说》中的园艺疗法和赋能建构

史密斯的《地球上的宾客:一部小说》是一部以爵士时代的文化名人泽尔达·菲茨杰拉德(Zelda Fitzgerald)的生平为基础创作的关涉精神疾病治疗和女性主体性建构的缪斯文学作品,具有强烈的赋能意识。该小说呈现了两层赋能建构,一层赋能建构体现在该文学文本对菲茨杰拉德夫妇的文学主权的承接之中。索骥文学史中这对夫妇的文学竞争,笔者发现这部小说构成了对二者文学主权的创意性转接,打破了泽尔达所处时代对女性作家创作的失能构建,凸显了女性作家创作共同体的赋能效应;另一层赋能建构则体现在小说中史密斯引入园艺疗法赋予女性精神病患疗愈的能动性和主体性"形塑"之中,史密斯弱化了病患的失能境况,通过引入园艺疗法调动病患个体在疾病疗愈中的能动性,从而构成对现代医学话语的柔性抵抗,由园艺激发的女性病患的如绘画、舞蹈的跨门类艺术创作促成了她们主体性的"形塑"。

1. 书写"疯女人":文学主权承接中的赋能效应

罗森(Ashley Lawson)指出"缪斯文学旨在开拓我们对已熟知的人物的了解,它以传记再现的方式呈现故事,公然通过游戏的方式玩味现实和虚拟"[1],揭示名人背后被权力话语压制的他者声音,保罗·麦克莱恩从海明威妻子海德利(Hadley)的视角讲述海明威生活的小说《我是海明威的巴黎妻子》(*The Paris Wife*, 2011)、南希·霍兰(Nancy Horan)的基于

---

[1] Lawson, Ashley. "The Muse and the Maker: Gender, Collaboration, and Appropriation in the Life and Work of F. Scott and Zelda Fitzgerald." *The F. Scott Fitzgerald Review* 13 (2015): 77.

作家弗兰克·劳埃德·赖特（Frank Lloyd Wright）和他的情人梅玛·切尼（Mamah Borthwick Cheney）备受争议的爱情故事创作的小说《爱上弗兰克》(*Loving Frank*, 2013)、雷奥米·伍德（Naomi Wood）的小说《海明威的太太》(*Mrs. Hemingway*, 2014)、萨利·奥雷利（Sally O'Reilly）的小说《黑暗的艾米莉亚：莎士比亚的黑暗女士小说》(*Dark Aemilia: A Novel of Shakespeare's Dark Lady*, 2014)都被他归入"缪斯文学"的行列之中，史密斯的《地球上的宾客：一部小说》就是一部围绕司各特的"疯女人"妻子的缪斯文学作品。

小说开端便插入了高地医院[①]1948 年的一场火灾导致的包括泽尔达在内的数位病患葬身火海的图片和一则新闻报道，小说主体又以高地医院的精神病患伊娃丽娜（Evalina）的第一人称叙事讲述了泽尔达入院后的疗养生活和最终葬身于医院突发火灾的故事。该故事对英语文学中"阁楼中的疯女人"的人物设定和情节建构进行了经典化重现，在大量调用泽尔达的生平、疾病经历和艺术创作经历中玩味现实和虚拟，创造出现实与虚拟的多重交叠。热奈特（Gerard Genette）认为副文本"提供了一种官方或半官方的评论……是影响读者的优越区域之一"[②]。如果说小说开端插入的图片和新闻报道旨在激发读者探索泽尔达逝世的历史真相的兴趣的话，小说注释（notes）部分梳理她创作该小说时借鉴和参考的包括泽尔达的多部她传作

[①] 高地医院坐落在北卡罗来纳州的阿什维尔市的蒙特福德地区，原名为卡罗尔医生疗养（Dr. Carroll's Sanitorium），该命名取自阿什维尔市的心理医生罗伯特·S. 卡罗尔，是小说中卡罗尔医生的人物原型。该医院在 1912 年改名为高地医院，1948 年的一场大火让这所医院被世人熟知，在这场大火中美国小说家菲茨杰拉德的妻子泽尔达连同其他 8 名病人在大火中丧生。史密斯的父亲和儿子分别在 20 世纪 50 年代和 80 年代是这所医院的病人，因为频繁出入该医院探望亲人的缘故，她对该医院的自然景观形成了自己个人的理解。在史密斯创作该作品之初，史密斯通过北卡罗来纳大学的 D. 西登·拉姆齐图书馆（D. Hiden Ramsey Library）的特藏资料/大学档案以及派克纪念图书馆（Pack Memorial Library）提供的资料了解高地医院的历史以及 1948 年的那场火灾。该部分信息来自于小说的"致谢"部分。

[②] （法）热拉尔·热奈特：《热奈特论文集》，史忠义译，天津：百花文艺出版社，2001 年，第 71 页。

第二章　生活空间：诗意想象、日常体验与现实批判

品①、泽尔达、司各特和其他作家的文学著作②以及涉及性别建构与南方淑女、精神疾病治疗、疯癫与女性文学创作等学术专著③，作者则展开了和具有批评者身份的隐含读者的对话，嵌入了她期望通过该部小说实现的赋能建构。索骥英语文学历史上菲茨杰拉德夫妇的文学之争，并对泽尔达个人形象的转变进行考察后，笔者发现该部作品隐含了对这对夫妇的文学主权的承接，凸显了女性作家共同体中的赋能效应。

长久以来，泽尔达多以司各特的附属品的形象出现在"爵士时代"大众的视野之中。不容忽视的是，泽尔达还是其丈夫创作的小说中人物和情节建构的灵感所在。泽尔达鲜明的性格特点、私人日记以及她与丈夫的婚姻生活均是司各特汲取创作灵感和挑选素材的资源库。即便同时代的大作家海明威极力诋毁司各特的这位行事作风大胆、奢侈无度的"金钱女郎"妻子，但

---

① 她传材料包括：南希·米尔福德（Nancy Milford）的《泽尔达》(Zelda)、琳达·瓦格纳-马汀（Linda Wagner-Martin）的《泽尔达·菲茨杰拉德：一个美国女人的一生》(Zelda Sayre Fitzgerald: An American Woman's Life)、萨利·克莱因（Sally Cline）的《泽尔达·菲茨杰拉德：天堂里她的声音》(Zelda Fitzgerald: Her Voice in Paradise)、爱丽诺· 拉纳汉（Eleanor Lanahan）编辑的《泽尔达：人生插图 泽尔达的私人世界》(Zelda: An Illustrated Life The Private World of Zelda) 以及马修·布鲁克利、斯科蒂·菲茨杰拉德·史密斯、琼·P.科尔（Matthew J. Bruccoli, Scottie Fitzgerald Smith, Joan P. Kerr）编辑的《浪漫主义的利己者：斯科特·菲茨杰拉德和泽尔达·菲茨杰拉德的剪贴画以及相册构成的图像自传》(The Romantic Egoists: A Pictorial Autobiography from the Scrapbooks and Albums of Scott and Zelda Fitzgerald)。

② 文学作品：泽尔达的小说《给我留下华尔兹》(Save Me the Waltz) 以及《泽尔达·菲茨杰拉德的合集》(The Collected Writings of Zelda Fitzgerald)。此外，还有泽尔达的丈夫斯科特的小说《伟大的盖茨比》(The Great Gatsby)、《夜色温柔》(Tender is the Night)、《美丽与毁灭》(The Beautiful and the Damned)、《天堂的这一边》(The Side of Paradise)、田纳西·威廉姆斯的(Tennessee Williams)的《夏季旅馆的衣服》(Clothes for a Summer Hotel)。

③ 学术专著包括：苏珊·K. 卡（Susan K. Cahn）的《性清算：令人不安的年代的南方女孩》(Sexual Reckonings: Southern Girls in a Troubling Age)、欧文·高夫曼（Erving Goffman）的《精神病院》(Asylums)、瓦棱斯坦（Elliot S. Valenstein）的《伟大而绝望的治疗：精神外科学和其他激进的治疗方式的兴衰》(Great and Desperate Cures: The Rise and Decline of Psycho-surgery and Other Radical Treatments of Mental Illness)、霍华德·达利（Howard Dully）与查尔斯·弗莱明（Charles Fleming）的《我的前脑叶白质切除术》(My Lobotomy)、福勒·托里博士的《从精神分裂中活下来》(Surviving Schizophrenia)、菲利斯·彻斯勒（Phyllis Chesler）的《女性和疾病》(Women and Madness)、桑德拉·吉尔伯特（Sandra M. Gilbert）和苏珊·古芭（Susan Gubar）的《阁楼上的疯女人》、玛丽·艾琳娜·伍德（Mary Elene Wood）的《女性自传和精神病院》(Women's Autobiography and the Asylum)、伊莱恩·肖瓦尔特（Elaine Showalter）的《女性疾病：女性、疯癫和英语文化，1830—1980》(The Female Malady: Women, Madness and English Culture, 1830-1980)、本杰明·瑞斯（Benjamin Reiss）的《疯癫剧场：精神病院和19世纪的美国文化》(Theaters of Madness: Insane Asylums and Nineteenth-Century American Culture)。

是他依然承认"泽尔达是司各特的诗神缪斯"①,多重证据直指泽尔达对司各特创作具有不可小觑的影响。

首先,泽尔达是司各特的小说《人间天堂》《新潮女郎与哲学家》《美丽与毁灭》中"新潮女郎"②的人物原型,司各特曾在一次采访中宣称:"我们会发现20世纪20年代的年轻女性擅长调情、接吻、轻视生活,脸不红心不跳地用诅咒发泄情绪,她们毫不成熟,在危险边缘寻欢作乐。我对这种女孩十分着迷。实际上,我娶了我故事中的女主角。"③除此之外,司各特还从泽尔达的日记中截取内容进行艺术加工穿插于小说之中。泽尔达曾坦言:"在他的小说的某一页,我发现了我日记里的部分内容。那部分内容在我结婚之后便离奇消失了。虽然日记片段经过了他的编辑和改写,但是对于我来说那看起来还是很熟悉。"④

值得注意的是,泽尔达同样具有文学天赋和才能,她的"文学作品充满生机和活力,极具原创性,丰富的感官细节和视觉隐喻比比皆是"⑤,从泽尔达留下的唯一一部长篇小说《给我留下华尔兹》(*Save me the Waltz*)中她对花的生动描述足见其敏锐的洞察力:"她购买的黄玫瑰就像帝国织锦,紫丁香和粉红的郁金香宛如模压糖果的糖霜,深红色的玫瑰如同维龙的诗歌,有着昆虫翅膀的黑暗底色和柔软质地,山谷里的百合花晶莹剔透,旱金莲如同被敲打过的黄铜,银莲花像从水洗的材料中撕裂下来一般,邪恶的郁金香用它那锯齿状的倒钩划破空气,帕尔马紫罗兰性感地缠绕和卷积在一起。"⑥文学评论家马尔科姆·考利(Malcolm Cowley)甚至写信向司各特大赞泽尔达的小说"极其感人,她写出了以往没有人用语言表达出来的东西"⑦。她的小说

---

① 朱法荣:《"最后的依靠":<给我留下华尔兹>中新潮女郎的伦理建构》,《英美文学研究论丛》2016年第2期,第217页。
② 新潮女郎(flapper)可译为"福莱勃尔"或"福莱帕尔",原指19世纪举止大胆、不寻常规的女性,后专指20世纪20年代美国爵士时代的剪短发、着短裙、涂脂抹粉、言辞率性、敢作敢为的新一代女性,对该词的定义来自于朱法荣收录在《英美文学研究论丛》2016 年 第 25 期的文章"'最后的依靠':《给我留下华尔兹》中新潮女郎的伦理建构"之中。
③ Milford, Nancy. *Zelda: A Biography*. Chicago: Avon Books, 1970. p. 104.
④ Kurth, Peter and Jane S. Livingston. "Zelda Fitzgerald." *The Collected Writings*. Ed. Matthew J. Bruccoli. Tuscaloosa: U of Alabama P, 1997. p. 388.
⑤ Lanahan, Eleanor, ed. *Zelda: An Illustrated Life: The Private World of Zelda Fitzgerald*. New York: Harry N. Abrams, 1996. p. 12.
⑥ Fitzgerald, Zelda. *Save me the Waltz*. Carbondale: Southern Illinois UP, 1967. pp. 138-139.
⑦ Celine, Sally. *Zelda Fitzgerald*. New York: Arcade Publishing, 2012. pp. 314-315.

《给我留下华尔兹》与司各特的小说《夜色温柔》分别从妻子和丈夫的角度对二人共享的生活经历进行了对位的文学书写。

然而，尽管外界觉察到泽尔达的文学天赋，但是她的文学创作实践却遭到了身为大作家的丈夫的无情打压。1933年4月，司各特在与泽尔达的心理治疗师谈话时便强硬剥夺其文学创作主权："我们所创作的所有东西都是属于我的，这是我的材料，没有什么是泽尔达的。"并向妻子提出"我希望你停止写小说"的要求，"如果你想写剧本，它不能是关于精神病治疗法，它不能以里维埃拉和瑞士为背景，无论你有什么想法，都必须事先经得我的同意"①。司各特对泽尔达创作素材的褫夺和对其文学创作的限制从侧面反映了泽尔达所处时代男权话语对女性创作才能的压制，同时也印证了吉尔伯特和古芭（Sandra M. Gilbert and Susan Gubar）提出的女性作家所面临的"作者身份焦虑"（the anxiety of authorship），两位学者认为"社会与文学的双重禁锢导致女性作家对自己想象力的合法性产生了深刻的焦灼与怀疑，该种焦虑表现为女性担心自己无法进行文学创作以及绝无可能成为一位'前辈'的强烈恐惧"②。尽管在菲茨杰拉尔德家中，司各特和泽尔达二人都具备创作才能，但是泽尔达却沦为了丈夫眼中的"业余作家"，其文学作品仅仅被同时代的读者视为"专业作家"司各特的文学作品的小小注脚。

泽尔达所面临的家中男权话语的压制以及自己被斥为"业余作家"的现实是性属偏见导致的失能建构（disabling construction）的结果。加兰-汤姆森（Rosemarie Garland-Thomson）认为在男权社会中，"女性气质（femaleness）被视为是身体和心理存在缺陷或者是本质上不守规矩的天然形式，而该种因性属差异而导致的对女性的失能建构是性别权力关系影响的结果"③，对泽尔达的文学创作能力的失能建构间接导致了文学批评界对泽尔达的文学作品价值的忽视。

然而，"20世纪60—70年代，在美国垮掉的一代的精神和嬉皮士文化的作用力以及70年代和90年代两次女权主义运动的推波助澜下"，泽尔达"逐

---

① Milford, Nancy. *Zelda: A Biography*. ibid. pp. 329-330.
② Gilbert, Sandro M. and Susan Gubar. *The Madwoman in the Attic: The Woman Writer and the Nineteenth-Century Literary Imagination*. New Haven and London: Yale UP, 2000. p. 49.
③ Garland-Thomson, Rosemarie. "Feminist Disability Studies." *Signs* 30. 2（2005）: 1557.

渐成为美国青年文化的偶像"①，其艺术才能和文学作品因此被世人所知。例如，1980 年 6 月，美国国家肖像美术馆（National Portrait Gallery）为致敬爵士时代举办了名为"泽尔达和司各特：美丽与毁灭"的艺术展，该展览陈列了这对夫妇以及他们同时代文化名人的肖像画、泽尔达为小说《美丽与毁灭》精心设计的小说封面、她制作的纸娃娃、灯罩等艺术品②，泽尔达多才多艺的个人形象逐渐被世人知晓；随着泽尔达的个人形象建构的反转，文学批评界对她的文学作品进行了重估，以小说《给我留下华尔兹》为文学批评对象的文章被刊登在美国著名的研究司各特的文学作品的期刊《司各特·菲茨杰拉尔德评论》（The F. Scott Fitzgerald Review）之中。

从爵士时代司各特对泽尔达文学主权的褫夺到 20 世纪中后期泽尔达个人形象的反转所导致的文学批评界对其文学作品的重识，文学主权逐渐从司各特转至泽尔达手中。然而，泽尔达的文学生命并未终结，史密斯在小说中将泽尔达作为其灵魂人物，以泽尔达患病的经历、自身的绘画和舞蹈艺术生涯作为其行文的重要线索，重写了泽尔达的个人生命史。与存在于男性作家之间影响的焦虑（the influence of anxiety）的创作心理范式不同，史密斯通过这部小说形成了与泽尔达的个人生命经历和文学创作交流的影响（the influence of communication）效应，凸显了跨时空的女性作家的共同体建构意识，对女性作家的文学创作进行了赋能。

2. 自我赋能的花园疗愈：柔性的疾病抵抗策略

从《地球上的宾客：一部小说》的外部生成语境而言，该小说形成了对女性作家文学创作的赋能建构；从其内部生成语境而言，赋能体现在史密斯引入园艺疗法弱化病患的失能境况，赋能了病患在疾病治疗中的主体地位。

在现代医学话语中，病患们处于一种被动、失能的状态，是激起他人同情的、等待医学拯救的他者。小说主体的开篇部分通过司各特给女儿司各蒂（Scottie）所写信件中的一段话"疯癫的人在地球上永远只是宾客、

---

① 朱法荣：《"最后的依靠"：<给我留下华尔兹>中新潮女郎的伦理建构》，《英美文学研究论丛》，前引书，第 216 页。
② Lanahan, Eleanor, ed. *Zelda: An Illustrated Life: The Private World of Zelda Fitzgerald*. ibid. p. 8.

第二章　生活空间：诗意想象、日常体验与现实批判

局外人，怀揣着她们无法读懂的、破裂的摩西十诫"①展现出正常人眼中精神病患被边缘化的个人印象。高地医院中的医生们将精神病患视为缺乏感情和意识的医学客体，运用能够迅速达到治疗效果的胰岛素休克治疗（insulin therapy）强硬地对病患进行诊疗，完全漠视病患的个体尊严。当伊芙莉娜不堪丈夫的背叛和亲人的抛弃陷入精神崩溃被送至高地医院之时被迫接受了该项治疗。在治疗过程中，伊娃丽娜失去了对身体的感知以及控制，甚至连记忆都被生硬地剥夺："我正在高地医院中央大楼的顶层被他们执行胰岛素休克治疗。对于这个治疗我是不能反抗的。我怎么能够有能力反抗呢？因为在治疗的过程中，我什么都不是，而只是一具躯壳……所有的一切都被掏空。"②除此之外，该种治疗还将控制的触须延伸至病患的认知世界，施瓦兹医生（Dr. Schwartz）是这样描述伊娃丽娜被送至医院时的状态："你被送到我们这里的时候精神相当紧张，它是剧烈的创伤、疼痛、疾病所导致的结果，我们不清楚到底发生了什么，只知道故事的细枝末节，我们的首要任务是把你从我们当时发现你所处的状态中唤醒过来。之后，我们可能可以帮助你在脑海中形成新的联系和新的思维方式。"③他劝告伊娃丽娜"不要试图去进行记忆，而只是关注当下，遵循医嘱"④。伊娃丽娜接受治疗的细节和医生冷漠的口吻展露出精神病患被现代医学权威挟制下的被动、无助和失能的状态。长久以来现代医学话语中存在着不平等的权利关系："病人对自我身体感受的陈述在医生的转写下成为'症状'。通过一系列医学转码后，医生以句子/宣判（sentence）病人的身体症状，该种宣判成为一个语言实体、一份宣言或者一个判断，在现实世界中它便是一个行动计划。"⑤具有行事能力。医学知识生产的权力使得医生占据权威位置，而病患在医学话语中的他者地位决定了他们只能任由其摆布。

与此相对，史密斯还在小说中设置了一种柔性的精神疾病治疗方式——园艺疗法，在与具有生成性的自然的互动中进行自我疗愈，赋予其作为人的

---

① Smith, Lee. *Guests on Earth: a Novel*. Chapel Hill: Algonquin Books, 2013. p. 1.
② Smith, Lee. *Guests on Earth: a Novel*. ibid. p. 131.
③ Smith, Lee. *Guests on Earth: a Novel*. ibid. p. 137.
④ Smith, Lee. *Guests on Earth: a Novel*. ibid. p. 137.
⑤ Treichler, Paula A. "Escaping the Sentence: Diagnosis and Discourse in 'The Yellow Wallpaper'." *Feminist Issues in Literary Scholarship*. Ed. Shari Benstock. Bloomington: Indiana UP, 1987. p. 71.

能动性。

园艺疗法由来已久,"借助园艺活动镇静病人的情绪最早可追溯至公元前2000多年的美索不达米亚地区。公元前500年左右,古波斯人便通过创设具有花朵芬芳、潺潺流水、空气凉爽的花园来帮助病人获得平和的心理状态。中世纪的修道院中的医院注重运用植物来治疗忧郁症"[①]。19世纪,"'美国精神病学之父'本杰明·拉什博士(Benjamin Rush)首次提出在花园中进行劳作可以帮助患有心理疾病的人取得积极的治疗效果"[②],该种治疗能够"改善病人的认知能力并且通过适当的体力劳动提高他们的身体机能、认知力和行动力,改善其语言技巧和社交能力"。

小说中,园艺师莫里斯夫人(Mrs. Morris)经常组织伊芙莉娜和迈拉(Myra)、阿曼达(Amanda)、苏珊(Susan)、海伦(Helen)、露丝(Ruth)等女病患在高地医院外的森林中进行园艺活动,这些女性病患曾遭受家庭乱伦、强奸、被恋人抛弃或者其他重大的人生变故而精神崩溃、心门紧闭。通过园艺疗法,莫里斯夫人帮助她们走出封闭的自我世界,实现她们对自我个人价值的认可。她秉持植物与人相似的信念,即"植物和人都需要在自然和社会中获得一种和谐的生存状态。他们都需要关怀和食物……以各自的方式经历自身的生命周期,需要依赖和其他植物或动物的关系以此生存下去,这些个体之间的互动和关联从随意、浅显到亲近变化不定"[③]。通过揭示人类生存和植物生长之间的相似之处,莫里斯夫人帮助病人在脑海中形成了人与植物具有同样的生命历程和体验的认同。除此之外,她通过工具书和循循善诱的介绍向她们展示植物图片协助其产生积极的联想。"她打开了一本厚重的旧书,将它转向我们以便每个人都能看到书本上有着各种颜色的植物:让人欢喜的橙色和红色的郁金香,有着蕾丝质感的紫罗兰以及粉色风信子。"[④]颜色鲜亮的花朵勾起了在场病患的联想:伊芙莉娜将颜色和气味相联系,指出风信子有着浓郁的花香,莫里斯夫人进一步告知伊芙莉娜水仙

---

① Detweiler, M. B., Sharma, T., et al. "What is the Evidence to Support the Use of Therapeutic Gardens for the Elderly." *Psychiatry Investing* 9.2 (2012): 101.
② Davis S. "Development of the Profession of Horticulture Therapy." *Horticulture as Therapy, Principles and Practice*. Ed. Sharon P. Simson and Martha C. Straus. Binghamton: Haworth Press Inc., 1997. pp. 3-9.
③ Smith, Lee. *Guests on Earth: a Novel*. ibid. p. 163.
④ Smith, Lee. *Guests on Earth: a Novel*. ibid. p. 164.

和小苍兰都具有浓郁的花香,顺势向大家介绍水仙花,并询问在场的人是否知晓华兹华斯的诗歌。对英国文学史有所涉猎的伊芙莉娜脑海中很快便闪现出他的诗歌"我如行云独自游",而海伦则联想起自己的母亲总是将这些水仙花（daffodil）唤作黄水仙（jonquil）。在参与园艺活动者的脑海中创设积极的联想之后,莫里斯太太引导她们进行园艺实践,她仿佛手握珠宝一般向大家展示一个平平无奇的土块,用目光扫射在场的每个人并鼓舞道:"你们相信吗?这个土块最终会变成书本里的这朵巨大艳丽的喇叭花,但是只有在你们倾注细致的呵护下这种变化才会发生。"[1]在莫里斯太太的演示和鼓舞下,原本排斥集体活动的"露丝在无人察觉之时逐渐靠近……她小心翼翼地将土块敲碎,在莫里斯太太的指导下将喇叭花的鳞茎以能够吸收光照的最佳角度放置在泥土中"[2]。泽尔达同样热爱园艺,伊娃丽娜回忆起,印象中的"泽尔达经常跪在泥土里……进行长达几个小时的除草、栽种花草的园艺工作,她的皮肤因为暴露在阳光下而被晒得黝黑,身体在园艺劳作的过程中变得强健有力"[3],这和接受胰岛素休克治疗而被折磨得身形消瘦、精神恍惚的泽尔达形成了鲜明对比。

园艺疗法不同于生硬地将病患视作没有情感和思维的医学客体,武断地阻滞其进行记忆和联想的胰岛素治疗法,而是反其道而行之给予病患充分的空间进行自由联想,赋予其在疾病治疗中的主动性和作为人的尊严。病患在与自然的互动中达成个体与外界的交流,在培育植物、见证其生长的过程中获得自我的价值,从而走出封闭破裂的内心世界,重获新生。可以说,该种精神疾病治疗方式形成了对压制病患个体自我的现代医学话语的柔性反抗。

3. 花园艺术创作：主体性形塑

园艺活动不仅仅帮助病患重建平和的心境,它同时还激发了病患泽尔达的绘画和舞蹈艺术创作,通过这两种视觉艺术创作,泽尔达形塑（shape）了自我和他人的主体性。

---

[1] Smith, Lee. *Guests on Earth: a Novel*. ibid. p. 137.
[2] Smith, Lee. *Guests on Earth: a Novel*. ibid. pp. 164-165.
[3] Smith, Lee. *Guests on Earth: a Novel*. ibid. p. 158.

泽尔达本人生前创作的绘画以对城市、人物和自然风景的描绘见多，然而不同于比例失调、逻辑感缺失的城市风景画和人物画，她的自然风景画表现出引人入胜的特质。例如，她去世后才面世的北卡州风景画"大雾山"（Great Smoky Mountains）与以鲜花为主题的植物静物画"牵牛花"（Morning Glories）和"马蹄莲"（Calla Lilies）都呈现出线条流畅、用色清新自然并爆发着浓厚的生命力的特点。赛达尔等人（Seidel, et al.）因此评价道，"在风景优美的大自然和植物中泽尔达寻找到了内心的平静"[1]。在小说中，泽尔达同样在自然中获得了精神慰藉。伊娃丽娜和迪克西（Dixie）数年后返回高地医院之时正值医院为泽尔达举办画展。在画展中，他们发现了泽尔达的名为《高地医院的斜坡》（Hospital Slope）的画作，"该画作中有两棵结满果实的苹果树，苹果树的旁边是一条渐渐延伸、消失在充满想象力的飘浮着云朵的天空的小路。画中所有的形状呈流动状，展现了大风吹拂之时事物的生命力"[2]。尽管风是无形的，但是泽尔达通过勾画晃动的树凸显风的律动，赋予了该画作以生命力。此外，她还对自己所种植的花进行特写描绘，"蓝色的牵牛花、以粉橙色为背景生长的白色百合、黄色玫瑰……尽管这些画作中所描绘的事物是静止的……但是画作中有一种力量不断向上冲涌，貌似要跳脱出画框之外"[3]，泽尔达通过画笔勾勒其内心涌动的生命意志是其对个人主体性形塑的渠道之一。

除此之外，泽尔达还通过舞蹈进行生命叙事，和病友们合作完成了诠释自我生命历程和凸显个体特点的"时光之舞"。奥尔布莱特（Ann Cooper Albright）认为"舞蹈不仅仅是关于身体的，它还是关于主体性的演绎，关于舞者如何运用身体去回应这个世界"[4]。伊莱恩·肖沃瓦特（Elaine Showalter）提出"对肉体合适的管理和装饰是患有精神分裂的女性对自我意识中自己那没有被占据的身体反复强调的主题"[5]。病患的身体是被医学话语和逻辑控制的对象，而病患通过自我演绎以舞动的身体抗拒生硬的医学话语，以此回应

---

[1] Seidel, Kathryn Lee, Alexis Wang, et al. "Performing Art: Zelda Fitzgerald's Art and the Role of the Artist." *The F. Scott Fitzgerald Review* 5.1（2006）: 155.

[2] Smith, Lee. *Guests on Earth: a Novel*. ibid. p. 157.

[3] Smith, Lee. *Guests on Earth: a Novel*. ibid. p. 158.

[4] Albright, Ann Cooper. *Choreographing Difference: The Body and Identity in Contemporary Dance*. Hanover: Weslyan UP, 1997. p. 4.

[5] Showalter, Elaine. *The Female Malady: Women, Madness, and English Culture, 1830-1980*. New York: Pantheon Books, 1985. p. 212.

第二章　生活空间：诗意想象、日常体验与现实批判

这个世界。为了迎接四旬斋前的狂欢节，泽尔达编排了一支名为"上帝就是时间无尽芭蕾"的舞蹈，史密斯别出心裁地在小说中插入了一张舞蹈手稿①（图 2-2）：

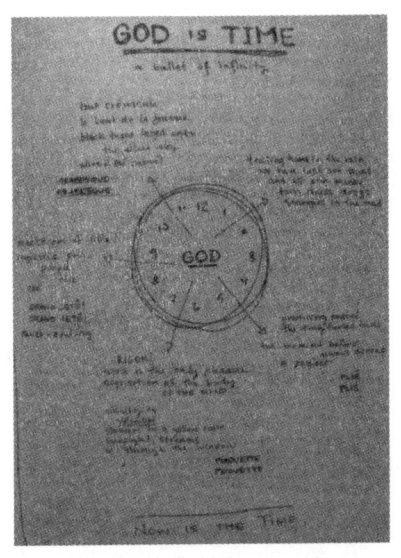

图 2-2　舞蹈手稿

手稿的中央是一个时钟，五个时钟指针分别指向了关于泽尔达的人生经历的简单叙事和以此为灵感设计的舞蹈动作，手稿中片段式的如诗一般的语言仿佛浓缩了泽尔达的一生。小说特意提及"该舞蹈是她在蒙哥马利的舞会上邂逅司各特时所跳之舞"②，因此它回应了泽尔达的过去；同时，正如舞蹈手稿页面之下的文字"此刻"（Now is the Time）所示，该舞蹈也是关于现下、此刻的，该舞蹈的排演手稿中包含了五个部分：

（1）我们遗失了鞋和所有的钱，在雨中步行回家，被撕裂的裙子拖曳在泥土之中

（2）约定的彩色粉笔　卷缩起来的花蕾　往日时光，往日时光永远是最美好的　屈膝

（3）严格！工作是唯一的快乐，它运用了身体和思想　黄色是透明的　黄色的房间里面有花，日光透过窗户倾泻而下　独脚旋转

---

① Smith, Lee. *Guests on Earth: a Novel*. ibid. p. 283.
② Smith, Lee. *Guests on Earth: a Novel*. ibid. p. 273.

（4）生命的旋涡 狂欢的痛苦 紫色 蓝色 红色 大踢腿 大踢腿 永无止境

（5）所有的黄昏都在白昼的尽头 黑色的树如蕾丝一般被挂在天空 它已经消失了 阿拉伯式花纹。①

值得注意的是，该舞蹈手稿中的文字描述具有一定的叙事功能，凝聚了泽尔达短暂但又绚烂的一生：前两部分仿佛是对爵士时代率性而为、放浪不羁的泽尔达的性格的真实写照和对往日时光的怀念；第三、四部分是对年轻时泽尔达的绘画和舞蹈事业的剪影式的描述；而最后一句诗则诠释了受精神分裂症折磨的泽尔达的光怪陆离的内心世界。在她与其他女性病友的演绎下，静态的舞蹈手稿被搬上舞台，呈现在观众们的面前。在伊娃丽娜的伴奏中，"泽尔达在舞蹈演员们围绕着她站立形成的时钟圆环的中心位置就位。当音乐响起，每个舞蹈中的'小时'都一一就位并开始旋转起来，她们的裙子也随之飞舞，裙子的多层褶皱让旋转着的她们看起来就像盛开的康乃馨"②，在伊娃丽娜的"心灵之眼"（my mind's eyes）中：

每个扮演时钟小时的舞者都与众不同，各具美感……迪克西是一朵正在盛开的红色玫瑰；珀勒特（Pauletta）是粉红的玫瑰……橙黄的凯伦·奎恩（Karen Quinn）……像一朵金盏花……阿曼达（Amanda）犹如一朵普罗旺斯的向日葵，菲茨杰拉尔德夫人的舞姿庄严、神秘，宛如鸢尾花，仿佛为舞蹈而生。随着花园中的鲜花不断绽放，四季交替，大钟继续运转。音乐快结束时，钟声突然响起，所有的舞蹈演员不断四处寻觅，以阿拉伯式花纹③（arabesque）无限蔓延生成的纹路退隐于舞台之外。④

在该段关于舞蹈表演的语象叙事中，史密斯以花喻人，整支舞蹈如同由风姿各异的鲜花摇曳而成的动态花园，借用阿拉伯式花纹编排的动作仿佛将这支舞蹈化为了一场追求永恒的宗教仪式。直至时钟敲响，所有的舞蹈演员悉数离场，"正当观众在台下窃窃私语，观众们陷入混乱。一阵嘘声降临在观众之中……突然在欢快的 C 弦伴奏下所有的舞蹈演员均一一返场……

---

① Smith, Lee. *Guests on Earth: a Novel*. ibid. p. 283.
② Smith, Lee. *Guests on Earth: a Novel*. ibid. p. 321.
③ 阿拉伯式花纹：阿拉伯式花纹是一种不断重复几何图形的繁复装饰，其几何图案取材于动植物的形象。
④ Smith, Lee. *Guests on Earth: a Novel*. ibid. p. 322.

像巴黎著名歌舞团红磨坊中的舞者们一样跳起了热情洋溢的、充满生命力的康康舞（Cancan）……舞者的裙子如同花瓣化作翅膀带着我的这些同伴们一起飞翔"①。在优美的芭蕾舞中编入轻快粗犷的康康舞彻底释放了女性奔腾的生命动能。在这支"时光之舞"中，泽尔达不仅仅将自己过往时光的经历融入其中对其进行艺术再现，同时也释放了包括自己在内的女性病患蓬勃的生命活力。

在史密斯所创作的诸多小说中，进行艺术创作是女性确立自身价值和树立主体性的常见策略。以自然风物为对象的静物画勾勒出泽尔达内心灵动、向上的生命意志，而"时光之舞"又让每一朵仿若鲜花一般的女性绽放出自己的生命力，在对身体的装饰和舞动中诠释自我，促成了泽尔达和其病友的主体性生成。

二、韦尔蒂的南方花园：维系家园和社群联系与对外交流

珀尔·阿米莉亚·麦克海尼（Pearl Amelia McHaney）在其专著《暴虐的眼睛：尤多拉·韦尔蒂的非虚构作品和照片》（*A Tyrannous Eye: Eudora Welty's Nonfiction and Photographs*）中总结了韦尔蒂的多重身份，包括新闻工作者、摄影师、评论家、散文家以及自传作者。然而，随着韦尔蒂生平以及文学研究者们对韦尔蒂的文献资料收集和研究工作的不断深入和拓宽，韦尔蒂的另一重身份逐渐被世人知晓：园艺家（gardener）。韦尔蒂所生活的年代正值美国城市美化运动（City Beautiful Movement）开展如火如荼的时期，这一时期的妇女俱乐部对园艺和城市环境格外关注。韦尔蒂的母亲彻斯汀娜·韦尔蒂（Chestina Welty）就是一位富有园艺见解和品位的园艺家，她在杰克逊城的家宅外精心打理的花园成为韦尔蒂汲取艺术灵感的空间。

韦尔蒂从美国北方回到南方的杰克逊城以后，延续了母亲的园艺爱好，在由花园包围的杰克逊城的家宅书房中创作文学作品。在目睹鲜花盛开的过程中，她察觉到文学灵感的生发与夜晚暗自开放的鲜花之间的相似之处。韦尔蒂的南方花园主题的创作离不开母亲的园艺修养的熏陶和自身的花园实践，她在文学作品中塑造的花园承载着南方人联系情感和对

---

① Smith, Lee. *Guests on Earth: a Novel.* ibid. pp. 322-323.

外社交的功能。

1. 韦尔蒂家的家庭园艺修养

韦尔蒂的父母生活在乐观主义精神至上的进步时期（progressive-era optimism，1890—1920）——这个时代中产阶级逐渐壮大。"繁荣的经济、新科技的发明、女子俱乐部和花园俱乐部的成立、配备路面电车的郊区展现了美国在经济和科技方面取得的进步和社会生机……这一时期同时也是城市美化与保护、植物引入、花园写作繁荣的时代。"[1]19世纪末20世纪初的美国工业发展迅猛。然而，美国在加快工业化步伐的同时也面临一系列如自然环境恶化和生活环境恶劣等城市病的困扰。为了改善城市环境，美国诸多城市逐渐兴起了"城市美化运动"的浪潮。该运动发轫于1893年美国于芝加哥举办的哥伦比亚世界博览会中宣扬的"白色城市"的环境理念，它将宜人的自然景观和宏伟的人造建筑融合在一起，展现了美国社会期望在追逐工业发展的道路上维持良好的生态环境的愿景。城市美化运动"是19世纪90年代至20世纪美国建筑以及城市设计的一个重要改革，目的是美化城市并将宏伟的建筑引入城市风景当中，该运动的主要倡导者是中上层阶级，他们致力于改善主要城市中恶劣的生活环境"[2]，芝加哥、克利夫兰、底特律和华盛顿特区等城市和地区首先掀起了城市美化运动的浪潮。之后该运动逐渐蔓延至全国各地区，"其推动者包括市政官员、商人领袖、风景建筑师、城市设计者。值得注意的是，美国女性也加入到了美化公共环境的活动中"[3]。妇女俱乐部中的园艺俱乐部是美国女性探讨园艺活动以及城市美化的核心组织。事实上，从19世纪60年代伊始，美国中产阶级女性就开始创办各种俱乐部，围绕不同主题和兴趣的俱乐部纷纷成立。根据历史记载，"到1906年为止，美国已有5000个地方俱乐部组织加入成立于1890年的妇女俱乐部总联合会（The General Federation of Women's Clubs），而这个数字仅仅只占全国各类民间组织的5%~10%"[4]。在韦尔蒂的家乡密西西比州的杰克逊

---

[1] Halton, Susan and Jane Roy Brown. *One Writer's Garden Eudora Welty's Home Place*. Jackson: UP of Mississippi. p. 9.
[2] Roger W. Caves, ed. *Encyclopedia of the City*. Abingdon and New York: Routledge, 2005. p. 103.
[3] Halton, Susan and Jane Roy Brown. *One Writer's Garden Eudora Welty's Home Place*. ibid. p. 64.
[4] Martin, Theodora Penny. *The Sound of Our Own Voices: Women's Study Clubs 1860-1910*. Boston: Beacon Press, 1987. pp. 3-4.

城，妇女俱乐部是女性们探讨艺术、家庭、政治等话题的公共空间。密西西比州"杰克逊城的妇女俱乐部（The Woman's Club）成立于1922年，韦尔蒂的母亲彻斯汀娜是该俱乐部的发起者并曾担任过两届主席。俱乐部的各个委员会和部门致力于探讨文学、美国公民权、法律、艺术、美国家庭、应用教育、音乐和艺术欣赏、父母身份、心理等议题，彻斯汀娜在园艺和环境保护方案方面表现尤其活跃。1928年至1929年间，彻斯汀娜曾组织设计花园[1]，参加花园爱好者组织（Garden Lovers Group）"的工作并且还曾担任密西西比州贝尔哈文花园俱乐部（Belhaven Garden Club）的主席工作[2]。彻斯丁娜在俱乐部中与其他女性讨论园艺细节，同时也将自己的园艺品位施展在自家的花园之中。

19世纪70年代，美国城市要求新建的房子在房子和街道之间保留一定空间，因而公共的前院开始出现。前院成为私人家居领地向公共空间延伸的中间过渡地带，是美国女性施展园艺潜能和审美趣味的空间。前院花园的风景既体现了房屋主人的园艺审美品位，同时也展现了她对私人空间如何融入公共空间的艺术愿景。韦尔蒂一家到达密西西比州的杰克逊城时首先居住在位于北国会街（North Congress Street）的房子。随着韦尔蒂父亲工作业绩渐佳，其母亲彻斯汀娜将房子后院堆放垃圾桶、煤块、蓄水池杂物的空间变成花园[3]。直到他们全家搬迁至派恩赫斯特街的第1119号（1119 Pinehurst Street）的住宅，韦尔蒂的母亲得以施展她的园艺理念。

彻斯汀娜认同花园作家弗兰西斯的观点："浪费车库附近良好的土地以及害怕这小块地被汽车卷进来的尘土所污染是所有园艺者时常能体验到并且大加谴责的事情"[4]。为了能够达成最佳的视觉观赏效果，彻斯汀娜"将车道设计在房子的西侧，房子和车道只占据了整个家的一小部分，剩下的院子都是她的花园"[5]。

在帮助母亲打理花园的过程中，韦尔蒂逐渐发现了具有园艺精神的自我（gardening self），1931年至1933年期间，韦尔蒂在杰克逊城的广播电台工作之余经常在家陪伴母亲料理花园中的事务。"观察母亲进行园艺工作

---

[1] Halton, Susan and Jane Roy Brown. *One Writer's Garden Eudora Welty's Home Place*. ibid. p. 68.
[2] Halton, Susan and Jane Roy Brown. *One Writer's Garden Eudora Welty's Home Place*. ibid. p. 72.
[3] Halton, Susan and Jane Roy Brown. *One Writer's Garden Eudora Welty's Home Place*. ibid. p. 30.
[4] King, Francis Louisa Yeomans. *The Little Garden*. Boston: The Atlantic Monthly Press, 1922. p. 7.
[5] Halton, Susan and Jane Roy Brown. *One Writer's Garden Eudora Welty's Home Place*. ibid. p. 41.

让韦尔蒂逐渐发现了她和母亲共享同一个事业,她渐渐明白了花园蕴含的诗性和包含的秘密,她的小说常常提及各种各样的鲜花,小说中的人物具有园艺精神的自我"①,韦尔蒂甚至向她的文学中介提及自己对园艺的兴趣甚至超越了其文学创作的兴趣:"1942年,她向她的文学中介坦诚自己耗费了很多精力和时间在鲜花而非编写故事上。在户外有如此之多的事情要做以至于我没办法去构想故事,我只能想着:栽种、移栽、用铲子铲土、挖土、除草、浇水……在梦里面我也做着同样的事情。"②虽然园艺活动貌似剥夺了韦尔蒂的写作时间,但是韦尔蒂在进行园艺活动的同时,她的文学灵感也得到了激发。鲜少进行诗歌创作的韦尔蒂因为一只破坏了自家花园里植物的松鼠即兴创作了一首仿照英国浪漫主义诗人威廉·布雷克的诗歌《老虎》的风格和口吻的诗作③,打趣自己精心栽种和培育的鲜花被院中松鼠啃咬侵害后的郁闷情绪:

松鼠 松鼠 闪闪发亮

---

① Halton, Susan and Jane Roy Brown. *One Writer's Garden Eudora Welty's Home Place*. ibid. p. 82.
② See Kreyling, Michael. *Author and Agent: Eudora Welty and Diarmuid Russell*. New York: Farrar, Struas, Girous, 1991. p. 112 and Marrs, Suzanne. *Eudora Welty: a Biography*. Orlando: Harcourt, 2005. p. 91.
③ Squirrel squirrel burning bright
Do not eat my bulbs tonight
I think it bad and quite insidious
That you should eat my blue tigridias
Squireels, sciurus vulgaris,
Leave to me my muscaris.
Must you make your midnight snack, mouse,
Of narcissus Mrs. Backhouse?
When you bite the pure leucojeum,
Do you feel no taint of odium?
Must you chew till kingdom come
Hippeasterum Advenum?
If in your tummy bloomed a lily,
Wouldn't you feel sort of silly?
Do you wish to tease and joke us
When you carry off a crocus?
Must you hang up in you pantries
All my pink queen zephyranthes?
Tell me, has it ever been thus,
Squirrels must eat hyacinthus?
O little rodent,
I wish you wo'dn't
该诗歌收录在艾克尔伯格的(Julia Eichelberger)的著作《讲述关于夜晚开的花:尤多拉·韦尔蒂的园艺信件:1940—1949》的第76页。

第二章 生活空间：诗意想象、日常体验与现实批判

今晚不要偷食我的花朵球茎。
我认为你食用了我的蓝色虎皮花这种行为
非常的糟糕、狡猾。
松鼠 欧亚红松鼠
请把我的蓝壶花留下来给我。
后院女士，你一定要将我的水仙花当作你的午夜零食吗？
当你啃咬雪片莲，
你没有感受到一丝憎恨吗？
你一定要啃咬我的朱顶红吗？
孤挺花有孔虫你一定要把我的植物啃咬至国王到来吗？
如果你的肚子上开出一朵百合，
你不会觉得很愚蠢吗？
当你叼走了一朵番红花，
你会想要取笑并打趣我吗？
你一定要在你的储物室里面挂满我的粉色的王后球茎花吗？
告诉我，松鼠是不是一直以来就喜欢吃风信子？
噢 小小的锯齿目动物
我希望你不是如此。

此外，韦尔蒂本人还通过信件与他人交流自己的园艺实践。1940 年至 1949 年期间，韦尔蒂积极与正在欧洲参与第二次世界大战的朋友罗宾逊（Robinson）以及身在纽约并同样喜爱园艺的迪尔米德（Diarmuid）进行书信来往，其中园艺工作的细节占据了信件的大部分内容。韦尔蒂与这两人的书信材料被收录在《讲述关于夜晚开的花尤多拉·韦尔蒂的园艺信件，1940—1949》(*Tell about Night Flowers Eudora Welty's Gardening Letters, 1940—1949*)。在信中，她详述了自己在杰克逊城家中的园艺实践，其中包含了她对气候甚至是一天中天气的细微变化如何影响自己花园中植物的生长、自己如何从市场公告（market bulletin）这个平台向各地获取中意的植物种子以及自己如何沉迷于园艺劳作中而无暇顾及文学创作等内容，这些信件展现了作家韦尔蒂口中的"园艺自我"。

115

事实上，对于韦尔蒂来说，园艺工作与文学创作具有相似之处。首先，进行园艺工作是将自然的无序转变为有序的审美实践过程，这和文学创作具有异曲同工之妙。作家将纷繁复杂的生活素材进行艺术加工构造成一个有自身规律的虚拟世界，马尔斯（Suzanne Marrs）因此称韦尔蒂在园艺活动中寻找到了秩序、结构和意义①。其次，作者与花匠一样，都必须经历一个等待的过程，花匠等待自己的辛勤劳作最终转化为可见可闻的花园，而等待捕捉灵感的作家也如同等待鲜花盛开的花匠。韦尔蒂于1942年6月12日给迪尔米德写的信中提到自己无意间观察到布袋兰萱草属植物在夜晚吐露芬芳的过程，她对夜晚盛开而无人知晓的植物的盛开的感叹极具诗意："晚上8点至9点期间，你可以看到布袋兰萱草属植物盛开，略微苍白、显黄色，有着又长又细的弯曲花瓣，颜色宛如新月一般。看它盛开、花瓣舒展是一种奇妙的体验。花朵的夜香仿若一缕呼吸吹向你。是什么让它晚上盛开？它向谁盛开？当别的花朵紧闭的时候它却独自绽放。时间一点一点过去，讲述着夜晚开放的鲜花的故事。"②韦尔蒂在信中对夜晚盛开的花朵的描述很容易让人联想到灵感降临在艺术家身上的过程。灵感的生发并不常有，只有在特定的时候出现并被善于捕捉它的艺术家采集到才能推进其艺术创作。

韦尔蒂去世后，她的位于杰克逊城的故居成为历史名迹，慕名前来一探韦尔蒂进行文学创作的场所仿佛将旅客带到了韦尔蒂的文学创作空间。雷德黑德（Redhead）有感而发："当你看到她伏案写作的桌子，她曾使用过的打字机，她阅读过的书籍以及激发她小说意象的房子和花园的时候，她的创作便变得真实起来。"③

2. 韦尔蒂笔下的南方花园：维系家园和社群联系与对外交流

韦尔蒂在她的文学理论专著《小说中的地方》（*Place in Fiction*）中称："如果你不了解你所在地方的树，你怎么能爬上高枝呢？创作出让人信服的

---

① Clarke, Wendy Mitman. "Eudora Welty's Garden, Where the Writer Grounded her Craft" in *Smithsonian Magazine*, April 7, 2005, b19.
② Eichelberger, Julia. *Tell about Night Flowers Eudora Welty's Gardening Letters, 1940-1949*. Jackson: UP of Mississippi, 2013. p. 63.
③ Jane Roy Brown, "Welty's Sense of Place Preserved in Jackson" in *Boston Globe*, November 28, 2010, m. 5. p. 2.

第二章 生活空间：诗意想象、日常体验与现实批判

小说，来自于你对环境的了解。"[1]韦尔蒂是如此了解她所书写的南方以至于布朗（Jane Roy Brown）评价说韦尔蒂熟悉她生活了 75 年之久的贝尔黑文街区（Belhaven）的家里所种之树上的每根嫩枝和树节的细节[2]。国外学者在韦尔蒂小说中的生态书写方面的研究已积累了一定成果。例如纳斯（Kirk Nuss）的文章《"漫游者"中的植物群》、斯维尔斯（Matthew Wynn Sivils）的文章《阅读南方文学中的树》、爱齐尔博格（Julia Eichelberger）的文章《寻找尤多拉的花园：韦尔蒂的园艺信件》、克鲁斯（Elizabeth Crews）的文章《尤多拉·韦尔蒂的〈绿帘〉：通过花园来书写身体》、克拉克斯顿（Mae Miller Claxton）的文章《女性与自然》、芭芭拉·金索沃尔（Barbara Kingsolver）的《〈纵情夏日〉和尤多拉·韦尔蒂的〈绿帘〉》。实质上，细观韦尔蒂在小说中描绘的花园，可以发现花园在韦尔蒂的小说中起到了维系南方人家庭、社群意识和对外交流的功能。

在小说《三角洲的婚礼》（*Delta Wedding*）中，韦尔蒂借用花园中植物的意象外化幼年丧母的劳拉在回到母亲的老家之后迫切希望寻得家庭归属的愿望，"她想象自己在乔治舅舅身边成长，就像一些花或者藤蔓植物选择了一棵树，因为她相信自己想要离他更近。她笃定他不会离开或者将其连根拔起（uproot），他疼惜每一小片藤叶"[3]；在短篇小说《漫游者》（"Wanderer"）中，凯茜（Cassie）为了悼念亡母，将 232 支水仙花的鳞茎植物排列成其母亲的名字凯瑟琳（Catherine）并在其外围装饰了风信子；韦尔蒂的另一部短篇小说《亲属》（*Kin*）中，"我"在去往美国北方后失去了和南方家人的联系，回到杰克逊城后感觉自己与此地格格不入，"我"发现："院子里青草的味道和北方的青草味道不一样（我从一开始就通过嗅觉这一依据感受到自己在某种程度上在这个地方成为一个陌生人，但是这只是刚开始自己的感觉）……这里的春天比其他地方要提前很多——街上处处鲜花盛开，街道尽头是紫藤花，大家在花园里栽种着别人没有种植过的最好的鲜花。"[4]常年离家的"我"对家乡的环境感到了些许陌生。"我"与生活在南方的家人情感联系逐渐薄弱，以至于埃塞尔（Ethel）姨母和姐姐凯特（Kate）向"我"提

---

[1] Welty, Eudora. *Place in Fiction*. New York: House of Books, Ltd, 1957. p. 36.
[2] Jane Roy Brown, "Welty's Sense of Place Preserved in Jackson" in *Boston Globe*. ibid. m. 5. p.1.
[3] Welty, Eudora. *Delta Wedding*. New York: Hartcourt, Brace and Company, 1945. p. 75.
[4] Welty, Eudora. *The Collected Stories of Eudora Welty*. New York: Harcourt Brace Jovanovich, 1980. pp. 538-539.

起家乡亲人的名字时我如同初次耳闻。花园中的鲜花成为韦尔蒂试图重建"我"与南方亲人亲情联系的媒介。在埃塞尔姨母的要求下,"我"和表姐凯特前去"明哥"(Mingo)看望远亲叔祖父菲利克斯(Great Uncle Felix)。对于"我"而言,"明哥"这个地名更像是"一个指代物而并非地名"①,为了能够表达"我"和凯特的"心意",蕾切尔(Rachel)在"一天气温最高的正午时分在花园中采摘玫瑰,我们带着玫瑰花和埃塞克姨母制作的蛋糕去探望远亲,表姐凯特用贝克婶婶(Aunt Beck)在自家花园中采摘鲜花赠与亲人的回忆勾起我对亲人的回忆:

贝克婶婶每次在我们离开的时候都会在自家花园小径中摘下一束花送给我们,花园中鲜花品种繁多,花香浓郁,例如:粉色的草本植物(pinks)、紫茉莉(four o'clocks)、马鞭草(verbena)、向阳植物(heliotrope)以及一些花烟草(bits of nicotiana)。她栽种这些植物就是为了能够送人。贝克婶婶会从她衣领上的针状物中抽出一根白线或者黑线将这些植物的根缠绕在一起并把花束放在天竺葵的叶子里。在家门口她会以一种正式的方式将递送给你。那就是贝克婶婶,她不会让你离开她家之时手里没有花束,这是她让你记住她方式②。

韦尔蒂笔下的花园除了是南方人联络家庭情感的空间,同时还起到了联络社群感情的功能。法拉利(G. R. F. Ferrari)曾言,"花园被设计出来的同时是为了能够和整个街区融合在一起,它起到了润滑人类社会齿轮的作用"③。在小说《乐观者的女儿》(The Optimist's Daughter)当中,萨鲁斯山(Moutain Salus)山区中园艺是居民们共享的传统和人们维系社区情感的方式。女主人公劳拉(Laural)的父亲麦克科尔沃法官(Judge Mckelva)因修剪玫瑰意外被花园中无花果树上的驱鸟器的反光刺伤双眼,导致其白内障病情的加重。然而,其妻子费伊(Fay)却无法理解,甚至质问他为什么一定要到花园中去摆弄那些荆棘,受劳拉父亲资助顺利完成医学院教育的考特兰医生(Doctor Courtland)则回答说:"因为在老家,修剪玫瑰是乔治·华盛顿诞辰的历史传统。"④在劳拉询问其父亲的视力恢复状况之时,医生回应说:

---

① Welty, Eudora. *The Collected Stories of Eudora Welty*. ibid. p. 538.
② Welty, Eudora. *The Collected Stories of Eudora Welty*. ibid. p. 565.
③ Ferrari, G. R. F. "The Meaningless of Gardens." *The Journal of Aesthetics and Art Criticism* 68. 1(2010): 43.
④ Welty, Eudora. *The Optimist's Daughter*. New York: Random House, 1972. p. 6.

第二章　生活空间：诗意想象、日常体验与现实批判

"我希望他的视力能够恢复，这样他就能找到回去自家花园的路。"[1]从花园中采摘鲜花赠与他人是此地的居民们进行情感联系的一种方式。劳拉的父亲做了眼部手术后因为双目病情恶化而病逝，社区居民都不约而同地献上鲜花以示慰问。"阿黛尔小姐（Miss Adele）特意推迟了学校的工作，给劳拉家送来了两束有着灰白花瓣的水仙花"[2]，"劳拉父亲家中的会客厅摆满了父亲的朋友们送来的鲜花，其中包括他们从萨鲁斯山上采摘下来的被精心修剪了的杏花，还有他们自家花园中纤细的黄色茉莉、几束水仙，花朵用花瓶以及水罐盛放着送过来，从屋子里排到了外面的街道上"[3]。同样，在短篇小说"漫游者"中，内斯比特先生（Mr. Nesbitt）因为需要出城而无法参加维吉尔家的葬礼，但他仍然安排了黑人帮手准备了由剑兰和蕨类植物制作而成的十字架送到了维吉尔家中。

韦尔蒂还借用花园这一空间搭建起南方人与外界的联系，而扮演这一重要职能的平台就是"市场公告"。20世纪20年代左右，美国涌现了很多的市场公告，例如西弗吉尼亚农业部的市场公告（1918）、佛罗里达的销售、必需品、交易公告（1919）、康涅狄格特的市场公告（1920）、田纳西市场公告（1927）、密西西比州的市场公告（1928），这些市场公告具有现代广告公布信息的功能，但是它的发行范围颇有局限，发布在上面的物品包括农产品、农具、畜牧类产品、植物等。J. C. 霍尔顿（J. C. Holton）在密西西比州1928年7月1日市场公告那一期上写道：

密西西比市场公告将会是十万户密西西比乡村家庭定期阅读的刊物，它在密西西比的农业发展中扮演了重要作用。它最先被设计成农场商品交易市场，用于展销1001件在农场种植或者养殖的但是缺乏正规的或有组织的市场渠道而无法进入市场的东西……都是一些很小的东西，但是它们的价值加起来可以达到几百万美元。市场公告希望可以促进销售，雏鸡、鸡蛋、农场机械设备、剩余的牛和猪、植物、种子、蜜饯和果胶、糖浆。列表几乎无穷无尽。这些东西在每个农场都可以找见。如果有现金市场存在的话，生产和制作这些东西的数量会渐增。通过出版这种公告，密西西比州的农业部

---

[1] Welty, Eudora. *The Optimist's Daughter*. ibid. p. 24.
[2] Welty, Eudora. *The Optimist's Daughter*. ibid. pp. 59-60.
[3] Welty, Eudora. *The Optimist's Daughter*. ibid. p. 60.

进入了一个以前未涉足的领域。①

在密西西比州的市场公告中，植物种子是市场公告常见的列举条目。韦尔蒂本人就是该市场公告的忠实读者，韦尔蒂甚至还将这一时期著名的园艺作家伊丽莎白·劳伦斯（Elizabeth Lawrence）的名字登记在每月出版两次的"密西西比州市场公告"的邮寄名单中，该举动燃起了该位园艺作家对以南方为主的市场公告以及一些美国北方秘密出版的市场公告的兴趣②。劳伦斯在她的园艺作品《为爱园艺：市场公告》（*Gardening for Love: The Market Bulletins*，1987）中提出市场公告主要还是一个南方机构③，它是州政府发起的以发展地方为目的的项目，她对这些公告所包含的文学性质更加感兴趣，"已逝去的或者正在逝去的时光以及风俗""极具诗意的乡村名字""南方腹地乡村的社会历史"④，她称"自己总是会想起勤劳的农场的女性完成农活后不知疲倦地抽出时间料理花园，总是能够省出时间收集种子、处理土块、包装植物，在寄出去的包裹里面放入自己用笔书写的信件将其寄到全国各地——院子里的植物、盆栽植物、窗台植物。阅读这些花的清单就像阅读诗歌一样，因为这些花拥有悦耳的乡村名字，很多花的名字来自莎士比亚的作品以及《圣经》"⑤。在韦尔蒂的文学作品当中，花园公告促成了南方人与外界的交往。

在短篇小说《漫游者》中，雷尼夫人（Mrs. Rainey）临死前手里仍然拽着市场公告，计算自己要在上面订购的鲜花品类，这些市场公告让居住在乡村中的雷尼夫人取得与外界的联系：

她快速地浏览市场公告上的列表，一边计数一边更正。然而，她很快又忘记了季节以及植物种植的地方：紫色的蜀葵属植物的枝条、真正的盒子、价值15便士的有着四种颜色的美人蕉、一茶勺分量的月光藤种子。玫瑰：硕大的白色玫瑰、微小的带刺玫瑰、漂亮的姐妹玫瑰（sister rose）、粉色月季（pink monthly）、充满浓郁花香的鲜红夏日玫瑰、多花蔷薇（baby rose）。五种颜色的马鞭草、烛台百合（candlestick lily）、牛奶红酒百合(milk and wine lilies)、射干（blackberry lilies）、柠檬黄色的萱草属植物（lemon lilies）、天使

---

① Lawrence, Elizabeth. *Gardening for Love: The Market Bulletins*. Durham: Duke UP, 1987. pp. 29-30.
② Eichelberger, Julia. *Tell about Night Flowers Eudora Welty's Gardening Letters, 1940-1949*. ibid. p. 68.
③ Lawrence, Elizabeth. *Gardening for Love: The Market Bulletins*. ibid. p. 26.
④ Lawrence, Elizabeth. *Gardening for Love: The Market Bulletins*. ibid. p. 32.
⑤ Lawrence, elizabeth. *Gardening for Love: The Market Bulletins*. ibid. pp. 35-36.

第二章　生活空间：诗意想象、日常体验与现实批判

百合（angel lilies）、使徒百合（apostle lilies）。曼陀罗种子（Angel trumpet seed）、红色的孤挺花(amaryllis)……雷尼夫人的思维运转得越来越迅速：红色的鼠尾草（red salvia）、紫茉莉（four o'clock）、粉色的雅各的梯子（pink Jacob's ladder）①、天竺兰枝条（sweet geranium cuttings）、肾蕨（sword fern）和风车草（fortune grass）、龙舌兰（century plants）、花瓶棕榈（vase palm）、白色的紫薇花（white crape myrtle）、分支开的巴西仙人掌（Christmas cactus）、连翘（golden bell）。白星茉莉（white star jessamine）、有着白色花瓣的灌木夹莲属植物（Snowball）、风信子、药百合（Pink fairy lilies）。②

　　这段关于雷尼夫人阅读的市场公告的描写包含了诸多植物的俗名。一般而言，"植物的命名一般分为两种，一种是技术性的或者属于植物学范畴的以拉丁文进行的植物命名；另一种命名则是俗名。前者是被掌握系统学科知识的植物学家命名的，它遵照了相关的规则，运用范围广泛；而俗名则因人、地方甚至时间而改变，它们常常暗指植物的真实或者人们想象出来特点，同时隐含了植物对人们的真实或者假设的实用特质"③。劳伦斯称"自己在市场公告上看到的那些生长在乡村花园中玫瑰的名字时就会想起韦尔蒂创造的雷尼女士这个人物角色。实际上，雷尼女士在病榻前手持市场公告的列表中所列举的植物大都能在密西西比州找到。例如，肾蕨是一种波士顿蕨类植物，生长在密西西比的室内和室外花园④，还有那些百合花，在南方几乎所有的花都被称为百合"⑤。在小说《败仗》（Losing Battles）之中，热爱园艺的茉莉亚女士通过贩卖和赠与的方式向密西西比州的热爱园艺的人们分享自己花园中种植的最好的植物，"她的花园中有灌木丛和花卉植物，她在市场公告中销售这些植物"，同时她还通过市场公告将自己花园中的桃枝幼芽赠送给他人，"因为她想让每个人都能种植出像她的花园中那让人满意的桃树"⑥。

　　唐纳德·戴维斯（Donald Davis）在《艺术家之镜》（A Mirror for Artists）一书中称："我认为南方作为一个特别的具有地方性的地区对艺术创作提

---

① 雅各的梯子是一种粉色的多年生草本植物。
② Welly, Eudora. *The Golden Apples*. New York: Harcourt, Bracce and Company, 1947. p. 208.
③ Greene, Wilhelmina F. and Hugo L. Blomquist. *Flowers of the South Native and Exotic*. Chapel Hill: The U of North Carolina P, 1953. p. xi.
④ Lawrence, Elizabeth. *Gardening for Love: The Market Bulletins*. ibid. p. 45.
⑤ Lawrence, Elizabeth. *Gardening for Love: The Market Bulletins*. ibid. p. 38.
⑥ Welly, Eudora. *Losing Battles*. New York, Random House, 1970. p. 243.

供了有益的环境。"①韦尔蒂在《小说中的地方》中提出:"小说中的地方是被命名、被识别的、具体的、准确的和需要作者费力去描绘的(exact and exacting),因而它也是可信的,它是我们所感觉(felt)到的东西的集合。"②韦尔蒂精心建构的花园无疑饱含了她对南方深厚的感情。

三、从"花园里的机器"到"花园里的武器":《原子浪漫》中的核书写

李尔·马克思(Leo Marx)是美国"神话—象征"研究学派的代表,他认为"国家历史动态发展的关键在于其文化象征"③,如果将花园作为一种隐喻来透视美国的历史动态,我们可以发现花园在美国的历史演变中发挥了重要的作用。17世纪时,来自欧洲的清教徒和自耕农将美国大陆视为其宗教试验地和摆脱自身生存困难的"应许之地";19世纪,"花园里的机器"理想成为美国追逐工业文明以及保留田园理想的最佳愿景。马克思在书中所提出的"中间风景"(middle landscape)是他认为能够含纳19世纪中后期美国追逐工业文明硕果和吟唱田园牧歌的最佳风景。与此同时,他毫不隐瞒服务美国军事以及民用工业的核工业对美国生态环境的暴力破坏的忧虑,他在书中引入了蕾切尔·卡逊(Rachel Carson)的《寂静的春天》(*Silent Spring*)一书中核工业对美国生态风景破坏的描述。卡逊的专著《寂静的春天》开篇描绘了核爆炸实验导致小镇被死亡阴影覆盖的景象:"在美国的中心有一个小镇,所有的生命和它周遭的环境和谐相处,然而枯萎破败的景象覆盖了整片地区。一切开始发生变化,邪恶的魔咒在这片社区降落;神秘的疾病……每个地方都覆盖着死亡的阴影,弥漫着怪异的寂静。譬如说鸟儿,他们去哪里了,这是一个寂静的春天。"④马克思认为卡森在书中展现了现代工业社会对自然生态发起战争的典范(modern industrial society's war against nature)⑤,

---

① Twelve Southerners. *I'll Take My Stand: The South and the Agrarian Tradition.* New York and London: Harper & Brothers Publishers, 1930. pp. 56-57.
② Welty, Eudora. *Place in Fiction.* New York: House of Books, Ltd, 1957. p. 21.
③ (美)劳伦斯·布伊尔:《环境批评的未来:环境危机与文学想象》,刘蓓译,北京:北京大学出版社,2010年,第16页。
④ Carson, Rachel. *Silent Spring.* Boston & New York: Houghton Mifflin Company, 1962. p. 1.
⑤ Marx, Leo. *The Machine in the Garden: Technology and the Pastoral Ideal in America.* New York: Oxford UP, 1964. p. 208.

第二章 生活空间：诗意想象、日常体验与现实批判

并指出文学书写中"机器突然闯入花园是政治而非艺术的问题"[①]。在小说《原子浪漫》中，梅森对"花园里的机器"这一经典的寓言进行了改写，代之以"花园里的武器"意象，展现了冷战政治下核工业对自然生态和美国国民生命造成的暴力。

雅克·德里达（Jacques Derrida）称，"核武器的本质特点在于它'惊人的文本性'（fabulously textual）。到此刻为止，核战还未发生，我们只能对其进行言说或者书写"[②]。核文化批评家肯·鲁斯温（Ken Ruthven）认同德里达的观点，提出"'核'是一种话语建构，它于各种各样的文学和非文学文本中留下痕迹，被语言建构为各种隐喻和意象，我们进而通过这些隐喻和意象来对其进行想象"[③]。不可否认，"自罗伯特·奥本海默（Robert Oppenheimer）团队于20世纪40年代研制出核武器之后，一种书写原子时代（Atomic Age）的新的文学亚类诞生了"[④]。

2005年是广岛原子弹爆炸60周年，梅森选择在这一特殊的时间节点出版《原子浪漫》别具深意，引人深思。该小说讲述了铀提炼厂机械工程师瑞德（Reed）追溯家族历史与应对冷战"遗产废弃物"（legacy waste）（指冷战阶段美国大力发展核工业所遗留的未得到妥善处理的化学废弃物）的故事，伴之以他与女友茱莉娅（Julia）扑朔迷离的感情关系，生动地再现出原子时代美国国民的生存境遇以及美国核话语的裂变。然而，该部小说在国内学术界却无人问津，而国外学者针对该部小说的可读性提出了质疑。莱斯彼特（Robin Nesbitt）提出"虽然该小说和她的以越战为主题的小说《在乡下》一样，是一部关于人们在日常生活中应对重大政治和经济决策的小说，但是它并不吸引读者，其原因是小说的叙事似乎不带感情色彩，人物不够鲜活"[⑤]，洛克（Allison Lock）认为"冷淡的情节以及单调的结尾使得具备文学才能的梅森的这本小说让人大失所望，小说中生动勾勒的人物被他们所生活的世界

[①] Marx, Leo. *The Machine in the Garden: Technology and the Pastoral Ideal in America*. ibid. p. 199.
[②] Derrida, Jacque, Catherine Porter, et al. "No Apocalypse, Not Now (Full Speed Ahead, Seven Missiles, Seven Missives)." *Diacritics* 14. 2（1984）: 23.
[③] Ruthven, Ken. *Nuclear Criticism*. Melbourne: Melbourne UP, 1993. p. 17.
[④] Kircher, Cassandra. "On Nature Writing in the Nuclear Age." *Fourth Genre: Explorations in Nonfiction* 15. 1（2013）: 197.
[⑤] Nesbitt, Robin. "Mason, Bobbie Ann: An Atomic Romance." *Library Journal* 130. 12 （2005）: 69.

所击败"①，作家艾莉森（Dorothy Allison）则将小说中罗列的诸如"核事业、原子弹的历史以及生活在核工厂的废弃场地或者它周围会遇到的一系列危险的恐怖事实比喻为溪流中的巨石，让读者在溪流的行进中左碰右撞而无法顺利前行"②，这些阅读感受和争议看似是对该小说的贬低之辞，笔者却认为梅森一反其在文学作品中呈现人物形象鲜明、故事地点明确、小说结尾完满的写作模式，而是留给读者一种被其所生活的世界挫败并让读者感受未来前途未卜，以此刻画生活在核暗恐时代的美国国民的心理状态。

1. "家庭遏制"政策下的美国家庭

第二次世界大战结束之后，苏美两方的联盟关系因利益冲突和政治意识形态差异急转直下为冷战对峙状态。为了遏制苏联力量独大，美国政治上开展的"红色恐怖"运动，军事方面推进核竞赛，外交方面划清界限、树立阵营，文化领域推行具有特定政治倾向引导的策略，编织了全方位的对抗之网。美国著名的冷战文学和文化领域学者史蒂文·贝莱托（Steven Belletto）教授指出："冷战更像是一种专有的理解模式，塑形了现实被理解和分析的方式。"③遏制政策的实施有效地在美国国民心中塑形了一个遥远而邻近的"假想敌"。伊莱恩·泰勒·梅（Elaine Tyler May）在其专著《向家的方向驶去：冷战时期的美国家庭》（*Homeward Bound: American Family in the Cold War Era*）提出了"个人即政治"的奠基式宣言，并称"家园遏制"（domestic containment）是美国冷战期间所推行的"遏制"政策的必然结果——"'遏制'不仅仅是美国境内的冷战隐喻，它还恰当地描述了公共政策、个人行为以及政治价值如何聚焦于家庭之中"④，家庭遏制成为一项全民行动。20世纪50年代，美国展开了应对核战的以家庭为单元的民防备战演练。据史料记载，1953年美国代理民防局局长号召启动家庭行动项目，要求每个家庭展开疏散演习，以科学的方式躲避到配备有足够生存三天的食品和安全饮用水的避难地以此应对

---

① Lock, Allison. "Mason, Bobbie Ann. An Atomic Romance." *Booklist* 101. 19-20（2005）: 1712.
② Allison, Dorothy. "Plot vs.Character." *The Women's Review of Books* 23. 1（2006）: 4.
③ Belletto, Steven. "Inventing Other Realities What the Cold War Means for Literary Studies." *Uncertain Empire American History and the Idea of the Cold War*. New York: Oxford UP, p. 77.
④ Tyler May, Elaine. *Homeward Bound: American Families in the Cold War Era*. New York: Basic Books, 1988. p.14.

核战爆发。联邦民防署向大众散发了名为《保卫家园演练：一个家庭行动项目》的册子。截至1956年，该手册历经三次修改，手册的第一部分为包含简短的半技术性的且与演练相关的说明性内容，名为"程序"（procedure）；第二部分"演练"（practice）则罗列了每个家庭如何进行这些演练的细则，每个美国家庭还需要对各自的行为进行定期的自我评判并撰写进度报告以便检测各自在应对核战时应该做出的具体反应。其中，第一版《保卫家园演练：一个家庭行动项目》涵盖了"核战爆发之时包括建立家庭避难所、紧急行动、防火家政课程、家庭防火队伍、基本医疗措施、紧急救援操作等"[①]内容。该手册将"家庭定义为民防工作单元"[②]，动员家庭去应对冷战时期的特殊状况，解决核战过程中美国的后顾之忧。盖伊·奥克斯（Guy Oakes）称苏联的核武器促成了美国社区自卫防卫传统的复兴[③]，家庭微小单位的行动构成了冷战期间美国国家安全的基础。

　　受家庭遏制政策的影响，瑞德的叔叔和父亲都参与到核战之中并以参与核原料生产而自豪。"叔叔爱德华1960年就在核工厂中工作，那个时候的工厂主要进行铀氯化物的处理：即将黑色的铀氧化物和氢氟酸混合在一起制造绿盐，爱德华的工作就是用铲子将绿盐铲到漏斗里面，有时候他直接用手作业"[④]。长期暴露在恶劣的工作环境中导致爱德华回到家时经常全身发绿甚至连唾沫都呈绿色而被妻子嫌弃，最终婚姻破裂。然而，爱德华别无选择，因为在他看来冷战时期国防是头等大事；瑞德的父亲同样也供职于核工厂，因为氯泄露丧生于封闭的车间中。"瑞德的父亲在一个封闭的空间中工作"，车间中发生氯气泄露的时候，"他没能够迅速地逃脱出来，那些氯气体将他击倒"[⑤]。尽管年幼丧父，但是瑞德"对父亲的记忆以及大家所告知他的一点一滴在瑞德心中汇聚成了诸如美国总统乔治·华盛顿和亚伯拉罕·林肯一样"[⑥]集聚个人魅力和国家命运为一体的创始者的人物肖像，亲人们对其父亲的个人形象的塑造与这一时期特殊的政治语境不无关系。随着苏联解体冷战结束，瑞德家族的核事业仿佛家族遗产一般在瑞德身上传

[①] Oakes, Guy. *The Imaginary War Civil Defense and American Cold War Culture*. New York and Oxford: Oxford UP, 1994. p.110.
[②] Oakes, Guy. *The Imaginary War Civil Defense and American Cold War Culture*. ibid. p.108.
[③] Oakes, Guy. *The Imaginary War Civil Defense and American Cold War Culture*. ibid. p.130.
[④] Mason, Bobbie Ann. *An Atomic Romance*. ibid. p. 31.
[⑤] Mason, Bobbie Ann. *An Atomic Romance*. ibid. p. 176.
[⑥] Mason, Bobbie Ann. *An Atomic Romance*. ibid. p. 180.

承,瑞德供职于家族上一代曾经奉献一生的铀提炼厂中。成年的瑞德在一家铀提炼厂做维修机械师,

  他的工作是让铀提炼系统卡斯克德(Cascade)完美地运作,他对待这项工作就像医生对待一个不情愿的病人……液体铀氧化物被添加进高压灭菌锅,被加热到150摄氏度直至变成气体,强有力的电马达使得气体高速旋转,直到气体冲过几百个轴状的压缩机并进入到转化装置之中,设计有小孔的障碍盘可以将过重的同位素过滤出去,热气在每个阶段不停地经历几百上千遍同样的程序直到最后的成品能够被转移到汽缸当中,这就是卡斯克德的运作机制。卡斯克德是他的朋友、他的敌人……瑞德穿上工作服觉得自己就是主宰。①

  不同于将投身核工业认作为对国防事业一部分的家族上一代,到了瑞德这一代,核工业已经成为当地民用经济的一部分。尼尔·柯德尔称"《原子浪漫》打破了冷战和后冷战核经验以及军事和民用核科技之间的分歧,小说中的核能工厂是爱国热情的来源和当地经济的重要组成部分"②。在后冷战时代,核工业开始在民用领域崭露头角。核工厂中很多的化学原料成为美国国民日常生活必备品中的成分之一。例如,"工厂废弃的金属残余物被用作商业化的循环,最后出现在烧烤架、牙膏的填充物之中"③。

  然而,冷战时期的"遗产废弃物"对生态以及个体生命的影响逐渐显现,电视频繁报道"工厂中的铍化学污染会让工人们感染上肺炎"④,"锝-99元素在地下水中被发现这一消息登上了地方报纸的头条,工厂附近菜园里的放射性金属肥料催长出硕大的卷心菜和胡萝卜"⑤,这些耸人听闻的消息让瑞德陷于对生存环境以及身体状况的深深隐忧当中。"遗产废弃物"成为处于后冷战时代的他不得不承受的历史之重,核话语从支撑瑞德家族上一代国防热情的家国政治裂变为与其生存紧密关联的生态以及生命政治话语。梅森将男主人公瑞德设计成一位检修核机器的机械师,实质上给予了瑞德深入检视核历史的契机。

---

① Mason, Bobbie Ann. *An Atomic Romance*. ibid. p. 26.
② Cordle, Daniel. "Cultures of Terror: Nuclear Criticism During and Since the Cold War." *Literature Compass* 3.6(2006):1196.
③ Mason, Bobbie Ann. *An Atomic Romance*. ibid. p. 79.
④ Mason, Bobbie Ann. *An Atomic Romance*. ibid. p. 24.
⑤ Mason, Bobbie Ann. *An Atomic Romance*. ibid. p. 62.

2. 风景的演变：从"花园里的机器"到"花园里的武器"

李尔·马克思在其专著《花园里的机器：美国的技术与田园理想》(*The Machine in the Garden: Technology and the Pastoral Ideal in America*)当中阐述了两种田园模式，一种是"感伤田园主义"(sentimental pastoralism)，即赞同远离环境污染的、充满怀旧情怀的田园模式，然而它反城市化的态度忽视了美国社会和科技进步的现实[1]；另一种则是"复杂田园主义"(complex pastoralism)，它是和现代文明相协调的田园模式。前一种田园模式被划归于情感以及理念层面而后者则属于现实层面。现代工业以及自然风光和谐共处所形成的"中间风景"(middle landscape)是马克思认为能够满足美国在进步时期追逐现代工业文明成果并延续从母国带来的田园梦想的最佳风景，这种"中间风景"既非荒凉的自然风景，同时又没有被工业文明的过度开发而破坏，能够让人性与自然达到梦幻般的共处[2]。李尔·马克思在专著中以乔治·英尼斯[3](George Inness)的美国风景画为例展现了19世纪的工业风景如何和谐地被嵌入自然风景。李尔·马克思认为该画家的画作《拉克瓦纳山谷》("The Lackawanna Valley")[4]（图2-3）展现机器科技如何成为自然风景的一部分。

图2-3 乔治·英尼斯《拉克瓦纳山谷》

---

[1] Marx, Leo. *The Machine in the Garden: Technology and the Pastoral Ideal in America*. ibid. p. 5.
[2] Marx, Leo. *The Machine in the Garden: Technology and the Pastoral Ideal in America*. ibid. p. 206.
[3] 乔治·英尼斯（1825—1894）是19世纪美国著名的风景画家，早期他受到了赫德森河画派的影响，之后将法国巴比松画派的影响带到了美国，后形成了自己独特的风格，他喜爱探寻大自然的奥妙，该画家的代表作包括《拉克瓦纳山谷》《特拉华峡谷》以及《苍鹭之家》。1854年，英尼斯在拉克瓦纳铁路公司的委托下描绘该公司的工程景象。
[4] 该图像资料源自李尔·马克思的专著《花园里的机器：美国的技术与田园理想》的第125页。

该画作展现了一辆冒着蒸汽的火车从远方逐渐驶近，画作的背景是天空和群山，中景是树林、工厂、铁路以及蒸汽火车，前景是草地，火车铁轨在整个画面中以一种优雅、不破坏整幅风景画的构图方式铺展在地面。代表这一时期工业文明的火车正在行驶，画面中所有的一切成为"有机组成部分"，"处于背景的群山和中景的树木将工业建筑以及火车温柔地包裹起来，画作中没有突兀的线条将人造的建筑或者机械和自然风景所分离开来"[①]，反而凸显了一种动静结合的美感。李尔·马克思认为美国文学中关于自然的书写离不开现代文明的介入，工厂、铁路、公路等工业风景与草原、湖泊等自然生态风景并存着。美国的工业化发展为其在19世纪中后期的崛起铺平了道路，为建造伊甸园架构了坚实的物质基础。

因此，工业建筑和生态意象频繁出现在文学书写当中。例如，撒尼尔·霍桑于1844年在马萨诸塞州的康科德附近的树林中体验梭罗的超验主义自然，他沉醉"在由鸟、松鼠、昆虫发出的声音和被微风吹动的叶子交织在一起的声音之中"，同时还能听到"持久的且刺耳的汽笛声，一英里范围内的空间都不能归于平静与和谐"[②]。在赫尔曼·麦尔维尔的小说《白鲸》（Moby Dick）当中，当以撒玛利在探索一只搁浅的白鲸的身体内部之时，意象突然跳转至一个庞大的新英格兰纺织厂[③]。然而，这时的工业风景与自然风景各自独立成趣并没有对对方产生极大影响。虽然马克思的这本专著主要关注的是19世纪工业化背景下英美文学当中工业发展与自然保护之间的冲突，但是他早已预见核工业向自然发起的进攻并提出了叩问："将简单的、乡村环境理想化可能会对生活在被精细组织的城市化、工业化以及核武器武装的社会的人们的生活产生什么影响？"[④]其中核武器和核工业的发展成为自然生态与工业文明争议的一个新话题。W. J. T. 米歇尔（W. J. T. Mitchell）于20世纪90年代推出的《风景与权力》（Landscape and Power）这部力作改变了学术界观看自然风景的范式。风景不只是被动地停留于视觉审美层面，它还具有能动性且渗透着丰富的权力角力的文化内涵，他提倡"把风景视为一种媒介、一个巨

---

① Marx, Leo. The Machine in the Garden: Technology and the Pastoral Ideal in America. ibid. p. 125.
② Marx, Leo. The Machine in the Garden: Technology and the Pastoral Ideal in America. ibid. pp. 14-15.
③ Marx, Leo. The Machine in the Garden: Technology and the Pastoral Ideal in America. ibid. p. 16.
④ Marx, Leo. The Machine in the Garden: Technology and the Pastoral Ideal in America. ibid. p. 11.

第二章 生活空间：诗意想象、日常体验与现实批判

大的文化密码网络"①。

围绕铀提炼厂的负面媒体报道促使瑞德去观察铀提炼厂和它周边的风景。冷战期间因为"美国国民忙于应付苏联，没有人有时间去回收垃圾，他们都将垃圾摞起来或者将其抛到栅栏之外"②。虽然冷战已经落下历史帷幕，但是冷战留下的"遗产废弃物"却以独特的方式延续着它的生命。瑞德在工厂附近的福特·沃尔夫野生动植物园（Fort Wolf Wildlife Refuge）中发现了冷战的"遗产废弃物"，他的相机"镜头探向一排闪闪发光的工厂废弃物中，大门上标记着'危险'，这栋建筑被黄色的标志和带子装饰着，已被捣毁的桶子和大梁以及线圈堆积蜿蜒有两层楼高。这片小金属山下有一条沟渠，沟渠蜿蜒汇集成一个泄湖，水面泛绿波光粼粼。其他的泄湖的边缘有着黄色的带状物"③。

对于从小熟悉此地生态环境的瑞德来说，"这里的风景虽然看起来很熟悉，但是却被陌生的色彩所笼罩，好像每片叶子都有一个饱含剧毒的秘密，中了毒的常青藤开始变红，河边的白桦不合时宜地纷纷凋零"④。而晚上瑞德还经常能看到攀附在工业废弃物上燃烧的充满诡异色彩的"蓝色火焰"，核军事工业所带来的污染暴力地改变了自然生态的样貌并打乱自然中生物本身的生命周期，这是军事工业污染对生态环境造成的暴力。从瑞德的描述可见，即便是动植物保护区也难逃现代军事工业带来的污染。自然风光优美的自然保护区仍旧被工业废弃物和排泄物所污染，核工厂所废弃的金属和材料以及排放的污水和保护区里的自然风格形成强烈的反差。

动植物保护区了无生机，核工厂内部的景色则更加偏于死寂。核工厂中自然踪迹难寻，鸟儿在核工厂的上空迷失了迁徙的方向。瑞德发现工厂上空飞行的鸟儿最终都难逃丧生于工厂废气中的命运。据他对一只闯入工厂领地的鸟儿的观察可窥见一斑："一只鸟从头顶飞过，它的飞行曲折且绝望。事实上，鸟儿们经常从屋檐下飞过但是找不到方向飞出去。这只鸟扑打翅膀的声音很微弱，它撞击在屋檐和墙上，时不时停留在木梁之上。"⑤ "找不到方

---

① （美）威廉·约翰·托马斯·米歇尔：《风景与权力》，杨丽、万信琼译，南京：译林出版社，2014年，第14页。
② Mason, Bobbie Ann. *An Atomic Romance*. ibid. p. 94.
③ Mason, Bobbie Ann. *An Atomic Romance*. ibid. p. 4.
④ Mason, Bobbie Ann. *An Atomic Romance*. ibid. p. 208.
⑤ Mason, Bobbie Ann. *An Atomic Romance*. ibid. p. 27.

向的鸟儿最终在工厂高温的摧残下脱水而亡,变成像木乃伊或是牛肉干一般的东西。"①为了能够保留住工厂中难得一见的生命迹象,瑞德将他捡到的一只小鸟制作成生物标本,"它是一只被高温空气蒸干的宠物鸟——名为艾森豪威尔(Eisenhower),艾森豪威尔外形英美,有着黑色的翅膀,翅膀和脸上分布着黄色的线条。这只小鸟虽然瘦小但是却长着一双疯狂的眼睛,仿佛它仍旧还活着"②。"瑞德将其捆绑在工具箱上,还在它的尾巴上点缀了些白色斑点,工厂里工作的每个人都认识艾森豪威尔"③。值得一提的是,小说中被命名为艾森豪威尔的小鸟与冷战时期推行核战略的美国总统德怀特·戴维·艾森豪威尔(Dwight David Eisenhower)的姓一致。相同的命名并非巧合,小鸟"艾森豪威尔"是冷战时期艾森豪威尔总统推行核战略造成的生态污染的牺牲品。

瑞德供职的核工厂吞噬了自然的声音并造就了如荒原一般死寂的景观,不同于工业文明发展时期与自然和谐共处的工业机器,《原子浪漫》中巨大的核工厂成为自然生命的消音器并制造出暗含危险的风景,冷战时的核工业除了暴力破坏自然生态环境,同时也异化了个体的生命体验。

3. 核暗恐下的量子生命体验

约瑟夫·马斯科(Joseph Masco)认为:"身居于一个被核军事和核工业辐射所威胁的环境会带来一种暗恐,它和无色无味的辐射穿透身体并寄居于有生命的身体以及环境中直至过了很长时间才显现出危害的规律有关……核污染破坏了个体辨别自己的身体与环境之间的差异的能力。"④"核暗恐"(nuclear uncanny)概念极具创意地将心理学中集"熟悉与陌生并列的二律背反"⑤用于对原子时代个人身体可能被异化的心理的精确定义,该种特别的心理来源于个体在核污染环境中的生命体验,梅森通过具有实验性质的身体叙事和心理模拟两种策略刻画了核暗恐下瑞德集身心为一体的

---

① Mason, Bobbie Ann. *An Atomic Romance*. ibid. p. 27.
② Mason, Bobbie Ann. *An Atomic Romance*. ibid. p. 27.
③ Mason, Bobbie Ann. *An Atomic Romance*. ibid. p. 27.
④ Maco, Joseph. *The Nuclear Borderlands: The Manhattan Project in Post-Cold War New Mexico*. Princeton UP, 2020. p. 28.
⑤ 童明:《暗恐/非家幻觉》,《外国文学》2011年第4期,第106页。

第二章　生活空间：诗意想象、日常体验与现实批判

具有量子不确定特性的体验。

张新军的可能世界叙事学从量子力学的波粒二象性的计算和解释中汲取了丰富养分，构建了可能世界叙事学和量子力学的跨界对话。不同可能性的叠加是量子世界的一个重要特征，"薛定谔的猫"①（Erwin Schrödinger's Cat）这一思想实验是量子不确定特性的经典演绎："按照哥本哈根阐释，测量行为打破一个量子对象的叠加，迫使它从波函数中选择一个状态，从而使计算的概率坍缩（collapse）成测量所显示的值，而多重世界阐释（Many Worlds interpretation）则摒弃坍缩思想，认为量子事件可以引起现实的分裂，造成多个平行世界。"②受此启发，张新军提出了由虚构性、叙事性、经验性三个范畴组成的可能世界的理论模型。"'虚构性'描述了现实与虚构之间的关系，主要讨论叙事虚构与经验现实之间的界面关系，可能世界为文学虚构提供了一种平行本体论；'叙事性'描述了叙事世界的内部结构，旨在描述文本系统内部各个世界之间的结构关系，叙事的动力来自于现实性和虚拟性之间的张力，情节被刻画为张力场中虚拟性系列'坍缩'（collapse）所留下的踪迹；而'经验性'描述了主体对叙事世界的建构以及体验的方式，试图把握人们对叙事世界的心理体验"③，该模型以现实世界、小说中的虚拟世界以及读者对叙事世界的心理体验三者之间的映射和互动展开。

生活在核暗恐的阴影下，瑞德的生命体验呈现出了量子不确定的特性。首先，瑞德长年累月暴露在噪音等级高达 185 音贝的卡斯克德中检修机器使得瑞德身体知觉发生了细微变化，他的听觉认知呈现出两种量子的叠加状态。在铀提炼厂中，瑞德听觉灵敏，他"深谙车间中机器的运行模式，能够通过声音辨别机器运作的差错"④。然而，在工厂以外的日常交往中，他的听觉敏锐度锐减且经常出现误听的症状。譬如，"当工友吉姆（Jim）跟他述说目前有很多关于工厂废弃物的最终用途的谣言和讽刺话语

---

① 为了对光的波粒二象性进行宏观阐释，奥地利著名物理学家薛定谔提出了"薛定谔的猫"这一思想实验，它指将一只猫关在装有少量镭和氰化物的密闭容器里。镭的衰变存在几率。假如镭发生衰变，密闭容器中的机关会被触发，而打碎装有氰化物的瓶子，猫就会死；如果镭不发生衰变，猫就存活。由于放射性的镭处于衰变和没有衰变两种叠加状态之中，因此猫处于死猫和活猫的叠加状态。
② 张新军：《可能世界叙事学的理论模型》，《国外文学》2010 年第 1 期，第 5 页。
③ 张新军：《可能世界叙事学的理论模型》，《国外文学》2010 年第 1 期，第 6-7 页。
④ Mason, Bobbie Ann. *An Atomic Romance*. ibid. p. 82.

（rumor and innuedo）时，瑞德却将其误听成拥有任天堂游戏机的房客"（a roomer with a Nintendo）[1]；在他和茱莉娅欣赏餐馆里的一幅拍摄于美国大萧条时期的照片之时，"茱莉娅猜想照片中一位双臂叠加在胸前，肘部向外弯曲的男人一定是'一家之主'（paterfamilias）时，瑞德却将其听成为'一盆山茶花'（pot of camellias）"[2]，瑞德身上所呈现的两种"声"觉的叠加是与现实世界个人的听觉体验相抵牾的，它展现了叙事虚构和经验现实之间被撕裂的界面关系。

除了通过叙事模拟再现瑞德的生命体验，梅森还通过"心理模拟"的叙事策略促使瑞德与读者分别对虚拟的可能世界中人物的核暗恐心理实现共鸣。小说包含了两个心理模拟，其中一个心理模拟在瑞德身上呈现。铀提炼厂中逐渐显现的集体疾病症候以及死亡案例让瑞德陷于对自身生命状态的焦虑情绪之中：瑞德父亲的朋友桑希尔（Thornhill）身患皮肤癌，其孙子因为"某种原因"而夭折；工厂的一位基层管理人员饱受肝癌的折磨，另一位工业化学家惨死于罕见的肉瘤。为了探测自己是否会成为下一个受害者，瑞德前去工厂的档案馆调取医学报告以此判断自己体内是否留存有过量的影响其健康的化学元素。虽然瑞德的"活体检测报告的数值显示瑞德'在未受化学污染影响的安全区间内'（within the range），但是他体内留存有 0.15 毫居里的锝元素"[3]，而这微少的锝元素是否会在瑞德体内发生衰变则存在一定概率，此刻的瑞德感觉自己就像"薛定谔的猫"，他的身上被加注了他关于生死结局的猜想。瑞德是一位天文学爱好者，他痴迷于用哈珀天文望远镜对宇宙中的行星进行观察所带来的乐趣，熟稔流星雨出现的规律，他甚至用电脑软件构造出自己想象中的银河体系，在任意移动行星位置的游戏中获得掌控宇宙的征服感。然而，在核污染的现实面前瑞德却束手无策。他因此将自己与历史上美国物理学家恩利克·费米（Enrico Fermi）于20世纪40年代的一天在芝加哥大学的地下实验室进行核裂变反应实验而对此毫无所知的芝加哥市民的境遇进行对比，"该实验的保密工作极为严格，以至于市民无法想象有一个不受控制的核裂变连锁反应正在发生，一个可能会将整个芝加哥像烧熏肠一样燃烧起来的实验"[4]。此时，瑞德的身体就像当初不

---

[1] Mason, Bobbie Ann. *An Atomic Romance*. ibid. p. 79.
[2] Mason, Bobbie Ann. *An Atomic Romance*. ibid. p. 132.
[3] Mason, Bobbie Ann. *An Atomic Romance*. ibid. p. 178.
[4] Mason, Bobbie Ann. *An Atomic Romance*. ibid. p. 139.

第二章 生活空间：诗意想象、日常体验与现实批判

知何时可能会因为核试验失误而引爆的芝加哥，瑞德对现实世界恩利克·费米进行的真实核裂变实验的失败的可能性的想象展示了现实与虚拟之间的坍缩，是一种跨越时空的心理模拟以及心理移情；而第二个心理模拟则从瑞德转移到读者身上。张新军认为"心理模拟表现在读者对叙事文本世界的体验过程，读者通过模拟人物的心理来预期、把握、解释虚构人物的行为。我们想象自己处于虚构的情境中，获得人物在那种情境中可能持有的信念和欲望，它是一种普遍而自然的对人类同伴的认知渴望与实践"[1]。小说结尾瑞德前去芝加哥大学寻找与之冷战而避而不见的女友茱莉娅，两人在恩利克·费米曾经完成秘密实验的旧址相遇，茱莉娅宣告怀孕，两人重归于好，这看似温馨的结局却给读者留下了一个悬念：二者在美国原子弹历史的起点相遇这一情节并非作者未经思索的安排，而是作者有意留给读者的一个令人浮想联翩的"薛定谔的猫"的思想实验。

梅森没有交代两人下一代的结局，该种隐瞒结局的设置似乎是在启发读者从二人的立场上去思考原子时代美国国民的命运。作者将瑞德对自身生命的思想实验在这一特殊地点移交给读者，牵引读者去预期、把握虚拟世界中瑞德这一代人的命运和结局。小说看似闭合但极具开放性的结局值得深思，在读者结束对瑞德的量子生命体验的探索之后，同样身处于原子时代的读者的命运又将会是怎样呢？这可以说是梅森交给当代读者的一个重大课题。

梅森称自己"故意将这个故事设定在美国中心的一个不确定的城市是为了暗示故事中发生的事情可能发生在美国的任何地方……核污染所带来的潜在危害影响我们每一个人，不管我们生活在哪里"[2]。她对小说发生地点的模糊处理饱含了她对后冷战时代美国国民对核武器的杀伤性威力以及核污染的焦虑情绪的同情以及对美国核话语的批判。

三位作家基于南方生态环境进行的花园书写突出了她们对不同议题的关注。史密斯的缪斯文学作品中的园艺疗法赋予了精神病患以能动性，促进了女性病患的主体性形塑；韦尔蒂从密西西比州家中的花园汲取了丰富的灵感，在花园意象中探索南方的风土人情，她笔下的南方花园是南方家庭和社

---

[1] 张新军:《可能世界叙事学的理论模型》,《国外文学》2010年第1期,第8页。
[2] Mason, Bobbie Ann. *An Atomic Romance*. ibid. p. 271.

群进行情感联结和南方人对外进行经济交易和交流的空间；梅森在对美国经典的"花园里的机器"寓言的改写中反思冷战时期核工业对生态环境和美国国民的身体所产生的暴力。

本章小结

百纳被空间、饮食空间和花园空间是极具日常性的生活空间，四位作家虽然生活在南方的不同区域，但是这些空间却是她们共享的生活空间。她们在相似的空间中，对其进行不同主题的构建和演绎，述说着处于动态变化中南方人、南方家庭和社群的故事，赋予了这些空间以诗性想象和叙事的生命力；同时，她们在探索这些生活空间的同时思索、消化和应对现代社会的变动对个体、家庭、环境等的冲击，其创作展现出文学艺术想象和现实批判的交融。

第三章

视觉空间：视觉批判与风格创新

让现实变得真实是艺术的责任，它是一种实际的任务，作者凭借受过培育的观察生活的敏感性和接收生活给与的各种意象的能力获得一种孤独的、不间断的、没有人协助同时也无法协助的幻象，然后将这种幻象毫无扭曲地呈现在小说之中。如果读者能够被作者呈现的这个世界所说服，这种幻象就会成为读者的幻觉……我们（读者和作者）是如何地沉迷在这种特殊的快乐之中，心甘情愿去实践、去体验创作和阅读的魔力。[①]

以持续的热情……去揭开幕帘，而不是伸出手指倾吐判断和意见，我试图去揭开那垂坠在人与人之间那隐形的阴影，人们对他人存在的漠不经心的面纱。[②]

20 世纪是美国南方视觉文化空前繁荣的时代，通俗的视觉事件和现代视觉媒介的普及影响着这一时期南方人的观赏内容和视觉习性。怪异的身体和夺人眼球的美丽身体是 20 世纪中前期备受关注的视觉观看客体，繁荣于 20 世纪前期并逐渐销声匿迹于 20 世纪中期的怪异秀将怪异的身体暴露于大众视野之中，成为吸引观者的视觉观看对象。韦尔蒂和梅森分别在其作品中对怪异秀这一视觉现象进行了视觉的和文字的再现，以具有批判性的立场揭示了视觉观赏背后的伦理反思以及种族建构。另外，美丽的身体是大众审美经济向南方社会进行渗透和南方经济融入资本经济的隐秘空间。细

[①] Welty, Eudora. *Place in Fiction*. New York: House of Books Ltd, 1957. p. 30.
[②] Welty, Eudora. *One Time, One Place: Mississippi in the Depression: A Snapshot Album*. Jackson: UP of Mississippi, 1971. p. 12.

观她们笔下的南方女性身体，可以发现美丽的身体背后隐含的经济逻辑。到了20世纪中后期，随着照相机和摄像机拥有者数量的增多、商业文化的繁荣、电视和电影的普及，当代南方人的日常生活也高度视觉化。韦尔蒂、泰勒和梅森在将现代视觉媒介和视觉观看习性巧妙地融入其文学创作之中，展现了他们视觉化的日常生活细节。

第一节　怪异秀的由来以及其在美国的发展

怪异秀由来已久，最早可追溯至中世纪乡村赶集中畸形人和身体发育迟缓者进行的表演，其怪异的外形特征一经展示便很快吸引了人们的眼球，成为民众群体中略带低俗趣味的"娱乐消遣"。在"伊丽莎白时期的英国，存在身体缺陷和畸形的人成为公众好奇的对象，在怪异展览经理的指导下他们穿梭于整个欧洲大地"[1]。17、18世纪，欧洲的皇家宫廷与民间都极力追捧这些群体的表演活动。在医学知识急速扩充的维多利亚时期，"大批人为了见证人类医学领域的奇异现象花钱观看怪异秀和新奇表演"，怪异秀因此"达到全盛"[2]，各种奇异的生命形态宰治着西方视域，主营怪异展览的民间组织在法国、意大利和美国"如雨后春笋，遍地开花"[3]。

美国南北战争爆发之前，各个城市的博物馆与畸形秀共存，自由企业以及民主化的、流动性渐强的资产阶级的崛起促进了赏异展览的迅速繁殖，游离在朴素人类学、人体器官集市和展览骇人之物的博物馆这三者边缘之间

---

[1] Grande, Laura. "Strange and Bizarre: the History of Freak Shows: Laura Grande Looks at Different Aspects of Freak Shows in England and the US in the 19th Century." *History Magazine* 12.1（2010）:19.
[2] Grande, Laura. "Strange and Bizarre: the History of Freak Shows: Laura Grande Looks at Different Aspects of Freak Shows in England and the US in the 19th Century." *History Magazine*. ibid. p. 19.
[3] 让-雅克·库尔蒂纳的编著《身体的历史 目光的转变：20世纪》归纳了19世纪末怪异展览的主要戏码，主要的赏异对象包括"怪物"（木棚里的畸形人或者特异动物、浸泡在广口瓶里的畸胎标本或者解剖学蜡像馆的性病理学展览）、"人类动物园"里的异域人或者原始行为模式、赝品之作或视错觉（"被斩后仍能说话的人""蜘蛛女""月女"）等。在"畸形身体：关于畸形的文化史与文化人类学"一文中，库尔蒂纳列举了法国、意大利以及美国同期上演的赏异展览。1878年12月25日，阿尔弗雷德·克拉森的美国马戏团经理人向巴黎警察局长提出申请，希望对方能批准其展出一个阿尔巴尼亚的猴女（小头畸形人），并称这个畸形人不会使观众产生任何厌恶情绪。他称他们会在一个合适的场合向公众展览且不会有伤风化；类似的申请于1883年4月7日在意大利被再次提出，一位侨民提请允许在某个广场、木棚或者展厅展出一个极为罕见的畸形人。

的畸形人表演极为卖座。在 19 世纪中后期至 20 世纪上半期的怪异秀行业中，P. T. 巴纳姆（P. T. Barnum）是一个响当当的名字。达尔文的《物种起源》出版后引发了西方人对包括自身在内的物种的好奇。在此知识背景下，巴纳姆开启了美国怪异秀的序幕，他抛出"这是什么？"（"What is it？"）的问题勾起了观众的好奇心，向外界展示了一个罹患头小畸形症的非裔美国男人，他称该男人是人猿向人类过渡中那"缺少的一环"（the missing link）。至此，怪异秀在达尔文式的修辞中被赋予了理性和启蒙的意涵，满足了维多利亚时期人们的观感刺激①。巴纳姆善于将珍奇异兽、异域人种、真假难辨的异象以及历史名人的身体进行展览，并伴之以颇具科普意味的演说，他最为著名的展示对象包括161岁女黑人奴隶希斯（Joice Heth）（该黑人妇女曾养育过幼年乔治·华盛顿）、斐济人鱼、瑞典著名女高音珍林·林德（Jenny Lind）、让人联想起小说《格列佛游记》中的小人国的侏儒、善于舞蹈的印第安人。除此以外，他的怪异秀展览中还包括在身体比例和样貌上与正常人呈现出巨大差异而现今被归入到残疾话语中的人们，例如，"1860年，巴纳姆的简易博物馆目录中列举了13项人类奇观，包括白化人家庭、小脑病患者、三个侏儒等"②，这些展览对象颠覆了人们对正常人的肤色、体型、遗传基因、性别等的认知印象，他们以有别于正常人的外貌和身体特征吸引着观众的目光。

这一时期，简易博物馆③（dime museum）、马戏团和博览会是美国怪异秀活动举办的主要平台。例如，巴纳姆在1841年收购了纽约的斯卡德斯美国博物馆，该博物馆地理位置优越，紧邻市政厅、报刊中心以及摄像馆，美国19世纪中后期的著名摄影师马修·布雷迪（Mathew Brady）的工作室就曾对巴纳姆的简易博物馆中展示的人类奇观进行视像记录，这些照片被巴纳姆存放在他的简易博物馆之中。"巴纳姆尽广告之能事，发挥其编织故事的才能，在博物馆外挂满了引人注目的旗帜，安排乐队在外奏乐吸引观众，这些实践成为当时举办怪异秀的标准。"④除了简易博物馆，怪异秀还

---

① Chemers, Michael M. *Staging Stigma: A Critical Examination of the American Freak Show.* New York: Palgrave Macmillan, 2008. p. 69.
② Bogdan, Robert. *Freak Show Presenting Human Oddities for Amusement and Profit.* Chicago and London: U of Chicago P, 1988. p. 33.
③ 简易博物馆（dime museum）是19世纪美国城市地区展现人类奇观的大型场所。
④ Bogdan, Robert. *Freak Show Presenting Human Oddities for Amusement and Profit.* ibid. p. 30.

在流动的马戏团和大型世界博览会中出现。"林林兄弟"(Ringling Brothers)和"巴纳姆和贝利"(Barnum and Bailey)是美国流动马戏团表演组织者的代表。对于居住在遥远乡村地区的人们来说,城镇市集里的马戏团是他们珍视的娱乐活动。据历史记载,"1850年至1900年间,马戏团的数量和规模呈现爆炸式增长"①,"在马戏团的主要活动开始之前,马戏团会在外围通向主要会场的小路上搭建椭圆形的帐篷,这些帐篷和主要的表演会场的入口之间的路段被称为'中途娱乐场'(midway)"②。在这些娱乐场中,各式各样的怪异秀被展出。除此之外,美国的博览会也将怪异秀作为吸引观众的一种手段,1892年在芝加哥主办的哥伦比亚博览会就曾安排名为"外国村"(foreign villages)的类似怪异秀的展演。值得注意的是,怪异秀大部分时候展示的是真实的奇观,但是为了吸引观众和营造噱头,怪异秀的承办者常常会在怪异秀中掺杂些许虚假成分,鼎鼎大名的怪异秀组织者巴纳姆也不例外。他曾带着他的艺名为"拇指汤姆"(Tom Thumb)的远房兄弟查尔斯·斯特拉四处巡游。巴纳姆教会他唱歌、舞蹈和模仿名人的表演技能。"斯特拉顿仅有两英尺高,但是巴纳姆却谎称其11岁而非5岁"③,以此拉开表演者年龄和其应有身高之间的差距,凸显表演者的特殊性,最终达到吸引观众注意力的目的。

然而,随着20世纪中后期海陆空交通工具的畅达,美国人对异域的想象力逐渐减弱,医学话语的兴起剥离了怪异现象原有的吸引人的光环,人们发现大多数恭顺的、不幸的个体是病理学上鲜少见到的个案……一个更具教养以及更为人性化的大众娱乐品位应该要拒绝这些展览,怪异秀热潮因此逐渐冷却。此后,很多怪异展览中的奇异客体成为医学审视的对象,民权运动中人们对残疾人群体的关注使得怪异秀中残疾人群体的表演遭到相当多的伦理诟病。公共空间中的怪异秀逐渐在20世纪中后期销声匿迹,但是它却在视觉文化繁荣的20世纪被作家们进行了语言再现。然而,不同于沉浸在怪异秀活动中的观者,她们在展现怪异秀的盛况之时,对关

---

① Fox, Charles P. and Thomas Parkinson. *The Circus in America*. Waukesha: Country Beautiful, 1969. p. 25.
② Bogdan, Robert. *Freak Show Presenting Human Oddities for Amusement and Profit*. ibid. p. 47.
③ Grande, Laura. "Strange and Bizarre: the History of Freak Shows: Laura Grande Looks at Different Aspects of Freak Shows in England and the US in the 19th Century." *History Magazine* 12. 1 (2010): p. 20.

注的赏异行为进行了批判。

第二节 怪异的他者身体

出生在怪异秀发展如火如荼的20世纪初的韦尔蒂察觉到了美国南方地区怪异秀活跃的踪影。韦尔蒂分别在摄影集和文学作品中对怪异秀进行再现。间接呈现是她在摄影作品和文学作品中再现怪异的身体的共同方式。在摄影中,韦尔蒂并没有对怪异的身体进行直接拍摄,而是以怪异秀广告中的怪异身体作为再现对象。在文学作品中再现怪异时,她以观者的角度再现怪异的身体,让观者揭开垂坠在观者与怪异他者之间那隐形的帘。正如她所说的,通过写作,我"以持续的热情……去揭开幕帘,而不是伸出手指倾吐判断和意见,我试图去揭开那垂坠在人与人之间那隐形的阴影,人们对他人的漠不经心的面纱"[①]。

一、韦尔蒂的摄影作品中的怪异身体

20世纪初,韦尔蒂在为公共事业振兴署工作期间频繁穿梭于美国南方的乡村地区并拍摄了很多照片,这些照片都被其收录在摄影集《一时一地:大萧条时期的密西西比州:一个快照相簿》(One Time, One Place: Mississippi in the Depression: A Snapshot Album,1971)。美国南方乡村地区的马戏团表演中的怪异秀受到了她的关注。然而,韦尔蒂的镜头并未对准怪异秀的表演者,而是通过拍摄宣传广告这种间接的方式记录这一社会现象。

在韦尔蒂看来,直接拍摄那些马戏团或者市集中的怪异人士"侵犯了他人的隐私",因此在以穿插表演为主题的照片中,韦尔蒂并未对真实发生的怪异表演进行捕捉,而是聚焦于宣传海报,以间接的方式再现怪异秀。在图3-1和图3-2中,名为"暹罗的牛"(siamese calves)和"人脸牛"(cow with a human face)"驴面女人"(mule face woman)的宣传海报中,"奇妙的"(wonderful)、"令人惊异的"(amazing)、"活着的"(alive)等带有煽动性的形容词与突破人

---

① Welty, Eudora. *One Time, One Place: Mississippi in the Depression: A Snapshot Album*. ibid. p. 12.

们对物种常规认识界限的文字描述如"两具身体、八条腿"(two bodies 8 legs)和"人脸牛"(a cow with a human face)与海报上的图片形成了语言和图像之间的互证,挑拨着人们渴望一探究竟的好奇心。

图 3-1　"穿插表演奇迹"("Sideshow Wonders, State Fair")①

图 3-2　"穿插表演"("Sideshow, State Fair"/Jackson/1939)②

摄影作品能够引发观者对怪异秀的关注,但是韦尔蒂更期望用文字去揭开(reveal)屏障,她认为"曝光是必要的,更为重要的是反思"③。与观看摄影作品带来的直接观看行为以及该种行为促成的猎奇行为相比,作者

---

① 该图片源自韦尔蒂的《一时一地:大萧条时期的密西西比:快照影簿》的第 80 页。
② 该图片源自韦尔蒂的《一时一地:大萧条时期的密西西比:快照影簿》的第 80 页。
③ Welty, Eudora. *One Time, One Place: Mississippi in the Depression: A Snapshot Album*. ibid. p. 12.

运用文字曝光怪异秀能够将读者与真实的怪异的身体区隔开来，读者在脑海中构建了怪异的身体，在对其进行想象的过程中反思自身的观看行为。通过对怪异秀这一视觉再现进行文字再现，韦尔蒂用文字展开了她对怪异秀的视觉再现，思考怪异秀中的二元对立的视觉伦理和种族构建。

二、韦尔蒂的文学作品中的怪异身体：二元对立的视觉伦理与种族建构

《绿帘和其他的故事》（*A Curtain of Green and Other Stories*, 1941）这部短篇小说集共收录了 17 部短篇小说，其中《石化的人》（"Petrified Man"）、《鲍尔豪斯》（"Powerhouse"）、《基拉，被遗弃的印第安少女》（"Keela, the Outcast Indian Maiden"）三部短篇小说从观者的角度描述了怪异秀中怪异的身体。前一部短篇小说从观者对怪异人身体的描述、讨论和自我辩解中暴露了那垂坠于观者和怪异他者之间的冷漠之帘，饱含了作者对怪异秀观赏的深刻的伦理反思；而后两部短篇小说则凸显了怪异身体背后白人基于种族偏见的视觉操演。

在短篇小说《石化的人》中，美发店里的美发师莉奥特（Leota）向弗莱彻尔太太（Mrs. Fletcher）讲述了自己和派克太太（Mrs. Pike）下班后观看的流动怪异秀细节。在对怪异秀的描述和与弗莱彻尔太太的询问与解答的过程中，作为正常人的观者与怪异秀中的表演者之间的二元对立一览无余。

利奥特首先和弗莱彻尔太太描述了怪异秀中的畸形胎，"讲到怀孕，你应该去看看怪异秀里的双胞胎，你亏欠自己一场怪异秀的观看机会"[1]，她调用肢体语言向她描述连体婴的样态："他们把这两个婴孩放在一个玻璃瓶子里，明白吗？他们一出生的时候身体就连在了一起——当然两个孩子在出生后就已经一命呜呼了，莉奥塔接着降低音量，以温和、抒情的语调描述道：'他们的身体有这么长'——不好意思——'他们一出生就是这个样子的'——有两个脑袋、两张脸、四只胳膊、四条腿，身体的所有部分都在这联结在一起。瞧，一张脸朝这边看，一张脸朝向了另一边，看，有些许的可怜。弗莱彻尔太太听后

---

[1] Welty, Eudora. *A Curtain of Green and Other Stories*. New York: Doubleday, Doran and Co., 1941. p. 39.

不由得发出了不满的咯拉（Glah）声。"①利奥特接着解释道这段畸形胎的父母是一对孪生兄妹。而听到该消息的弗莱彻尔太太便带着平静的语气对利奥特说"我和丈夫弗拉彻尔没有丁点儿血缘关系，要不然他是不可能娶到我的"②，利奥特同样向其回应自己和丈夫没有血缘关系。接着，利奥特意犹未尽地向她讲述侏儒人表演："怪异秀将这些侏儒弄到了这里来，派克太太对这些侏儒的表演十分着迷。你知道吗？世界上最小的。亲爱的，他们原地旋转，你都无法判别他们是站着的还是坐着的，这些侏儒会引发你的一些联想，他们大概42岁，设想一下它（it）是你的丈夫。"③弗莱彻尔立马反驳了利奥特的假设，称自己的"丈夫足足有5英尺9英寸之高，利奥特则接过前者的话辩解道自己的丈夫有5英尺10英寸之高"④。

　　二人对怪异秀中的连体婴和侏儒人的讲述、对话和辩护展现了她们对怪异人的好奇，无形之中用言语划分了自己作为健康人与这些怪异人之间的差异。在弗莱彻尔向利奥特询问派克太太看到这些侏儒表演时的态度时，利奥特迫不及待地向他描述怪异秀上她看到的另一个奇观——"石化人"："'石化人从九岁开始，进食的东西经过了消化道，营养流通到关节以后就全都变成石头了……他的头可以这样子转动，当然他的脑袋和他的思想不是连接在一起的——或者说还没有。但是，你看，他的食物，他食用以后，食物被他吞咽消化'——利奥特瞬间踮起了脚尖，'食物在他的关节处沉淀成石头，是石头——真正的石头，他石化了……他能够做的是慢慢转动脑袋大概四分之一英寸，当然，他看起来是非常地糟糕'。"⑤而这时，弗莱彻尔关心的是和利奥特同去观看该怪异秀的派克太太是否中意该表演。韦尔蒂虽未对表演者进行直接刻画，借用观者之口和听其述说怪异人身体特征的听者与前者的对话颇为讽刺地呈现了怪异秀下观者的冷漠态度。

　　在美国南方，怪异秀表演还成为种族建构的一种方式。在短篇小说《鲍尔豪斯》和《基拉，被遗弃的印第安少女》中，韦尔蒂揭开了南方白人观看怪异秀时的种族建构之帘。施密特（Peter Schmidt）称"在《鲍尔豪斯》这部

---

① Welty, Eudora. *A Curtain of Green and Other Stories*. ibid. pp. 39-40.
② Welty, Eudora. *A Curtain of Green and Other Stories*. ibid. p. 40.
③ Welty, Eudora. *A Curtain of Green and Other Stories*. ibid. p. 40.
④ Welty, Eudora. *A Curtain of Green and Other Stories*. ibid p. 40.
⑤ Welty, Eudora. *A Curtain of Green and Other Stories*. ibid. pp. 41-42.

第三章　视觉空间：视觉批判与风格创新

短篇小说中，我们可以窥见观者将怪异人置于种族主义的视域中进行观看，而非从他的本质出发"①。怪异人的身体成为南方白人观者对他者种族的操演空间。生活在小镇中的人们极为关注流动怪异秀的到来，"当任何组织、任何表演者来到了小镇上，人们都想跑出来围绕在表演者的周围，靠近观看，想要了解他们是什么？他们怎么了……他们会仔细地观看，很少倾听他们讲述的内容，尤其是当表演者讲着和他们不一样的语言内容时—不要错过这些表演者；这是唯一的幻想时刻也是最后的幻想时刻。他们待不了很久，明天的这个时候他们会出现在其他地方了"②。

在小说中，鲍尔豪斯是一个乐团的歌唱和舞蹈表演者，同在该乐团的还有"瓦伦丁（Valentine），一位从威克斯伯格（Vicksburg）来的皮肤如同沥青一般黝黑的低音小提琴手，瓦伦丁拉琴的时候会双眼紧闭，自言自语，还有一位叫小兄弟（Little Brother）的竖琴手，他喜欢鲍尔豪斯吟唱的任何歌曲"③。然而，鲍尔豪斯庞大的（monstrous）身躯和具有异域风情的长相激起了台下观众的想象，台上的表演和台下观众的"视觉操演"同时进行：

鲍尔豪斯在表演，他是从城里来这里巡演的乐团——"鲍尔豪斯和他的键盘"——"鲍尔豪斯和他的塔斯马尼亚人"……世界上没有人像他一样。你无法弄清楚他是谁。"黑人"？ 他看起来更像是亚洲人、猴子、犹太人、巴比伦人、秘鲁人，狂热的，他是个魔鬼。他有着浅灰色的双眸，深深的眼睑，蜥蜴的眼角，他睁开眼睛的时候，你可以发现他的眼睛很大，散发着热情洋溢的光芒。他还有着如同非洲人的尺寸大小的双脚，在舞台上表演时，他重重地跺着脚。他的皮肤不像煤块那样黝黑，而是和饮料的颜色一样——他不说话的时候看起来像一个牧师，但是他张开嘴巴的时候嘴巴却显得很大，流露出下流的神色。嘴巴不停地在抽动：就像猴子用嘴巴在寻觅着什么东西。他在舞台上进行着即兴表演，吟唱出舒缓的旋律—亲吻—他用嘴唇充满爱意地吟唱出旋律来。④

---

① Schmidt, Peter. *The Heart of the Story: Eudora Welty's Short Fiction*. Jackson: UP of Mississippi, 1991. p. 42.
② Welty, Eudora. *A Curtain of Green and Other Stories*. ibid. p. 256.
③ Welty, Eudora. *A Curtain of Green and Other Stories*. ibid. pp. 257-258.
④ Welty, Eudora. *A Curtain of Green and Other Stories*. ibid. p. 254.

这段观赏细节展现了观者对鲍尔豪斯的种族化和动物化的视觉操演，他们将有着深色皮肤的鲍尔豪斯与黑人类同，赋予其五官以动物的属性，他有着和蜥蜴的眼睛一样狭长的双眼。他的嘴唇抽动着，犹如用嘴巴寻找东西的猴子。在他们的眼中，鲍尔豪斯失去了自己的个人特征。在观者的视域中，他像亚洲人、犹太人、巴比伦人或者秘鲁人。鲍尔豪斯的表演（performance）以演唱和舞蹈的方式呈现，但是整个表演在白人观者的目光中成为他们对其身体进行种族化和动物化操演的空间。正如韦尔蒂在小说中提到的，"当你让他到这里为你表演的时候，你能感觉到的就是那样（When you have him there performing for you, that's what you feel），你了解舞台上的人——肤色更深的种族——他们异于常人、令人恐惧"①。

　　观者发现鲍尔豪斯所跳的舞蹈是"白人的舞蹈，但是鲍尔豪斯不像哈莱姆男孩一样炫耀自己的舞姿，他没有喝醉酒，没有做出疯狂的姿态……他一边倾听着音乐，一边表演，脸上呈现出丑恶的、强有力的狂喜之态。他的眉毛一直都在跳动，就像犹太人——犹太人那蜿蜒的眉毛。他一边表演，一边用手指敲击着钢琴和座位——身体不停地在跳动——还有什么比这些更为淫秽？他那硕大的脑袋、肥厚的肚子、像活塞一样的双腿，狭长、巨大的黄色手指，手指不动的时候犹如香蕉……"②。在观者的眼中，鲍尔豪斯的表演毫无美感，甚至充满了淫秽色彩，他那比例失调的身体成为他们关注的对象。在一次"白人舞蹈当中，没有其他人加入跳舞，而只有稀稀拉拉的几位爵士乐爱好者和两对年老的夫妇。每个人站在一旁观看着鲍尔豪斯的表演，有时候他们互相交换眼神，仿佛在传达这样一个信息：当然，你知道和他们一起共舞会是怎样的——黑人——乐队领导——他们会以同样的方式演奏，展现他们掌握的本领，为了一个……当任何人，不管是谁，倾其所有，只会让人对他感到惭愧"③。他们表演的"白人舞蹈"并没有受到白人的欢迎，其原因仅仅因为他们是白人眼中的黑人。

　　韦尔蒂曾表示自己的文学创作取材于生活但是大部分创作都建立在虚构的基础上，而短篇小说《基拉，被遗弃的印第安少女》的灵感则来源于她为公共事业振兴署工作时从一个博览会的帐篷搭建工人那听来的真实事件，

---

① Welty, Eudora. *A Curtain of Green and Other Stories*. ibid. pp. 254-255.
② Welly, Eudora. *A Curtain of Green and Other Stories*. ibid. p. 255.
③ Welty, Eudora. *A Curtain of Green and Other Stories*. ibid. pp. 258-259.

第三章 视觉空间：视觉批判与风格创新

"我将他讲述的故事进行了改写，这是一个关于嘉年华中黑奴被要求表演食用生鸡的事件，这样的故事太过惊悚以至于无法编造。"[1]小说讲述了两位白人男性造访曾经的怪异秀表演者黑人男性小李·罗伊（Little Lee Roy）的故事，二人在罗伊的家门口重忆他曾经的跨性别以及跨族群的"印第安食用生鸡"的表演。在两位白人男性的一问一答和基拉的沉默之中，往日的怪异秀场景被再现。不管是在当初的表演中还是两位白人对过往事件的回忆中，基拉/罗伊都是被白人观者压制话语权的对象，他的身体成为南方白人贯彻其种族和性别偏见的空间。

史蒂夫（Steve）和麦克斯（Max）二人来到了基拉的房子外，史蒂夫向麦克斯回忆起两年前帮助怪异秀的展览者宣传"印第安少女"的表演。在整个回忆过程中，当事人小李·罗伊只发出五次意义不明的"嘻嘻"（hee hee）声配合史蒂夫完成该事件的回忆。对罗伊的刻画在开篇集中在他的听觉方面，与小李·罗伊在过去的怪异秀中处于被动状况一样，小李·罗伊仍旧处于被观看的不平等位置。跛足的"小李·罗伊独自一人坐在门廊上倾听着树林里传来的鸣角鸦的啼叫，首先他听到了白人男性的说话声，他听到两个白人渐渐走近，他缩起脑袋，屏住呼吸，一只手向身后摸索着拐杖，认真地倾听着白人的脚步声"[2]。小李·罗伊所处的位置别具意义，他坐在略高于庭院的门廊中的椅子上，高于两位白人所处的庭院中的平地。当两位白人到达之时，"房子下面他家养的小鸡扑腾而出，在阶梯上面耐心地等待着"[3]，该场景营造出了往日怪异秀中他等待观者观看表演的情景：吃生鸡的人和生鸡。两位白人站在了小李·罗伊家门前回忆着整个事件，小李·罗伊通过发出"嘻嘻"的声音回应史蒂夫的叙述和麦克斯的质疑。史蒂夫回忆起他两年前在得克萨斯州跟着装载着怪异秀成员的车四处巡演，组织该怪异秀的成员在车子上安装了一根铁条，并告诫观众如果他们靠近表演者，它就会用铁条击打靠近他们的人以及它不会说话这样的虚假说辞向观众营造表演者野蛮暴力和智力低下的负面形象，可事实是这是怪异秀组织者的有意安排。在他们的安排下，"它被要求发出含混不清的话或者模仿动物咆哮"[4]，小

---

[1] Peggy Whitman Prenshaw, eds. *Conversations with Eudora Welty*. Jackson: UP of Mississippi, 1984. p. 5.
[2] Welly, Eudora. *A Curtain of Green and Other Stories*. ibid. p. 73.
[3] Welly, Eudora. *A Curtain of Green and Other Stories*. ibid. p. 73.
[4] Welly, Eudora. *A Curtain of Green and Other Stories*. ibid. p. 75.

李·罗伊第一次以"嘻嘻"回应。第二次回应出现在史蒂夫对小李·罗伊的表演戏码的描述中:"当它开始生吃活鸡的时候,它会发出很可怕的声音,你应该能够听到。"[1]就在麦克斯对所述内容抱有质疑并向小李·罗伊询问:"表演的人是你吗?"[2]小李·罗伊第三次发出"嘻嘻"声。史蒂夫回忆一位白人登上表演舞台靠近小李·罗伊,而他并没有如怪异秀的组织者所说的会对他人发起暴力攻击,小李·罗伊再次发出了"嘻嘻"的声音;当白人揭穿了整个表演的真相,怪异秀组织者因此锒铛入狱,而小李·罗伊被观众发现并非印第安女孩,而是一位被强迫穿着红裙和红袜,全身被颜料涂得通红的黑人男性时,小李·罗伊最后一次以同样的声音进行了确证。

可以发现的是,无论是在怪异秀的真实表演过程中,还是史蒂夫的当场叙述中,小李·罗伊都未能运用清楚、逻辑顺畅的语言讲述自己的经历,而只是以不明所以的声音确认白人对过往事件的回顾。怪异秀的表演者小李·罗伊是被禁言、需要配合白人指令进行表演的印第安少女基拉;作为史蒂夫口述的怪异秀事件的证人,他重拾起他过往沉默的表演者的身份。然而,他对白人讲述的内容和疑问的应和又以一种极具讽刺的方式展现了他当初被迫进行表演的经历。韦尔蒂在小说结尾处设置了一个反转,两位白人离开之后,小李·罗伊首次开腔对他归来的孩子说道:"今天你们外出的时候家里来了两个白人,但是他们并没有进屋而是和我说起过去我在马戏团时的事情。"[3]小李·罗伊的言说的能力与怪异秀中被刻意安排的"沉默",两位白人在场时的沉默和他发出的不明含义的声音形成了强烈的反差,揭示了南方种族偏见建构下处于他者地位的罗伊的被动局面。

三、梅森的赏异书写

同样,作家鲍比·安·梅森也关注了 20 世纪受人关注的怪异秀。她的小说《羽冠》(*Feather Crowns*)就围绕怪异秀中的活动展开,小说以七个章节架构情节,依次为:"出生 1900 年 2 月 26 日""欲望 1890 年—1899 年""婴孩 1900 年春""暗火 1900 年夏""旅行 1900 年秋""荣誉 1937 年秋"

---

[1] Welly, Eudora. *A Curtain of Green and Other Stories*. ibid. p. 75.
[2] Welly, Eudora. *A Curtain of Green and Other Stories*. ibid. p. 76.
[3] Welly, Eudora. *A Curtain of Green and Other Stories*. ibid. p. 84.

第三章 视觉空间：视觉批判与风格创新

"生日 1963 年"。该小说讲述了一个普通南方家庭因为生了五胞胎被当作一场公共观赏事件的故事，女主人公克里斯蒂娜（Christina）在 1900 年的一天相继诞下五胞胎的消息轰动地方并获得了全国的关注，很多人慕名前来观看该异象，然而，因为五胞胎的父母疏于对婴孩的照顾和医疗技术水平低下的缘故，五胞胎不幸一一丧生。出于"教育"大众的目的，五胞胎死后用以巡游展览，第五章"旅行 1900 年秋"描述了包括五胞胎的展览在内的怪异秀的节目，专业的经理人带着克里斯蒂娜和五胞胎在美国南方进行流动的怪异秀展演，最终克里斯蒂娜将五胞胎交给了致力于研究人体差异的"人类研究所"（Institute of Humanity），让其免受观者目光的亵渎。

梅森在小说中多处营造出浓厚的全民赏异的氛围，惠勒家族中的布恩（Boone）对收集珍奇异像展露出浓厚兴趣，他所收藏的照片不仅仅包括政治家、将军、演奏家。有趣的是，这些照片还包括一些怪异人士，如"侏儒、非洲的布须曼人、巫医以及若干嘴唇中放置大浅盘、耳朵上垂坠着果酱罐的异族女人的照片"[1]，布恩的囊括了天赋异禀、发育异常和来自遥远异域人种的照片集很容易让人将其与同时期巴纳姆的简易博物馆相联系。在人类学以及医学话语兴起但尚未完成对人类差异做出合理的科学解释的 20 世纪初，美国国民对具有差异特征的个体的理解常常基于个人的主观偏见和感知，这在某种程度上为个体差异的怪异化转化提供了滋生的土壤，被展者被施加身体的他者性（corporeal otherness），该种他者性正是赏异行为发生的内在根源。

惠勒家的五胞胎是美国国内首例多胞胎，它打破了美国国民对人类生殖极限的认知，引起众人对其的观赏兴趣。五胞胎以及其父母因此一跃成为地方乃至全国目光的焦点，被卷入全民赏异的视觉旋涡之中。美国南方文学研究学者波拉克（Harriet Pollack）曾指出，"梅森的小说《羽冠》展现了奇观时代的诞生（the emergence of an age of spectacle）"[2]，克里斯蒂娜的五胞胎的诞生激发了人们的赏异情趣。在当地，惠勒家附近的邻居在得知克里斯蒂娜诞下五胞胎后纷纷前来观看，霍普韦的市长为了表彰克里斯蒂娜为地方带来

---

[1] Mason, Bobbie Ann. *Feather Crowns*. New York: Harper Collins, 1993. p. 160.
[2] Pollack, Harriet. "From Shiloh to In Country to Feather Crowns: Bobbie Ann Mason, Women's History, and Southern Fiction." *The Southern Literary Journal* 28. 2（1996）: 103.

的广泛关注赠予了她标有"年度母亲"的卷轴；另外，新闻媒体对该事件的报道将其演化为跨越州界并闻名美国的奇观。"霍普韦尔报"（*Hopewell Chronicle*）的詹金斯先生（Mr. Jenkins）带着读者的期待前来问询五胞胎的体重、出生时间等细节。"他一边做笔记，一边注视着小孩，同时又为自己屡次偷看五胞胎而致歉。"[①]圣路易斯的报刊记者约翰·W. 罗伯兹（Mr. John W. Roberts）闻讯而来意图"眼见为实"，并称赞五胞胎为"世界奇迹"（a wonder of the world）[②]。新闻讯息的快速传递吸引了各地的人们纷纷搭乘火车来到小镇以求一饱眼福。克里斯蒂娜对蜂拥而至的观者深感诧异："即使在工作日，人们精心打扮如同周末一般来拜访她。"[③]克里斯蒂娜的一举一动成为陌生访客观察的对象，访客窥探的目光使得她感到自己的隐私受到侵犯，"在人们的注视下，她感觉自己瘫痪了，全身赤裸宛如被拔去体毛的雏鸡"[④]，并开始注重自己的外在形象以此迎接前来目睹奇观的陌生人。惠勒家的瓦德（Wad）更是将该展览演化为一场小型商业交易，对前来猎奇的观赏者收取门票。在全民赏异的氛围当中，生命奇观沦为商品展览。瓦德在南方经济困顿、重建效果尚未凸显的情况下挖掘出五胞胎奇观背后的盈利潜力，他向克里斯蒂娜劝诫道，"你得向人们展示世界奇迹。我们必须从中获得我们能够得到的东西"[⑤]。惠勒家成员合力组织该小型展览，取得了 1 个小时接待 413 位访客的"佳绩"。然而，五胞胎因为体质不佳且频繁被往来的访客和摄影师摆布，很快便纷纷殒命。但颇为诡谲的是，民众对五胞胎的观赏并未因为其丧生而结束。赏异行为从家宅空间向公共空间延伸，麦凯恩（MacCain）伙同其他人员劝服惠勒夫妇参与到美国南方的"展览日游行"之中。

如果说惠勒家族在家宅中进行的是非正式的怪异展览，那么配备有专业展览器材以及演讲说辞的团队则让惠勒夫妇以及其死去的五胞胎被卷入到名副其实的怪异秀中。在此过程中，五胞胎和其他的人类异像被"怪异化"（enfreak）。汤姆森（Rosemarie Garland Thomson）在对 19 世纪中期到 20 世纪前半期美国的怪异展演活动进行研究后总结出怪异展览的内在

[①] Mason, Bobbie Ann. *Feather Crowns*. ibid. p.117.
[②] Mason, Bobbie Ann. *Feather Crowns*. ibid. p. 137.
[③] Mason, Bobbie Ann. *Feather Crowns*. ibid. p. 165.
[④] Mason, Bobbie Ann. *Feather Crowns*. ibid. p. 166.
[⑤] Mason, Bobbie Ann. *Feather Crowns*. ibid. p. 171.

运行机制，即"怪异化从一系列的文化仪式中演化而来，这些仪式将被猎捕的怪异人物和被马戏团控制并借以获取商业盈利的人的身体程式化和差异化，并剥夺这些对象的话语权（silence），将其与大众拉开距离（distance）"①。在该机制的运行下，展览者的展演技能以及观者对他者身体的想象和探寻使得人类个体的客观差异被贬至怪异，成为具有猎奇心理的观者的消费和窥探对象。

从被动地在家宅中进行小型展览到成为流动的赏异展览的一部分，克里斯蒂娜的身份在"被观者"和"观者"之间频繁滑移，最终在对其他赏异对象的观察行为中觉悟赏异的本质，开始领悟生命个体的差异，实现了从"观者"到"抗观者"的角色转换。

汤姆森提炼出怪异秀中常见的程序，分别为口头的展览说辞（oral spiel）、捏造的或是带有幻想性质的关于怪异者的生平和身份的文本描述（宣传册或者新闻广告）、展演（staging）以及展现怪异者形象的图画或是照片②，这几个程序承担了各自的职能，引人入胜的宣传说辞扮演着吸引观者注意力的作用，被展者背后的故事描述则便于观者将眼前的形象和听到的文字描述相联系，展演和各色图像又进一步为观者眼见为实提供现实印证。带领惠勒夫妇巡游的展览者麦凯恩（McCain）谨遵这数条展览程序。首先，他运用夸张的广告宣传如"'五百年来最伟大的奇迹''五个孩子在一夜之间被一个母亲所生''看看五胞胎的父母本人、听听著名教育家和演讲家关于五胞胎现象的演讲'"③渲染五胞胎不寻常的背景以及该展览所具有的实用价值，吸引观者来了解怪异秀背后的科学意义；其次，为了增进其讲演的可信度，麦凯恩在展演的桌子上布置了五胞胎的相册、孩子生前使用过的奶瓶、尿布等小物件，在观者心中建立起这些物件与五胞胎之间具体、生活化的联系。然而，与最初出于"教育"大众目的的预期相左的是，付费前来观赏的客人只一味惊叹于被现代防腐技术加工后五胞胎的逼真样态，充耳不闻五胞胎背后的故事。更为甚者，麦凯恩在介绍婴孩时刻意"省略具体的医学细节和历史比较步骤并改变演讲说辞来顺应不同群

---

① Thomson, Rosemarie Garland. *Freakery: Cultural Spectacles of the Extraordinary Body*. New York: New York UP, 1996. p.10.
② Thomson, Rosemarie Garland. *Freakery: Cultural Spectacles of the Extraordinary Body*. ibid. p. 7.
③ Mason, Bobbie Ann. *Feather Crowns*. ibid. p. 324.

体"① 的期待，以此穷尽丰收时节当地观者的口袋。

　　值得注意的是，克里斯蒂娜在该过程中并非只是"被观者"，在种类繁多的赏异展览中，作为被观者的她也难以抵挡赏异的诱惑：她惊诧于婆罗洲的蛇女与群蛇互动的奇观以及巫医的表演。然而，就在其观看半男半女的查理·卢·皮克勒斯（half-man, half-woman Charley Lou Pickles）的双性人表演时，克里斯蒂娜首次觉悟怪异化所带来的触动。当双性人皮克勒斯解开其宽松的东方长袍，展露出他微小紧致的胸部时，一位看客用"它"这个物化的称呼指代该双性人，克里斯蒂娜"从未听到一个成年人被冠之以'它'这个指代词"②，该指代词模糊了人与非人、生理男性与生理女性之间的界限。格罗斯（Elizabeth Grosz）认为怪异具有模糊的性质，"它将我们社会生活中用以进行身份界定的诸多范畴以及二元对立陷于险境，'怪异'指那些存在于我们借以定义自我的二元对立范畴之外或是蔑视该种对立的人身上"③，这种挑战既定二元对立认知的观赏对象将观者陷于诱惑与抗拒的阈限空间之中。就在该双性人按照演讲员的指示挥动着长袍时，她注意到"旁观的女人十分兴奋，就像大众观看自己死去的五婴孩一样观赏该双性人，让克里斯蒂娜更为失望的是，她意识到自己也是贪婪地观看该表演的一员"④。此刻，克里斯蒂娜觉悟自己与怪异展览者实质上别无二致，主动观看怪异展览的自己与如饥似渴、意图穷尽视觉"愉悦"的观者类同。

　　虽然克里斯蒂娜顿悟了其五胞胎被"怪异化"的事实，但它并未能改变他们不再接受大众目光检视的命运，直至克丽斯蒂娜在霍尔姆斯（Mr. Holmes）家的餐具柜上瞥见了关于生命以及生命起源的书籍，她翻阅了《征服体液》《动物生命百科全书》《身体年鉴》这些书籍后对生命起源以及物种之间的差异形成了一番新的认识。科学研究将异象纳入客观、科学的差异呈现而非主观的、以取悦人双眼的"怪异"建构，它启发克里斯蒂娜去反思生命个体之间的差异，并最终决定将五胞胎交由以"认识差异以此理解差异"为创办宗旨的"人类研究所"保管并允许其进行科学研究。

---

① Mason, Bobbie Ann. *Feather Crowns*. ibid. p. 350.
② Mason, Bobbie Ann. *Feather Crowns*. ibid. p. 365.
③ Grosz, Elizabeth. "Intolerable Ambiguity: Freak as/at the Limit." *Freakery: Cultural Spectacles of the Extraordinary Body*. New York and London: New York UP, 1996, p. 57.
④ Mason, Bobbie Ann. *Feather Crowns*. ibid. p. 365.

小说在最后两章将叙事时间分别转至 20 世纪 30 年代和 60 年代。"随着该时期美国科技以及地理发现的进步和变化、其他娱乐形式的竞争、人类差异的医学化研究和公共趣味的转变"[1]，美国的以异域人种和以往作为赏异对象但现今被归入残疾话语范畴的表演在数量以及受欢迎程度上都呈现出锐减的趋势。"怪异人"的差异性逐渐被纳入视觉伦理规范以及医学研究的范畴之中，怪异人的主体性在某种程度上得到了认可。然而，梅森对于赏异行为仍持有批判的态度。小说结尾穿插了年逾 50 岁的克里斯蒂娜应邀前往加拿大观赏该国的"迪翁（Dionne）五胞胎"的展览，五胞胎被安置在全景式 U 形屋子中，内外可视的 U 形玻璃装置体现了视觉权力对五胞胎身体差异的调控，而透明的玻璃装置则方便了观者对奇观的观赏，该种结尾的设置暗含梅森对赏异所持有的批判态度，即人类对具有差异的对象的观看不会终止，克里斯蒂娜最终选择独自离去而拒绝与五胞胎的母亲见面展现了其对赏异现象的抵触。

第三节　美丽的身体

除了怪异的身体这一观赏对象，美丽的身体也吸引着当代南方人的目光，美丽的身体暗含了现代大众经济和美国南方之间的双向融合，南方女性对身体进行的美化体现了大众审美文化的入侵；另一方面，南方的选美竞赛中美丽的身体暗含了南方融入商业经济的主动性。

一、美化身体：大众审美经济的入侵

流动的美妆销售员和流行杂志是现代大众审美规则传播的主要媒介，规训着南方女性的身体。

在短篇小说《利薇》（"Livvie"）中，女主人公利薇（Livvie）在嫁给所罗门之后居住在远离外世喧扰的那切兹小径（Natchez Trace）。"利薇的行动范

---

[1] Bogdan, Robert. "The Social Construction of Freaks." *Freakery: Cultural Spectacles of the Extraordinary Body*. Ed. Rosemarie Garland Thomson. New York and London：New York UP, 1996. p. 23.

围被丈夫限制在自家的养鸡场和水井周围,更远的地方她是不能去的。"[1]即使利薇居住在这样偏僻的地方,化妆品推销员玛丽小姐(Miss Baby Marie)仍然从"没有马路铺陈的地方驱车而来(come without a road)"[2]向利薇推销化妆品。利薇从窗缝隙里看到玛丽小姐时,"觉得她看起来很年轻,接着又觉得她面露老态",这种印象的变化得益于化妆品在玛丽的脸上产生的神奇效果。就在玛丽当着利薇的面慢慢地开启装满化妆品的箱子之时,利薇发现玛丽小姐的脸上吸聚着光芒,"她脸上涂抹了白色的脂粉和腮红……一缕红色的头发从她的阔边帽中弹了出来"[3],从该段描述可知,玛丽嘴唇处的皱纹暗示了她并不年轻,但是彩妆产品的运用却让她的面庞散发出迷人的光泽,吸引了利薇的注意力。"利薇恭敬地看着玛丽小姐和她手中的手提箱,她从裙子口袋里掏出了钥匙打开了手提箱……把里面的瓶瓶罐罐陈列在茶几、壁炉台、有靠背的长椅以及风琴上。"[4]玛丽小姐仿若商店中的销售员一般在她面前展示品类繁多的化妆品。接着,玛丽像释放魔法一样伸展开自己握有金色包装的口红的手,一阵香味瞬间从口红中散发出来。从来没有接触过化妆品的利薇在涂抹上这支口红之后,"瞬间感觉自己春风拂面,她面带慵懒的笑容,仿佛看到了楝树上的紫色云朵,楝树颜色暗沉、质地顺滑,叶子长得很整齐,就像院子里面的几内亚母鸡身上的毛一样"[5],利薇在涂抹完口红后的想象颇具魔幻现实主义色彩,仿佛一段充满浪漫幻想的美妆广告。

在史密斯的小说《花哨的步伐》(*Fancy Strut*)中,时尚杂志中的广告宣扬了大众的审美观念。小说中,莫妮卡(Monica)沉浸在烘干机下由杂志所创造出来的欲望世界中:"莫妮卡坐在头发烘干机下,这里是安全且私密的,你可以在这里做任何你想做的事情。她阅读着露西尔·鲍尔(Lucille Ball)关于裸露的看法,史蒂夫·麦奎因(Steve Mcqueen)生命中最感人的瞬间……接着她把杂志翻到最后一页,漫不经心地阅读上面五花八门的广告:'去掉你不想要的毛发''我重达326磅,看看我现在''皱纹去除之星''在10天内增加你的胸围线',所有的这些广告带着淫秽但是又充满了乐观的色

---

[1] Welty, Eudora. *The Collected Stories of Eudora Welty*. New York and London: Harcourt Brace Jovanovich, 1980. p. 232.
[2] Welty, Eudora. *The Collected Stories of Eudora Welty*. ibid. p. 233.
[3] Welty, Eudora. *The Collected Stories of Eudora Welty*. ibid. p. 233.
[4] Welty, Eudora. *The Collected Stories of Eudora Welty*. ibid. p. 233.
[5] Welty, Eudora. *The Collected Stories of Eudora Welty*. ibid. p. 233.

彩。"①这些针对改善女性身形和外貌的广告从侧面传达出大众社会对女性体型和外貌的期待，阅读着杂志的"莫妮卡并不介意自己的胸围线有所增加……接着，莫妮卡翻到了布满弗雷德里克好莱坞女性贴身内衣②（Frederick's of Hollywood lingerie）广告的页面，有着圆润双腿的金发女郎的胸脯像篮球一样充斥着整个杂志的页面，她们身着令人惊奇的服装，模特的胸部在内衣的挤压下丧失了正常比例……提高臀线的衬垫被腰部和大腿处的带子连接起来。广告上写着'这些仅仅是样本'，如果你想获得更能激发想象的内衣，只需要向我们支付一美元索要彩色的目录申请，我们就会把它用棕色包装纸包装寄到你家门口"③。

流动的化妆品推销员和时尚杂志向女性传达出大众流行的审美标准，从面部装饰、身材和体型多方面对女性下达"美丽准则"，将其吸纳进美丽经济的循环之中。

二、美丽的身体背后南方融入现代经济的主动性

美丽的身体除了是大众审美经济传达审美理念的载体，隐含了审美经济对南方女性身体的入侵，它还是美国南方融入现代经济的媒介。史密斯和泰勒都在其小说中描述了南方的选美竞赛，史密斯的小说《花哨的步伐》描述的南方女性选美竞赛剥离了南方淑女选美的文化内涵，以"预售票"的多寡决出胜负的比赛机制暗示了斯比得小镇主动融入现代经济的主动性；泰勒的小说《尘世所有物》（*Earthly Possessions*）中农产品博览会中的幼童选美展现了20世纪美国南方在农业经济现代化的成果。

选美竞赛在美国南方有着深厚的文化根基，它与南方人承袭欧洲的骑士文化和丰收典仪有关。美国南方沿袭了欧洲的五月节庆典，在该节日庆典中，脱胎于中世纪的骑术比赛的"环形联赛"（ring tournament）以南方白人男性的骑术竞赛拉开帷幕，以五月选美皇后的加冕结束（the crowning of a queen），这些庆典凸显了骑术竞技背后骑士的男性气概与以个人样貌、

---

① Smith, Lee. *Fancy Strut*. New York: Harper & Row, 1973. p.129.
② 好莱坞的弗雷德里克曾经是美国知名的内衣连锁店，在全美的多个商场都有专柜，但是在2015年宣布了破产。
③ Smith, Lee. *Fancy Strut*. ibid. p. 129.

体型和气质为判别标准的南方淑女的文化意象。布莱恩（Roberts Blain）称："19 世纪的南方人通过沿袭这一系列传统，将自己想象成被移植到新世界的'旧世界贵族'的兄弟姐妹。"①在"女子学校的五月节庆典（May Day Celebrations）中人们会给美丽的年轻女子加冕以示春天的到来，该种仪式一直持续至 20 世纪"②，五月节庆典中挑选选美皇后的习俗是当今美国南方选美竞赛的文化雏形。

随着内战南方战败后南方的发展轨迹逐渐并入美国的经济轨道，南方地区仍旧流行一些选美竞赛，但是它却渐渐失去了原本的选美文化内涵。史密斯的小说《花哨的步伐》中的选美比赛以"票选"多寡决定优胜者的竞赛机制消解了艾奥娜小姐（Miss Iona）所代表的南方淑女以道德和品性为评判标准的选美传统，该选美竞赛背后的实质是商业利益循环。在小说中，斯比德（Speed）小镇为了庆祝小镇成立"一百五十年"的庆典，举行了包括历史重演、游行和选美活动的纪念活动。然而，整场选美却沦为一场打着选美的幌子进行商业敛财的活动。选美竞赛的工作人员卢瑟（Luther）预先向参加选美的南方女士们说明该场选美活动的实质："严格说来，从商业的角度来看，这场选美要不成功，要不被弄砸，这是一个大工程；它需要巨大的预算来促成其运转。资金的来源则是这场奇观所积攒的预售票（advance sale of tickets）。"或者更为准确地说："斯比得小镇的这次选美竞赛并不是一个选美竞赛，也不是一个才艺秀……这场竞赛的冠军将会是能够卖出最多预售票的女士。"③而对于生活在该小镇见证了 50 年前的小镇选美比赛的艾奥娜女士来说，这样的选美活动丧失了原本的文化内涵，她想起五十年前她曾经陪伴妹妹尤金妮亚（Eugenia）参加百年庆典活动中的选美皇后竞赛的景象："尤金尼亚被冠以选美皇后的桂冠，整个庆典在室外一个被山核桃树覆盖的幽谷中进行，周围环境苍翠幽绿，孩子们穿着白色套装围着花柱翩翩起舞。整场选美是由主持人用拉丁语主持进行的，弥漫着金色的气氛……被选为选美皇后的尤金妮亚接受人们精心挑选出来的女士为其戴上花环。"④艾

---

① Roberts, Blain. *Pageants, Parlors, Pretty Women: Race and Beauty in the Twentieth-Century South.* Chapel Hill: U of North Carolina P, 2014. p. 108.
② Roberts, Blain. "A New Cure for Bright Leaf Tobacco: the Origins of the Tobacco Queen during the Great Depression." *Southern Cultures* 12. 2（2006）: 32.
③ Smith, Lee. *Fancy Strut.* ibid. p. 67.
④ Smith, Lee. *Fancy Strut.* ibid. p. 68.

第三章　视觉空间：视觉批判与风格创新

奥娜印象中的选美竞赛和南方白人对欧洲的五月节民俗传统紧密联系在一起，在选美环境、选美过程中，人们围着五月柱进行的舞蹈以及用象征繁殖能力的花环加冕，使得整个选美活动充满了浓厚的仪式感。然而，五十年后斯比得小镇的庆典中的选美竞赛完全脱离了之前的欧洲习俗传统，转而演变为一场以"票选"多寡为制胜机制的活动。小说中没有对选美活动的细致刻画，而是列举了排名前十的选美竞赛者背后的投票群体。例如，"沙伦（Sharon）获得了自己就读的高中的足球队队员们的选票支持，珍妮弗（Jennifer）的预售票来她父亲造纸厂的员工的投票，安妮（Anne deColigny）获得了承办小镇庆典的怀特公司的（White Company）的选票"[1]。最终，"不知道自己卖出多少预售票的安妮获得选美竞赛的冠军"[2]。实质上，艾奥娜生活的小镇早已不复以往，50年前艾奥娜女士家的房子位于城镇的边缘，可现在它已经变成了城镇的中心。"巨大的百事可乐的霓虹灯的光芒倾洒在城市广场中由大理石修建的邦联少校的雕像上。在霓虹灯的光照下，该少校的脸上整晚散发着粉红的光泽。目之所及之处都是'时代的痕迹'（signs of the times）"[3]，曾经那再现南方淑女神话的选美竞赛的文化内涵被剥离，成为斯比得小镇融入现代经济浪潮的媒介。

泰勒的小说《尘世所有物》中乡村博览会上的"幼童选美"蕴含了美国南方"女性/土地"的生殖/生产的隐喻，幼童选美背后暗含的是美国南方乡村地区融入美国现代农业经济的主动性。从19世纪初开始，美国南方的农业生产活动者们开始定期参加当地的农业博览会，该博览会一方面是为了促成当地人们的日常社交，另一方面则方便推动乡村地区的人们了解农业技术的最新进展。到了19世纪70年代，大多数南方州的农业协会开始复兴州博览会。在其后的五十年里，从事农业劳动的南方人都会定期去博览会学习最新的农业劳作技能并展示他们的农业成果。新政时期，被罗斯福称之为美国"第一号经济问题"的美国南方在相关经济和促进其生活现代化的项目和政策的推动下逐渐融入美国资本经济的流动中，较为著名的经济项目和政策包括联邦拓展服务项目（Federal Cooperative Extension Service）和家庭示范项目（Home Demonstration Agent），这些项目虽非针对推动美国南方经济进步和提升南方

---

[1] Smith, Lee. *Fancy Strut*. ibid. p. 202.
[2] Smith, Lee. *Fancy Strut*. ibid. p. 302.
[3] Smith, Lee. *Fancy Strut*. ibid. p. 6.

155

乡村生活水平而制定，但是其实施对象涵盖的是美国乡村地区。因为美国南方主要以农业经济为主，乡村人口占据了相当大的人口比重，这些项目的实施在促进美国南方地区农业生产方式的变革、效率的提高以及推动家庭生活方式的现代化转变中发挥了明显的作用。"'联邦合作拓展服务'这一组织的成立延续、强化了乡村博览会中人们通过接受农业方面的教育和进行农产品竞争的传统。在这一机构的赞助下，由各州提供土地建立而成的大学培育的男性拓展专员（male extension agents）和女性家庭模范专员（home demonstration agents）被分派到全美各个以农业为主的地区，他们负责帮助人们实现更具生产力的生活。"[①]"在任务分工上，男性拓展专员主要负责教授乡民以科学、高效的方式培植高级农作物和优良的畜牧工作，而女性专员则负责教导乡村女性如何创造舒适的家庭环境以及高效地完成家务劳动。"[②]以农业经济为支柱且生活方式较为滞后的美国南方各州无疑成为开展这些项目的重要阵地，展现新的生活方式和农业生产成果成为乡村博览会上的重要戏码。布莱恩称："参加农业博览会的女性们不仅仅希望向众人展现自己能够种植出优良的西红柿，同时还能够培育出优良的身体。"[③]

在小说《尘世所有物》中，女主人公夏洛特幼时就曾参加过乡村博览会中举办的儿童选美（The Beautiful Child）："1948年的乡下，现在我想起来整个画面如同'迪克和珍尼'故事书中那般祥和有序。孤独的汽油泵，铺满鲜花的地板，整个地面就像五彩斑斓的床单，树叶正慢慢地泛红、变黄。露天市场入口处的广告牌上有一位嘴上涂着口红的家庭主妇，她手指弯曲着，双手举着一瓶自制的果酱。"这段描述呈现了乡村博览会上常见的内容，广告牌上家庭主妇"自豪地手举着自制果酱"的姿态凸显了南方女性对自制农产品的自豪感。夏洛特参加的儿童选美竞赛是"科莱丽翁乡村博览会（Clarion County Fair）——骄傲时刻（A Time for Pride）"[④]的组成部分，该博览会除了展现出该地的农畜产品成果，同时幼童选美竞赛也展现出南方融入现代农业经济的积极性。据夏洛特的回忆："选美竞赛是在农产品楼

---

① Roberts, Blain. *Pageants, Parlors, Pretty Women: Race and Beauty in the Twentieth-Century South*. ibid. p. 118.
② Roberts, Blain. *Pageants, Parlors, Pretty Women: Race and Beauty in the Twentieth-Century South*. ibid. p. 118.
③ Roberts, Blain. *Pageants, Parlors, Pretty Women: Race and Beauty in the Twentieth-Century South*. ibid. p. 119.
④ Tyler, Anne. *Earthly Possessions*. New York: Ivy Books, 1993. p. 29.

（Farm Products Building）中被茄子和黄油块装饰的舞台中进行，我不记得比赛本身，但是我记得那个建筑，整栋建筑相当空旷，屋顶有回声，裸露着钢制的椽，站在我旁边的小女孩因为太冷腿上被冻出了各种斑点，她十分担心裁判会认为她生来腿上就有斑点而扣分。"① 夏洛特在获得冠军以后，"每天3点到6点（放学时间）都被安排坐在平台上一把摇摇欲坠的金色椅子上。头戴纸冠、手握权杖，而这个权杖实质上是一个被片状物装饰的热狗烤肉叉，她现在仍然还记得这一切，桌子上每个盘子都摆放了南瓜，头戴帽子、腰间系着围裙的女士们向果酱投去了斜视的目光，路过的孩子们手里拽着牵线气球，上面写着赫斯牌好肥料（Hess Fine Fertilizer）"②。选美儿童冠军和摆放在她跟前的农产品形成了视觉共谋，暗示了乡村博览会意在通过健康完美的儿童以及丰硕的农作物展现南方土地的孕育功能，突出南方在美国农业经济现代化进程中的主动性。

第四节　视觉化的日常生活：现代视觉媒介与文学创作的嫁接

20世纪中后期，随着照相机、摄像机、监视器、电视机等现代视觉媒介在美国南方的普及，南方人的日常生活逐渐陷入视觉媒介构成的旋涡之中。受这一时期视觉文化的影响，韦尔蒂、梅森和泰勒不自觉地在其书写过程中运用现代视觉媒介所塑造的观看方式和观看体验实现文本层面中语与象的生动糅合，形成了视觉化的写作风格，展现了视觉媒介统摄下南方人的视觉日常。从韦尔蒂借鉴摄影技法中的框架展开故事的叙事到梅森笔下人物自身的语象建构力，再到泰勒的小说中拥有自主视觉观察的人物，南方作家在多重的语象嵌套中进行风格创新，为读者创造了视觉化的阅读体验。

一、框住故事

韦尔蒂本人曾表达过视觉化的创作理念："我必须从摄影走向小说，那是

---

① Tyler, Anne. *Earthly Possessions*. ibid. p. 30.
② Tyler, Anne. *Earthly Possessions*. ibid. p. 30.

你仅有的可以揭开人与人之间的面纱（veil）的方式，它的目的不在于揭露意象而是从内部（from inside）展现主体和作者之间的关系。"①通过运用摄影技术中的框架技法，韦尔蒂将作者的视角内置于小说中人物的视角，在人物的观察中建构文本世界。

在短篇小说《六月独奏会》（"June Recital"）中，窗户是天然的叙事框架。常年卧病在床、无法外出的男主人公洛奇（Loch）透过窗户这一天然框架探索外部世界，在他的卧室对面是一栋"有着六扇窗户的房子，一楼有两扇窗户，二楼有四扇"②，"对面屋子的房间是他梦中的自由世界，在那里他如同西部牛仔般狂野，在那里他的父母不会经常进来用手触碰他的额头测试其体温——他们也不会一人刚打开屋内的风扇而另一人又过来将其关掉"③。通过肉眼和父亲的望远镜，洛奇获得了观看的权力。如同他所说的"他用肉眼和望远镜看到了他们，每一次他都把他们据为己有，他们是属于他的"④，他借助肉眼和望远镜探视对面窗户这一框架构造出来的世界："现在空房间中有三个人——他思索着屋里面的这个老妇人会不会将另外两个人驱逐出去。当客厅的枝形吊灯被点亮，他感到一丝疑惑，他将望远镜对准了对面的窗户，皱着眉头用望远镜观察眼前发生的一切，他发现老妇人在客厅里行走，穿梭在凳子之间，路过钢琴。他看不到她的双腿，老妇人就像一个装有轮子、上了发条的玩具，被'脚下的轮子'带到客厅的角落，侧身路过物件的边缘，然后转弯继续向前，但是她从来不会离开客厅。"⑤随着他移动望远镜，他观察着对面的另一扇窗户中的世界：

他发现二楼房间里面有一张床垫——那是他希望自己可以赤裸着斜躺在上面的床垫，让床垫上绵制的纹理起伏贴近他肌肤。水手和钢琴演奏者维吉尔（Virgie Rainey）躺在床上，维吉尔从麻布袋中拿出咸腌菜。床垫有些歪斜，女孩必须得时刻关注着那个麻布袋，尤其是他们开心地在床垫上嬉戏跳跃咸腌菜瓶可能会倾倒的时候。他们吃咸腌菜的样子就像在抽雪茄一样。之后，他们侧过身凝视着对方；有时他们平躺着，两条腿靠在一起形

---

① Barilleaux, Rene Paul, ed. *Passionate Observer: Eudora Welty among Artists of the Thirties.* Jackson: UP of Mississippi, 2002. p. 24.
② Welty, Eudora. *The Collected Stories of Eudora Welty.* ibid. p. 275.
③ Welty, Eudora. *The Collected Stories of Eudora Welty.* ibid. p. 276.
④ Welty, Eudora. *The Collected Stories of Eudora Welty.* ibid. p. 276.
⑤ Welty, Eudora. *The Collected Stories of Eudora Welty.* ibid. p. 281.

成一个"M"的形状而他们双手相牵，两人双手相牵的形象就像他的姐姐从报纸上剪裁下来的纸娃娃……当他再次往外看的时候，他看到海员和维吉尔绕着圈在房间互相追逐，在床垫上面蹦跶，他们相互追逐着，就像警察和卓别林一样。①

韦尔蒂认为"边框（frame）是摄影和小说的基本要素……我用写故事的方式来框定想象力（frame vision）或者是用写作的方式来捕捉这种想象力"（writing a story of framing your vision, as a way towards capturing it）②。在该部小说中，窗户作为自然的故事框架将洛奇的因生病隔离的波澜不惊的生活和隔壁房子中繁忙的、充满乐趣的生活联系在一起。

二、人物的语象建构

"拼图游戏"（jigsaw puzzle）是作家梅森从小就为之着迷的完形游戏。梅森曾回忆："从我能够用双手摆弄物件，我就开始玩拼图游戏，我在父母设置的游戏围栏中将各种碎片拼成某种形状，并为自己在这个过程中的惊奇发现而庆祝。"③拼图游戏具有完形的逻辑，而游戏者梅森只需要将各种具有内在联系的图块进行拼凑便可获得一幅完整的图画。对于梅森来说，写作如同拼图，它需要将人物、意象、场景等以恰当的方式拼凑成引人入胜的故事，这些元素以某种逻辑拼合在一起，梅森赋予了她笔下的人物高超的语象叙事能力。

在短篇小说《土狼》（"Coyotes"）中，照相馆的胶卷冲洗工作人员琳娜特（Lynette）每日的工作是冲洗客户送来的胶卷。有一次，她以自己在佛罗里达拍摄的风景和人物照片为基本元素为丈夫讲述了一段自己虚拟出来的故事：

这是一对年老的夫妻在佛罗里达度假拍摄的照片，照片里有一对年老的夫妻、棕榈树、湛蓝的海水，但是这些照片没有什么特别之处，没有迪士尼乐园、没有从海平面一跃而出的海豚。取而代之的是泥土、树根、树皮的照片。镜头聚焦在一棵大树上，照片里还有很多被粉刷了的小房子、各种车的

---

① Welty, Eudora. *The Collected Stories of Eudora Welty*. ibid. pp. 281-282.
② Welty, Eudora. *Photographs*. Jackson: UP of Mississippi, 1989. p. xvi.
③ Mason, Bobbie Ann. *Clear Springs: a Memoir*. New York: Random House, 1999. p. 36.

照片：停靠在汽车旅馆前的车、海滩边的汽车、超市停车场前的车。此外，还有树林中的木板路的照片，照片中有一个男人手里拿着一样东西，你无法知道那是什么。

　　有多小？丈夫柯布闭着眼睛问道，努力让自己的思绪跟上她的描述。

　　是一个2角5分的硬币，他好像马上要把这块硬币丢掉。

　　告诉我关于这些照片的故事。

　　让我想想，他们在很久之前在这里居住直至他们的孩子长大成人他们才搬走。他们退休后重返此地。但是一切都发生了变化。树木长得更加高大，路上车水马龙。老汽车旅馆—好吧，看起来还是很老旧，曾经的老屋被陌生人所占领，她曾经种植的紫薇和杜鹃花现在已经长成了庞然大物。但是她依然记得这些花，它们有着同样的紫色色调，仍旧生长在私人车道旁。他们走进房子想看看现在房子里边变成了什么样但是却遭到了房屋主人的驱逐。接着他们到了公园，在公园树林里的木板路上散步。在那个公园里，一个男人曾经在那里侵犯了那时尚且年轻美丽的她……二人在公园散步的时候，女人不小心丢失了自己的婚戒，因此他们重返来时路寻找婚戒，他们甚至还在木板路的缝隙中找寻戒指，对着木板条的缝隙拍摄了很多照片，希望通过这种方式在照片中找到丢失的戒指。就像我们在老电影《春光乍泄》（*Blow Up*）里面所看到的一样。之后，他们终于寻找到了戒指，她用相机拍摄到他正将戒指捡起的画面，但是照片里并没有显示出戒指。

　　这个事情没有发生在你身上，对吧？

　　什么？

　　没有，这是我自己编造出来的。①

　　琳娜特将自己冲洗的有关房子、车子、树林、公园木板路的平平无奇的独立照片根据自己的联想拼凑成了富有戏剧性的故事，而这段颇具想象力的语象叙事描绘无疑是成功的，它将其丈夫的思绪和想象力带入到了她所创设的视觉世界当中。琳娜特通过照片创造的视觉世界又形成了与1966年米开朗基罗·安东尼奥（Michelangelo Antonio）执导的神秘惊悚电影《放大》（*Blow Up*）的视觉互文，这部电影的灵感来源于科塔萨尔（Julio Cortázar）

---

① Mason, Bobbie Ann. *Love Life*. New York Harper&Row, Publishers, 1989. pp. 170-171.

的短篇小说《魔鬼涎》("Las babas del Diablo"，1959）。在电影《春光乍泄》中，摄影师男主角托马斯·海敏斯（Thomas Hemmings）在马里恩公园（Maryon Park）中拍摄了一对情侣的照片并对其进行放大后发现了隐藏在照片中的凶杀案，女主人公琳娜特无疑受到了该电影的影响。在她讲述故事的过程中，她化身为电影中无意发现惊天秘密的摄影师。在该小说中，梅森设置了多重的视觉空间，琳娜特冲洗的客户的照片、她通过语象叙事构想出来的视觉空间、其语象叙事所对应的有相似情节的电影、电影对文学文本的改编形成了多层的语象进化。

三、观看自己的人物

韦尔蒂借用框架将观察的主权让位于人物，梅森则赋予了她的人物进行语象完形的能力，而泰勒则让其笔下的人物成为自己的观者，人物的日常生活的视觉化逐步深入。在小说《重返我们年轻时》（*Back When We Were Grownups*）、《挖坑去美国》（*Digging to America*）和《尘世所有物》（*Earthly Possessions*）中，摄像机、监视器记录下的视觉画面通过电视被再现出来，呈现出了生活纪录片和犯罪悬疑片的阅读观感，而小说中的人物则成为这些视觉世界中的主人公。

在小说《重返我们年轻时》，每年圣诞节记录仪家庭聚会是瑞贝卡（Rebecca）所在的重组家庭的重要仪式，每个家庭成员都被压缩到同一个视频空间中，重组家庭中的每个成员都试图在家庭录像中寻找自己的位置：

VCR 启动以后，电视上出现了黑白雪花，当电视被打开，电视上的雪花消失了，三张分别镌刻着"保尔·P. 戴维奇（Paul P. Davitch）1954—1967""摄影：威廉·R. 巴迪（Photography: William R. Buddy）"和"大鲍勃出品（Big Bob's Production Service）"的名片浮现在荧幕之上——这些名片都伴随着"星尘"（Stardust）钢琴曲的配乐——展现，一张写着"十月或者十一月，1954（October or November, 1954）"的名片浮现在荧幕之上。屏幕上的第一个视频展现了家庭中长者波比（Poppy）的订婚照片集锦，里面出现了乔伊斯姨母和谢柏。

接着，一张写着"1956 年圣诞"的名片出现了，因为巴迪叔叔（Uncle Buddy）已经掌握了录像机这个视觉媒介的功能，因此整个场景被非常生动地记录下来。一辆电动小火车无声地从圣诞树的底部环绕而过，从一位女士的格子裙下穿梭而过，一个没有对焦成功的孩子（又是谢柏，不过长高了很多）突然朝着摄像机开心地冲过来，手里面拿着一辆红色的金属材质的自动卸货玩具卡车。之后是乔（Joe），乔（如此年轻，行为如此粗俗，这让瑞贝卡一时没有把他给认出来，他头发短了很多，脖子很细）将谢柏（Zeb）拽起来将他抱开。戴维奇走向镜头，像是拍摄广告一般展示了一个天鹅绒包装的瓶装香水，他的笑容坚定同时又有些吓人，身后是乔伊斯阿姨（Aunt Joyce），她即兴地扮演了模特的角色，向镜头展示一件粉色兔毛衫，衣服的吊牌从领口中掉下来。之后波比再次进入镜头，他将玻璃纸包装起来的领结在自己脖子前比画。一只毛茸茸的手臂被另一只手拖拉着入了镜头……一个男人开怀地大笑着，电视中还出现了一张略显不满的嘴巴，谢柏在整个画面消失之前对着镜头宣布："巴迪叔叔的首次同时也是唯一一次的电影。"①

随着家庭纪录片被放映，越来越多的圣诞节录像出现在电视荧屏上，整个家庭中的成员——出现：

越来越多的圣诞节视频从屏幕上划过——1957 年的圣诞节、1958 年的圣诞节，谢柏解释道：巴迪叔叔因为住在特拉华州一年最多返回家中探一两次亲。视频中的小火车路过了更多的小汽车；波比获得了更多的领结，'星尘'这首背景音乐被不断播放……接着是 1961 年春天家人们的聚会，乔和迷人的蒂娜（Tina）站在家门前的台阶上，毕蒂（Biddy）惊呼自己出现在了家庭录像之中……1962 年圣诞、1964 年圣诞、1965 年复活节、1965 年圣诞、1966 年复活节，毕蒂推着娃娃车，帕奇（Patch）学会了溜冰，诺诺（NoNo）摇晃着婴儿围栏。乔变成了瑞贝卡的丈夫，波比的头发已经灰白，但是乔伊斯婶婶的头发散发出金黄色的光芒……在 1966 年的 9 月整个录像里，一位壮硕的年轻女人站在了一张野餐桌子面前，穿着一件暴露她粗壮的大腿的迷你裙。她的脸很大，散发着光泽……②

1967 年圣诞，瑞贝卡和乔的女儿明福（Min Foo）面怒愠色要挣脱她父

---

① Tyler, Anne. *Back When We Were Grownups*. New York: Alfred A. Knopf, 2001. p. 264.
② Tyler, Anne. *Back When We Were Grownups*. ibid. pp. 264-265.

第三章　视觉空间：视觉批判与风格创新

亲的手臂，她紧握的拳头就像小小的线轴，明福大喊："那是我"……好像明福的出现成为整个家庭影像的重点，一张显示着"结束"的卡片很快地占据了荧屏，一些人鼓掌了。好几个名字——屏幕下方飘上来：保尔·P. 戴维奇、乔伊斯·梅斯·戴维奇、泽布伦·戴维奇……①。

瑞贝卡家制作的家庭录像没有固定的情节设计和人物设定，而是由家庭成员手握摄像机在各种节日活动上随手捕捉和拍摄到的动态的人物和画面组成，录像时间从1954年一直持续到1967年，该家庭录像将瑞贝卡与丈夫的亲人、丈夫与前妻的孩子、瑞贝卡与丈夫的孩子明福多个家庭单元聚集在同一个视觉影像当中，从核心家庭到重组家庭以及重组家庭成员的增多让整个家庭视像的制作成为可能，每个人都在家庭影像中寻找自己的存在。

在小说《挖坑去美国》当中，录像机是唐纳德森-狄金森家庭创造属于自己的家庭视觉记忆的工具。当他们领养的韩国婴儿到达巴提摩尔机场后，她们就开始运用录像机进行录像并和同为领养家庭的伊朗家庭在聚会中分享该视频：

电视荧屏上显现出了浅蓝色的水波纹背景，"金荷（Jin-ho）达到"的铜色英文——弹跳出来。观看的人当中有人悄声发出录像"真别致"的赞美之词。麦克回应说："这是我在黄页上找到的一家公司帮我们制作的，当然别致了"。

接着电视机播放出了麦克的声音，"好的，各位，我们现在在巴提摩尔/华盛顿机场，周五的晚上，八月十五日，1997年，现在是晚上7点39分，天气温暖潮湿，飞机马上将要抵达，让我们拭目以待……"布拉德（Brad）将房间里的窗帘拉起来以后，电视屏幕上的浅蓝色水波纹变成了更为深邃的蓝色……

一群人出现在了屏幕之上：狄金森一家和唐纳德森一家，两个家庭的家庭成员掺杂着站在一起，他们身着夏装。可以看出来当天气温偏高，因为每个人都是一副疲惫不堪且汗津津的模样，他们当中长相最标致的人都没有办法在此刻保持他们最好的状态，除了帕特（Pat）和楼（Lou），她们看着很清

---

① Tyler, Anne. *Back When We Were Grownups*. ibid. p. 266.

爽白净就像两座素瓷雕像。①

麦克的声音再次响起,他继续着人物和场景的介绍:

"在我的面前,你可以看到一对自豪的父母,他们是布拉德(Brad)和比兹(Bitsy),他们都很开心,比兹早上五点就起来了,这是他们一生中极其重要的一天"。一听到麦克的这些话,比兹顿时有些潸然泪。接着画面暂停了,正在录像的麦克的面庞出现了,进而又跳转到了被拍摄的对象。他眯着眼睛注视着录像机,奥斯瓦德叔叔(Uncle Oswald)眯着眼睛望向录像机。之后电视中出现了亚伯(Abe)的声音,在现场观看录像的亚伯说"我开始计算当时出现在现场的人的数量,在数到34的时候就数不下去了。亲爱的金荷,如果你未来某个时候能够看到这个录像,你可以发现你在美国的亲人们是多么渴望能够见到你"。康妮出现在画面之中,看起来比几个月前更加健康,她旁边站着戴弗(Dave)和林伍德(Lindwood)。亚伯一边拍摄一边介绍着在场的人们:"这位是你的珍尼阿姨(Aunt Jeannine),这位是你的哥哥布里吉特(Bridget),这位是你的姐姐波莉(Polly)。"摄像机扫过两位陌生人最后落在劳拉身上,她猛地冲到了林伍德的身后。你如果看到这个视频会感觉像晕车一样。比兹闭上眼睛再睁开眼睛,麦克的声音又出现了:"再过一会,再过一小会飞机就要降落了,我们看到第一批乘客从登机道上下来,精彩时刻,特别重要的精彩时刻。"②

比兹看到一个年轻、身材高大的男人,她觉得自己曾经见过他。她看到两位商人,一个背着书包的男孩,一位将公文包放在地上、照顾两个穿着睡衣的小孩的女人。多么得奇怪:这些人看起来是这么的熟悉但是她那一天晚上却从来没有去注意她们,同时也没有意识到这些人被封存在自己的脑海里,这种感觉就像重读一本书的过程中你碰到了一段文字,你可以在看到每个字词前回忆起来这些文字,但是你却不能凭借一己之力将其总结起来。例如,穿着深蓝色套装(就像航空公司的制服)的领养机构的工作人员,她那宽阔的颧骨和她那一本正经的、官方的言谈举止。比兹在她和丈夫布拉德接过女儿金荷以后就自动忽略了她——然而现在她眼角的皱纹如此醒目地展露在眼前,她在想自己是否在过去几年的某一天曾经梦见过她。还有那尿布包。哦,

---

① Tyler, Anne. *Digging to America*. New York: Alfred A. Knope, 2006. p. 70.
② Tyler, Anne. *Digging to America*. ibid. pp.71-72.

第三章　视觉空间：视觉批判与风格创新

你看，廉价的、做工粗糙的粉色聚乙烯材质的尿布袋上的带子已经开始磨损了，比兹很快就用人工编织的包取代了它。但是现在这个尿布袋再一次出现，这种感觉就像你用了一天的时间观看一位政治家的骨灰盒被埋葬入土了现在它再一次在晚间新闻上出现一样。接着是金荷，相机快速地聚焦并停留在她的面庞。她是如此之小。她的五官挤拢在一起。"金荷，看看你"，布拉德对着比兹呢喃。熟睡在波莉怀里的金荷和屏幕上的婴儿看起来几乎没有任何联系，这种瞬间的刺痛感来自于屏幕里的金荷莫名其妙地消失不见所带来的刺痛感。①

小说中，由唐纳德·狄金森一家不同的家庭成员执掌拍摄的片段化的家庭录像记录了一件对他们家庭具有重要意义的事件，虽然拍摄者并没有掌握电影导演一样高超的拍摄技巧，片段式的拍摄方式、摇晃的镜头、执掌摄像机的人的旁白、对人的无意识的动作和表情的捕捉以及物件的镜头的摄取以及最后制成的家庭录像却带来了一种真实感。借由摄像机捕捉的生活画面让每一天的生活具有了如纪录片一般的质感。同时，摄影机将被忽略的记忆细节进行再现，以一种可见的方式补充了被忽略的记忆细节。

在小说《尘世所有物》中，泰勒运用银行的监视器和出现在杰克（Jake）和夏洛特（Charlotte）的逃亡过程中的电视再现劫持事件的细节，整个逃亡事件在银行监视器的记录下，通过新闻报道的方式在杰克和夏洛特逃亡路上所遇到的电视屏幕中被展现出来，无处不在的电视屏幕推动了小说剧情的发展。首先，杰克和夏洛特到达了一家名为本杰明的酒吧，酒吧中的电视正播报着夏洛特刚刚经历的人质挟持案：

电视上播报着当地的新闻：学校的董事会会议、警察的葬礼、一件涉毒被捕案、一场五车连环碰撞车祸以及一场发生在科莱丽恩的银行抢劫案。

新闻播报员的脸让位给一段有着完全不同质感的影像：模糊、昏暗。在这段影片里面，一小群人像多米诺骨牌一样蹒跚着排着队，站在最前面的身形矮胖的男人穿着商务套装，他从胸前拿出一样东西，手臂伸展出来。另一个男人颠簸着往后退，一半身体被一位身材高瘦的穿着浅色雨衣的女人遮掩住。突然，这一男一女消失了。若干张脸涌向镜头，一个人拿出不知是围巾还是手帕的物品在擦拭眼睛。我被电视里面发生的事情深深地吸引住了，因

---

① Tyler, Anne. *Digging to America*. ibid. p. 72.

165

为我从来没有在离开一个空间以后再去观察它。新闻播报员的脸又重新出现了,一张单调的面庞,好像他没有意识到自己被镜头捕捉到了。他清了清嗓子说:"那么,好的,记住你们刚刚看到的画面,观众朋友们,一场真实的银行抢劫案正在进行。警方已经明确嫌疑人的身份,他是刚从科莱丽恩的监狱脱逃出来的囚犯杰克·西姆斯(Jake Simms),但是到目前为止还没有人指认出人质的身份。可幸的是,公路上已经设置了路障,科莱丽恩的警察局长相信嫌疑人仍然活跃在这个地区。"①

泰勒运用银行安装的摄像机捕捉到了一场惊心动魄的人质绑架案,杰克的绑架行为、在场人士的应对和地方新闻对其的报道增添了较强的戏剧色彩,仿佛将读者带入了犯罪电影的视觉空间中,牵动着读者了解下一步剧情的发展。二人在公路旁遇到的一家家用电器商店的橱窗内的六台电视机记录着他们在银行发生的一切:"在一个电器商店的橱窗中,六台电视机正同时播放一个洗发水广告。广告中,一位女士正在使用洗发水洗头。画面突然切转到了严肃的新闻播报员播报新闻内容的画面,杰克和我又一次出现在了银屏之中,我们不断地往退后:仿佛我们俩在进行着无声的舞蹈。我们站在橱窗面前看着我们的反射在橱窗中的倒影。我们被永远地锁定在一起,无处可逃。"②

在加油站的商店中,杰克将电视调到了播放新闻的频道,夏洛特被挟持的事件再次出现在屏幕之上:

杰克和我不断地朝镜头相反的方向后退,虽然电视上因为有雪花而变得不清晰,但是我们俩的面部细节变得越来越清晰可见了。也许下周你就可以数清楚我的睫毛根数,甚至能够阅读我的思想。但是这次我们的形象在屏幕上停留的时间更短了,我被劫持的画面被我的丈夫所取代,一位身材高大的头戴帽子的男人坐在我们的有着花朵图案的沙发上,一如既往的枯瘦、眼窝深陷,一副受到困扰的样子,我觉得自己内心有什么东西被撕裂了。新闻播报员接着说:"发生在科莱丽翁的银行抢劫案还未破解,警方正密切关注着女人质,她的名字是夏洛特·艾莫里太太。"③

---

① Tyler, Anne. *Earthly Possessions*. ibid. pp. 21-22.
② Tyler, Anne. *Earthly Possessions*. ibid. p. 26.
③ Tyler, Anne. *Earthly Possessions*. ibid. pp. 48-49.

通过运用监视器和不同地方的电视，泰勒将女主人公夏洛特经历的劫持事件进行了视觉再现，营造出观看犯罪片的阅读感，可以说泰勒在进行创作的过程中给与了其塑造的人物充分的观看主权。

本章小结

视觉文化不仅丰富了美国南方女性作家的文学创作内容，同时也改变了其创作的形式。具体说来，怪异的身体和美丽的身体是南方观众视域中尤为突出的视觉观赏对象，韦尔蒂和梅森对怪异人的刻画和再现饱含同情，同时不失批判。韦尔蒂以间接方式在其摄影和文学作品对怪异人进行再现，促使读者在将文字转变为图像之时慢慢揭开那存在于自我和他者之间的幕帘，展现了她对怪异人的深切同情，颇具批判性地揭示了视觉观看中的种族建构。梅森的小说《羽冠》中克里斯蒂娜长达 60 年的从"被观者""观者""抗观者"的身份转换映射了怪异秀的兴起、繁荣和衰败的演变过程。另外，韦尔蒂、泰勒和史密斯对"美丽的身体"的刻画揭露了存在于南方的美丽身体背后隐秘的经济逻辑。南方女性作家的视觉空间建构还与 20 世纪中后期视觉媒介在南方的普及所带来的全民生活的视觉化有关，韦尔蒂运用摄影框架构造故事，梅森笔下人物自发的语象建构和运用多种视觉媒进行的家庭纪录片、犯罪片式的视觉书写具有强烈的视觉化特点，为读者创设出多重的视觉世界。四位作家通过构建视觉空间以具有创意性的、可见的方式展现了隐含在当代南方的视觉行为当中的伦理、种族建构和视觉日常。

第四章

流动的历史：空间化的历史记忆策略

"我们能够描绘的外部世界向他人定义了我们自己，它是我们用以抵御外部混乱的盾牌，是我们抵制被曝光的命运的面具。我们在我们生活的地方的行动展现了我们的意图和想要表达的意义"[1]。

"地点从属于感觉和情感，它们又从属于地方；历史中的地方包含了感觉和情感，就像人们对历史的感觉和情感包含了地方"[2]

历史记忆是美国南方作家文学书写的一个重要主题，在《南方的记忆和历史的恢复》(*The Southern Recovery of Memory and History*)一文中，学者路易斯·辛普森教授（Lewis Simpson）强调历史记忆对南方作家的巨大影响力："每位具有想象力的南方作家都不可逃避地痴迷于她们的原生地，特别是该地所面临的历史困境。"[3]新批评学者科林斯·布鲁克斯（Kenneth Brooks）认为"南方人深刻的历史意识依旧存在于当下，它存在于我们的记忆之中，我们记忆的能力被过去所塑形"[4]，韦尔蒂坚称"记忆是我们保持存活的基本和关键要素"[5]，历史记忆对南方作家的作用是不言而喻的。史密斯和梅森对南方人的历史记忆颇为关注，两位作家以空间化的历史记忆策略将个人置于历史空间中去体验和确认历史，在空间中进行身份认同和创伤修复。

实际上，空间化的记忆策略暗合历史记忆的生成机制。与历史记忆的储藏相关的"档案"一词最初与空间以及人们在空间中的活动相关。"档案"

---

[1] Welty, Eudora. *Place in Fiction*. New York: House of Books Ltd, 1957. p. 20.
[2] Welty, Eudora. *Place in Fiction*. ibid. p. 21.
[3] Simpson, Lewis P. "The Southern Recovery of Memory and History." *Sewanee Review* 82. 1（1974）: 7.
[4] Brooks, Cleanth. "Faulkner and the Muse of History." *Mississippi Quarterly* 28. 3（1975）: 269.
[5] Welty, Eudora. "Some Notes on Time in Fiction." *Mississippi Quarterly* 26. 4（1973）: 490.

第四章　流动的历史：空间化的历史记忆策略

（archive）一词源自古希腊语，指统治者的房子，特指与法律相关的保存社会记忆的建筑。"档案最初是用来储存法律文件，然而这些法律文档并不是原件，而是印刻在散布于全城的历史遗迹之中，因此档案的生成离不开人们前往历史遗迹对石制镌刻物上的文字所做的复制工作，这些石质标记物是记忆的辅助工具，而不是被保存的'事物'本身。"[①]可以发现，"最初的文档材料的形成支撑了以行动为导向的记忆生成过程"[②]。

史密斯和泰勒的历史记忆书写具有空间化的特点，在空间中调动记忆者的身体、情感和想象力。在史密斯的小说《花哨的步伐》(Fancy Strut)中，记忆者通过重演历史创设了特定的时空体让表演者和观者体悟小镇的过去和南方人的内战记忆；在梅森的小说《头戴蓝色贝雷帽的女孩》(The Girl in the Blue Beret)中，记忆者重返历史事件发生场地通过想象和记忆的重组进行了第二次世界大战记忆的修正，并带动他人进行第二次世界大战历史的弥补性记忆，她的另一部小说《在乡下》(In Country)中缺席的纪念碑隐喻的老兵身份创伤在女主人公的视觉记忆建构和戏剧疗法中得以纾解，最终老兵在越战纪念碑这一记忆之地与自我达成和解。南方记忆者在空间中和不同空间中的历史记忆实践展现了他们记忆的动态性，同时也隐喻了南方人历史记忆的向前涌动。

第一节　斯比得小镇的诞生和内战的"重演"

一、"重演"的定义

根据《牛津英文字典》的释义，英语单词"reenactment"一词有两层意义，一方面，它指"进一步通过旧有的法律或者条规"；另一方面，它指"重新生产、重新创造或者再次演绎过去的事件"，可翻译为"重演"。前者对应了统治者的权力意志的施行，是对政权合法性的确证；后者包含了不确定的、意义开放的生产、创造和表演成分，这两层释义在对历史事件进行重演

[①] Rosalind, Thomas. *Literacy and Orality in Ancient Greece*. Cambridge: Cambridge UP, 1992. pp. 86-87.
[②] Yates, Francis. *The Art of Memory*. Chicago: U of Chicago P, 1966. pp. 1-49.

以此巩固政权和树立权威的语境当中联系最为密切。诺拉（Pieere Nora）认为"重演是一种丰富的、鲜活的记忆环境，它能够产生一种继续历史的社会感"①，重演被定义为对时间中的单独事件和时刻的表演②。

重演作为一种学术研究对象，被学者们从不同角度进行探究。在重演研究当中，重演包含了诸多意涵，它与人们对过去的体验和想象相关，《劳特里奇重演研究手册》(The Routledge Handbook of Reenactment Studies, 2019)指出重演是对"过去的复制，含有想象成分，但是它有时又不按照想象的预期进行"③，重演对经验的复制和开放性操作挑战了固定的经验。正如司各特（Joan W. Scott）在20世纪90年代提出来的，"将经验作为无可争辩的证据，将其作为解释的原生点"本身是有问题的，因为它没有考虑到"经验的建构性质（the constructed nature of experience），也没有意识到主体在经验中是如何建构的"④。历史重演将个体身体置入具体的历史时空，可产生一种新的历史阐释方式，它是动态的、具身化（embodied）的操演（performance）。琼森（Katherine Johnson）指明"操演是重演的基本，重演就是再次操演"⑤，在朱迪斯·巴特勒（Judith Butler）的操演理论框架中，性别是可操演的，她的操演理论凸显了行动背后的性别建构，而操演也可用于历史的建构当中。麦哲森发现："18世纪和19世纪的露天表演性和模拟战斗是西方国家加固民族自豪感和重叙一种文化或者过去以此确认政权的方式，例如法国大革命时期盛大的历史演出和西班牙殖民者征服伊比利亚的表演。"⑥在有着殖民历史的地方如澳大利亚、南非、加拿大和美国，历史露天表演的目的之一在于支撑它们的帝国主义叙事。麦林顿（Peter Merrington）发现开

---

① Agnew, Vanessa, et al., ed. *The Routledge Handbook of Reenactment Studies: Key Terms in the Field*. Oxon: Routledge, 2000. p. 1.
② Tyson, Amy. M. "Pageant." *The Routledge Handbook of Reenactment Studies: Key Terms in the Field*. Eds. Vanessa Agnew, Jonathan Lamb, and Juliane Tomann. Oxon: Routledge, 2000. p. 163.
③ Agnew, Vanessa, Jonathan Lamb and Juliane Tomann. "Introduction What is Reenactment Studies." *The Routledge Handbook of Reenactment Studies: Key Terms in the Field*. Eds. Vanessa Agnew, Jonathan Lamb, and Juliane Tomann. Oxon: Routledge, 2000. p. 1.
④ Scott, Joan W. . "The Evidence of Experience." *Critical Inquiry* 17. 4（1991）: 777.
⑤ Johnson, Katherine. "Performance and Performity." *The Routledge Handbook of Reenactment Studies: Key Terms in the Field*. Eds. Vanessa Agnew, Jonathan Lamb, and Juliane Tomann. Oxon: Routledge, 2000. p. 169.
⑥ Magelssen, Scott. "Production of Historical Meaning." *The Routledge Handbook of Reenactment Studies: Key Terms in the Field*. Eds. Vanessa Agnew, Jonathan Lamb, and Juliane Tomann. Oxon: Routledge, 2000. p. 191.

第四章 流动的历史：空间化的历史记忆策略

普敦和魁北克的露天表演的剧本中充满了它们的"最具意义的历史经历……包括了对初到陆地和殖民过程的描写或者是白人殖民者和土著之间签订协议的细节"[1]。另外，重演还是一种文化记忆。德国记忆学家简·阿斯曼（Jan Assmann）和阿莱德·阿斯曼（Aleida Assmann）认为文化记忆是物质化了的文化（objectified culture），包括文本、仪式、意象、建筑、纪念碑[2]。在对过去记忆的重演中，仿古的服装、对前人的语言和肢体表达的模仿、特定的历史情节和场景的再现共同演绎出文化记忆，是功能记忆在现下的重复的操作。

重演除了涉及身体和意识层面的内容，它还暗含心理维度。弗洛伊德认为人们生来均有强迫性的重复（repetition compulsion）心理，心理学家发现了个人生活存在重复模式，社会也具有此倾向。伊恩·麦克卡尔曼（Iain McCalman）和保尔·皮克林（Paul Pickering）二位学者提出"重演显示了人们期望从身体（somatical）以及情感的（emotional）层面体验历史的渴望"[3]，它是"一种情动历史（affective history），它为表演者和观者对最初的历史的参与者可能经历的内容培育了'共鸣式的理解'（sympathetic understanding）"[4]，借由身体和情感产生的共鸣式的理解将事件的经历者、对事件的重演者和观者这些来自不同时空的人们杂糅进同一个时空体中。

一言以蔽之，历史"重演"以表演的方式再现已发生的事件，与历史学家撰写历史专著阐释历史形成互补，是一种动态的记忆方式，它是涵盖历史阐释、艺术创造、心理共鸣、行为研究等多方面的实践。在小说《花哨的步伐》，史密斯采取"重演"这一记忆策略再现了南方斯比德小镇的成立和内战历史场景，创建了多个历史的时空体。

---

[1] Merrington, Peter. "Heritage, Pageantry and Archivism: Creed Systems and Tropes of Public History in Imperial South America, Circa 1910." *Kronos* 25（1998）：140

[2] Tomann, Juliane. "Memory and Commemoration." *The Routledge Handbook of Reenactment Studies: Key Terms in the Field*. Eds. Vanessa Agnew, Jonathan Lamb, and Juliane Tomann. Oxon: Routledge, 2000. p. 139.

[3] McCalman, Iain and Paul A. Pickering. "From Realism to the Affective Turn: An Agenda." *Historical Reenactment: From Realism to the Affective Turn. Eds. McCalman and Pickering*. New York: Palgrave, 2010. p. 3.

[4] McCalman, Iain and Paul A. Pickering. "From Realism to the Affective Turn: An Agenda." *Historical Reenactment: From Realism to the Affective Turn*. ibid. p. 8.

171

二、体验历史：小镇诞生和内战的重演

为了纪念斯比得小镇建立一百五十年周年，小镇组织了戏剧表演来追溯一百五十年的历史变迁。在小镇的管理层与怀特公司的合作下，一场还原斯比德小镇诞生的历史表演在体育场的舞台上呈现：

随着印第安人退出舞台，一群拓荒者们欢喜着涌上舞台。年老者缓缓地跳起了弗吉尼亚舞①（Virginia Reel）。拓荒者的孩子们唱诵着ABC字母歌，在字母"p"上做了一个有趣的双关。之后，舞台呈现了两场婚礼仪式，牧师用手势演绎出了口香糖的广告词"加倍快乐，加倍愉悦"。与此同时，扩音器放出了广告音乐。接着呈现在舞台上的是小镇的命名场景。由曼尼·戈德曼（Manny Goldman）扮演的第一任市长艾拉·贝尔（Ira Bell）向市民们征集意见。身着鹿皮的拓荒者们纷纷走向前来，用自己的手势比画出他们为小镇所取的名字，这些名字通过广播系统被电话播报员播报出来："河谷镇"（Riverdale）、"森林景观小镇"（Forest View）、"枫山镇"（Maple Heights），开拓者们比划着夸张的挠头动作，面露困惑的神色。而舞台上的女人们则拥挤在一起仿佛抱团取暖一般，喊出"贝尔博罗"（Bellboro）和"花谷小镇"（Flowerdell）的名字。随着命名的建议不断增多，小镇的名字列表也在不断增加。突然，一个小男孩从一群手里捧着石板的儿童之中走了出来，大喊了一声"斯比得"。就在一瞬间，提前录制的雷声响彻体育场的上空，一位身着白色服装、手持巨大的纸质金色喇叭的女士出现了。她将喇叭置于嘴唇边，喇叭声刺穿了空气，拓荒者们惊慌失措地蜷缩在一起。最后，市长艾拉·贝尔将该小孩抱起来，宣布小镇的名字为"斯比得"。随着烟火被点燃，拓荒者们在夜色的笼罩下退出了舞台。②

---

① 弗吉尼亚里尔舞：是殖民时期流行于美国乡村地区由若干对男女组合所跳的舞，它原是一种爱尔兰（也有说是源自苏格兰）舞蹈，之后进化为柯弗利舞（Sir Roger de Coverley），由英国殖民者带到了弗吉尼亚。该舞蹈由6到8对舞者组成，男女面对面各站一排，完成面对面致礼、双手相牵穿过两队伍中间、跳跃、背对背交错换位舞步（do si do）、男女两方的肘部圈在一起转圈（elbow swing）等动作。该舞蹈节奏生活泼，在美国的东南方较为流行，在电影《乱世佳人》中，简化版的弗吉尼亚里尔舞被演绎过。

② Smith, Lee. *Fancy Strut*. New York: Harper & Row, 1973. p. 312.

第四章 流动的历史：空间化的历史记忆策略

在该段精彩的戏剧表演中，斯比得小镇诞生的场景被进行了戏剧化的还原，印第安人和拓荒者的并置瞬间将观众带往了殖民时期小镇刚成立时的历史场景中，印第安人因不通语言，借用夸张的肢体动作表达他们给小镇所起的名字，而白人们则可以"喊出"他们的命名建议，小镇命名事件的演绎在演员们夸张的表演和声音效果的辅助下充满了浓厚的仪式感。很快，对殖民时期的小镇成立的表演让位于内战历史的"演绎"。南北战争这一"失落的事业"（Lost Cause）一直以来是南方人不可化解的创伤，对内战的记忆是南方人对往日南方荣光的缅怀行为，是南方人获得身份认同的途径之一。实际上，南方人对内战的记忆从一开始就与空间中的活动息息相关，这包括内战结束后南方人对内战士兵遗骨的重葬以及建立纪念碑的行动。据统计，"从 1865 年到 1885 年，在 70% 的士兵公墓中，南部人都会设立一座纪念碑"①。除此之外，南方人还以动态的表演演绎内战历史，体悟历史记忆。虽然内战已经结束，但是南方荣光依旧深藏于南方人的心中。瑞贝卡·施耐德（Rebecca Schneider）曾于 1999 年在美国葛底斯堡观看内战表演活动时出于好奇询问了表演者查克·伍德黑德（Chuck Woodhead）："他们为什么要抗争（fight）？"施耐德问题中的"抗争"指的是他们在内战表演中与联邦战士表演者演绎的打斗场景，而对方给出的回答饱含深意："内战还没有结束，这是我们为什么要进行抗争（fight）的原因。"②如同威廉·福克纳（William Faulkner）所言，"过去从未过去，它甚至从未消失"。内战虽然以南方战败告终，但是南方背后的传统、文化和精神一直被延续着，南北之间的差异依然突出，南方人在"对过去的戏剧化重现中定义了共同的历史遗产并创造出一种根源感（sense of origin）和集体感（sense of community）"③。史密斯通过历史重建将表演者和观众置于记忆之地中：

  提前录制好的大炮声被播放出来，舞台中弥漫了酸性烟雾，表演者们吟

---

① 罗超：《美国内战后的南部记忆文化——"女士纪念协会"与"南部重葬运动"》，《东南学术》2017 年第 6 期，第 223 页。
② Schneider, Rebecca. *Performing Remains Art and War in Times of Theatrical Re-enactment*. Abingdon: Routledge, 2011. p. 32.
③ Hadden, Robert Lee. *Reliving the Civil War: A Re-enactor's Handbook*. Pennsylvania: Stackpole Books, 1999. pp. 3-4.

唱"迪克西之歌"。在这首歌的激励下，观众们激动地站立了起来。内战场景开始出现：第四幕。罗恩（Ron-the-Mouth）首先口头讲述了一段简单的、有政治倾向的各州脱离联邦的事件的历史介绍。接着……勇敢的南方邦联战士，足足有100人冲向战地，呼喊着狂野的口号。联邦军出现的时候稍逊气魄，阿波马托斯战役（Appomattox campaign）[1]开始了，这个战役的演绎被一个伤感的战地截肢场景给打断了。随着外科医生的斧头落下，邦联军战士痛苦地喊出"母亲"，这声哭喊让观众中的母亲们潸然泪下。[2]

历史重演中存在两种历史：真实的历史和演绎的历史，前者是后者模仿再现和演绎的对象，但是历史重演中的操演带有开放的特点。在这段内战重演中，南方州脱离邦联的历史被言说，而内战中南北两方争执不休的奴隶制问题却并没有被提及。戴安娜·泰勒（Diana Taylor）认为重演"以表演的方式呈现出来的实践产生复杂、多层次的过程，让'过去'以一种政治资源呈现"[3]。内战南方战败意味着南方在政治上的失败和经济上的失利，然而该表演以"情感"这股软力弱化了南方失落事业的不利加注在南方在种族和政治方面所犯下的罪恶，让表演者和观者沉浸在历史创伤的情感层面：怀特公司准备的酸性烟雾营造了两方激烈交战时炮火连天的场景，邦联战士的截肢桥段的设计凸显了战地无处不在的死伤事实，截肢所带来的痛苦在表演者撕心裂肺的哭喊中被释放，激起了在场观众心中的共情。

接着，战争开始了。这是表演中最精彩的部分，很多观者都很关心舞台上发生的一切：这样的叫喊、这样的行动、这样的炮火。有时候表演场地布满了烟雾，很难看清楚舞台中发生了什么……随着战事变得越来越明晰，欢呼声渐渐减弱。这些穿着灰色制服的表演者们一个个从口袋中掏出血袋，将血液涂抹在自己身上。联邦军们也用血袋涂满自己的身体并倒下。舞台上躺着大片受伤的战士，处处血迹斑斑，舞台上回响着痛苦的呻吟……接着，红色聚光灯聚焦在舞台较低的一层：由伦纳德·利普斯科姆（Leonard Lipscomb）扮演的李将军将散发着耀眼光芒、镶嵌有珠宝的剑交给了由 F. F. 帕克（F. F.

---

[1] 阿波马托斯战役是1865年3月29日到4月9日发生在弗吉尼亚州的战役，它以罗伯特·E·李（Robert E. Lee）领导的邦联将军向尤利西斯 S. 格朗特（Ulysses S. Grant）领导的联邦军投降结束。
[2] Smith, Lee. *Fancy Strut*. ibid. p. 314.
[3] Taylor, Diana. "Performance and/as History." *The Drama Review* 50.1 (2006): 68.

第四章　流动的历史：空间化的历史记忆策略

Parker）扮演的格兰特将军。缓慢而悲伤的音乐'我的肯塔基老家'（My Old Kentucky Home）徐徐响起。①

在这段描述中，南北两方交战的结果渐渐明晰，随着两方战士——倒下，舞台上的最后一幕出现了邦联军的李将军向联邦军格兰特将军缴械投降的经典画面，背景音乐渲染出南方人的哀伤情绪。虽然整个表演在此已经结束，但是小说别出心裁地设置了"戏中戏"，扮演邦联军战士的劳埃德·华纳（Llyod Warner）在表演结束表演者们撤离舞台之时因体力不支晕倒在了舞台上。值得注意的是，小说中插入了一句旁白："你无法判别如果还有一个邦联军战士躺在战场上是否意味着这场战争结束了。他躺在那里的目的是什么呢？表演者意外的晕倒给这场历史戏剧表演增添了别样的戏剧效果。几个男人走上前去查看他的情况（这也是该盛会的一部分吗？）并开始在战场上挥着手臂。几分钟以后，舞台的控场人罗恩召唤了医生前来查看情况。"②括号内的疑问很显然来自于观众对舞台上表演细节的疑问，虽然罗恩已经发现了演员的身体出现了状况并招呼医务人员将晕倒的华纳抬走，但是观看历史剧目表演的观众却认为医务人员抬着担架将华纳接走的情节也是表演的组成部分，"倒在舞台上的邦联战士"是该历史重演活动的小插曲，但是它却制造了别具深意的戏剧效果，给观众制造了遐想的空间。

道格吉尔（Mad Daughjerg）认为"重演吸引人是因为它提供了一种存在于历史之中的感觉，一种历史所有权，一种可以创造历史意义的尝试或者发言权的感觉"③，斯比得小镇的人们在小镇诞生场景的重演和内战记忆的演绎中体悟过去，并对其进行自发阐释，宣泄内战创伤。可见，历史并非铁板一块，它"没有完结、永远都不可能完结，它是不完整的：它被抛入未来，成为一种仪式上的协商，是一种悬而不决的具有再造潜力的诠释行为"④。

---

① Smith, Lee. *Fancy Strut*. ibid. pp. 314-315.
② Smith, Lee. *Fancy Strut*. ibid. p. 315.
③ Daughjerg, Mad. "Battle." *The Routledge Handbook of Reenactment Studies: Key Terms in the Field*. Eds. Vanessa Agnew, Jonathan Lamb, and Juliane Tomann. Oxon: Routledge, 2000. p. 27.
④ Schneider, Rebecca. *Performing Remains: Art and War in Times of Theatrical Reenactment*. ibid. p. 33.

第二节　重返二战空间：记忆的修正和弥补性言说

　　作家梅森同样具有强烈的历史意识，对历史的探寻是她多部小说探讨的重要话题。梅森 2012 年出版的小说《头戴蓝色贝雷帽的女孩》的灵感取材于梅森家人巴尼·罗林斯（Barney Rawlings）在第二次世界大战时的亲身经历，罗林斯是第二次世界大战时期同盟军的飞行员，执行飞行任务期间不幸被敌军击落，幸运的是他获得了欧洲民间组织的救助和掩护从而成功逃脱纳粹德军的逮捕。梅森以罗林斯为人物原型、个人经历为故事线索在小说中创造了马歇尔·斯通（Marshall Stone）这一人物角色，深挖二战士兵和民众的二战历史记忆，对掩藏在"伟大的战争"背后的事件进行了历史记忆的重写。

　　小说主人公斯通在第二次世界大战时是一名飞行员，在一次作战过程中他所控制的飞机不幸被德军击中而降落在比利时，之后被欧洲的普通民众掩护从比利时经由法国最后重返英国的飞行基地。从商业航空公司退休后，斯通开始追忆第二次世界大战期间自身的个人经历，并希望找到曾经对其施与援手的人们。在小说中，斯通重返旧时战地空间开启了他对第二次世界大战时个人经历的修正，同时也让那隐秘在历史褶皱中的声音得到倾听，形成了对该段历史的弥补性记忆建构。

一、重返旧地：记忆的修正

　　从欧洲战场返回美国后，斯通恢复了正常的生活，但是斯通一直还致力于对二战记忆的修复工作，他通过阅读史书、观看相关的二战电影等方式了解这段历史。然而，随着年岁增长的缘故，斯通失去了对过去的细节的精准把握，就像他切身体验到的："多年来的飞行导致了过去经历（experience）的细节始终逃离他的记忆，风景和天空中的景色能够长久地停留在他的脑海中，他知道北极星在哪里，地平线潜藏在哪里，哪个方向是向上的，他了解飞机场的轮廓，跑道的外形、飞机棚的位置、城市的空中轮廓线（the skylines of cities）、海平面的温柔起伏以及那旋转着的星群。"[1]斯通习惯以宏观的方式掌握事物，然而对于各种经历的细节，他却知之甚少甚至难以把握。为了能够建构那段历史并找到曾经帮助过他的部分隐姓埋名的欧洲民众，斯通选择重返欧洲，试图在旧时空间中建构自己的历史记忆。

比利时的坠落地（crash site）是他重返旧时战场的第一站：

> 随着比利时狭长的土地轮廓映入眼帘，斯通感到呼吸变得急促起来，仿佛一群白鸽从胸前飞扬而起，这片风景出奇地熟悉，尽管他只是在36年前在此地做短暂的停留，它的轮廓和边界在他的脑海里依旧如新。在少年吕西安（Lucien）的带领下他们一同穿过田野，他当年坠机时的记忆和眼前的景色瞬间重叠在一起，仿佛他的脑海里有一部小型的电影投影仪在运作着。他回忆起自己驾驶着号称"空中堡垒"的 B-17 型重型轰炸机，他的同事们称这架重型轰炸机为"肮脏的莉莉"（Dirty Lily）。[2]

在少年吕西安的引领下，他们抵达了坠机地，斯通的脑海中浮现出当年的场景：

> 他脑袋中回响起 B-17 重型轰炸机低沉的轰隆隆的声音，它猛烈地摇晃着向地面冲去，眼前是德国（Focke-Wulf 190s）战机——愤怒的大黄蜂从旁边疾驰而过，德军战机发射的黑色高射炮如同西部高速公路上的风滚草，此时机身布满了高射炮击中的痕迹……在比利时的上空，飞机遭受到了德军的袭击，飞机的尖锥被破坏掉了，机组成员们惊慌失措。副驾驶员斯通接着掌控局面，控制"肮脏莉莉"降落，飞机机腹狠狠地坠落在这片陌生的土地上，他们没有时间抛弃球形炮塔。等他从机舱中爬下来时，他发现飞行员劳伦斯·韦伯（Lawrence Webb）已经失去了意识。飞机撞击在树篱上，猛地下滑摩擦，重重地跌落在地面。机组成员纷纷爬了出来。斯通和飞行工程师将劳伦斯瘫软的身体从飞机机舱中拉出来，驾驶员的脸布满鲜血。机身在燃烧，机枪还在爆炸。斯通没有看到尾部射击员（tailer gunner）的踪迹，飞机左腰上的炮手一动不动地躺在地上。[3]

重返坠机地打开了斯通的记忆之匣，现今斯通所在的田野是他和同伴

---

[1] Bobbie Ann Mason. *The Girl in the Blue Beret*. New York: Random House, 2011. p. 113.
[2] Bobbie Ann Mason. *The Girl in the Blue Beret*. ibid. p. 5.
[3] Bobbie Ann Mason. *The Girl in the Blue Beret*. ibid. p. 6.

们驾驶的永不会被击垮的"空中堡垒"坠落的地方，同伴的离去和自己的幸存激发了他压抑已久的情绪，"他那个时候只有23岁而现在他已年近60岁，他为那些和他在同一架飞机上遇难丧生的年轻人而哭泣，这些人将自己的生命绑定在了他们深信不会被击毁的空中堡垒之中"①。坠机后的斯通被当地支持同盟军的欧洲村民们护送至法国。尽管村民将这些飞行员从死神手中夺回，但是他们的生命仍然岌岌可危，他们需要重返英国的飞行基地从而免遭沦为战俘的悲惨命运。

法国巴黎是斯通重塑历史记忆的第二站，斯通曾在1980年到访法国三次，战时的记忆、1980年重返巴黎的记忆和现在自己置身于巴黎的观察交叠在了一起，他不断拼凑和重拾该段记忆："当他抵达卢浮宫时，他意识到自己并没有以1980年这个时间视角去看待巴黎，他在复兴（resurrecting）1944年的一切。幽灵一般的意象覆盖在他眼前所见到的景象中。在杜伊勒里宫中，他的视线随着花园里面的风景延伸至香榭丽舍大道，直至凯旋门，自己眼前所见的风景和他多年以前在这里的记忆叠加在了一起"②：

那时这个地方交通畅达，他从新闻影片和照片中看到的图像一一涌现出来：希特勒的队伍步伐一致地列队前行，接着是胜利者丘吉尔和戴高乐。斯通的右手边是一个地铁站，他曾经和一位名为德兰西（Delancey）的性格傲慢的投弹手踽踽着从地铁中战战兢兢地走出来，就像意大利伦巴第（Lombardy）的白杨一样耸立在身材矮小的法国人中，在他们被淹没在一群德国人之前，这些德国人穿着带有威胁色彩的灰绿色制服从他们身边绕过。她就在那里，他首先看到了她，她正坐在长椅上查看时间表。斯通清楚地记得那一刻，她坐在长椅上，她的蓝色贝雷帽仿若一朵冬日盛放在杜伊勒里宫中的花朵。现在那个地方仍旧有一把长椅，但是已经不是她曾经接应他们时所坐的长椅了，它几乎是在同一个地方。不，他错了。当他看到她坐在长椅的时候，德兰西没有和他在一起，他和德兰西是在一个火车站首次遇见她。为什么他会在杜伊勒里花园和她相见？随着他渐渐靠近巴黎的协和广场，他脑海里浮现了协和式超音速喷射客机——超音速运输机。他希望那个飞机能够从他的头顶飞过，这样就会形成一个愉快的巧合，将历史达成一个结，多

---

① Bobbie Ann Mason. *The Girl in the Blue Beret*. ibid. p. 6.
② Bobbie Ann Mason. *The Girl in the Blue Beret*. ibid. p. 11.

第四章　流动的历史：空间化的历史记忆策略

个历史时刻在这个地方缠绕——玛丽·安托瓦内特在这里被斩首，埃及的方尖塔取代了断头台，拿破仑憧憬着凯旋门，斯通感到自己的历史也开始散发出来，仿佛他把自己的历史浓缩在内心中一个微小的点，回顾过去对于斯通来说是新颖的。"①

在这段描述中，第二次世界大战甚至是更早之前的历记忆在此处交叠，纳粹德军在巴黎列队行走对应的是希特勒占领巴黎的过往，之后丘吉尔和戴高乐的形象的出现对应的是第二次世界大战同盟军的胜利。同时，巴黎城市空间见证了斯通的逃亡经历，斯通感到，在这里属于自己的二战历史逐渐生成。然而，记忆的偏差导致了斯通在确定事件的真实参与者和事件发生地点时出现了困难。通过这段描述可知，斯通对初次与头戴贝雷帽的少女对接的记忆出现了错乱，人物和地点都发生了错置。然而，斯通并未因为记忆的困难而退缩，反而继续进行记忆的探索。

随着斯通在巴黎城市空间中的活动越加深入，往日的记忆变得越加清晰。斯通到了巴黎北站（Gare du Nord）以此对1944年发生的事情进行视像化的重现：

这个城市看起来更新了，交通也更为繁忙，这里没有穿着橄榄绿厚大衣的德国军官，膨胀的裤子和骇人的军事长筒靴，他不知道他走在哪条轨迹上，但是他在浩大的车站中漫游，朝着火车的方向走去，他从法国的绍尼（Chauny）来到巴黎后与安尼特（Annette）的第一次见面的景象变得越来越清晰了，她在阅读时间表，在火车上的时候他看到了一位头戴蓝色贝雷帽的男工人，那时候他会担心火车站会有不止一位女性头戴蓝色贝雷帽，但是她就是那一个。她那白色的袜子看起来无精打采，鞋跟被磨薄了，头发也乱蓬蓬的。她穿着一件扣子系得紧紧的羊毛大衣，怀里揣着书包，她望向了他但是没有向他或者另一个飞行员德兰西致意。她从站台的末端转至浩大的火车站的中庭，从台阶上跳跃着走下来。斯通和德兰西跟着她走到了街道上，她像兔子一样以之字型行走。②

接着，斯通从火车北站转至了卢浮宫："他从火车北站搭乘地铁后在夏特雷车站（Chatelet）换乘了一号火车，他不太确定，但是他认为自己要下

---

① Bobbie Ann Mason. *The Girl in the Blue Beret*. ibid. pp. 11-12.
② Bobbie Ann Mason. *The Girl in the Blue Beret*. ibid. pp. 139-140.

179

的站是卢浮宫（Palais Royal-Louvre），他来到了广场上，走向位于里沃利街（rue de Rivoli）的有柱廊的商店。这些商店之间以前有一个自动摄影机，它位于商店外的阳台上被临时建设的房子内，他记得安尼特在那里和一个女人互换消息和情报。安尼特和她的母亲帮助他制作了一个假身份证，改变了他的名字和年龄，这样就算他被纳粹逮捕也可逃过德国集中营的义务劳动。"①

在以上三段描述中可以发现，斯通的记忆在杜勒伊花园、巴黎的街头、火车站、里沃利街的有柱廊的商店的特定空间中被激发，斯通的思绪在过去与现在之间穿寻，对被混淆在一起的人、事、物进行归位。斯通和另一位被击坠的飞行员是在火车站遇见前来接应他们的头戴贝雷帽的少女安尼特，她以"Z"字形的行走方式带着他们在巴黎街头找到能够为他们拍照制作虚假身份证的商店。通过在巴黎街头的多个空间中游走的方式，斯通重新归置了自己的记忆。

在法国巴黎的城市空间中修正了自己的记忆之后，斯通抵达了第三站英国的空军基地：

他曾在伦敦停留，重返莫尔斯沃斯（Molesworth）的飞机场，他搭乘火车去往凯特灵（Kettering），转巴士到达了斯拉普斯顿（Thrapston）。火车是蓝色的，比起他回忆起来的沾染着灰尘的绿色战时长途公车要更为现代。他发现此时的基地已经荒废，柏油碎石的路面杂草丛生，他认出了此前的景象——电影《晴空血战史》里面的迪恩·贾格尔（Dean Jagger）回到了自己的旧基地，听到了记忆中 B-17s 重型轰炸机的声音在呼啸，这个世界是可以被预测的，这是电影胶片（celluloid）的陈词滥调。和贾格尔一样，他也能够听到 B-17s 的声音，机身的身体被性属化了，里面装满了炸药。机组成员将飞机的鼻子装饰了具有诱惑力的女人或者卡通形象和一些时髦的话语。'肮脏莉莉'装饰简陋，全身呈黑色，它有着乌黑的头发和红色的微皱的嘴唇。她是他们的傀儡（figure head），他们的啦啦队领袖，集妓女与母亲为一体的形象。所有人都想要开飞机，轰炸德国佬，成为英雄。②

在英国的空军基地中，和电影中重返空军基地的贾格尔一样，他也能听

---

① Bobbie Ann Mason. *The Girl in the Blue Beret*. ibid. p. 141.
② Bobbie Ann Mason. *The Girl in the Blue Beret*. ibid. p. 34.

到自己曾经驾驶的重型轰炸机的声音，记忆中的 B-17s 重型轰炸机浮现在眼前，那被他们实施女性化建构的轰炸机仿佛是他们施展其男性气概的场地，他们都渴望在这场伟大的战役中成为英雄。重访比利时的空军基地、重返法国回忆其躲避纳粹德军的经历和最终抵达英国的空军基地，马歇尔完成了自己的历史记忆之旅。

二、弥补性的记忆言说

致力于后记忆研究的玛丽安·赫希教授（Marianne Hirsch）曾提出弥补性阅读（reparative readings）这个概念，她称对记忆的"'弥补性阅读'提供了可选择的知晓方式。在后记忆的维度中，它提供了附带的、添加的、增殖的、可变的知晓历史的可能性，深入的弥补性记忆对搭建记忆的联系（connective）和建构从属（affiliations）的记忆呈开放姿态的"[①]。小说分为两条记忆线，一条是关于斯通在不同空间之中的历史记忆线，另一条则与他在欧洲找寻曾经帮助过他逃离纳粹德军逮捕的民众的历史记忆线，前者构成了主要的记忆叙事，而第二条作为一条隐含的记忆之线在小说开始时偶有浮现。斯通重回坠机地时心中便升起疑问："德军有没有杀害那些帮助美国飞行员的村民？在那些事件过去很多年后，他没有去探索该事件的余波，他过着另外一种生活。"[②] 然而，随着斯通重访故地，那些曾经帮助过他们的人的结局逐渐浮出水面。

米歇尔在坠机地中从少年吕西安口中得知亨利·勒查（Henri Lechat）的父亲用单车接送被击落的飞行员穿越法国边境的时候遇害；在拜访阿尔伯特一家时，他们提到皮埃尔的哥哥克劳德（Claude）将斯通隐藏在自家农场的谷仓躲避德军搜捕后，在谷仓中被炸弹炸伤；罗伯特（Robert）在帮助了包括马歇尔在内的飞行员后遭受了纳粹德军的严刑拷打，现在仍在精神病院中疗养，斯通在法国和安尼特的妹妹莫尼可（Monique）见面后从其口中得知安尼特和其父母在斯通在他们家隐匿不久以后很快被送往了集中营。斯通意识到："我了解到的内容是如此之少——主要是新闻标题、电影短片、战后被

[①] Hirsch, Marianne. *The Generation of Post-memory: Writing and Visual Culture after the Holocaust.* New York: Columbia UP, 2012. pp. 24-25.
[②] Bobbie Ann Mason. *The Girl in the Blue Beret.* ibid. p. 9.

揭示的惊人的真相。被暴力拉扯而下的金牙和牙齿填充物。阿道夫·艾希曼①（Adolf Eichmann）、希莱姆②（Himmler）、带刺的铁丝网、巨大的烤炉。"③斯通不禁叩问，那些因为帮助同盟军的民众们是"怎么存活下来的？"④。历史记住的是那些大名鼎鼎亦或是臭名昭著的人，而那些普通民众的故事却被历史的尘埃淹没了。斯通重返欧洲的记忆之旅促成了对这些被历史尘埃淹没的人们的记忆的弥补性建构。他向安尼特追溯了她和其父母被逮捕的记忆，从安尼特的记忆口述中，斯通才得知安尼特和她的母亲曾经被拘禁在法国的弗雷讷监狱（Fresnes Prison）和劳工营中。在她的描述中，那段尘封的记忆逐渐浮出水面：

> 监狱里面光线昏暗、闷热不透风，日日夜夜噪音不绝于耳，哭喊声、重击声、靴子踩踏在地上的声音。我们知道诺曼底登陆的事情，我们听到了轰炸声，我们相信巴黎解放在即。我们还听到呼喊、打斗的声音，守卫给我们送来食物的时候会用一些虚假、扭曲的故事或者谎言戏弄我们。监狱里面的食物不能称之为真正的食物，同在监狱中的少女伊冯（Yvonne）蜷缩成球状。我们的衣服已经被我们穿得破烂不堪，难以入眼，但是我们还是想办法清洗它，让自己看起来尽可能干净整洁。⑤

在这段由安尼特的第一人称的记忆叙事中，她的过去逐渐浮出水面，非人的关押环境、摧毁人信心的谎言仅仅是开端，随着安尼特的述说继续下去，安尼特的述说转为了第三人称述说，试图以他人的视角讲述这段故事，仿佛是在以这种方式抵触这段记忆，又或是从集体的视角讲述和她一样经历这段非人经历的人的故事："之后她们又被关押在德国的一个拥挤的劳工营中，她们在忍饥挨饿的状况下劳作，她们在沼泽地中填沙子、将肥料运往田地中；后来她们又被运往波兰，被迫在寒冷的高原上劳作。关押期间，犯人们必须在每天凌晨4点和辛苦劳作一天之后进行跺步（appel）活动，纳粹德军会清点人数以防犯人逃跑。寒冷的冬天她们会被命令站成一排，被士兵们用冷水管冲刷、浇灌，很多时候我们站在那里，方才浇到

---

① 阿道夫·艾希曼是纳粹的德国高官，在犹太人大屠杀中是执行"最终方案"的主要负责人，被称为"死刑执行者"。
② 海因里希·希姆莱是纳粹德国的一名法西斯战犯。
③ Bobbie Ann Mason. *The Girl in the Blue Beret*. ibid. p. 245.
④ Bobbie Ann Mason. *The Girl in the Blue Beret*. ibid. p. 245.
⑤ Bobbie Ann Mason. *The Girl in the Blue Beret*. ibid. p. 258.

身上的水已经结冰了。"①快结束历史述说时，安尼特又将视角转回到自我身上。在这段回忆中，纳粹德军变本加厉地折磨她们，在忍饥挨饿的情况下劳作、寒冷天气里的踩步操练和冷水浇灌的残忍待遇让倾听者不胜唏嘘，在这段历史的回忆快结束时，安尼特又转回了第一人称的叙事，认领了自己这段遭遇。

小说结尾，斯通和安尼特相约登山，如果说小说初始提及的斯通多年的飞行员观察视角导致其对事物细节方面把握不足，那么在欧洲和英国完成了个人和普通民众二战历史记忆的探寻之后，斯通和安尼特一同爬上山巅则隐喻了情绪的升华。"斯通跟随在安尼特的脚步之后，随着他们往山顶的雾霭中走去，她的蓝色贝雷帽被风吹起，掉落在地上，他们越爬越高。"②

在欧洲的记忆之旅让斯通的压抑已久的战争创伤获得了一个宣泄的出口并帮助他实现了对记忆的修正。除此之外，斯通的记忆之旅也点燃了历史余烬，让那些隐藏在历史背后的人物得以言说自己的经历。

第三节　缺席的越战纪念碑：集体失忆、重建记忆、演绎记忆

对同一历史事件的记忆促成了共同身份的生成，保证了集体意识的稳定性。而对历史事件的失忆性建构则导致了个人身份认同的失败。梅森的小说《在乡下》讲述了一个普通南方家庭的越战创伤修复之旅。"越战纪念碑"这一记忆空间在整篇小说中占据着举足轻重的作用。霍普韦尔（Hopewell）小镇"缺席的越战纪念碑"和老兵抵达"越战纪念碑"这个记忆空间如同括号将小说中的越战创伤首囊括在其中。整部小说一分为三，以环形的叙事模式实现了"现在"—"过去"—"现在"的回转，第一和第三部分以现在时态描述了萨姆（Sam）、舅舅艾米特（Emmett）以及祖母驱车前往越战纪念碑以及最终抵达目的地完成纪念仪式首尾呼应，第二部分穿插了其间萨姆

---

① Bobbie Ann Mason. *The Girl in the Blue Beret*. ibid. p. 265.
② Bobbie Ann Mason. *The Girl in the Blue Beret*. ibid. p. 345.

认知越战、帮助舅舅修复战争创伤的过程。小说中萨姆对越战细节的演绎以及萨姆祖孙三代驱车前往越战纪念碑展现了记忆的生成性和记忆空间对个人身份认同的重要性。

一、缺席的越战纪念碑：集体失忆后的身份之伤

"集体记忆是一个社会建构的概念"①，处于回忆和失忆的动态角力当中，阿莱德·阿斯曼（Aleida Assamnn）强调"被回忆的过去永远掺杂着对身份认同的设计"②。因而可知，集体对事件的记忆和判断塑造集体并影响个体的身份认同，集体记忆推动对个体定位的肯定，而集体失忆则让个体陷于身份断裂以及与集体认同失败的困境当中。

小说中，从萨姆的父亲达因（Dwayne）到舅舅艾米特的身份形塑转变体现了战后集体对越战的失忆建构，越战士兵经历了从"爱国者"至"边缘人"的身份降格。斯泰西（Judith Stacy）曾称"家庭是具有意识和象征意义的结构，它具有自己的历史和政治"③。20世纪50—60年代的美国正值国力上升期，在民权运动的自由和激进之风尚未破解美国传统的家庭性别模式之前，"美国家庭主要指由异性恋夫妻构成的核心家庭单元，在这一单元中有养家糊口的男人、操持家务的女人和他们的孩子"④，该种性别任务分工强化了男女的社会差异。保卫女性和守护家人成为验证男人男性气概的不二法则。然而，美国20世纪中期的地缘政治将男性塑造其性别气概的场域从私密的家庭空间移至异域空间——越南，成千上万的年轻男性满怀热血奔赴战场，达因和艾米特就位列其中。达因始终铭记其使命——"全都是为了她和孩子，要不然我怎么会在这儿呢"⑤"我不能忘记我来这里是为谁而战"⑥。他给自己将要出世的孩子的命名——萨缪尔（Samuel）和萨曼莎（Samantha）

---

① （法）莫里斯·哈布瓦赫：《论集体记忆》，毕然、郭金华译，上海：上海人民出版社，2002年，第39页。
② （德）阿莱达·阿斯曼：《回忆空间：文化记忆的形式和变迁》，潘璐译，北京：北京大学出版社，2016年，第85页。
③ Stacey, Judith. "Good Riddance to 'The Family': A Response toavid Popenoe." *Journal of Marriage and the Family* 55. 3 (1993): 545-547.
④ Stacey, Judith. "Good Riddance to 'The Family': A Response to David Popenoe." *Journal of Marriage and the Family*. ibid. pp. 545-547.
⑤ Mason, Bobbie Ann. *In Country*. New York: Harper & Row, 1985. p. 202.
⑥ Mason, Bobbie Ann. *In Country*. ibid. p. 203.

很容易让人将其与象征美国的山姆大叔（Uncle Sam）相联系。小说中两个"Sam"同框的细节设计颇具妙义，当萨姆跑步路过征兵站张贴的具有询唤性质的食指指向画面之外的"山姆大叔"海报时，萨姆仿佛受到了召唤，以同样的手势予以回应。米歇尔认为图像具有生命与爱，将其作为召唤观者欲望的主体，他认为山姆大叔的形象不同于造成"惊诧"和"瘫痪"的美杜莎，它的作用是"'招呼'观者"①，在这样的询唤机制之下即使是少女萨姆仍能体验到其强烈的感召力。她的父亲和他一样在该招兵海报的询唤下远赴越南。

然而，越战失利"它像一座桥，在美国的男孩们正要跨过它认领男性气概的过程中轰然坍塌了"②。达因殉难，艾米特遭受了战后集体失忆对其造成的身份降格，国家意识层面的战争神话被改写为个人层面的创伤。

迟迟未能结束的越战导致了惨重的伤亡，军用物资的投入造成了越战后期美国国内物资紧张、经济不景气的局面，多方面因素触发了美国境内的"反战运动"，大规模的反战游行撰写了与"英雄主义"战争史诗相悖的集体话语，这无形中影响了集体对该段历史记忆的建构。阿斯曼曾在个人和集体的层面上分别论述存储记忆和功能记忆。在集体层面上，存储记忆包含有"无用的、中性的、对身份认同抽象的专门知识"，它如同记忆语法，而功能记忆作为有人栖居的记忆，是一个"选择、连缀、意义建构的过程"③。相比起北方对越战幸存士兵返美后如修建纪念碑和举办欢迎回家的派对等功能记忆建构，位于南方的霍普韦尔小镇却处于对越战的集体失忆当中，仿佛这场战争从未发生。首先，萨姆一家极少谈及越战。萨姆的母亲在女儿面前对越战三缄其口，并劝诫萨姆不要担心舅舅，因为那场战争和"她"没有关系。另外，公共领域也存在对越战的失忆之中，艾米特回国后曾一度具有反战情绪，他甚至爬至县政府的塔楼，将越共旗帜插在塔顶。极具讽刺意味的是当场无人辨别出该面旗帜。艾米特因受战争"后创伤压力障碍症"、性无能、皮肤病的困扰致使其不能摆脱对药物的依赖，无法像正常人一样成家立业。社区之中流传着关于艾米特的闲言碎

---

① （美）威廉·约翰·托马斯·米歇尔：《图像何求：形象的生命与爱》，陈永国、高焓译，北京：北京大学出版社，2018年，第37页。
② Faludi, Susan. *Stiffed: The Betrayal of the American Man*. New York: Harper Collins, p. 298.
③ （德）阿莱达·阿斯曼：《回忆空间：文化记忆的形式和变迁》，前引书，第150-151页。

语。譬如，人们给他冠以"毒品走私犯"的负面称谓；"靠亲妹妹过活""在越南杀过婴孩等"①的谣言不绝于耳。战争的创伤所带来的社会再适应障碍和叙述危机（the crisis of articulation）使老兵不愿也无法融入社会为自己正名，艾米特和众多因受战争残害的老兵被大众边缘化，成为社会异类。在国家层面上，受国家意识形态控制的医院对美国在越南丛林中投下的化学武器所导致的副作用置若罔闻，企图抹灭战争伤痕。皮肤科医生在判定艾米特脸上的脓包时，坚持声称该症状是由其体内的荷尔蒙紊乱所致，而在艾米特试探着问该病症是否和"橙剂"有关时，医生矢口否认。艾米特便嘲讽道："不能够让这些医生承认橙剂是有问题的，你指望联邦政府会跳起来为你给出的答案鼓掌？"②"伴随着17世纪以来西方国家运行方式、政治权力机制的转变，医学逐渐取代传统的宗教与法律成为社会控制的重要制度，医学知识在生产与维持社会秩序的过程中逐渐被滥用。"③小说中，医学话语对艾米特所提疑问的回应反映了官方层面通过医学权力话语对威胁战争神话的边缘声音的压制，同时也是其推卸战争对老兵所担责任的不义之举。

集体对事件的回忆与个人在群体中的形象休戚相关。然而，在小说中，家庭内部、公共领域以及国家话语层面都处于对越战程度不一的失忆当中，导致了集体对艾米特的身份降格，构成了其战后的二次创伤。在接受史密斯（Wendy Smith）的访问时，"梅森称她并非有意识地选择书写越南，她首先在头脑中形成小说的人物和行动，之后才意识到这些人物和行动与越战有关。她认为这来自于自己的潜意识，就像它来自于美国的潜意识一样，是时候让它浮出水面了"④。

二、重"见"记忆：视化越南

受创者往往陷于"叙述的危机"，一方面是因为创伤是"一种压倒性的经验，受创者对创伤事件的反应通常是延迟的，以幻觉和其他侵入的形式复

---

① Mason, Bobbie Ann. *In Country*. ibid. p. 31.
② Mason, Bobbie Ann. *In Country*. ibid. p. 73.
③ 张有春：《福柯的权力观对医学人类学的启发》，《中央民族大学学报（哲学社会科学版）》2013年第5期，第17页。
④ Durham, Sandra Bonilla. "Women and War: Bobbie Ann Mason's In Country." *The Southern Literary Journal* 22.2 (1990): 45.

现,无法控制"①,另一方面是因为受创者认为听者无法与其感同身受。正如同为越战老兵的皮特(Pete)所言:"除非你曾经背着行军包袱穿过丛林(hump the boonies),否则你无法理解越战。"②因而可知,在受创者和第二代创伤见证者之间存在着记忆的叙述真空,这为后者记忆的承接和重建设置了障碍,但同时也让记忆的修复工作成为必要。

萨姆生活在视觉文化盛行的 20 世纪 80 年代,多种视觉元素充斥着她的日常生活:萨姆和她的同龄人沉迷于电视中商品广告对其铺天盖地的宣传之中;观看诸如《陆军野战医院》(*M. A. S. H*)和《现代启示录》(*Apocalypse Now*)等电视剧和电影构成了萨姆和艾米特的日常消遣;另外,政治意识宣传在电视荧屏找到了有效的宣传渠道,里根总统通过电视平台动员美国民众支持越战,杰罗丁·费拉罗在民主党大会上进行总统候选人提名的演讲片段时时闪现荧屏。可见,民众的日常审美和生活习性以及政治意识形态都卷入到流动的视觉图景当中。从小浸淫在猖獗的视觉文化中,萨姆形成了视觉化的认知和思维方式,影响了其介入历史的方式。

照片是萨姆了解父亲过往的触媒。照片创造了不在场的存在,它作为隐喻昭示着死亡与生命、消逝与存在、过去与现在的二元对立,既明示了照中人已不在的事实,同时又给予观相人穿越时空鸿沟参与照中人生命经验的契机。小说中有两处萨姆父亲拍摄于不同时期的照片的语象叙事,一处是父亲尚未参战时所拍的照片,"他没有戴军帽,留着又黑又长的头发,穿着蓝色套装,脸蛋偏粉色,头发在前额处稍稍卷曲"③。而在另一处语象描述中,他"身着深色军服,头戴军帽,面颊细长,鼻梁处有一小块明显的瑕疵联结着双眉,就像地图上的小镇一样,他的头发剪得很短,显露出了头皮"④。萨姆父亲的面部线条已趋硬朗,展现出肉眼可辨的男性气概。通过观看这两张照片,萨姆见证了父亲从男孩成长为男人的蜕变。

---

① Caruth, Cathy. *Unclaimed Experience: Trauma, Narrative, and History*. Baltimore: Johns Hopkins UP, 1996. p. 11.
② Mason, Bobbie Ann. *In Country*. ibid. p. 136.
③ Mason, Bobbie Ann. *In Country*. ibid. p. 194.
④ Mason, Bobbie Ann. *In Country*. ibid. p. 58.

桑塔格（Susan Sontag）曾提出："透过照片，我们成为事件的顾客。"①观看旧照也如同罗兰·巴特（Roland Barthes）的在《明室》中所生动勾勒的光影的溢出与交错，照片从一个曾经存在的现实物体散发光线，这些光线到达此时此地的观相者身上，为其开辟一条通往过去和思索现今的光影之路。水门事件爆发后，萨姆再一次凝视了父亲的照片，"照片中父亲的面庞控制着整个房间"②，询唤着萨姆去翻开关于越战的历史篇章。观看异国风景的邮票和倾听舅舅对越南风景的描述使萨姆"形成了越南映象（had a picture of Vietnam），它是像佛罗里达一样舒适的乡村，有海岸、棕榈树、水田和青山"③。风景宜人且具有地理亲缘性是萨姆对越南的最初印象。然而，该种诗意印象很快又被电视上的战地场景所切换，"电视上有很多人身背包袱，怀抱孩子，军用吉普在路上奔驰。远处是青山，铺好的路旁边是狭窄的泥巴路肩"④，静态的风景被逃命的民众和往来的军用汽车打乱。另外，情景剧《陆军野战医院》让萨姆首次体验战争伤亡带来的情感冲击。剧中人物"布莱克上校"被杀的画面让痴迷剧情的萨姆震惊许久。对她来说，"布莱克上校的死比起生父的死更为逼真，即使反复观看，仍然心感不安"⑤。虽然电视的视觉动态和引人入胜的情节易使观者产生情感共鸣，但在呈现真实方面仍存有缺陷。例如，萨姆所看到的另一部越战电影取景于墨西哥，战士们行走在一片平坦宽阔、等待抽穗的玉米地中，但明知拍摄场景为墨西哥的萨姆陷入了所见之物是否真实的疑虑当中。多恩（Mary Ann Doane）曾指出"电视是呈现指涉性诱饵的一种灾难性工具，它应允我们能够感觉自己仿佛身处电视里的场景。然而，它却展现了视觉媒介在模拟真实时所具有的断裂和不确定性"⑥。毋庸置疑，图像能够让萨姆更为直观地了解历史，但不可忽视的是，图像的欺骗性又让信息的传达存在不可靠的因素。在经过多番探索越南和其历史的努力受挫之后，萨姆转向历史书本寻求历史真相，

---

① （美）苏珊·桑塔格：《论摄影》，黄灿然译，上海：上海译文出版社，2010年，第240页。
② Mason, Bobbie Ann. *In Country*. ibid. p. 67.
③ Mason, Bobbie Ann. *In Country*. ibid. p. 51.
④ Mason, Bobbie Ann. *In Country*. ibid. p. 51.
⑤ Mason, Bobbie Ann. *In Country*. ibid. p. 25.
⑥ Doane, Mary Ann. "Information, Crisis and Catastrophe." *Logics of Television: Essays in Cultural Criticism*.Ed. Patricia Mellencamp. Bloomington: Indiana UP, 1990. p. 234.

第四章 流动的历史：空间化的历史记忆策略

但又因为"书本中关于越战的内容所述不多"，抱怨"那些书连图片都没有"①而告终。

最终，萨姆转而对越战亲历者所留下的文献进行考古式追踪来"重见"（re-visualize）越南。米歇尔在《语象叙事与他者》（*Ekphrasis and the Other*）一文中从心理认知的角度将语象叙事分为三个认知层次——语象叙事的冷漠（ekphrastic indifference）、语象叙事的希望（ekphrastic hope）和语象叙事的恐惧（ekphrastic fear）②，以此揭示读者通过阅读和想象的联合机制实现"文本读者"到"图像观者"的角色转换。萨姆通过阅读父亲的日记中一段对战场上偶遇的敌军尸体的语象描写，实现了该种角色的转换。"7月17日，两天前，我们偶遇一具被树叶遮盖的越南人尸体，他深陷于洼地之中……它被巨大的香蕉叶所覆盖，观看尸体腐烂就像我们上生物课一样饶有趣味，尸体有一种特别的臭味，死去的敌军尸体也有一种特别的臭味。鲍比·G（Bobby G.）用棍子戳了戳他的脸，一些牙齿掉落下来。"③敌人腐烂的尸体在父亲好奇的目光下化为生物课上的标本，从而获得其视觉再现的特征。经过阅读父亲对这一"生物标本"兼具嗅觉与视觉的多维描写、联系香蕉成熟后会散发"病态甜味"的生活常识与回忆祖母在花园里挖出来的死猫尸体的细节让萨姆的观图体验顿显立体、生动、真实，具有较强视像能力的萨姆在脑海中形成了对父亲描述的尸体的意象。萨姆不由自主地"将自己观察死猫尸体时的好奇感和父亲偶遇死尸的猎奇心理进行比较"④，竟产生了真实幻觉，甚至出现了呕吐的生理应激反应。

萨姆通过邮票、电视剧、电影等视觉媒介以及相关的语象叙事描写建构了越南映象以及越战的视像记忆体，但它仍属于单向面的记忆实践，甚至在帮助萨姆追求历史真相方面具有欺骗性。此外，知晓越战并未能够使萨姆直接帮助舅舅从战争创伤中振作过来，但它并非毫无益处，对越南的视觉建构以及战争的视觉记忆为萨姆之后的记忆操演奠定了基础。

---

① Mason, Bobbie Ann. *In Country*. ibid. p. 48.
② Mitchell, William John Thomas. "Ekphrasis and the Other." *South Atlantic Quarterly* 91.3（1992）: 695-719.
③ Mason, Bobbie Ann. *In Country*. ibid. p. 203.
④ Mason, Bobbie Ann. *In Country*. ibid. p. 205.

三、演绎记忆：化解战争创伤

卡鲁斯（Cathy Caruth）曾指出"见证创伤在于行动和介入，因为创伤是呈关闭性质的，这就意味着见证应以行动和介入的方式产生，而非止步于了解创伤的内容"[①]。如若说阅读父亲的日记，使萨姆实现了从"文本读者"到"图像观者"的角色转换。那么，通过设置心理剧还原越战场景，梅森则让萨姆成为"画中人"。

心理剧疗法是美国心理学家雅各布·莫雷诺（Jacob Moreno）和其妻泽卡·莫雷诺（Zerka Moreno）于1921年提出的用于心理障碍症的治疗方法，它"基于重新表演（re-enactment）和宣泄（catharsis）两种治疗原则，再加上仪式（ritual）和叙事（narrative）的奇特成分"[②]，用以帮助参与者疗愈创伤。凯勒曼（Peter Felix Kellermann）又将其划分为重新演出（reenactment）、认知性重新处理（cognitive processing）、附加能量的释放（surplus energy）、附加现实（surplus reality）、人际支持（interpersonal support）、治疗性仪式（therapeutic ritual）六个治疗层面[③]。该种心理治疗方法融合了古希腊时期的戏剧演绎和悲剧的"宣泄"原理，其目的是将参与者置于元创伤情境中体验创伤并释放悲伤和伤痛的情绪。虽然萨姆并非战争亲历者，但梅森通过选取她来演绎创伤，为艾米特提供了一个安全的距离去审视创伤，并成功将其纳入戏剧场地协助其疗愈创伤。

在阅读了父亲的日记之后，萨姆决意体验一番丛林作战以此进入父亲和舅舅的生命经历。她为自己设置了表演场地——卡伍德池塘（Cawood's Pond），正如同《黑暗之心》中西方人对非西方的充满敌意的视觉地理建构——生长着茂密树木、险象环生的非洲大陆，梅森也建构了美国人对东南亚的视觉图景，萨姆对它的评价是"西肯塔基州最后一片能够让人面对荒野的地方"[④]，这里绿树成荫，空气湿润，丛林里活跃着臭虫、蚊子和毒蛇。在丛林中的第一晚，她化身守夜站岗的士兵，通过幻想自己曾在书本

[①] 解友广：《当下的创伤理论：凯茜·凯鲁斯访谈》，《外国文学研究》2016年第2期，第4页。
[②] （瑞）彼特·菲利克斯·凯勒曼、（美）赫金斯：《心理剧与创伤：伤痛的行动演出》，李怡慧、洪启惠译，北京：高等教育出版社，2007年，第2页。
[③] （瑞）彼特·菲利克斯·凯勒曼、（美）赫金斯：《心理剧与创伤：伤痛的行动演出》，李怡慧、洪启惠译，北京：高等教育出版社，2007年，第2页。
[④] Mason, Bobbie Ann. *In Country*. ibid. p. 208.

第四章　流动的历史：空间化的历史记忆策略

中读到过的关于越战场景的描写来创设表演场景："越南的天空就像在进行烟火表演一样，嘶嘶割草声、喷射式飞机的呼啸、火炮震耳欲聋的隆隆声、迫击炮、炸弹等的射击和爆炸声混合而成。"[①]通过幻想，萨姆将文本描写转化为具有声效的战地场景，萨姆孤身一人在恶劣的"丛林"环境中经历了一夜冒险之后，竟获得了一种劫后余生（survived）的感觉。萨姆的戏剧扮演在艾米特到来时进入高潮。前来寻找萨姆的艾米特被萨姆误当作强奸犯予以防备，她真实地体会了一番在丛林中与"敌人"对抗时的紧张感。在"敌人"迫近之时，她用罐头制成了用以防身的锐器，并设计了应战策略，她计划用钥匙攻击其双眼，并用膝盖偷袭对方，此刻的萨姆深切地感受到了战士作战时的恐惧，"自己就处于父亲的位置"[②]。可幸的是，萨姆的假想敌是舅舅艾米特。艾米特在洞悉萨姆一夜未归的原因后，重新审视了自己的创伤遭遇。根据戏剧疗法的解释，"宣泄不应该被诱发或抑制，而是应该被容许随它自己的时机和形式出现"[③]，在丛林当中面对同为"受创者"的萨姆，艾米特克服了叙述危机，这使得第二代创伤见证者成功进入到第一代受创者的口头创伤叙事当中，戏剧表演者萨姆将戏剧舞台让位于艾米特。"艾米特点燃一支烟，开始时讲得很慢，接着语速越来越快，他好像要把所有关于越战的事情倾吐出来"[④]，他回忆起自己和越南军的一场遭遇战，生动地描述其如何穿过地雷阵、躲过手榴弹，孤身一人在死人堆里潜伏数小时。就在萨姆将舅舅的这段口头记忆与其在电影中看到类似情景进行对比之时，艾米特便立即指出他所经历的是真实发生的事情，而电影中的情节则为虚构，这一真实和虚拟的区分成功地让艾米特认领其创伤经历，在情绪把控不住之时以哭泣的方式宣泄了压抑已久的情感。最终，萨姆离家出走体验战争的举动让艾米特认识到可能失去家人的恐惧，并觉悟自己在返美后对家人的忽视，主动提出前往越战纪念碑，决意与过去和解。

小说结尾，萨姆、祖母、艾米特三人顺利到达越战纪念碑，祖母如愿将从家乡带来的鲜花放置于纪念碑的墙面之下，完成了对死去儿子达因的悼念

---

① Mason, Bobbie Ann. *In Country*. ibid. p. 214.
② Mason, Bobbie Ann. *In Country*. ibid. p. 217.
③ Kellermann, Peter Felix. *Focus on Psychodrama*. London: Jessica Kingsley，1992. p. 83.
④ Mason, Bobbie Ann. *In Country*. ibid. p. 222.

仪式；艾米特盘腿席坐于纪念碑前微笑和过去告别，正式认领越战老兵身份；而萨姆在墙面上意外发现了和自己同名的战亡将士的名字"萨姆·阿兰·修斯"（Sam Alan Hughes），被纪念的男性士兵和主动去记忆越战的女主人公萨姆在越战纪念碑这一记忆之地化为一体。如同梅森在小说结尾所感叹的，"似乎美国所有的名字都被用来装饰这个墙面"①。在越战纪念碑这个回忆空间中，个体记忆与集体记忆、历史和现在、创伤与释怀、悲痛与希冀得以融合，深化了小说的记忆主题。

本章小结

两位作者对历史记忆的书写均采取了空间化的策略，在小说《花哨的步伐》中，史密斯以"重演"促成了斯比得小镇的人们对小镇诞生和内战事件的记忆建构，创造了多个历史时空体，其中以重演策略的情感软力化解了内战重演内容隐含的记忆政治中的不利因素；在梅森的小说《头戴蓝色贝雷帽的女孩》中，男主人公在空间的穿行中通过想象和记忆的重组实现了个人战争记忆的确认，同时带动了他人的历史记忆的弥补性叙述；在小说《在乡下》中，缺席的越战纪念碑昭示了集体失忆的事实，女主人公从多种视觉媒介中获得线索最终得以回溯这段历史，在类似越南的"卡伍德池塘"这一空间中越战老兵宣泄了战争创伤并在"越战纪念碑"中与过去达成和解。

史密斯和梅森以极具创意的空间化的记忆策略捕捉了当代南方人历史记忆的流动，从内战、第二次世界大战到越战，南方人的历史记忆轨迹逐渐与美国整体的记忆相融合。可以发现的是，两位作家对南方人历史记忆的书写中出现了空间转移，在地的历史记忆实践让位于发生在他地的历史实践，打破了南方人稳固的历史记忆时空体，稀释了在地的历史情感，呈现出南方人的历史记忆的动态流动。

---

① Mason, Bobbie Ann. *In Country*. ibid. p. 254.

结　语

　　韦尔蒂以南方地方为中心，倚重"活动性"的涵盖了个体感觉、体验、行动和意图这些动态因子的地方诗学和理念贯穿在其文学创作，并影响了其后的史密斯、泰勒和梅森这些当代南方女性作家的空间书写。通过不同维度的空间书写，四位当代南方作家捕捉到了当代南方人的心理感知和情动，深度探讨个体、家庭、社会、生态环境等议题，反思20世纪视觉文化转向下不同身体暗含的经济逻辑和种族建构，尝试以文学创作与视觉媒介的嫁接之术展现南方人的视觉日常，在历史的空间化的重演、戏剧表演和重返旧时空间中再现当代南方人的历史记忆的嬗变。

　　其空间书写作为对南方地方的文学表征呈现出"去南方"的倾向，具体表现在其书写的地理范畴逐渐超出南方和关注的话题超越南方文学固有主题两方面。韦尔蒂和史密斯的地方书写虽然以南方为地理标记描绘南方人的生活，但是她们笔下的南方人身上的南方性逐渐模糊。韦尔蒂的短篇小说《远亲》中对南方地名和远亲不再熟悉、对生态环境难以适应的"我"和《花哨的步伐》中评判南方淑女的标准的变更展现了南方意识被稀释的现状，从内部击破了南方白人男性塑造的南方神话；"最后一位南方作家"梅森笔下的南方被商业文化和大众文化抹平特征，逐渐与美国其他地区别无二致；在泰勒的文学作品中，南方人的活动轨迹超出了南方固定的地理范畴，外来移民抵达南方，她在跨地界和国界的背景中讨论南方地区具有跨文化背景的人们的身份认同问题。有关她们的创作主题方面，韦尔蒂在20世纪中后期对黑人群体的关注展现了她跳脱出南方白人男性给女性设置的带有南方色彩的性别和种族之茧，她勇于掀开种族偏见之帘去反思长久以来南方白人女性羞于启齿的种族问题；史密斯和梅森的历史书写中，南方人从固定的南方历史记忆的时空体慢慢转入到美国整体的历史记忆时空体之中。可以说，她们的书写以不同的形式展现出对南方现实和地方性的思考和回应，表现出其书写强烈的批判性。

另外，其空间书写不仅仅具有明显的空间形式、叙事特色和空间思维，同时也展现出其女性细腻的观察和艺术洞察力，通过该空间书写，引领读者进入到丰富的文学空间当中，感悟人物的心理世界，体验南方人的生活空间，并创建栩栩如生、引人入胜的视觉空间让读者体验生动的文学视界，还将历史的再记忆进行空间化的演示，其空间书写展现出当代女性作家的文学传承和创新，涌动着鲜活的创作叙事活力。

近些年来，空间研究成为英美文学研究持久不衰的热点，空间研究看似是一个有利的且放之于所有文学分析当中都"可行"的文学研究范式，其原因是任何文学作品均是在具体的时空体中产生，这导致了空间研究成为文学研究者青睐的探索文学文本的理论参照。学者们从文学文本的空间形式、地理绘图、旅行叙事、身体等与空间相关的切入点展开研究，为文学的空间研究打开了前阵，其学术成果丰富了后来的文学研究者对新的文学文本的理解，为文学的空间研究作出了难以忽视的贡献。目前，在探索文学的空间研究的前景方面，国内外学者都试图寻找学术突破的可能性。例如得克萨斯州立大学的罗伯特·塔利教授（Professor Robert T. Tally）发表在《复旦学报》的文章《文学空间研究：起源、发展和前景》中提出"地理批评"理论和实践，呼吁学者聚焦地方、空间关系以及文学与地理之间的相互关系；刘英教授在《外国文学研究》上发表的《流动性研究：文学空间研究的新方向》认为空间转向孕育了流动性的转向；王安教授在《外国文学》发表的《语象叙事》引起了学界对文学中语象关系的讨论等。笔者在文学的空间研究中将身体、情感、个人体验、重演等内容提至重点关注的位置，可以说为文学的空间研究的跨学科研究提供了新的可能的切入口。

参考文献

一、英文书目

1. Books

[1] ALBRIGHT ANN COOPER. Choreographing Difference: The Body and Identity in Contemporary Dance[M]. Hanover: Weslyan UP, 1997.

[2] ATKINS JACQUELINE MARKS. Shared Threads: Quilting Together, Past and Present[M]. New York: Viking Studio Books, 1994.

[3] ADAMS SUSAN S. Loss and Decline in the Novels of Anne Tyler: The "Slipping-down" Life[M]. Lewiston: Edwin Mellen Press, 2006.

[4] AGNEW VANESSA, et al., ed. The Routledge Handbook of Reenactment Studies: Key Terms in the Field[M]. Oxon: Routledge, 2000.

[5] BUNTING CHARLES T. " 'The Interior World': An Interview with Eudora Welty."Conversations with Eudora Welty[M]. Ed. Peggy W. Prenshaw. Jackson: UP of Mississippi, 1984.

[6] BROWN CAROLYN J. A Daring Life: A Biography of Eudora Welty[M]. Jackson: UP of Mississippi, 2012.

[7] BUNYAN JOHN. Pilgrim's Progress[M]. London: Seeley, 1801.

[8] BRYANT JOSEPH ALLEN. Twentieth-Century Southern Literature[M]. Lexington: UP of Kentucky, 1997.

[9] BRANNINGAN JOHN. Introducing Literary Theories[M]. Edingburgh: Edingburgh UP, 2001.

[10] BINDING PAUL. Separate Country: A Literary Journey through the American South[M]. New York: Paddington Press, 1979.

[11] BAIL PAUL. Anne Tyler: A Critical Companion[M]. Westport and London: Greenwood Press, 1998.

[12] BARILLEAUX RENE PAUL, ed. Passionate Observer: Eudora Welty among Artists of the Thirties[M]. Jackson: UP of Mississippi, 2002.

[13] BOGDAN ROBERT. Freak Show Presenting Human Oddities for Amusement and Profit[M]. Chicago: U of Chicago P, 1988.

[14] "The Social Construction of Freaks." Freakery: Cultural Spectacles of the Extraordinary Body[M]. Ed. Rosemarie Garland Thomson. New York and London: New York UP, 1996. pp. 23-37.

[15] BELLETTO STEVEN. "Inventing Other Realities What the Cold War Means for Literary Studies." Uncertain Empire American History and the Idea of the Cold War[M]. New York: Oxford UP. pp. 75-88.

[16] CARON BARBARA HARRELL. "Art's Internal Necessity: Anne Tyler's Celestial Navigation." The Fiction of Anne Tyler[M]. Ed. Ralph Stephens.

Jackson and London: UP of Mississippi, 1990. pp. 47-54.
[17] CARUTH CATHY. Unclaimed Experience: Trauma, Narrative, and History[M]. Baltimore: Johns Hopkins UP, 1996.
[18] COUNIHAN CAROLE M. The Anthropology of Food and Body: Gender, Meaning and Power[M]. New York: Routledge, 1999.
[19] CHEMERS MICHAEL M. Staging Stigma: A Critical Examination of the American Freak Show[M]. New York: Palgrave Macmillan, 2008.
[20] CLOUGH PATRICIA TICINETO, JEAN HALLEY, eds. The Affective Turn: Theorizing the Social[M]. Durham: Duke UP, 2007.
[21] CROFT ROBERT W. Anne Tyler: A Bio-Bibliography[M]. Westport: Greenwood Press, 1995.
[22] CRAN RONDA. Collage in Twentieth-Century Art, Literature and Culture Joseph Cornell, William Burroughs, Frank O' Hara, and Bob Dylan[M]. Farnham: Ashgate Publishing Company, 2014.
[23] CARSON RACHEL. Silent Spring[M]. Boston & New York: Houghton Mifflin Company, 1962.
[24] CROFT ROBERT W. Anne Tyler: A Bio-Bibliography[M]. Westport: Greenwood Press, 1995.
[25] An Anne Tyler Companion[M]. Westport: Greenwood Press, 1998.
[26] CELINE SALLY. Zelda Fitzgerald[M]. New York: Arcade Publishing, 2012.
[27] DELEUZE GILLES, FELIX GUATTARI. A Thousand Plateaus, Capitalism and Schizophrenia[M]. Trans.
[28] Brian Massumi[M]. London: Athlone Press, 1988.
[29] DOLLARHIDE LOUIS. Eudora Welty: A Form of Thanks[M]. Ed. Ann J. Abadie. Jackson: UP of Mississippi, 1979.
[30] DOANE MARY ANN. "Information, Crisis and Catastrophe." Logics of Television: Essays in Cultural Criticism[M]. Ed. Patricia Mellencamp. Bloomington: Indiana UP, 1990:222-238.
[31] DAVIS S. "Development of the Profession of Horticulture Therapy." Horticulture as Therapy, Principles and Practice[M]. Eds. Sharon P. Simson and Martha C. Straus. Binghamton: Haworth Press Inc, 1997.
[32] EGERTON JOHN. Southern Food: At Home, on the Road, in History[M]. Chapel Hill: U of North Carolina P, 1993.
[33] EICHELBERGER JULIA. Tell about Night Flowers Eudora Welty's Gardening Letters, 1940-1949[M]. Jackson: UP of Mississippi, 2013.
[34] ECKARD PAULA GALLANT. Maternal Body and Voice in Toni Morrison, Bobbie Ann Mason, and Lee Smith[M]. Columbia: U of Missouri Press, 2002.
[35] ENGLISH SARAH. "An Interview with Anne Tyler." The Dictionary of Literary Biography Yearbook[M]. Detroit: Gale Research, 1982: 193-194.
[36] EVANS SARA. Personal Politics: The Roots of Women's Liberation in the Civil Rights Movement and the New Left[M]. New York: Knopf, 1979.

[37] FOX CHARLES P, THOMAS PARKINSON. The Circus in America[M]. Waukesha: Country Beautiful, 1969.
[38] FLATLEY JONATHAN. Affective Mapping: Melancholia and the Politics of Modernism[M]. Cambridge: Harvard UP, 2008.
[39] FRANK JOSEPH. Spatial Form in Modern Literature[M]. New Brunswick: Rutgers UP, 1963.
[40] FALUDI SUSAN. Stiffed: The Betrayal of the American Man[M]. New York: Harper Collins, 1999.
[41] FITZGERALD ZELDA. Save me the Waltz[M]. Carbondale: Southern Illinois UP, 1967.
[42] GLASSBERG DAVID. American Historical Pageantry[M]. Chapel Hill: U of North Carolina P, 1990.
[43] GLASGOW ELLEN. The Woman Within[M]. New York: Harcourt, 1954.
[44] GROSZ ELIZABETH. "Intolerable Ambiguity: Freak as/at the Limit." Freakery: Cultural Spectacles of the Extraordinary Body[M]. New York and London: New York UP, 1996. pp. 55-66.
[45] GRETLUND JAN NORDBY. A Companion to the Southern Culture and Literature[M]. Malden: Blackwell Publishing Ltd, 2004.
[46] GULLETTE MARGARET MORGANROTH. "Anne Tyler: The Tears (and Joys) Are in the Things." The Fiction of Anne Tyler[M]. Ed. C. Ralph Stephens. Jackson and London: UP of Mississippi, 1990.
[47] GILBERT SANDRA, SUSAN GUBAR. The Madwoman in the Attic: the Woman Writers and the Nineteenth-Century Literary Imagination[M]. New Haven: Yale UP, 1979.
[48] GREENE WILHELMINA F, HUGO L BLOMQUIST. Flowers of the South Native and Exotic[M]. Chapel Hill: U of North Carolina P, 1953.
[49] HILL DOROTHY COMBS. Lee Smith[M]. New York: Twayne Publishers, 1992.
[50] HOBSON FRED. "Of Canons and Cultural Wars: Southern Literature and Literary Scholarship after Mid-century." The Future of Southern Letters[M]. Eds. Jefferson Humphries and John Lowe. New York and Oxford: Oxford UP, 1996.
[51] HOBSON FRED, BARBARA LADD, eds. The Oxford Handbook of the Literature of the U. S. South[M]. New York: Oxford UP, 2016.
[52] HIRSCH MARIANNE. The Generation of Post-memory: Writing and Visual Culture After the Holocaust[M]. New York: Columbia UP, 2012.
[53] HADDEN ROBERT LEE. Reliving the Civil War: A Re-enactor's Handbook[M]. Pennsylvania: Stackpole Books, 1999.
[54] HALTON SUSAN, JANE ROY BROWN. One Writer's Garden Eudora Welty's Home Place[M]. Jackson: UP of Mississippi, 2011.
[55] JAMES AGEE, WALKER EVANS. Let Us Now Praise Famous Men[M]. Boston: Houghton Mifflin, 2001.
[56] JOHNSON DANIELLE N. Understanding Lee Smith[M]. Columbia: The U

of South Carolina Press, 2018.
[57] KANE DANIEL. What is Poetry: Conversations with the American Avant-Garde[M]. New York: Teachers and Writers Books, 2003.
[58] KLAVER ELIZABETH. Sites of Autopsy in Contemporary Culture[M]. New York: State U of New York P, 2005.
[59] KING FRANCIS LOUISA YEOMANS. The Little Garden[M]. Boston: The Atlantic Monthly Press, 1922.
[60] KREYLING MICHAEL. Author and Agent: Eudora Welty and Diarmuid Russell[M]. New York: Farrar, Struas, Girous, 1991.
[61] Understanding Eudora Welty[M]. Columbia: U of South Carolina P, 1999.
[62] KELLERMANN PETER FELIX. Focus on Psychodrama[M]. London: Jessica Kingsley, 1992.
[63] KURTH PETER, JANE S LIVINGSTON. "Zelda Fitzgerald." The Collected Writings[M]. Ed. Matthew J. Bruccoli. Tuscaloosa: U of Alabama P, 1997.
[64] LUNSFORD ANDREA, ed. Reclaiming Rhetorica: Women in the Rhetorical Tradition[M]. Pittsburgh: U of Pittsburgh P, 1995.
[65] LAWRENCE ELIZABETH. Gardening for Love: The Market Bulletins[M]. Durham: Duke UP, 1987.
[66] LANAHAN ELEANOR, ed. Zelda: An Illustrated Life: The Private World of Zelda Fitzgerald[M]. New York: Harry N. Abrams, 1996.
[67] LEVY HELEN FIDDYMENT. Fiction of the Home Place: Jewett, Cather, Glasgow, Porter, Welty and Naylor[M]. Jackson: UP of Mississippi, 1992.
[68] LEFEBVRE HENRI. The Production of Space[M]. Cambridge and Massachusetts: Basil Blackwell, 1991.
[69] LINTON KARIN. The Temporal Horizon: A Study of the Theme of Time in Anne Tyler's Major Novel[M]. Uppsala: Ubsaliensis, 1989.
[70] MCCALMAN IAIN, Paul A. Pickering. "From Realism to the Affective Turn: An Agenda." Historical Reenactment: From Realism to the Affective Turn[M]. Eds. McCalman and Pickering. New York: Palgrave, 2010. pp. 1-17.
[71] MACO JOSEPH. The Nuclear Borderlands: The Manhattan Project in Post-Cold War New Mexico[M]. Princeton UP, 2020.
[72] MARX LEO. The Machine in the Garden: Technology and the Pastoral Ideal in America[M]. New York: Oxford UP, 1964.
[73] MILFORD NANCY. Zelda: A Biography[M]. Chicago: Avon Books, 1970.
[74] MAGEE ROSEMARY M, ed. Friendship and Sympathy: Communities of Southern Women Writers[M]. Jackson: UP of Mississippi, 1992.
[75] MARRS SUZANNE. Eudora Welty: a Biography[M]. Orlando: Harcourt, 2005.
[76] What There Is to Say We Have Said: The Correspondence of Eudora Welty and William Maxwell[M]. Boston: Hughton Mifflin Harcout, 2011.
[77] Eudora Welty: A Biography[M]. Orlando: Harcourt, 2015.
[78] MARTIN THEODORA PENNY. The Sound of Our Own Voices: Women's Study Clubs 1860-1910[M].Boston: Beacon Press, 1987.

[79] MITCHELL W J T. What Do Pictures Want The Lives and Loves of Images[M]. Chicago and London: U of Chicago P, 2005.
[80] Image Science: Iconology, Visual Culture, and Media Aesthetics[M]. London and Chicago: U of Chicago P, 2015.
[81] NAPIER AUGUSTUS, CARL WHITAKER. The Family Crucible: the Intense Experience of Family Therapy[M]. New York: Harper and Row, 1978.
[82] NOLAN TOM, ed. Meanwhile There Are Letters: The Correspondence of Eudora Welty and Ross Macdonald[M]. New York: Arcade Publishing, 2017.
[83] OAKES GUY. The Imaginary War Civil Defense and American Cold War Culture[M]. New York and Oxford: Oxford UP, 1994.
[84] PETRY ALICE HAL. Understanding Anne Tyler[M]. Columbia: U of South Carolina P, 1990.
[85] PERRY CAROLYN, MARY LOUISE WEAKS, eds. The History of Southern Women's Literature[M]. Baton Rouge: Louisiana State UP, 2002.
[86] PRICE JOANNA. Understanding Bobbie Ann Mason[M]. Columbia: U of South Carolina P, 2000.
[87] PRENSHAW PEGGY WHITMAN, ed. Conversations with Eudora Welty[M]. Jackson: UP of Mississippi, 1984.
[88] PUTNAM RICHELLE, JOHN AYCOCK. The Inspiring Life of Eudora Welty[M]. Jackson: UP of Mississippi, 2014.
[89] ROBERTS BLAIN. Pageants, Parlors, Pretty Women: Race and Beauty in the Twentieth-Century South[M]. Chapel Hill: U of North Carolina P, 2014.
[90] RAEBURN JOHN. A Staggering Revolution: A Cultural History of Thirties Photography[M]. Champaign: U of Illinois P, 2006.
[91] RUTHVEN KEN. Nuclear Criticism[M]. Melbourne: Melbourne UP, 1993.
[92] ROMINE SCOTT. The Real South: Southern Narrative in the Age of Cultural Reproduction[M]. Baton Rouge: Louisiana State UP, 2008.
[93] ROSALIND THOMAS. Literacy and Orality in Ancient Greece[M]. Cambridge: Cambridge UP, 1992.
[94] ROGER W CAVES, ed. Encyclopedia of the City[M]. Abingdon and New York: Routledge, 2005.
[95] STEPHENS C RALPH, ed. The Fiction of Anne Tyler[M]. Jackson and London: UP of Mississippi, 1990.
[96] SHOWALTER ELAINE. The Female Malady: Women, Madness, and English Culture, 1830-1980[M]. New York: Pantheon Books, 1985.
[97] SCHMIDT PETER. The Heart of the Story: Eudora Welty's Short Fiction[M]. Jackson: UP of Mississippi, 1991.
[98] SCHNEIDER REBECCA. Performing Remains Art and War in Times of Theatrical Re-enactment[M]. Abingdon: Routledge, 2011.
[99] TYLER ELAINE MAY. Homeward Bound: American Families in the Cold War Era[M]. New York: Basic Books, 1988.
[100] TATE LINDA. A Southern Weave of Women Fiction of the Contemporary South[M]. Athens and London: U of Georgia P, 1994.

[101] TATE LINDA, SMITH LEE, ed. Conversations with Lee Smith[M]. Jackson: UP of Mississippi, 2001.
[102] TREICHLER PAULA A. "Escaping the Sentence: Diagnosis and Discourse in 'The Yellow Wallpaper'." Feminist Issues in Literary Scholarship[M]. Ed. Shari Benstock. Bloomington:Indiana UP, 1987.
[103] THOMSON ROSEMARIE GARLAND. Freakery : Cultural Spectacles of the Extraordinary Body[M]. New York: New York UP, 1996.
[104] TWELVE SOUTHERNERS. I'll Take My Stand: The South and the Agrarian Tradition[M]. New York and London: Harper & Brothers Publishers, 1930.
[105] VOELKER JOSEPH C. Art and the Accidental in Anne Tyler[M]. Columbia and London: U of Missouri P, 1989.
[106] WILHELM ALBERT. Bobbie Ann Mason: A Study of the Short Fiction[M]. New York: Twayne Publishers, 1998.
[107] WELTY EUDORA. Place in Fiction[M]. New York: House of Books Ltd, 1957.
[108] WALDRON ANN. Eudora Welty: A Writer's Life[M]. New York: Doubleday, 1998.
[109] WESTLING LOUISE. Eudora Welty[M]. Basingstoke: Macmillan Education, 1989.
[110] YATES FRANCIS. *The Art of Memory*[M]. Chicago: U of Chicago P, 1966.
[111] MAGEE ROSEMARY M, ed. Friendship and Sympathy: Communities of Southern Women Writers[M]. Jackson: UP of Mississippi, 1992.

2. Dissertations

[1] AMENDE KATHALEEN E. Resolving the Sexual and the Sacred in the Works by Lee Smith, Rosemary Daniell and Sheri Reynolds[D]. Tulane U, 2004.
[2] ARMSTRONG RHONDA JENKINS. Rural Women and Cultural Conflict in Contemporary American Literature[D]. Saint Louis U, 2005.
[3] BLESSING ANNE HANAHAN. Reparational Literature: The En-salved Female Body as Text in Contemporary Novels by White Women[D]. Tulane U, 2015.
[4] BENNETT BARBARA ANNE. Comic Visions and Female Voices: Contemporary Women Novelists and the Humour of the New South[D]. Arizona State U, 1994.
[5] BROCK DOROTHY FAYE SALA. Anne Tyler's Treatment of Managing Women[D]. U of North Texas, 1985.
[6] BIDINGER ELIZABETH ANN. A Long Way From Home: Class, Identity and Ethics in Autobiography[D]. U of Connecticut, 2004.

[7] BRANTLEY JENNIFER SUSAN. Beyond the Screened Porch: The Storytelling Tradition in Southern Women Writers[D]. U of Nebraska, 1994.

[8] BEATTIE LIND. Tracking the Muse: A Study of the Nature of Creativity in Texts and Contexts of Selected Contemporary Kentucky Writers[D]. Spalding U, 1997.

[9] BYRD LINDA JOYCE. Sexuality and Motherhood in the Novels of Lee Smith[D]. Texas A & M U, 1998.

[10] BURNETTE MARK W. Screenplay Development and the Production Process in the Film Adaptation of Anne Tyler's Novel *The Accidental Tourist*[D]. Bowling Green State U, 2003.

[11] BACKES NANCY. An Adolescence of Their Own: Feminine Coming of Age in Contemporary American Literature[D]. The U of Wisconsin-Milwaukee, 1990.

[12] BRANAN TONITA SUSAN. Issues of Where: The Activity of Place in Contemporary Southern Writing by Women[D]. Michigan State U, 2000.

[13] COLEMAN CHERYL DEVON. The Sins of the Fathers: Suffering and Salvation in the Novels of Anne Tyler[D]. The U of Mississippi, 1995.

[14] CAMPBELL DIANA KAYE. "Mutual Answerability": Aesthetics, Ethics, Transgredients from Mikhail Bakhtin to Lee Smith to Leslie Marmon Silko[D]. The U of North Carolina at Greensboro, 1999.

[15] COCHRAN LYNN. Unbecoming Gender in the Fiction of Anne Tyler, Mona Simpson, and Sue Miller[D]. Indiana U, 1996.

[16] CRAWLEY LAURA KAY. Roots of Continuity or Causalities of Change? Mothers in Twentieth Century Southern Women Fiction[D]. Emory U, 2003.

[17] CROFT ROBERT WAYNE. Anne Tyler: An Ordinary Life[D]. U of Georgia, 1994.

[18] COLLEY SHARON ELIZABETH. Getting above your Raising?: The Role of Social Class and Status in the Fiction of Lee Smith[D]. Louisiana State U and Agricultural & Mechanical College, 2002.

[19] CHANTHAROTHAI SASITORN. Transforming Self, Family, and Community: Women in the Novels of Anne Tyler, Toni Morrison, and Amy Tan[D].

Indiana U of Pennsylvania, 2003.

[20] DOHERTY MARGARET O' CONNOR. State-Funded Fictions: the NEA and the Making of American Literature after 1965[D]. Harvard U, 2015.

[21] DOCARMO STEPHEN NORTON. History and Refusal: The Opposition to Consumer Culture in Contemporary American Fiction[D]. Lehigh U, 1999.

[22] DUNNE SARA LEWIS. The Foods We Read and the Words We Eat: Four Approaches to the Language of Food in Fiction and Nonfiction[D]. Middle Tennessee State U, 1994.

[23] DIETZEL SUSANNE B. Re-configuring the Garden: Representations of Landscape in Narratives by Southern Women[D]. U of Minnesota, 1996.

[24] DOUGLAS THOMAS WILLIAM PARKER. What We Talk about When We Talk about the Media: American Literary Culture and the Public Sphere[D]. U of California, Santa Barbara, 1997.

[25] ELISON JAMES J. Warring Fictions: Cultural Politics and the Vietnam War Narrative[D]. The U of North Carolina at Greensboro, 1995.

[26] FIELD CHRISTOPHER B. Our Fathers, Our Brothers, Ourselves: Illusory Pattern Perception and the Progression of Trauma Theory[D]. Southern Illinois U at Carbondale, 2015.

[27] GLEICHERT BOTHNER AMY B. Changeable Pasts: Reinventing History in Contemporary American Women's Fiction[D]. U of Pittsburgh, 1996.

[28] GRAHAM DIANA GAIL. Representations of the Self in the Novel of Virginia Woolf, Susanna Moore, Anne Tyler, and Toni Morrison[D]. Indiana U, 1994.

[29] GAINEY KAREN FERN WILKES. Subverting the Symbolic: The Semiotic Fictions of Anne Tyler, Jayne Anne Phillips, Bobbie Ann Mason, and Grace Paley[D]. The U of Tulsa, 1990.

[30] GRUBBS MORRIS ALLEN. Unsettling Urges and the Displacement of Home: Bobbie Ann Mason and Shiloh and Other Stories[D]. U of Kentucky, 2001.

[31] GRAYBILL MARK STEVEN. Theorizing the Southern Postmodern[D]. U of South Carolina, 1998.

[32] HURFORD ANN. Destablizing Boundaries and Inhabiting Thresholds: Eccentricity and Liminality in Anne Tyler's Writing[D]. Nottingham Trent U, 2003.

[33] HOWELL CYNTHIA M. Rereading Agrarianism: Despoliation and Conservation in the Works of Wendell Berry, Lee Smith and Bobbie Ann Mason[D]. U of Kentucky, 1996.

[34] HINRICHS DANIELLE. Writing a War Story: American Women's Writing on the Vietnam War[D]. The Claremont Graduate U, 2004.

[35] HENNINGER KATHERINE RENEE. Ordering the Facade: Photography and the Politics of Representation in Contemporary Southern Women's Fiction[D]. U of Texas at Austin, 1999.

[36] HINRICHSEN LISA. Moving Forwards, Looking Past: Trauma, Fantasy and Mis-recognition in Southern Literature 1930-2001[D]. Boston U, 2008.

[37] HANSEN ROBERT J. Timely Meditations: Reclaiming The Use-Value of History in The Postmodern Novel[D]. U of Notre Dame, 1996.

[38] HONGRITTIPUN SUPASIRI. Troubled Childhoods and Problematic Relationships in Anne Tyler's Work[D]. Northern Illinois U, 2004.

[39] JOHNSON DANIELLE N. I'm Glad I Gave All My Heart: The Fiction of Lee Smith[D]. The U of North Carolina at Chapel Hill, 2013.

[40] JONES MAUREEN BUCHANAN. Mothers of Pearl: An Historical and Psychoanalytic Analysis of Single Mothers in Literature[D]. U of Massachusetts Amherst, 1992.

[41] KELBER BARBARA NEAULT. Making Places: Writing Women of the American South[D]. U of California, Riverside, 1994.

[42] LAFLEN ANGELA MARIE. Observing Subjects: Visual Culture and The Politics of Visual Representation in Contemporary North American Women's Writing[D]. Purdue U, 2005.

[43] LEE GWANG-JIN. Consuming the Popular: Contemporary American Fiction and Popular Culture[D]. U of South Carolina, 2001.

[44] LUTER MATTHEW JONATHAN. Writing the Devouring Neon: Celebrity and Audience in American Literature 1973-2003[D]. The U of North Carolina at

Chapel Hill, 2010.

[45] LEE PATICIA BECKER. Vulgar or Valuable? The Function of Popular Culture in the Works of Vladimir Nabokov and Bobbie Ann Mason[D]. Fordham U, 2001.

[46] LANDIS ROBYN GAY. The Family Business: Problems of Identity and Authority in Literature, Theory, and the Academy[D]. U of Pennsylvania, 1990.

[47] MEDVESKY ANGELIQUE HOBBS. Faulty Vision and Hearing in the Novels of Anne Tyler[D]. Indiana U of Pennsylvania, 2008.

[48] MCCORD CHARLINE RIGGS. Affirmation through Negation: The Rebelling Anti-Belle in the Works of Ellen Douglas, Lee Smith, Jill McCorkle, Valerie Sayers, and Carolyn Haines[D]. The U of Southern Mississippi, 2005.

[49] MARION CAROL A. Distorted Traditions: the Use of the Grotesque in the Short Fiction of Eudora Welty, Carson McCullers, Flannery O'Connor and Bobbie Ann Mason[D]. U of North Texas, 2004.

[50] MARWITZ MARY RUTH. Gender-ed Epistemology in the Fiction of Bobbie Ann Mason[D]. U of South Carolina, 1998.

[51] MORRIS RHONDA ANN. Authoring Bodies: White Southern Women's Writing, 1920-1940[D]. U of Florida, 1997.

[52] NESTER NANCY L. Signs of Family: Images of Family Life in Contemporary American Literature[D]. U of Rhode Island, 1995.

[53] NAULTY PATRICIA MARY. I Never Talk of Hunger: Self-starvation as Women's Language of Protest in Novels by Barbara Pym, Margaret Atwood, and Anne Tyler[D]. The Ohio State U, 1988.

[54] NESANOVICH STELLA ANN. The Individual in the Family: A Critical Introduction to the Novel of Anne Tyler[D]. Louisiana State U and Agricultural & Mechanical College, 1979.

[55] ORLIJAN KIMBERLY JOY. Consuming Subjects: Cultural Productions of Food and Eating[D]. U of California, Riverside, 1999.

[56] PRAJZNEROVA KATERINA. Cultural Intermarriage in Southern Appalachia

Cherokee Elements in Four Selected Novels by Lee Smith[D]. Taylor U, 2001.

[57] PATTERSON LAURA SLOAN. Where's the Kitchen? Feminism, Domesticity, and Southern Women's Fiction[D]. Vanderbilt U, 2001.

[58] PETERS SARAH L. Ambivalent Devotion: Religious Imagination in Contemporary Southern Women's Fiction[D]. Texas A & M U, 2009.

[59] ROT ELAINE. The Visible Woman: Pleasure and Resistance in U. S. Literary Sentimentalism and Cinematic Melodrama[D]. U of Oregon, 1999.

[60] REDDICK NILES M. Eccentricity as Narrative Technique in Selected Works of Lee Smith, Clyde Edgerton, and Janice Daugharty[D]. The Florida State U, 1996.

[61] ROBINSON SHERRY LEE. Lee Smith: the Flesh, the Spirit, and the Word[D]. U of Kentucky, 1998.

[62] SALAS ANGELA M.The Uses of Absence in Selected Novels by Edith Wharton, Willa Cather, Toni Morrison and Anne Tyler[D]. The U of Nebraska-Lincoln, 1995.

[63] SMITH CARISSA TURNER. Placing Religion: The Spiritual Geography of Twentieth-Century American Women Writers[D]. The Pennsylvania State U, 2007.

[64] SMITH VIRGINIA A. Between the Lines: Contemporary Southern Women Writers Gail Godwin, Bobbie Ann Mason, Lisa Alther and Lee Smith[D]. The Pennsylvania State U, 1989.

[65] THOMPSON ELIZABETH ROSE. Saving the Southern Sister: Tracing the Survivor Narrative in Southern Women's Modern and Contemporary Novels and Plays[D]. The U of Memphis, 2010.

[66] UNDERWOOD GLORIA JAN. Blessings and Burdens: Memory in the Novels of Lee Smith[D]. U of South Carolina, 1991.

[67] WESLEY DEBORAH RAE. Renouncing Restrictive Narratives: The Southern Lady and Female Creativity in the Works of Lee Smith and Gail Godwin[D]. Louisiana State U and Agricultural & Mechanical College, 1994.

[68] WRIGHT ELIZABETH J. Leaving 'Home': Travel and the Politics of Literacy in United States Women's Fiction and Autobiography, 1898-1988[D]. The U of New Mexico, 2000.

[69] WARREN KAREN WHEELER. Loosening the Bible Belt: The Search for Alternative Spiritual Narratives in the Fiction of Randall Kenan, Lee Smith, and Ron Rash[D]. The U of North Carolina at Greensboro, 2010.

[70] WOLPERT LIANA PAULA. Crossing the Gender Line: Female Novelists and Their Male Voices[D]. The Ohio State U, 1988.

[71] WIELAND LISA CADE. Old Times Not Forgotten: Family and Storytelling in Twentieth-Century Southern Literature[D]. Marquette U, 2007.

[72] WHITESIDES MARY PARR. Marriage in the American Novel from 1882 to 1982[D]. U of South Carolina, 1984.

[73] WISEHART MARILYN PERKINS. Housework Redone: The Representation of Domestic Work and Homemakers in Depictions of the Middle Class in American Literature and Film[D]. The U of Rhode Island, 1993.

[74] WOOTEN MARGARET EVERHART. Family Structure and Relationships in the Novel of Anne Tyler[D]. U of South Carolina, 1997.

3. Articles
  [1] ALLISON DOROTHY. Plot vs.Character[J]. The Women's Review of Books 23. 1 (2006): 4.
  [2] ARNOLD EDWIN T, LEE SMITH. An Interview with Lee Smith[J]. Appalachian Journal 11. 3 (1984) : 240-254.
  [3] ARMSTRONG RHONDA. Reading around the Narrator in Lee Smith's Oral History[J]. Journal of Appalachian Studies 21. 1(2015): 7-20.
  [4] BROOKS CLEANTH. Faulkner and the Muse of History[J]. Mississippi Quarterly 28. 3（1975）: 265-279.
  [5] BUCHANAN HARRIETTE C. Conversations with Lee Smith by Linda Tate[J]. Appalachian Journal 30. 2/3 (2003): 232-235.
  [6] BROWN JANE ROY. Welty's Sense of Place Preserved in Jackson[J]. Boston Globe, November 28, 2010, M. 5. M. 2.
  [7] BYRD LINDA. The Emergence of the Sacred Sexual Mother in Lee Smith's Oral History[J]. The Southern Literary Journal 31. 1(1998): 119-142.
  [8] BILLIPS MARTHA. What a Wild and Various State: Virginia in Lee Smith's Oral History[J]. Journal of Appalachian Studies 13. 1/2(2007): 26-48.
  [9] A Deleted Manuscript, an Early Story, and a New Approach to the Fiction

of Lee Smith[J]. Tulsa Studies in Women's Literature 29. 2(2010): 417-424.
[10] BRINKMEYER ROBERT H. Finding One's History: Bobbie Ann Mason and Contemporary Southern Literature[J]. The Southern Literary Journal 19. 2(1987): 20-33.
[11] BENNETT TANYA LONG. The Protean Ivy in Lee Smith's Fair and Tender Ladies[J]. The Southern Literary Journal 30. 2(1998): 76-95.
[12] CONNOLLY ANDREW. Not Real Good at Modern Life: Appalachian Pentecostals in the Works of Lee Smith[J]. The Southern Literary Journal 49. 1 (2016): 79.
[13] CORDLE DANIEL. Cultures of Terror: Nuclear Criticism During and Since the Cold War[J]. Literature Compass 3. 6 (2006): 1186-1199.
[14] CHOUARD GERALDINE. Sew to Speak: Text and Textile in Eudora Welty[J]. South Atlantic Review 63. 2 (1998): 7-26.
[15] CAMPBELL H H. Lee Smith and the Bronte Sisters: Document View[J]. The Southern Literary Journal 33. 1 (2000): 141.
[16] CORRIGAN LESA CARNES. Snapshots of Audubon: Photographic Perspectives from Eudora Welty and Robert Penn Warren[J]. The Mississippi Quarterly 48. 1 (1994): 83-91.
[17] CLAXTON MAE MILLER. Beauty and the Beast: Eudora Welty's Photography and Fiction[J]. South Atlantic Review 72. 2 (2007): 70-86.
[18] CRAN RONA. Material Language for Protest: Collage in Allen Ginsberg's "Wichita Vortex Sutra" [J]. Textual Practice 34. 4 (2020): 669-689.
[19] CLARKE WENDY MITMAN. Eudora Welty's Garden, Where the Writer Grounded Her Craft[J]. Smithsonian Magazine, April 7, 2005. B19.
[20] DERRIDA JACQUE, CATHERINE PORTER, et al. No Apocalypse, Not Now (Full Speed Ahead, Seven Missiles, Seven Missives) [J]. Diacritics 14. 2 (1984): 20-31.
[21] DONLON JOCELYN HAZELWOOD. Hearing is Believing: Southern Racial Communities and Strategies of Story-Listening in Gloria Naylor and Lee Smith[J]. Twentieth Century Literature 41. 1 (1995): 16.
[22] DETWEILER M B, SHARMA T, et al. What is the Evidence to Support the Use of TherapeuticGardens for the Elderly[J]. Psychiatry Investing 9. 2 (2012): 100-110.
[23] DONALDSON SUSAN V. Making a Spectacle: Welty, Faulkner and Southern Gothic[J]. The Mississippi Quarterly 50. 4 (1997): 567-584.
[24] DURHAM SANDRA BONILLA. Women and War: Bobbie Ann Mason's In Country[J]. The Southern Literary Journal 22. 2 (1990): 45-52.
[25] EVANIER DAVID. Song of Baltimore[J]. National Review 32. 12 (1980): 973-973.
[26] ENGELHARDT ELIZABETH. Canning Tomatoes, Growing "Better and More Perfect Women": The Girls' Tomato Club Movement[J]. Southern Culture 15. 4 (2009): 78-92.
[27] EAGLETON TERRY. Edible ecriture[J]. Times Higher Education 1303

(1997) : 25.
[28] FERRARI G R F. The Meaningless of Gardens[J]. The Journal of Aesthetics and Art Criticism 68. 1 (2010): 33-45.
[29] FRANK JOSEPH. Spatial Form: An Answer to Critics[J]. Critical Inquiry 4. 2 (1977): 232-252.
[30] GRANDE LAURA. Strange and Bizarre: the History of Freak Shows: Laura Grande Looks at Different Aspects of Freak Shows in England and the US in the 19th Century[J]. History Magazine 12. 1 (2010): 19-23.
[31] GARLAND-THOMSON ROSEMARIE. Feminist Disability Studies[J]. Signs 30. 2 (2005): 1557-1587.
[32] HILL DOROTHY COMBS. An Interview with Bobbie Ann Mason[J]. Southern Quarterly 21.1(1991): 90-91.
[33] HEFFERNAN JAMES A W. Ekphrasis and Representation[J]. New Literary History 22. 2 (1991): 297-316.
[34] LUELOFF JORIE. Authoress Explains Why Women Dominate in South[J]. Morning Advocate, February 8, 1965.
[35] JONES SUZANNE W. City Folks in Hoot Owl Holler: Narrative Strategy in Lee Smith's Oral History[J]. The Southern Literary Journal 20. 1 (1987): 101-112.
[36] KIRCHER CASSANDRA. On Nature Writing in the Nuclear Age[J]. Fourth Genre Explorations in Nonfiction 15. 1 (2013): 197-203.
[37] KAPLANSKY LESLIE A. Cinematic Rhythms in the Short Fiction of Eudora Welty[J]. Studies in Short Fiction 33. 4 (1996): 579.
[38] LAWSON ASHLEY. The Muse and the Maker: Gender, Collaboration, and Appropriation in the Life and Work of F. Scott and Zelda Fitzgerald[J]. The F. Scott Fitzgerald Review 13 (2015): 76-109.
[39] MASON BOBBIE ANN. An Atomic Romance[J]. Booklist 101. 19-20 (2005): 1712.
[40] LOEWENSTEIN CLAUDIA, LEE SMITH. Unshackling the Patriarchy: An Interview with Lee Smith[J]. Southwest Review 78. 4 (1993): 486-505.
[41] LLOYD RICHARD. Urbanization and the Southern United States[J]. Annual Review of Sociology 38 (2002): 483-506.
[42] MASSUMI BRIAN. The Autonomy of Affect[J]. Cultural Critique 31 (1995): 83-109.
[43] MILLER MONICA. A Loa in These Hills: Voudou and the Ineffable in Lee Smith's On Agate Hill[J]. Journal of Appalachian Studies 15. 1/2 (2009): 116-125.
[44] MERRINGTON PETER. Heritage, Pageantry and Archivism: Creed Systems and Tropes of Public History in Imperial South America, Circa 1910[J]. Kronos 25 (1998): 125-151.
[45] MITCHELL W J T. Ekphrasis and the Other[J]. South Atlantic Quarterly 91. 3 (1991): 695-719.
[46] NESBITT ROBIN. Mason, Bobbie Ann: An Atomic Romance[J]. Library

Journal 130.12 (2005): 69.

[47] OSTWALT CONRAD. Witches and Jesus: Lee Smith's Appalachian Religion[J]. The Southern Literary Journal 31. 1 (1998): 98-118.[47]

[48] PITAVY-SOUQUES DANIÈLE. The Fictional Eye: Eudora Welty's Re-translation of the South[J]. South Atlantic Review 65. 4 (2000): 90-113.

[49] PARASECOLI FABIO. Food, Identity, and Cultural Reproduction in Immigrant Communities[J]. Search Research: An International Quarterly 81. 2 (2014): 415-439.

[50] POLLACK HARRIET. From Shiloh to In Country to Feather Crowns: Bobbie Ann Mason, Women's History, and Southern Fiction[J]. The Southern Literary Journal 28. 2 (1996): 95-116.

[51] Photographic Convention and Story Composition: Eudora Welty's Uses of Detail, Plot, Genre, and Expectation from "A Worn Path" through "The Bride of the Innisfallen" [J].Southern Central Review 14. 2 (1997): 15-34.

[52] PARRISH NANCY. Lee Smith[J]. Appalachian Journal 19. 4 (1992) : 394-401.

[53] PHILLIPS ROBERT L. Patterns of Vision in Welty's The Optimist's Daughter[J]. The Southern Literary Journal 14. 1 (1981): 10-23.

[54] ROBERTS BLAIN. A New Cure for Brightleaf Tobacco: the Origins of the Tobacco Queen during the Great Depression[J]. Southern Cultures 12. 2 (2006): 30-52.

[55] STACEY JUDITH. Good Riddance to "The Family": A Response to David Popenoe[J]. Journal of Marriage and the Family 55. 3 (1993): 545-547.

[56] SCOTT JOAN W. The Evidence of Experience[J]. Critical Inquiry 17. 4 (1991): 773-797.[56]

[57] SEIDEL KATHRYN LEE, ALEXIS WANG, et al. Performing Art: Zelda Fitzgerald's Art and the Role of the Artist[J]. The F. Scott Fitzgerald Review 5. 1 (2006): 133-163.

[58] SCHNEIDERMAN LEO. Anne Tyler: The American Family Fights for its Half-Life[J]. American Journal of Psychoanalysis 56. 1(1996): 65-81.

[59] SIMPSON LEWIS P. The Southern Recovery of Memory and History[J]. Sewanee Review 82. 1 (1974): 1-32.

[60] SWEENEY SUSAN ELIZABETH. Intimate Violence in Anne Tyler's Fiction: The Clock Winder and Dinner at the Homesick Restaurant[J]. The Southern Literary Journal 28. 2 (1996) : 79-94.

[61] TYLER ANNE. The Fine Full World of Welty[J]. Washington Star, October 26, 1980, d1.

[62] TAYLOR DIANA. Performance and/as History[J]. The Drama Review 50. 1 (2006): 67-86.

[63] TEBBETTS TERRELL L. Disinterring Daddy: Family Linen's Reply to As I Lay Dying[J]. The Southern Literary Journal 38. 2 (2006): 97-112.

[64] WESLEY DEBBIE. New Way of Looking at an Old Story: Lee Smith's Portrait of Female Creativity[J]. The Southern Literary Journal 30. 1 (1997):

88-101.

[65] WELTY EUDORA. Some Notes on Time in Fiction[J]. Mississippi Quarterly 26. 4 (1973): 483-492.

[66] [66]WRIGHT GEOFFREY A. Eudora Welty's Photographic Ethics and Aesthetics: the Politics of Form in *One Time, One Place* and *The Golden Apples*[J]. *Southern Quarterly* 47. 2 (2010): 56-79.

二、中文书目
1. 图　书

[1] （德）阿斯曼·阿莱达. 回忆空间：文化记忆的形式和变迁[M]. 潘璐，译. 北京：北京大学出版社，2016.

[2] （比）布莱·乔治. 批评意识[M]. 郭宏安，译. 南昌：百花洲文艺出版社，1993.

[3] （法）巴什拉·加斯东. 空间的诗学[M]. 张逸婧，译. 上海：上海译文出版社，2009.

[4] （美）博科维奇.剑桥美国文学史（第三卷）[M]. 蔡坚，等，译. 北京：中央编译出版社，2010.

[5] （美）博科维奇. 剑桥美国文学史（第六卷）[M]. 张宏杰，赵聪敏，译. 蔡坚，校. 北京：中央编译出版社，2009.

[6] （美）博科维奇. 剑桥美国文学史（第七卷）[M]. 孙宏，译.北京：中央编译出版社，2012.

[7] （美）布伊尔·劳伦斯. 环境批评的未来：环境危机与文学想象[M]. 刘蓓，译. 北京：京大学出版社，2010.

[8] 高红霞. 当代美国南方文学主题研究[M]. 北京：知识产权出版社，2019.

[9] 高红霞，张同俊. 20世纪美国南方文学[M]. 兰州：兰州大学出版社，2011.

[10] （法）哈布瓦赫·莫里斯. 论集体记忆[M]. 毕然，郭金华，译. 上海：上海人民出版社，2002.

[11] （美）吉恩·马修. 美国当代南方小说[M]. 杜翠琴，译. 兰州：兰州大学出版社，2018.

[12] （瑞）凯勒曼·彼特·菲利克斯，（美）赫金斯. 心理剧与创伤：伤痛的行动演出[M]. 李怡慧，洪启惠，译. 北京：高等教育出版社，2007.

[13] （法）库尔蒂纳·让-雅克. 身体的历史 目光的转变：20世纪[M]. 孙圣英，赵济鸿，吴娟，译. 上海：华东师范大学出版社，2019.

[14] 李杨. 美国"南方文艺复兴"：一个文学运动的阶级视角[M]. 北京：商务印书馆，2011.

[15] 李杨. 欧洲元素对美国"南方文艺复兴"本土性的建构[M]. 上海：同济大学出版社，2015.

[16] 李杨. 颠覆、开放、与时俱进：美国后南方的小说纵横论[M]. 北京：中国社会科学出版社，2018.

[17] 李杨，张坤，叶旭军. 论鲍比·安·梅森小说里美国后南方的嬗变[M]. 上海：同济大学出版社，2019.

[18] （美）米歇尔 W J T. 图像理论[M]. 陈永国、胡文征，译，北京：北京大学出版社，2006.

[19] （美）米歇尔 W J T. 图像何求？形象的生命与爱[M]. 陈永国，高焓，译. 北京：北京大学出版社，2008.

[20] （美）米歇尔 W J T. 风景与权力[M]. 杨丽，万信琼，译. 南京：译林出版社，2014.

[21] （美）米歇尔 W J T. 图像何求：形象的生命与爱[M]. 陈永国，高焓，译. 北京：北京大学出版社，2018.

[22] （美）帕灵顿·维龙·路易斯. 美国思想史[M]. 陈永国，李增，郭乙瑶，译. 长春：吉林人民出版社，2002.

[23] 乔国强，等. 美国文学批评史[M]. 上海：上海外语教育出版社，2019.

[24] （法）热奈特·热拉尔. 热奈特论文集[M]. 史忠义，译，天津：百花文艺出版社，2001.

[25] （美）桑塔格·苏珊. 论摄影[M]. 黄灿然，译. 上海：上海译文出版社，2010.

[26] 隋红升. 男性气质[M]. 北京：外语教学与研究出版社，2020.

[27] 汪涟. 尤多拉·韦尔蒂小说的主导型男性气质研究[M]. 北京：外语教学与研究出版社，2013.

[28] 王欣. 创伤、记忆和历史：美国南方创伤小说研究[M]. 成都：四川大学出版社，2013.

[29] 汪民安，郭晓彦. 生产（第 11 辑）：德勒兹与情动[M]. 南京：江苏人民出版社，2016.

[30] [30]赵辉辉. 尤多拉·韦尔蒂作品身体诗学研究[M]. 北京：中国社会科学出版社，2020.

2. 期刊和辑刊文章

[1] 金雯. 情感是什么[J]. 外国文学，2020（6）：144-157.

[2] 罗超. 美国内战后的南部记忆文化："女士纪念协会"与"南部重葬运动"[J]. 东南学术，2017（6）：219-225.

[3] （美）罗伯特·塔利. 文学空间研究：起源、发展和前景[J]. 复旦学报（社会科学版），2020（6）：121-130.

[4] 李美华. 安·泰勒在美国当代女性文学中的地位[J]. 当代外国文学，2003（3）：145-149.

[5] 李杨. 九十年代的美国南方小说[J]. 外国文学评论，1999（4）：128-132.

[6] 李杨. 后现代时期美国南方文学对"南方神话"的解构[J]. 外国文学研究，2004（2）：23-29+17.

[7] 李常磊，王秀梅. 当代美国南方文学的现实性回归[J]. 当代外国文学，2011（1）：149-155.

[8] 李媛媛，陈夺. 后现代美国南方文学的审美特征[J]. 外语学刊，2016(2)：147-149.

[9] 李杨，张坤. 梅森对南方男性的重塑[J]. 外国文学，2017（3）：131-138.

[10] 刘英. 流动性研究：文学空间研究的新方向[J]. 外国文学研究，2020(2)：26-38.

[11] 孙杰娜. 情动研究视野下的当代美国医生书写[J]. 社会科学研究，2017（4）：186-193.

[12] 童明. 暗恐/非家幻觉[J]. 外国文学，2011（4）：106-116.

[13] 王晓路. 地缘政治与文学研究：对时间序列研究范式的反思[J]. 社会科学研究，2016（6）：2-9.

[14] 王晓路，刘岩. 事件与文学的边界[J]. 社会科学研究，2018（2）：29-36.

[15] 王晓路. 文艺的历史发生与区域流变[J]. 社会科学研究，2021（1）：63-68.

[16] 王晓路. 情感与观念：论文学的基本要素及其功能[J]. 外国文学，2020（6）：108-117.

[17] 王欣. 记忆的政治：从逃逸者到南方重农主义者[J]. 外国文学研究，2009（5）：145-152.

[18] 王欣. 雄辩与内省：美国 20 世纪初南方重农主义的话语模式[J]. 四川大学学报（哲学社会科学版），2010（4）：32-37.

[19] 王安，程锡麟. 西方文论关键词：语象叙事[J]. 外国文学，2016（4）：77-87.

[20] 肖明翰. 美国南方文艺复兴的动因[J]. 美国研究，1999（2）：77-97.

[21] 解友广. 当下的创伤理论：凯茜·凯鲁斯访谈[J]. 外国文学研究，2016（2）：1-6.

[22] 阳洋. 重见越南，修复创伤：论《在乡下》中记忆的视觉书写[J]. 当代外国文学，2019（1）：147-154.

[23] 张军. "对往日家园的美好追忆"：梅森和她的肯塔基文学[J]. 外国文学动态，2011（1）：19-20.

[24] 张坤. 隐性的起承转合：《在乡下》之叙事时间策略[J]. 江西社会科学，2018（9）：115-122.

[25] 赵莉华. 空间政治与"空间三一论"[J]. 社会科学家，2011（5）：138-141.

[26] 朱法荣. "最后的依靠"：《给我留下华尔兹》中新潮女郎的伦理建构[J]. 英美文学研究论丛，2016（2）：214-226.

[27] 张璟慧. 巴什拉对现象学的贡献[J]. 河南大学学报，2016（2）：113-120.

[28] 张有春. 福柯的权力观对医学人类学的启发[J]. 中央民族大学学报（哲学社科学版），2013（5）：17-22.

[29] 张新军. 可能世界叙事学的理论模型[J]. 国外文学，2010（1）：3-10.

3. 博士论文

[1] 平坦. "南方女性神话"的现代解构：以韦尔蒂、麦卡勒斯、奥康纳为例的现代南方女性作家创作研究[D]. 长春：吉林大学，2010.

[2] 田颖. 南方的"旅居者"：卡森·麦克勒斯小说研究[D]. 杭州：浙江大学，2016.

[3] 魏懿. 阴郁的创伤书写者：凯瑟琳·安·波特小说中的创伤叙事研究[D].

上海：上海师范大学，2016.

[4] 于娟. 文学新闻主义视角下的薇拉·凯瑟、凯瑟琳·安·波特、尤多拉·韦尔蒂研究[D]. 北京：北京外国语大学，2015.

[5] 赵岚. 诗性想象的共同体：安·泰勒小说研究[D]. 南京：南京师范大学，2015.

[6] 张鹏. 在传统与现代之间徘徊：卡森·麦卡勒斯小说的内在矛盾[D]. 南京：南京师范大学，2015.

附 录

尤多拉·韦尔蒂的著作年表（1909—2001）

一、小说（按作品出版年代顺序排列）

长篇小说：

--. *A Curtain of Green and Other Stories*. New York: Doubleday, Doran and Co., 1941.

--. *The Robber Bridegroom*. New York: Doubleday, Doran and Co., 1942.

--. *The Wide Net and Other Stories*. New York: Harcourt, Brace and Co., 1943.

--. *Delta Wedding*. New York: Harcourt, Brace and Co., 1946.

--. *The Golden Apples*. New York: Harcourt, Brace and Co., 1949.

--. *The Ponder Heart*. New York: Harcourt, Brace and Co., 1954.

--. *The Bride of the Innisfallen and Other Stories*. Harcourt, Brace and Co., 1955.

--. *The Shoe Bird*. New York: Harcourt, Brace & World, 1964.

--. *Losing Battles*. New York: Random House, 1970.

--. *The Optimist's Daughter*. New York: Random House, 1972.

短篇小说集：

--. *The Collected Stories of Eudora Welty*. New York: Harcourt Brace Jovanovich, 1980.

小说全集：

--. *Eudora Welty: Complete Novels*. New York: The Library of America, 1998.

作品合集：

--. *Eudora Welty: Stories, Essays & Memoir*. New York: The Library of America, 1998.

二、摄影作品

--. *One Time, One Place: Mississippi in the Depression /A Snapshot Album*. New York: Random House, 1971.

--. *Eudora Welty Photographs*. Jackson: UP of Mississippi, 1989.

三、自传

--. *One Writer's Beginnings*. Cambridge: Harvard UP, 1984.

四、文学理论和评论作品

--. *Place in Fiction*. New York: House of Books Ltd, 1957.

--. *The Eye of the Story: Selected Essays and Reviews*. New York: Random House, 1978.

五、中译本

韦尔蒂，尤多拉：《金苹果》，刘浠波译，南京：译林出版社，2013年。

韦尔蒂，尤多拉：《绿帘》，吴新云译，南京：译林出版社，2012年。

韦尔蒂，尤多拉：《乐观者的女儿》，叶亮译，上海：上海人民出版社，1974年。

韦尔蒂，尤多拉：《乐观者的女儿》，主万、曹庸译，上海：上海译文出版社，1980年。

韦尔蒂，尤多拉：《乐观者的女儿》，杨向荣译，南京：译林出版社，2013年。

鲍比·安·梅森的著作年表（1940—）

一、小说（按作品出版年代顺序排列）

长篇小说：

--. *In Country*. New York: Harper & Row, 1985.

--. *Spence and Lila*. New York: Harper & Row, 1988.

--. *Love Life*. New York: Harper & Row, 1989.

--. *Feather Crowns*. New York: Harper Collins, 1993.

--. *Midnight Magic*. Hopewell: Ecco Press, 1998.

--. *Zigzagging Down a Wild Trail: Stories*. New York: Modern Library, 2002.

--. *An Atomic Romance*. New York: Random House, 2005.

--. *Nancy Culpepper*. New York: Random House, 2006.

--. *The Girl in the Blue Beret*. New York: Random House, 2011.

--. *Dear Ann*. New York: Harper, 2020.

短篇小说集：

--. *Shiloh and Other Stories*. New York: Harper & Row, 1982.

--. *Patchwork: A Bobbie Ann Mason Reader*. Lexington: UP of Kentucky, 2018.

二、回忆录

--. *Clear Springs*. New York: Random House, 1999.

三、他传

--. *Elvis Presley: A Life*. New York: Viking, 2003.

四、中译本

梅森，鲍比·安：《猫王》，谢仲伟译，北京：生活·读书·新知三联书店，2014年。

梅森，鲍比·安：《在乡下》，方玉和汤伟译，重庆：重庆大学出版社，2014年。

梅森，鲍比·安：《夏伊洛公园》，方玉和汤伟译，重庆：重庆大学出版社，2014年。

安·泰勒的著作年表（1941—）

一、小说（按作品出版年代顺序排列）

长篇小说：

--. *The Clock Winder*. New York: Berkley Books, 1983.

--. *Dinner at the Homesick Restaurant*. New York: Berkley Books, 1983.

--. *The Tin Can Tree*. New York: Berkley Books, 1983.

--. *The Accidental Tourist*. New York: Berkley Books, 1986.

--. *Breathing Lessons*. New York: Berkley Books, 1989.

--. *If Morning Ever Comes*. New York: Ivy Books, 1992.

--. *Saint Maybe*. New York: Ivy Books, 1992.

--. *A Slipping-Down Life*. New York: Ivy Books, 1992.

--. *Celestial Navigation*. New York: Ivy Books, 1993.

--. *Earthly Possessions*. New York: Ivy Books, 1993.

--. *Searching for Caleb*. New York: Ivy Books, 1993.

--. *Ladder of Years*. New York: Knopf, 1995.

--. *A Patchwork Planet*. New York: Alfred A. Knopf, 1998.

短篇小说：

--. "The Feather Behind the Rock" in *New Yorker*, August 1967. pp. 26-30.

--. "The Geologist's Maid" in *New Yorker*, July 1975. pp. 29-33.

--. "Half-Truths and Semi-Miracles" in *Cosmopolitan*, December 1974. pp. 264-265.

--. "A Knack for Languages" in *New Yorker*, January 1976. pp. 32-37.

二、选文和评论

--. "Because I Want More Than One Life" in *Washington Post*, August 15, 1976. pp. 1&7.

--. "Fairy Tales: More Than Meets the Ear" in *National Observer*, May 8, 1976. pp. 21.

--. "Writers' Writer: Gabriel García Márquez" in *New York Times Book Review*, December 4, 1977. p. 70.

--. "Review of The Basement" in *New Republic*, July 7 &14, 1979. pp. 35-36.

--. "The Tine Full World of Welty" in *Washington Star*, October 26, 1980. p. 1.

--. "Still Just Writing" in Janet Sternburg, ed. *The Writer on Her Work*, New York: Norton, 1980. pp. 3-16.

--. "A Visit with Eudora Welty" in *New York Times Book Review*, November 2, 1980. pp. 33-34.

--. "Introduction" in Anne Tyler and Shannon Ravenel, eds. *The Best American Short Stories*. Boston: Houghton Mifflin, 1983. pp. xi-xx.

--. "Introduction" in *The Available Press/P. E. N. Short Story Collection*. New York: Ballantine, 1985. pp. ix-x.

--. "Why I Still Treasure The Little House" in *Nev York Times Book Review*, November 9, 1986. p. 56.

--. *Communities of Southern Women Writers*. Jackson: UP of Mississippi, 1992. pp. 148-153.

--. "Introduction " in Anne Tyler and Shannon Ravenel, eds. *Best of the South: From*

Ten Years of New Stories from the South. Chapel Hill: Algonquin Books, 1996. pp. vii-xii.

三、中译本

泰勒·安：《圣徒叔叔》，吴和林译，武汉：长江文艺出版社，2011 年。
泰勒·安：《思家小馆的晚餐》，刘邵方译，天津：百花文艺出版社，2016 年。
泰勒·安：《意外的旅客》，陈嘉瑜译，天津：百花文艺出版社，2017 年。
泰勒·安：《呼吸课》，卢肖慧译，天津：百花文艺出版社，2017 年。
泰勒·安：《凯特的选择》，王嘉琳译，北京：北京联合出版公司，2017 年。

李·史密斯的著作年表（1944—）

一、小说（按作品出版年代顺序排列）

长篇小说：

--. *The Last Day the Dogbushes Bloomed*. Baton Rouge: Louisiana State UP, 1968.

--. *Black Mountain Breakdown*. New York: Ballantine, 1980.

--. *Oral History*. New York: Ballantine Books, 1983.

--. *Family Linen*. New York: Ballantine, 1985.

--. *Fair and Tender Ladies*. New York: Ballantine Books, 1988.

--. *The Devil's Dream*. New York: G. P. Putnam, 1992.

--. *Saving Grace*. New York: G. P. Putnam's Sons, 1995.

--. *The Christmas Letter: a Novella*. Chapel Hill: Algonquin Books, 1996.

--. *The Last Girls*. Chapel Hill: Algonquin Books, 2002.

--. *On Agate Hill*. Chapel Hill: Algonquin Books, 2006.

--. *Guests on Earth*. Chapel Hill: Algonquin Books, 2013.

--. *Blue Marlin*. Hickory: Blair. 2020.

短篇小说：

--. *Cakewalk*. New York: Ballantine Books, 1981.

--. *Me and My Baby View the Eclipse*. New York: Berkley Pub Group, 1990.

--. *News of the Spirit.* New York: Putnam, 1997.

--. *Mrs. Darcy and the Blue-Eyed Stranger: New and Selected Stories.* Chapel Hill: Algonquin Books, 2010.

二、回忆录

--. *Dimestore: A Writer's Life.* Chapel Hill: Algonquin Books, 2016.